HEINZ G. KONSALIK

Eine Sünde zuviel

HEINZ G. KONSALIK

Eine Sünde zuviel

Roman

Heinz G. Konsalik: Eine Sünde zuviel
Lizenzausgabe für die
Planet Medien AG
Baarerstr. 12
CH 6300 Zug

Gesamtherstellung: Planet Medien AG

Art.-Nr. 21044

Die Explosion kam plötzlich. Nichts kündete sie an, kein Zischen, kein Überdruck, kein Rumoren. Auch laut war sie nicht, keine Fensterscheibe zerbrach, kein Kalk sprang von der Decke, keine Tür wurde nach außen gedrückt – es war nur ein dumpfer Knall, gelblicher Dampf wallte auf, ein scharfer, beißender Geruch erfüllte das Labor, legte sich auf die Schleimhäute und reizte zu Husten und Würgen.

Vor ein paar Sekunden noch hatte Luise Dahlmann neben dem gläsernen Kolben gestanden und beobachtet, wie die gelbliche Flüssigkeit in ihm brodelte und der Dampf sich träge durch die Kühlschlange wälzte. Ernst Dahlmann stand einen Tisch weiter und notierte in einem Berichtsbuch den Vorgang Nr. 269.

»Wenn auch dieser Versuch mißlingt, breche ich ab!« hatte Luise gesagt. »Ich hätte nie gedacht, daß ein Wühlmäusevertilgungsmittel so blödsinnige Schwierigkeiten macht.«

Ernst Dahlmann hatte gelacht und einen Schluck Kognak genommen. »Wo bleibt dein Ehrgeiz, Luise?« Er hatte das Glas abgesetzt und in den Fingern gedreht. »Apothekerin zu sein, befriedigt mich nicht. – Erinnerst du dich an diesen Satz? Ich habe, ehrlich gesagt, niemals den Ehrgeiz verspürt, mehr zu sein, als hinter der Theke eines gutgehenden Ladens zu stehen und mich zu freuen, wenn es eine Grippeepidemie gibt oder eine harmlose Darminfektion, bei der wir die zehnfache Tageskasse haben.«

»Das ist typisch.« Luise Dahlmann hatte gelacht. Seit vier Jahren war sie mit Ernst verheiratet, und es war eine gute Ehe. Seinen Sarkasmus und seine oft an der Grenze der Verletzung stehende Ironie hatte sie hingenommen. Als sie ihn bei einem Apothekerball kennenlernte, fand sie es charmant; später sah sie, daß es ein Teil seines Wesens war. Er sah seine Umwelt durch die Brille des mitleidlosen Kritikers, er entzauberte das Menschsein, analysierte es und setzte es dann nach seiner Logik wieder zusammen, und immer kam eines dabei heraus: das Absurde.

Wer die Dahlmanns sah, beneidete sie. Eine große, alte, über 300 Jahre bestehende Apotheke – die Mohren-Apotheke –, modernisiert und mit einem großen Labor in einem Anbau, ein Reichtum, der über alle Generationen vererbt wurde und Kriege und Krisen überdauert hatte, ein schönes, glückliches

Leben an der Grenze von Jugend und Reife – kurzum zwei Menschen, von denen man sagte, daß sie füreinander geschaffen waren und die beneidet werden durften.

Luise Dahlmann hatte an diesem Abend den 269. Versuch begonnen, den letzten, wie sie sagte. Bisher hatte das Labor der Mohren-Apotheke schon zwei große Verkaufserfolge herausgebracht: das Schmerzmittel Dahlomed und das Schlafmittel Dahlosan. Ein Abführmittel mit dem Namen Dahlaxan war gerade neu vorgestellt worden und schien ebenfalls ein Schlager zu werden. Es wäre auch bei diesen pharmazeutischen Präparaten geblieben, wenn Ernst Dahlmann nicht eines Tages wütend in die Wohnung gekommen wäre und gerufen hätte: »Es macht bald keine Freude mehr – der schöne Rasen, die Rosen, die Stauden um das Beet: Alles von Wühlmäusen untergraben und zerfressen! Und dieses Pulver, das ich da in die Gänge geschüttet habe, das scheint ein Hormonpräparat für Mäuse zu sein, sie sind doppelt aktiv geworden!«

»Gut! Machen wir es selbst!« hatte Luise gesagt. »Mit einem Mittel gegen Wühlmäuse kann man auch Geld verdienen.«

Ein halbes Jahr hatten sie experimentiert, hatten andere Präparate analysiert, hatten Fachliteratur studiert, hatten Kladden mit Berechnungen und chemischen Formeln gefüllt, bis sie in ihrer langen Versuchsreihe die Zahl 269 erreichten.

»Die Mäuse leben weiter!« Das war seit Monaten die sarkastische Bemerkung Ernst Dahlmanns. »Vom Versuchspräparat Nummer 174 scheinen sie potenter geworden zu sein, sie vermehren sich wie die Flöhe.«

An diesem Abend war man sich einig geworden: Noch diese eine Destillation – und dann ist Schluß!

»Geh nicht zu nahe an den Kolben, Luiserl!« hatte Dahlmann gewarnt. Manchmal beliebte er wienerisch zu sprechen. »Mein Großvater war k. u. k. Offizier ...« Das war der Beginn einer Geschichte, die er gern in der Gesellschaft erzählte und die immer damit endete, daß er feststellte: »Schaun S' mich an, meine Damen – das Fesche hab' ich von meinem seligen Großpapa!«

Auch das kannte Luise seit Jahren, sie lächelte darüber und beobachtete mit etwas Wehmut, wie die Blicke der Damen manchmal sehnsuchtsvoll auf Ernst Dahlmann ruhten. Seine graumelierten Haare glänzten unter den Lampen, sein weißes

Hemd leuchtete, der einfarbige Schlips darauf paßte genau zur Farbe des Anzuges, zum Ziertuch und zu den Socken. Elegant und sich seiner Wirkung bewußt, saß er lässig im Sessel, drehte spielerisch seinen Trauring am Finger, plauderte, lachte, machte Komplimente und spielte den selbstbewußten Gentleman mit einem Hauch von Traurigkeit und Weltschmerz.

An eine solche Situation mußte sie denken, als sie sein ›Luiserl‹ und seine Warnung hörte. Sie lachte vor sich hin, bog den Kopf zurück, blickte um einen gläsernen Aufbau herum und schüttelte den Kopf.

»Der Säuredampf hat ja gar keinen Druck«, sagte sie. »Und in der Schlange wird er sofort abgekühlt. Komm, schütt mir auch ein Glas ein und bring es mir. Wenn's auch diesmal schiefgeht, brauch ich einen Kognak.«

In diesem Augenblick – als sie den Kopf wieder nach vorne nahm und auf den Glaskolben blickte – geschah die Explosion.

Der Kolben zersprang einfach, ohne ersichtlichen Grund. Der heiße gelbliche Dampf zischte gegen die Decke und umhüllte in Sekundenschnelle den Kopf Luise Dahlmanns. Gleichzeitig mit dem Dampf spritzte die kochende Säuremischung aus dem Kolben, halb flüssig, halb schon verdampft, ein heißer Regen aus einem schwefeligen Nebel.

Ernst Dahlmann war aufgesprungen und rannte um seinen Labortisch herum zu Luise.

»Luiserl!« schrie er dabei. »Luiserl! Was ist denn? Bist du verletzt ... Luiserl!«

Luise Dahlmann hatte den dumpfen Knall gar nicht gehört. Sie hatte plötzlich nur den dampfenden Nebel vor sich gesehen, den heißen Regen gespürt, die Tropfen, die über ihr Gesicht sprühten, in die Augen drangen ... Tropfen, die nicht nur glühten, sondern wie flüssiger Höllenstein brannten.

»Meine Augen!« dachte sie nur. »Mein Gott – meine Augen –«

Sie schlug die Hände vors Gesicht, warf den Kopf zurück, aber schon als sie ihre nasse Haut fühlte, wußte sie, daß es zu spät war. Ernst Dahlmann riß sie aus dem gelben Dampf und schleuderte sie fast in die Mitte des Labors hinein. Dann rannte er zu den großen Fenstern, stieß die Flügel auf und stürzte zu Luise zurück, die verkrümmt an einem der langen Tische lehnte und noch immer ihr Gesicht mit beiden Händen bedeckt hielt.

»Luiserl ...«, stammelte Dahlmann. »Sag ... hast du dich verletzt?« Er wagte nicht, sie zu berühren, ihr die Hände vom Gesicht zu ziehen ... er sah es schon am Hals, was ihn erwartete. Dort waren einige Spritzer hingekommen, und die Haut war rot, aufgequollen, verätzt.

Nach diesen ersten Sekunden des Schreckens und Entsetzens handelten sie, wie sie es hundertmal gehört hatten und auch immer wieder den Kunden rieten: Kein Wasser auf die Verätzungen, sondern zunächst bloßes Abtupfen der Säure mit Zellstoff. Und dann einen Arzt, sofort einen Arzt!

Ernst Dahlmann atmete schwer, als er das Gesicht seiner Frau sah. Ein großer roter, aufgequollener Fleck Fleisch, in dem Nase und Mund verschwanden. Unter der Stirn die Augenbrauen, deren Haare sich bei der Berührung lösten wie abgebrannter Zunder. Die Augenlider waren ebenfalls verätzt, unter den Wimpern liefen die Tränen heraus, kleine Rinnsale, die sich einen Weg durch die zerstörte Haut suchten. Jetzt kam auch der Schmerz ... der Kopf brannte und glühte, als läge er in einem offenen Feuer.

Luise Dahlmann bäumte sich auf und schrie. Es war ein greller, ins Mark dringender Schrei, ein Aufbrüllen, das kaum noch etwas Menschliches an sich hatte. Sie umklammerte ihren Kopf und stampfte mit beiden Beinen in unerträglichem Schmerz auf den Boden.

»Oh!« schrie sie hell. »Oh ... ich verbrenne ... ich verbrenne ... meine Augen ... meine Augen ...«

Ernst Dahlmann rannte in die Apotheke. Es war ein Abend, an dem er keine Nachtbereitschaft hatte. Mit fliegenden Händen suchte er eine sterile Spritze, brach eine Schachtel mit Morphinampullen auf und rannte zurück zum Labor. Mein Gott, wenn doch bloß jemand hier wäre, dachte er. Immer ist jemand in der Apotheke, gestern war Dienst, morgen ist wieder Bereitschaft ... und gerade heute, heute, wo wir allein sind ...

Luise stand noch immer zusammengekrümmt an dem langen Labortisch, den Kopf zwischen den Händen. Als Dahlmann sie anrührte, war sie wie versteint. Der wahnsinnige, brennende Schmerz schien sie zur erstarrten Schlacke gemacht zu haben.

»Komm!« sagte er heiser. »Komm, kannst du gehen?«

Er führte sie aus dem Labor zu einem kleinen Nebenraum, der als Wohnzimmer eingerichtet war. Dort legte er sie auf ein altes

Sofa, knöpfte den weißen Kittel auf, schob den Rock hoch und gab ihr die Morphininjektion in den Oberschenkel. Als er wieder ihr Gesicht sah, rot und aufgequollen, dieses schöne, schmale Gesicht mit den großen, sprechenden braunen Augen, die jetzt irgendwie glanzlos, stumpf und ohne Leben in den verätzten Höhlen lagen, krampfte sich ihm die Kehle zusammen. Er war kaum der Sprache mächtig, als er den Hausarzt Dr. Ronnefeld anrief.

»Bitte, kommen Sie ...«, stammelte er. »Sofort ... bitte sofort ... eine Explosion ... Säure in die Augen ... Es ... es ist furchtbar!«

Dann saß er neben seiner Frau, hielt ihre zitternde Hand und wartete, bis das Morphium wirkte und sie wegsank in eine ruhige, schmerzlose, leichte Welt des Traumes.

Nach dem ersten Schreck überkam ihn jetzt eine unheimliche Ruhe, ja fast eine Gelassenheit. Er erhob sich vom Sofa, trat ans Fenster, zündete sich eine Zigarette an und starrte hinaus in die Nacht. Ein kleiner Hinterhof lag vor ihm, Mülltonnen im Mondlicht, eine Teppichstange, ein Wäschetrockner, ein Kinderdreirad ... Romantik der Großstadt.

So plötzlich, dachte er. Damit habe ich nicht gerechnet. Ich hatte mich auf einen langen Weg vorbereitet, und nun kommt mir das Schicksal mit offenen Armen entgegen.

Er öffnete das Fenster und atmete tief die feuchtkühle Frühlingsluft. Fünf Jahre zurück: Ein Faschingsball der Apotheker. Das war etwas Außergewöhnliches in Hannover, das durchaus nicht zu den Karnevalshochburgen Deutschlands gehört. Aber die Berufsstände veranstalten ihre internen Bälle, und man ist fröhlich unter sich. Er stand im Kostüm eines Mexikaners an der Säule, die die Empore stützte, als ein Mädchen vorbeiging; schlank, hochbeinig, mit langen blonden Haaren. Ihr enger Matrosenpullover verwirrte ihn einen Augenblick, dann zog es ihn weg wie mit hundert Magneten. Er folgte ihr, sprach sie an und tanzte mit ihr.

Dabei erfuhr er, daß sie Monika Horten hieß, Tochter des Apothekers Horten der berühmten Mohren-Apotheke war und noch eine Schwester habe, die ihrem Vater nacheifere und ebenfalls Apothekerin sei. Sie selbst hingegen studierte Modezeichnen und Gebrauchsgraphik.

An diesem Abend kam sich Ernst Dahlmann klein und häßlich vor. Er wurde dem großen Apotheker Horten vorgestellt, und er merkte, auch wenn es der alte Horten geschickt überspielte, daß er eine Null in seinen Augen war. Ein Provisor! Ein Kollege zwar, aber ein kleiner weißer Kittel, der hinter der Theke stand und »Guten Tag, gnädige Frau«, »Bitte schön – acht Mark fünfundsiebzig, gnädige Frau« und »Danke, gnädige Frau« sagte und im übrigen nicht einmal den Schlüssel zum Giftschrank besaß, denn den verwahrte der erste Provisor in der Tasche seines Kittels.

Ein Jahr später hatte er – mit der Zähigkeit eines unglücklich Liebenden und dem Charme eines Mannes, der weiß, wie er auf Frauen wirkt – nicht Monika Horten geheiratet, sondern ihre Schwester Luise, die Apothekerin; die ›Dame‹ der Familie, wie der alte Horten einmal sagte. Monika nannte er das ›Biest‹, nicht schimpfend, sondern fast resignierend. Es wurde eine gute, aber ruhige Ehe. Was Ernst Dahlmann gehofft hatte, über den Umweg Luise an Monika heranzukommen, scheiterte nach dem Examen der Graphikerin – sie zog nach Hamburg und wurde Zeichnerin einer großen Werbeagentur.

Ernst Dahlmann warf jetzt die Kippe der Zigarette in den kleinen Hof und wandte sich zu Luise um. Sie lag auf dem Rükken, das zerstörte Gesicht im Morphiumrausch gelöst, entspannt und deshalb noch grauenhafter in seiner Auflösung.

Jetzt werde ich Monika kommen lassen, dachte er. Einen Rest von Scham fegte er weg, indem er sich wieder abwandte und hinaus in die Nacht sah. Welche Entwicklung, dachte er wieder. Vor einem Jahr starb der alte Horten, Luise erbte die Apotheke, und das erste, was sie tat, war, ihm das Schlüsselbund ihres Vaters zu übergeben mit den Worten: »Nimm es, du bist der Mann! Alles in unserem Leben soll gemeinsam sein.« So wurde er äußerlich der alleinige Herr der Mohren-Apotheke, aber nur äußerlich. Ein Rest blieb, der ihn Tag um Tag beleidigte und seinen unbändigen Stolz trat: das Gefühl der Abhängigkeit; das Wissen, nur aus der Gnade und der schenkenden Geste seiner Frau etwas zu bedeuten.

Nun war Luises Gesicht zerstört; und er ahnte, daß auch die Augen erblindet waren. Im Bruchteil einer Sekunde war aus einem lebensfrohen, sorglosen dreißigjährigen Menschen ein Wrack geworden, eine blinde, hilflose Kreatur, der für immer die Sonne gestorben war, der Himmel mit den ziehenden Wolken, die blühende Frühlingswiese, der Anblick eines Gemäldes, der Blick über die bewegte Weite des Meeres oder das Wiegen reifen goldgelben Kornes im Sommerwind. Ein Mensch in ewiger Nacht, nur hörend und tastend, eine neue Welt, zusammengeschrumpft zur Griffweite der Arme.

Die Sirene eines Krankenwagens riß Ernst Dahlmann aus seinen Gedanken. Er rannte durch das Labor zur Tür und wartete unter einem Vordach, bis Dr. Ronnefeld aus dem Wagen sprang und auf ihn zulief. Keuchend betraten sie die Apotheke, während die Krankenträger den Wagen aufklappten und die Trage herausschoben.

»Was ist denn los, Menschenskind?« Dr. Ronnefeld wischte sich den Schweiß von der Stirn. »Was sagten Sie denn da am Telefon?! Wo liegt sie denn? Ist – ist es wirklich so schlimm?«

»Ich fürchte ja, Doktor.«

»Die Augen –«

»Ja.«

»Und sonst?«

»Das ganze Gesicht ... bis zum Hals ...«

»Wie ist das denn gekommen? Wie kann denn so'n Ding explodieren? Wo liegt sie denn?«

»Hinten, im kleinen Zimmer. Ich habe ihr eine Morphininjektion gegeben ... die Schmerzen waren unerträglich.«

Dr. Ronnefeld brauchte seine ganze Kraft, um sich zu beherrschen, als er Luise Dahlmann sah. Schon als junger Arzt hatte er im Hause Horten verkehrt, hatte die Geschwister aufwachsen sehen und die kleinen Krankheiten behandelt, obwohl der alte Horten selbst wußte, welche Medikamente man zu nehmen hatte. »Sie sollen sich ab und zu auch ein Kotelett gönnen«, hatte er zu dem jungen Dr. Ronnefeld gesagt. »Später, wenn Ihre Praxis groß genug ist, hol ich's mir wieder ... in Form von Rotwein, verstanden ...?« So war Dr. Ronnefeld mit der Familie Horten verwachsen wie ein Bruder. Und so stand er stumm vor Erschütterung vor diesem zerstörten Gesicht, hob vorsichtig die Lider und sah entsetzt auf die trüben, blinden Augen.

»Sofort in die Augenklinik! Was soll ich hier noch helfen? Wir können nur darum beten, daß der Sehnerv nicht zerstört ist. Wann ist es denn geschehen?«

»Ich habe sofort angerufen, Doktor.« Dahlmann setzte sich auf das Sofa und nahm die schlaffe Hand Luises in die seine. »Nach dem ersten Entsetzen ...«

»Also vor etwa zehn Minuten.«

»So ungefähr.«

Die Krankenträger schnallten Luise Dahlmann auf die Trage, deckten drei weiße Decken über Körper und Gesicht und trugen sie schnell zum Wagen. Mit Blaulicht und Sirene rasten sie dann durch die schlafende Stadt, dem großen Komplex der Städtischen Krankenanstalten entgegen.

Dr. Ronnefeld nahm eine Zigarette, die ihm Dahlmann anbot. Seine Hand zitterte noch, als er das Streichholz anhielt.

»Ich werde sofort nachfahren«, sagte er. »Kommen Sie mit?«

»Ich folge Ihnen sofort. Ich muß das Labor erst noch lüften und aufräumen.«

»Aber trinken Sie nichts, Dahlmann. Hören Sie? Ein Unfall ist genug!«

»Ich verspreche Ihnen, Doktor, Haltung auch ohne Kognak zu wahren.« Dahlmann versuchte ein sarkastisches Lächeln, aber es mißlang und wurde zur Fratze. Er begleitete Dr. Ronnefeld bis vor die Apotheke und wartete, bis er abgefahren war. Dann verschloß er die Tür, setzte sich aufseufzend auf einen Stuhl hinter die Rezeption und griff nach dem Telefon.

»Fräulein, bitte ein Telegramm nach Hamburg«, sagte er, nachdem er die Nummer der Telegrammaufnahme gewählt hatte. »Ja, Hamburg. Adresse: Monika Horten, Hamburg, Irvingdamm 23. Text: Komme sofort stop Luise verunglückt stop Ernst. Haben Sie? Ja, bitte, ein dringendes Telegramm – es muß gleich zugestellt werden. Die Dame hat kein Telefon, sonst hätte ich ja selbst angerufen –«

Bevor er ins Krankenhaus fuhr, wusch er sich erst, band einen anderen Schlips um und rasierte sich noch einmal elektrisch. Auf dem Gang der Augenstation kam ihm schon Dr. Ronnefeld entgegen. Er brauchte kein Wort zu sagen, in seinem Gesicht stand die ganze Wahrheit geschrieben.

Ernst Dahlmann senkte den Kopf und nagte an der Unterlippe. »Die Augen?« fragte er leise.

»Ja.« Es war mehr ein tiefer Seufzer.

»Für immer ...«

»Das wissen wir nicht. Die heutige Augenchirurgie ...«

»Doktor.« Dahlmann schüttelte den Kopf. »Warum erzählen Sie mir die gleichen Märchen wie den anderen? Brauche ich diese frommen Lügen? Was ist mit den Augennerven?«

»Sie scheinen erhalten geblieben zu sein. Auch Glaskörper, Regenbogenhaut, Pupille ... aber die Hornhaut ist restlos zerstört. Das allerdings gibt wieder Hoffnung. Sie wissen, daß Hornhauttransplantationen möglich sind. Wir werden alles versuchen, daß Luise wieder sehend wird. Zunächst aber wird es die Hauptaufgabe sein, den ungeheuren seelischen Schock zu überwinden. Noch weiß sie nicht, daß sie blind ist ...«

»Ist ... ist sie bei Besinnung?« Dahlmann wischte sich über die Stirn. »Mein Gott, Doktor, was soll ich bloß sagen?«

»Sprechen Sie mit ihr nicht anders, als sei sie bloß gefallen. Und wenn sie von den Augen anfängt, versuchen Sie fröhlich und zuversichtlich zu sein, reden Sie ihr aus, daß sie blind ist. Wenn sie es später merkt, hat sie den ersten Schock überwunden.«

»Und dann?«

»Warum fragen Sie?« Dr. Ronnefeld wandte sich ab. Seine Stimme war belegt. »Es gibt Fragen, auf die keiner eine Antwort weiß ...«

*

Der Schnellzug aus Hamburg rauschte in die Bahnhofshalle und hielt mit quietschenden Bremsen. Ernst Dahlmann lief die Wagen entlang und schwenkte seinen Blumenstrauß, als er Monika Horten aus einem Wagen erster Klasse springen sah. Mit ausgebreiteten Armen lief sie auf ihn zu, aber nicht, um ihn zu umarmen, sondern um sich bloß an ihn zu klammern. Ihr rundes Puppengesicht unter den wilden honigblonden Haaren zuckte vor Erregung.

»Was ist mit Luie?« schrie sie. »Was ist passiert? Ist ... ist sie tot ...?«

Einige Reisende drehten sich um. Das Wort ›tot‹ klang merkwürdig in einer Bahnhofshalle. Ernst Dahlmann schüttelte den Kopf und zog Monika Horten mit sich fort aus dem Gewühl von Menschen, Koffern und hupenden Elektrokarren. Erst im Wagen fing er an zu sprechen, als Monika seinen Arm umklammerte.

»Sie ist nicht tot«, sagte er dumpf. »Aber es wird vielleicht einmal eine Stunde kommen, in der sie sich wünscht, lieber gestorben zu sein ...«

»Sie ... sie ist verkrüppelt?«

»Nein.«

Monikas Griff wurde härter, die Nägel drangen durch den Anzugstoff in Dahlmanns Arm. Ihr kleines, süßes Gesicht, zu süß fast und in seiner Naivität dazu reizend, es dauernd streicheln zu müssen, war wie aufgesprengt.

»Das ... das ist nicht wahr ...«, sagte sie tonlos.

»Doch, Moni. Es gibt gar keine Hoffnung mehr –«

»Blind –«

Es war ein Aufschrei. Dann verbarg sie das Gesicht an Dahlmanns Schulter und weinte haltlos. Vorsichtig, weil ihre Umklammerung ihn störte, fuhr er hinaus zu den Städtischen Krankenanstalten und hielt auf dem großen Parkplatz. Sie weinte noch immer und schlug die Hände vor die Augen, als sie sah, wo sie sich befanden.

»Ich kann nicht, Ernst ... Ich kann nicht. Wenn sie mich so sieht ...«

Ihr Kopf zuckte hoch. Blankes Grauen stand in ihren Augen. Sie sieht es ja nicht, dachte sie, und das gleiche dachte Dahlmann. Sie wird nie mehr etwas sehen ... Sie wird die Augen öffnen, und es wird immer Nacht sein.

»Wir müssen jetzt ganz mutig sein, Moni«, sagte Dahlmann rauh. »Wir müssen ihr von unserem Mut etwas mitgeben. Sie braucht uns jetzt, uns beide. Nicht mich allein, auch dich!«

»Du meinst, ich sollte ...«

»Ja. Ich halte es für besser, wenn du deine Wohnung in Hamburg aufgibst und zu uns ziehst. Ich werde mich, so gut und so oft ich kann, um Luise kümmern ... aber da ist die Apotheke, das Labor, die Angestellten ... Ich möchte nicht, daß Luise stundenlang allein im Zimmer sitzt ... gefesselt an einen Sessel ... umgeben von dem Nichts –«

»Sprich nicht so, bitte, Ernst ...« Monika Horten stand vor dem Wagen und sah die Fassade des langgestreckten Gebäudes hinauf. »Wenn Luise mich braucht ... selbstverständlich ziehe ich zu euch.«

»Wir alle brauchen dich, Moni!« Ernst Dahlmann warf die Tür zu und vermied es, seine Schwägerin anzusehen. »Ja, auch ich brauche dich. Du kannst dir denken, was es für mich bedeutet. Ich wundere mich, daß meine Nerven das ausgehalten haben. Du würdest uns allen eine große Hilfe sein.«

»Ich bleibe, Ernst.« Sie ging drei Schritte zum Krankenhaus und wandte sich um. Der Blick Dahlmanns ruhte auf ihr, abschätzend, fern aller Traurigkeit oder inneren Erschütterung.

»Weiß Luise, daß ich komme?«

»Nein. Sie wird sich sehr freuen.«

Er schloß die Wagentüren ab, während Monika Horten die Auffahrt zum Eingang hinaufging. Mit angedrücktem Kinn sah ihr Dahlmann nach.

Wie schlank sie ist, dachte er. Wie blond, wie erregend jung.

Er wunderte sich nicht, daß in ihm der letzte Rest einer mitleidenden Traurigkeit verging.

Mit schnellen Schritten lief er ihr nach und faßte sie unter. Es sah nach einem fürsorglichen Unterstützen aus, Ernst Dahlmann aber machte es glücklich. Er fühlte sein Herz klopfen, als er ihren Körper an seinem Handrücken spürte. Es war wie vor fünf Jahren ... der Puls an seinem Hals hämmerte.

Sie wird immer blind sein, dachte er, als sie durch die weißen, stillen Gänge zur Augenstation gingen. Eine gnädige Blindheit, die ihr vieles verschweigen wird und sie glücklich bleiben läßt. Nicht sehen, kann auch eine Gnade sein ... so gnadenlos wie das Gefühl eines Menschen.

Vor dem Zimmer 29 der Augenstation blieben sie stehen. An der Tür hing ein Schild: Eintritt verboten. Sie sahen sich an, in Monikas hellen blauen Kinderaugen flimmerte es.

»Was ... was soll ich sagen, Ernst?« fragte sie leise.

»Nichts, Moni. Nur entsetzt darfst du nicht sein, das merkt sie. Sprich zu ihr wie immer, als sei nichts geschehen.«

»Wir werden sie immer belügen müssen, Ernst?«

»Immer.«

Auch diese Lüge wird barmherzig sein, dachte er.

Wie herrlich, herrlich jung ist sie!

Das Zimmer war hell, die Frühlingssonne flutete durch das breite Fenster. Irgendwo auf einer Dachrinne oder einem hohen Ast der Gartenbäume flötete ein verliebter Star. Auf dem kleinen Tisch an der Wand, unter einem Bild der Burg Neuschwanstein, stand in einer grünen Glasvase ein dicker Tulpen- und Narzissenstrauß. Es war wohltuend warm nach der feuchten Nacht ... vom Garten zog der Geruch aufgebrochener und in der Sonne dampfender Gartenerde bis ins Zimmer.

Von all dem sah und empfand Luise Dahlmann nichts. Seit sie aus der Bewußtlosigkeit erwacht war, lag sie still auf dem Rücken, den Kopf in Bandagen, über den Augen eine dicke, weiche Watteschicht. Sie spürte, daß die Ärzte ihr Gesicht mit einer Salbe eingerieben hatten, die das Brennen isolierte und die verätzte Haut mit einem fettigen Schutzfilm überzog.

Nachdem Ernst Dahlmann gegangen war, hatte sie die ganze Nacht wach gelegen. Die Schwester, die ab und zu ins Zimmer kam, glaubte, sie schliefe fest.

Für Luise Dahlmann gab es nach dem ersten seelischen Schock keine Klagen mehr. Von jeher war sie ein logisch denkender, oft nüchterner Mensch gewesen, der Tatsachen hinnahm und sie nicht beweinte. Dadurch wird's auch nicht besser, war ihre ständige Rede, wenn Unvorhergesehenes in den Alltag einfiel. Man muß sehen und sich bemühen, aus der neuen Situation das Beste herauszuholen. Was unabänderlich war, brauchte nicht beklagt zu werden. Das war Zeitverschwendung.

Mit der gleichen Logik überdachte sie nun ihre eigene Lage. So schrecklich sie war, sie mußte für das weitere Leben als Grundlage betrachtet werden. Ein von Säure zerstörtes Gesicht, verätzte, leblose Augen, Blindheit – das waren die Tatsachen, die sie bereits kannte, obwohl noch niemand sie darüber aufgeklärt hatte.

Ernst wird die Apotheke völlig allein leiten, dachte sie. Er ist ein guter Mann, er hat geweint, als er an meinem Bett saß, ich habe es gehört an seiner Stimme, auch wenn er sich bemühte, es nicht zu zeigen. Ich werde ihm ein ganzes Leben lang eine Belastung sein, ein tappender, hilfloser Mensch, der wieder lernen muß, wie man geht, wie man fühlt, wie man hört; ein Mensch, der sich in ewiger Nacht zurechtfinden muß und nur mit dem inneren Auge sieht, was er anfaßt oder was um ihn ist. Ein Mensch, der Freude und Liebe spüren muß, weil er die kleinen täglichen Beweise der Liebe nicht mehr sieht ... einen Blick, ein Nicken, ein Lächeln ...

Mein Mann wird ein schweres Leben haben, aber er wird es ertragen, weil er mich liebt. Das war ein Gedanke, der Luise Dahlmann froh machte. Ein Leben ist mit der Blindheit nicht zu Ende. Ein Mensch, der blind ist, wird nur innerlicher, konzentrierter, ja fast hungriger nach Freude, Liebe und Glück. Er wird sich nach Zärtlichkeit sehnen und braucht die Wärme der Geborgenheit; das Wissen, doppelt geliebt zu werden. Dies alles – das wußte Luise – würde ihr Ernst Dahlmann geben können.

Sie dachte an die Worte ihres Vaters, als Dahlmann damals vor über vier Jahren um ihre Hand anhielt: »Du bist alt genug, du mußt wissen, was du tust. Du bist ein so kluges Mädchen – aber wenn ein Mann auftaucht, in den man verschossen ist, ist alle Klugheit soviel wert wie ein Haufen Glasscherben. Für *mich* ist dieser Dahlmann zu glatt, zu ehrgeizig, zu bewußt vornehm. Aber bitte, wenn du willst, heirate ihn! Leben mußt du mit ihm, nicht ich! Nur eins kann er sich gleich merken: Die Apotheke überschreibe ich dir, nicht ihm! Und das bleibt so, bis du ein Kind hast. Dann erbt das den Besitz! Ich werde das notariell festlegen.«

So wurde es. Der alte Horten schaltete Ernst Dahlmann in der Erbfolge restlos aus, aber Luise heiratete ihn. Jetzt kam ihr zum Bewußtsein, wie gut dies gewesen war. Sie hatte auf ihr Herz und ihren Verstand gehört, und es war richtig gewesen. Jetzt, nach diesem Unfall, zeigte es sich, wie wertvoll ein Mensch wie Ernst war. Ein Mensch, an dessen Liebe man blindlings glauben konnte.

Mit solchen Gedanken verbrachte sie die Nacht. Übermüdet schlief sie bis in den späten Morgen hinein und war gerade aufgewacht und hatte flüssige Nahrung in einem Röhrchen über die gleichfalls verätzten Lippen fließen lassen, als Monika und Ernst ins Zimmer kamen.

»Ich bin es, Luiserl«, sagte Dahlmann und streichelte zärtlich ihre Hand, die sich ihm entgegenstreckte. Eine Hand, die stumm um Hilfe und Liebe flehte. Er küßte sie und behielt sie zwischen seinen Händen. Dabei nickte er Monika Horten zu, näherzukommen und die Tür zu schließen.

»Wer ist noch im Zimmer?« fragte Luise und hob den Kopf ein wenig. Es war, als ob sie durch den dicken Verband sehen könne, ihr Gesicht drehte sich Monika zu, ein bandagierter Kopf, dessen freie Hautpartien rot und runzelig waren und von Salbe glänzten, als sei es verdorbener, zergehender Speck.

Monika Horten lehnte am Türrahmen und preßte die Faust gegen die Zähne. Das wilde Entsetzen, den Schrei, der ihr aus der Kehle drängte, durfte sie nicht zeigen, und doch war es zu viel, was sie plötzlich sah, zu grausam, um es ertragen zu können.

Ernst Dahlmann winkte ihr mit dem Kopf, näher zu kommen. Sie hob hilflos die Schulter, wandte sich ab und preßte das Gesicht gegen die Wand. Schreien, dachte sie. O könnte ich schreien. Was ist aus Luise geworden! In einer Sekunde! Ich kann es nicht begreifen, ich kann es einfach nicht begreifen ...

»Wer ist denn da?« fragte Luise wieder und drückte die Hand ihres Mannes.

»Monika ist gekommen«, sagte Dahlmann ruhig. »Ich habe sie gerufen.«

»Moni!« Luise richtete sich etwas auf. Dahlmann sprang hinzu, stopfte ihr das Kissen unter den Rücken, damit sie beim Sitzen besseren Halt habe. Es war ein schrecklicher Anblick ... ein dicker, in weißen Binden verborgener Kopf, und inmitten der Binden ein Schlitz, aus dem die Worte kamen, klar und deutlich, nur etwas zischend durch die verätzten Lippen. »Ich sehe nicht mehr schön aus, Moni –«

»Luise!« Der Aufschrei befreite. Monika stürzte zum Bett und umarmte ihre Schwester. Sie weinte wie ein Kind, und Luise streichelte ihr über die Haare und das Gesicht, drückte sie an sich und ließ sie an ihrer Schulter sich ausweinen.

Ernst Dahlmann saß stumm und steif daneben auf der Bettkante. Sein Blick folgte der Beinlinie Monikas ... beim Hinstürzen auf das Bett hatte sich das Kleid emporgeschoben, ein Teil des Oberschenkels lag frei, ein glattes, rosafarbenes Stück Fleisch mit einem winzigen Leberfleck.

Ernst Dahlmann wandte sich ab und strich sich nervös über die Haare. Dann stand er auf und trat an das Fenster, atmete tief und trommelte mit den Fingern gegen seinen Brustkorb.

Ich bin ein Lump, dachte er. Wahrhaftig, ich bin ein Lump. Jetzt zeigt es sich ganz deutlich. Aber ich kann es nicht ändern. Ich habe fünf Jahre lang geglaubt, ein guter Mensch zu sein ... jetzt sind sie weggewischt, diese sechzig Monate, und es ist wie damals an der Säule im Ballsaal: Ich bin ein Wahnsinniger, wenn ich sie sehe. – Nur wer dieses Gefühl kennt, wird verstehen, daß es sinnlos ist, dagegen anzukämpfen ...

»Ernst!«

Dahlmann fuhr herum. Luise saß im Bett, während Monika sie umarmt hielt und sich beruhigt hatte.

»Ja, Luiserl?«

Er kam ans Bett und streichelte ihre Schulter. Dabei berührte er auch den Arm Monikas, und es war in ihm wie ein heftiger elektrischer Schlag.

»Moni wird bei uns bleiben ...«

»Ich weiß.«

»Für immer.«

»Das können wir nicht annehmen, Luise.« Dabei sah er Monika an. Es war ein Betteln in seinen Augen, ein hündisches Bitten: Bleib ... bleib ...

»Ich werde Luise nie mehr verlassen«, sagte Monika Horten fest.

»Du bist noch so jung, Moni ...« Dahlmann würgte an den Worten. »Eines Tages ... es wird ein Mann kommen ... du heiratest ... das Leben geht ja weiter, und dein Leben beginnt erst ...«

»Im Hause der Mohren-Apotheke ist Platz für zwei Familien. Ich geh' nicht mehr fort.«

Dahlmann biß die Zähne zusammen. Es war ein körperlicher Schmerz für ihn, daß sie nicht sagte: Ich heirate nie! Es tat ihm bis in die feinsten Nerven weh, daß sie damit rechnete, einmal einem Mann zu begegnen, den sie lieben konnte. Unter einem Dach, dachte er. Ein Mann an ihrer Seite unter meinem Dach. Ich werde zum Mörder werden ... O Gott, man könnte es nur verhindern, wenn man mir das Herz herausreißt.

»Es ist so schön, daß du da bist, Moni«, sagte Luise zärtlich. Sie streichelte wieder das lange blonde Haar ihrer Schwester und drückte sie an sich. »Fast ein Jahr habe ich dich nicht gesehen, und nun ...« Sie wandte plötzlich den Kopf ab.

»Du wirst mich wieder sehen können!« rief Monika. Es sollte tröstend sein, aber die Verzweiflung war aus den Worten zu hören. »Glaub es mir, du wirst wieder sehen können, und wir werden Spazierengehen, wir werden hinausfahren zum Steinhuder Meer und wie damals um den ganzen See segeln. Weißt du noch, wie das Boot umkippte und du mich vor dem Ertrinken gerettet hast. Zwei Stunden lang trieben wir mit dem umgestürzten Boot im See, klammerten uns am Kiel fest ... Luise, glaub mir, du wirst wieder sehen können.«

»Ich glaub es, Kleines, ich glaub es ja.« Luise ließ sich zurücksinken. Sie hielt die Hände Monikas fest, tröstend und begütigend, wo in ihr selbst ein neuer Brand aufglühte und die dünne künstliche Wand der Beherrschung zerstörte.

Die Angst kam wieder, die sie bisher mit aller Kraft zu unterdrücken versuchte, und war plötzlich so mächtig, daß alle Logik, alle schönen Selbstgespräche der Nacht untergingen in dem Sturm, den die Ungewißheit in ihr erzeugte.

»Ernst ...«, rief sie. »Ernst!«

»Luiserl«, Dahlmann beugte sich über ihren unförmigen Kopf, »ich bin da.«

»Du hast mit den Ärzten gesprochen ...«

»Ja.«

»Was sagen sie? Bitte, bitte, belüg mich nicht. Du weißt, daß ich stark genug bin, die Wahrheit zu erfahren. Was sagen sie?«

»Sie haben Hoffnung, Luiserl.«

»Du belügst mich nicht, nicht wahr?«

»Nein, Liebes.« Dahlmann kaute an seiner Unterlippe und zwang sich, seiner Stimme einen normalen, hoffnungsvollen Klang zu geben. »Du weißt, daß auch die Augen etwas abbekommen haben.«

»Gesagt hat es mir noch keiner. Aber ich weiß es.«

»Die Hornhäute sind getrübt.« Dahlmann atmete tief auf, es war schwer, zu lügen, zumindest in diesem Falle. »Es kann sogar sein, daß sich alles gibt. Das wird sich bald herausstellen. Auf jeden Fall ist man sehr hoffnungsvoll.«

»Und mein Gesicht?« Sie drehte den bandagierten Kopf zu ihm. Jetzt sieht sie mich an, dachte Dahlmann und schauderte. Sie sieht mich forschend an, und ich weiß sogar, daß sie mich sieht, auch wenn ewige Nacht um sie ist. »Ernst ... wie ist mein Gesicht?«

»Wie es nach einer Verätzung aussieht, Luiserl. Was soll ich da sagen.«

»Also schlimm? Verbrannt. Häßlich.«

»So schlimm ist es nicht. Du weißt, daß es kosmetische Operationen gibt. In einem Jahr wirst du wieder aussehen wie früher, vielleicht noch hübscher.«

Es sollte wie ein Scherz klingen. Luise faßte es auch so auf; sie sah ja nicht, wie Dahlmann bei diesen Worten Monika anblickte und wie das Wort »hübscher« zu einer Liebeserklärung wurde. Auch Monika bemerkte es nicht, sie starrte gegen die weiße Wand und hatte den Schock noch nicht überwunden.

Ernst Dahlmann ging hinaus. Er spürte, daß er die Schwestern allein lassen mußte. Es gab Dinge, die selbst ein Ehemann nicht zu hören brauchte.

Auf dem Flur traf er den Stationsarzt. Seit der Einlieferung und dem ersten Bericht Dr. Ronnefelds war es die erste fachärztliche Stellungnahme.

»Wir wollen ehrlich sein«, sagte der Stationsarzt und trat mit Dahlmann an eines der Flurfenster. »Ihre Gattin wird blind sein.«

»Das habe ich befürchtet.« Dahlmann zündete sich mit bebenden Fingern eine Zigarette an. »Und ... und sie wird es bleiben, nicht wahr?«

»Aller Voraussicht nach ... ja. So schrecklich es ist – sie hat einen ungeheuren Lebenswillen, und Sie, Herr Dahlmann, werden ihr einziger Halt sein. Sie müssen Ihrer Gattin die Augen ersetzen, die Sonne, die Blumen, die Schönheit, die ganze, für sie jetzt im Dunkel liegende Welt. Wir werden hier oft mit solchen Fällen konfrontiert, Sie sind kein Einzelschicksal. Und immer müssen wir sagen: Hier hilft nur die Liebe. Eine Liebe, die zu den größten Opfern bereit ist.«

»Das will ich, Doktor.« Dahlmann zerdrückte seine Zigarette in der Erde eines Blumentopfes. Es schien ein beliebter Aschenbecher zu sein, unter der Primelblüte häuften sich die Zigarettenreste. »Ich danke Ihnen. Wann wird sie entlassen werden können?«

»Nicht vor zwei Wochen.«

»Danke, Doktor.«

Dahlmann sah dem Arzt nach, der in eines der Zimmer trat. Zwei Wochen, dachte er. Zwei Wochen allein mit Monika. In diesen zwei Wochen werde ich die Hölle oder den Himmel erleben ... und was es auch wird, ich werde ein Teufel sein. Und es hilft nichts, daß ich es weiß.

*

In der Nacht nach diesem Besuch küßte Ernst Dahlmann zum erstenmal Monika Horten. Sie dachte sich nichts dabei. Sie saß im Sessel und weinte, sooft sie an das zerstörte Antlitz Luises denken mußte. Daß Ernst Dahlmann sie in den Arm nahm und küßte, empfand sie als Trost, als eine schwägerliche Zärtlichkeit, weiter nichts.

Für Dahlmann war dieser Kuß ein Faß Öl, das man in ein schwelendes Feuer wirft. Er verglühte innerlich, und es bedurfte einer unmenschlichen Anstrengung, sich nach diesem Kuß von ihr zu lösen und den Rest des Abends ein normaler Mensch zu bleiben. Wie erregt er war, erkannte man nur am Zittern seiner Hände, wenn er die Gläser mit Wein auffüllte oder Monika Feuer für die Zigarette gab.

Unruhig ging er in dem großen Wohnzimmer hin und her, als Monika schon längst im Fremdenzimmer schlief. Ein paarmal stand er vor der Tür des Gastzimmers, die Hand bereits zur Klinke ausgestreckt. Aber zum letzten Schritt fehlte ihm der Mut, so groß seine Leidenschaft auch war und so heftig es in ihm drängte, fünf Jahre nicht nur zu vergessen, sondern – dieses Gefühl nahm jetzt überhand in ihm – fünf verlorene Jahre nachzuholen.

Hinzu kam die Angst, er könnte abgewiesen werden. Einem Sturm stemmt man sich instinktiv entgegen, dachte er. Und wenn es auch schwer ist, ruhig zu bleiben: diese Liebe muß wachsen, muß ausgesät werden, muß Wurzeln schlagen, muß umsorgt werden, ehe die erste Blüte hervorbricht und Erfüllung verspricht. Luise wird für immer blind sein, was bedeuten da Wochen oder Monate? Einmal wird das Glück in die bittend offenen Hände fallen, die Zeit wird arbeiten und abschleifen wie das Meer, das aus rauhen Steinen runde Kiesel macht. Man muß warten können auf das Glück.

Warten ... Ernst Dahlmann trat hinaus in die Nacht und dehnte sich, wie aus dem Winterschlaf erwacht.

Wieviel Zeit hat man jetzt, dachte er. So viel Zeit, unbeobachtet und frei. Zeit, sich das große Glück zu erobern oder zu stehlen. Die Wahl der Mittel würde aus der Situation geboren werden.

Er sah hinauf zum Fenster des Gastzimmers. Monika Horten schlief noch nicht. Ein schwacher Lichtschimmer war hinter den Gardinen, die Nachttischlampe brannte noch.

Wir haben Zeit, dachte Dahlmann wieder. Die Hauptsache ist, sie bleibt hier. Sie bleibt für immer –

Dr. Ronnefeld, der Hausarzt, hatte keine Ruhe gelassen. Wochenlang hatte er mit den Kapazitäten der Augenchirurgie korrespondiert, Röntgenbilder eingeschickt, die Krankenberichte der Klinik, Fotos – und immer hatte er die Antwort bekommen: abwarten. Noch ist alles zu frisch. Noch sind die Nerven, ist der ganze Augenkörper zu sehr gereizt durch den Unfall. Auch die verätzte Hornhaut muß erst wieder zur Ruhe kommen, ehe daran zu denken ist, eine Transplantation zu wagen. Aber auch hier ist eine Prognose ausgeschlossen ... zu oft hatte man erlebt, daß sich überpflanzte Hornhäute wieder abstießen und dann eine zweite Operation ausgeschlossen war.

Luise Dahlmann war nach drei Wochen entlassen worden. Dr. Ronnefeld bezeichnete es als ein Glück, daß sie nach der Abnahme der Verbände nicht ihr Gesicht sehen konnte. Keine Haut überzog mehr den schmalen Kopf, sondern ein runzeliges, rosaweißes Etwas mit gelben Flecken bedeckte das Gesicht. Es gab keine Augenbrauen mehr und keine Wimpern. Nur die Lippenhaut hatte sich merkwürdigerweise erneuert, vielleicht, weil Luises Hände damals rechtzeitig vor dem Mund lagen und eine kompakte Verätzung verhinderten. Es wurde so ein erschütternder Anblick: In einem runzeligen, verbrannten Gesicht zwei blühende, rote, schöne Lippen ... eine Blume in einer Wüste, ein Fleck pulsierendes, warmes Leben inmitten einer Mondlandschaft.

Die Abnahme der Augenbinden im abgedunkelten Zimmer war weniger dramatisch, als es die Ärzte erwartet hatten. Ruhig saß Luise auf dem Stuhl und sah mit großen, aber trüben Augen auf das Fenesterviereck, dem einzigen hellen Fleck im Zimmer. Auch als ein Assistenzarzt auf einen Wink ein Stück der Übergardine wegzog und ein Streifen Sonne ins Zimmer fiel, veränderte sich der Blick Luises nicht. Gerade saß sie auf dem Stuhl, den Kopf erhoben und lauschte auf die Geräusche um sich.

»Es ist alles dunkel«, sagte sie mit fester Stimme. »Alles ganz dunkel ... nicht einen Schimmer sehe ich ...«

Sie hörte das Ritschen der Metallröllchen auf der Schiene, als der Assistenzarzt die Gardine ganz aufzog und das helle Sonnenlicht fast blendend ins Zimmer fiel. Sie schüttelte den Kopf und starrte mit ihren leblosen Augen in die grelle Sonne.

»Ich nehme an, es ist ein schöner Frühlingstag«, sagte sie ganz ruhig. »Es ist so warm im Zimmer, sicherlich scheint die Sonne. Ich fühle fast die Strahlen, aber ich sehe sie nicht. Alles ist dunkel ... völlig dunkel.«

Die Ärzte sahen sich an. Dr. Ronnefeld senkte den Köpf und wandte sich ab. Wie sie es trägt, dachte er. Mit welcher Ruhe, mit welcher Kraft. Jetzt, wo sie weiß, daß sie blind ist, sitzt sie da wie eine Statue, deren Gesicht vom Wind und Regen der Jahrhunderte ausgewaschen scheint. Und sie spricht von der Sonne, die sie auf der Haut fühlt und die sie nie mehr sehen wird.

In diesem Augenblick schwor sich Dr. Ronnefeld, daß Luise Dahlmann wieder sehen müsse. Nicht heute oder morgen ... auch hier würde die Zeit für sie arbeiten. Es gab vielleicht die Möglichkeit einer Transplantation, nach der schon Hunderte von Blinden wieder sehen lernten – wenn die Sehnerven gesund waren. Darauf mußte man warten; auf die große Stunde, in der Luise Dahlmann durch das Auge eines anderen, eines Toten, wieder sehen konnte. Vielleicht ...

So war es September geworden, sechs Monate nach dem Unfall im Labor der Mohren-Apotheke.

Das Leben in der Apotheke ging weiter. Monika Horten war umgezogen und bewohnte zwei Zimmer in dem großen Haus, besorgte den Haushalt und pflegte Luise. Dazwischen zeichnete sie, machte Kostümentwürfe für die Städtischen Bühnen und zwei Modehäuser, entwarf Schutzumschläge für Bücher und Plakate für die Industriemesse. Unter dem Dach der Mohren-Apotheke hatte sie sich ein richtiges Atelier eingerichtet, mit einem Glasdach, Nordlicht, zwei Staffeleien und einem Brennofen für Emaillearbeiten. Ab und zu besuchte Ernst Dahlmann sie und saß dann brav und mit gefalteten Händen auf der Couch und sah ihr zu. Er sprach kaum ein Wort, sondern starrte sie immer nur an. Er verfolgte ihren wiegenden Gang, die Bewegungen und Neigungen ihres Kopfes, das Spiel der Hände mit den Farben und Pinseln, das Atmen ihrer Brüste, die sich auf dem fleckigen, mit Farben verschmierten alten Pullover abzeichneten.

»Was hast du?« fragte Monika einmal, als sie seinen hungrigen Blick bemerkte. Er schüttelte den Kopf und wischte sich über seine verräterischen Augen.

»Nichts, Moni, nichts. Ich bewundere nur, wie unter deinen Fingern Figuren und Dinge entstehen ... es ist wie ein Schöpfungsakt.«

Dann ging er wieder, aber auf der Treppe blieb er stehen und rauchte erst eine Zigarette, um seine innere Erregung zu dämpfen. Wenn er dann ins Wohnzimmer kam und Luise am Tisch sitzen sah, meistens vor einem Tonbandgerät, mit dem sie Opern hörte oder ein auf Band gesprochenes Buch. Einmal las Ernst Dahlmann einen vollständigen Roman von Steinbeck auf Magnetophonbänder und spielte sie dann Luise vor ... wenn er sie so im grellen Licht des Tages sitzen sah, den Kopf lauschend zur Seite geneigt, auf alle Geräusche um sich herum achtend und lächelnd, sobald sie ihn hörte – dieses grauenhafte Lachen der roten, blühenden Lippen in einem toten Gesicht –, dann blieb er an der Tür stehen und fragte sich immer, ob es Gnade oder Gemeinheit des Schicksals sei, daß sie den Unfall überlebt hatte.

Nach sechs Monaten kam Dr. Ronnefeld mit einer großen Neuigkeit. Er war überglücklich und umarmte fast den verblüfften Dahlmann.

»Es ist soweit!« rief er. »Herr Dahlmann, wir dürfen hoffen! Ja, wir dürfen mehr als zuversichtlich sein. Professor Böhne hat sich bereit erklärt, eine Hornhauttransplantation vorzunehmen. Professor Böhne in Münster. Eine augenchirurgische Kapazität! Ich habe sogar einen Termin. Wir sollen übermorgen zur ersten Voruntersuchung kommen. Was, da staunen Sie?! Los, sagen wir es sofort Luise!«

Er wollte nach hinten ins Wohnzimmer rennen, aber Dahlmann hielt den Arzt im letzten Moment am Rock fest.

»Einen Augenblick noch, Doktor.« Seine Stimme war belegt. »Sollen wir Luise wirklich Hoffnung machen?«

»Aber ich bitte Sie, Herr Dahlmann ... Professor Böhne! Wenn er Hoffnung hat, wie sollen wir kleinen Würstchen da noch zweifeln?«

»Und wenn es mißlingt? Es wäre ein zweiter, ein noch schlimmerer Zusammenbruch. Mit dem, wie es jetzt ist, hat sie sich abgefunden. Sollen wir sie wieder hinausreißen in Zweifel und vielleicht nicht erfüllbare Hoffnungen?«

Dr. Ronnefeld sah Ernst Dahlmann sprachlos an. »Soll das heißen ... soll ich das so verstehen ... daß Sie eine Operation nicht wollen ...? Eine große Chance einfach vergeben, nur weil sie etwas Unruhe in das Leben trägt?«

Ernst Dahlmann erkannte, daß es nur noch eine Möglichkeit gab, das plötzliche Mißtrauen des alten Arztes zu unterdrücken. Er nickte, hob die Schultern und sah an Dr. Ronnefeld vorbei.

»Gut. Ich füge mich. Luise soll selbst entscheiden. Aber eines, Doktor, möchte ich dazu noch sagen, gerade jetzt, wo wir allein und unter uns sind: Wenn die Operation mißlingt, ist es die letzte gewesen! Seit Monaten sitzt Luise vor den Augenexperten, seit Monaten wird sie vertröstet, es ist ein Wunder, wie sie das überhaupt aushält! Nun kommt Münster an die Reihe. Bitte schön! Nehmen wir auch Münster hin – aber danach ist Schluß! Ich werde mich jeder weiteren Operation widersetzen mit Rücksicht auf den seelischen Zustand Luises! Wir haben uns verstanden, Doktor?«

»Sie haben klar genug gesprochen.« Dr. Ronnefeld wandte sich ab und ging zum Wohnzimmer. Dahlmann ließ ihn allein gehen, er selbst wandte sich wieder dem Laden zu.

Am übernächsten Tag fuhren Luise, Dr. Ronnefeld und Ernst Dahlmann nach Münster.

»Wir wollen es versuchen«, hatte Luise gesagt. Weiter nichts.

*

Drei Monate blieb Luise Dahlmann in der Klinik von Professor Böhne. Drei Monate lang tat er nichts an den Augen, sondern schaltete einen Gesichtschirurgen ein, der die zerstörte Haut abtrug und neue Haut aus der Innenseite des Oberschenkels in großen gestielten Hautlappen überpflanzte.

»Die Augen haben Zeit«, sagte Professor Böhne, als Dahlmann sich über die Behandlung wunderte. »Wir wissen jetzt, daß das Auge funktionsfähig ist, das heißt, daß Sehnerv, Pupille, Regenbogenhaut, kurzum das Auge, erhalten geblieben sind. Verätzt sind beide Hornhäute. Wir werden zunächst im linken Auge eine neue Hornhaut transplantieren, da mir am linken Auge dazu die besseren Voraussetzungen gegeben scheinen. Aber stellen Sie sich vor, Ihre Gattin könnte wieder sehen, und das erste, was sie im Spiegel sähe, wäre eine Fratze! Ihr eigenes Gesicht – eine Fratze. Glauben Sie, daß sie das glücklich machen würde? Man muß auch die psychologische Seite berücksichtigen. Deshalb bringen wir erst das Gesicht in Ordnung ... und dann das Auge.«

Ernst Dahlmann sah den Chirurgen kritisch an. »Sie haben ein ungeheures Selbstvertrauen, Herr Professor«, sagte er mit deutlichem Sarkasmus. »Sie betrachten die Operation schon als gelungen, bevor sie begonnen hat.«

»Allerdings.« Professor Böhne putzte seine Brille. Dieser Ernst Dahlmann war ihm zuwider, er wußte nicht, warum, aber er empfand eine deutliche Antipathie. Er ist zu glatt, dachte er. Zu selbstsicher. Zuwenig mitgenommen von der Blindheit seiner Frau. Es ist, als ob er einen blinden Hund herumführt und an den Baum stellt. Komm, nun mach schon ... ja, das ist dein Baum ... riechst du ihn nicht ...?

»Sie wird wieder sehen«, sagte Professor Böhne laut.

»Gott möge Ihnen helfen!«

Gott, dachte Professor Böhne. Es klingt merkwürdig, wenn dieser Dahlmann das sagt. Es klingt, als wünsche er, auch Gott sei blind ...

An einem Dezembermorgen fand die Operation statt. Was hundertmal geübt war, was hundertmal erfolgreich gewesen war, geschah auch mit Luise Dahlmann. Über eine Stunde operierte Professor Böhne zusammen mit seinem Assistenten Dr. Neuhaus. Dann wurden die Augen wieder verbunden mit einem lichtundurchlässigen Verband, der einige Tage bleiben mußte.

In diesen Tagen der schwelenden Hoffnung wechselten sich Dahlmann, Monika und Dr. Ronnefeld am Bett Luises ab. Ihr Gesicht war wieder glatt, die neue Haut war gut eingewachsen. Die Narben und Schnittflächen sollten in einem kommenden Operationsgang entfernt werden. Sie störten noch, aber sie entstellten nicht mehr das Gesicht.

Es war ein lichter, kalter Nachmittag, ein glänzender Schneetag, an dem die Sonne über den Schnee flimmerte und ihn bläulich leuchten ließ, als Professor Böhne anordnete, die Binde von den Augen zu lösen. Er holte zu diesem wichtigsten und schönsten Moment im Leben eines Blinden Luise in sein Büro, verdunkelte es durch dicke Portieren und führte Luise an der Hand zu dem ledernen Stuhl, der mitten im Zimmer stand. Im Hintergrund warteten still, atemlos Dr. Ronnefeld, Monika und Ernst Dahlmann. Dr. Neuhaus, der Assistenzarzt, wickelte die Binden ab. Für einen Augenblick zögerte er, als er die Zellstoffschicht entfernte, die letzte Barriere vor den Augen Luises.

Sie hatte die Lider geschlossen, als Dr. Neuhaus die Zellstofflage abnahm. Professor Böhne sah sich um. Dann ging er selbst zur Gardine, schob sie einen Spalt auf, nicht viel, nur so viel, daß Licht ins Zimmer fiel und in ein Halbdunkel tauchte. »Bitte – öffnen Sie die Augen«, sagte er mit ruhiger, gütiger Stimme.

Luises Kopf begann zu zittern. »Ich habe Angst«, sagte sie leise. »Ich habe plötzlich solche Angst ...«

»Öffnen Sie die Lider ganz langsam und drehen Sie den Kopf nach rechts. Ja, so ist es gut! Und nun sehen Sie mich an.«

Professor Böhne trat vor Luise. Er hob drei Finger seiner rechten Hand hoch und hielt sie vor ihre Augen. Monika umklammerte Dahlmanns Arm. Jetzt ... jetzt wird sie sehen ... Auch Dr. Ronnefeld hielt den Atem an ... es ist ein seltener Anblick, wenn ein Blinder aufschreit und seine Welt wiedererkennt.

Langsam öffnete Luise die Augen. Das rechte Auge war noch trüb, das linke hatte etwas Leben, Farbe und Glanz.

»Was sehen Sie?« fragte Professor Böhne ruhig.

»Dunkelheit.«

Es war wie ein Stöhnen. Mit einem fast wilden Satz sprang Professor Böhne zum Fenster, riß die schweren Portieren zur Seite und ließ das volle Sonnenlicht ins Zimmer fluten. Wieder hielt er seine drei Finger vor Luises Augen, ganz nahe, so nahe, daß fast ihre Nase sie berührte.

»Was sehen Sie?« fragte er wieder. Aber dieses Mal war seine Stimme rauh und irgendwie brüchig.

Luise hob den Kopf und starrte mit weitaufgerissenen Augen in das grelle Licht.

»Ich sehe nichts als einen grauen Schatten ...«, sagte sie schluchzend. »Wie dichter Nebel ist es ... überall Nebel ... Aber es ist keine Nacht mehr ... es ist grau ... hellgrau ... wie eine Milchglasscheibe ... hellgrau ...«

In dem sonnendurchfluteten Zimmer war es geisterhaft still. Professor Böhne hielt noch immer seine drei gespreizten Finger vor Luise Dahlmanns Augen. Er bewegte sie hin und her, als veranstalte er Schattenspiele, er knickte die Finger und ließ sie wieder emporschnellen – sinnlose Bewegungen, denen die trüben Augen nicht folgten. Sie starrten ins Helle, weit aufgerissen, ohne ein Zeichen der Blendung.

»Schatten bewegen sich«, sagte Luise leise, als niemand um sie herum mehr sprach. »Schatten im Nebel, Flecken ... Ist ... ist das der Anfang, Herr Professor?«

Professor Böhne sah zu seinem Assistenten. Dr. Neuhaus reichte ihm mit bebenden Hände die dunkle Binde. Langsam, fast mitleidig legte Professor Böhne den Verband wieder um die Augen Luises und senkte den Kopf. Dr. Ronnefeld im Hintergrund wandte sich erschüttert ab. Monika Horten hatte ihren Schwager umklammert, und Ernst Dahlmann strich ihr begütigend über die hellblonden Haare, immer und immer wieder, den Blick nicht von seiner Frau lassend, die nun wieder mit verbundenen Augen auf dem Stuhl saß, mit zuckenden Schultern und ineinander verkrampften Händen, aber mit einer ungeheuren Tapferkeit.

»Es bedarf noch einer kleinen Korrektur, gnädige Frau«, sagte Professor Böhne. Er gab seiner Stimme einen sicheren und zuversichtlichen Klang. »Sie sehen schon Helligkeit und nehmen Schatten wahr – das ist ein großer Schritt vorwärts.«

»Hast du das gehört, Ernst?« Luise Dahlmann wandte den Kopf zurück in die Richtung, wo sie ihren Mann vermutete.

»Ja, mein Liebes«, sagte Dahlmann und streichelte Monika weiter, die an seiner Schulter das Schluchzen unterdrückte.

»Ich werde wieder sehen können.«

»Bestimmt, Luiserl!«

»Ich bin so glücklich –«

»Wir alle sind glücklich, Luiserl.«

Dann warteten sie stumm, bis Dr. Neuhaus sie aus dem Zimmer geführt hatte, zurück in ihr Krankenzimmer, wo sie von der Stationsschwester sofort ins Bett gebracht wurde, um sich von den Anstrengungen zu erholen. Sie erhielt eine Beruhigungsinjektion, nach der sie schnell einschlief.

Ernst Dahlmann löste sich aus der Umklammerung seiner Schwägerin und trat an Professor Böhne heran, der mit dem Rücken zum Raum am Fenster stand und hinaus auf die Straße starrte.

»Bitte, sagen Sie es ehrlich, Herr Professor«, verlangte Dahlmann heiser. »Verschweigen Sie nichts ... die Operation ist also mißlungen?«

»Der Erfolg ist nicht so, wie ich es erhofft habe.«

»Warum reden wir drum herum?« Dahlmanns Stimme hatte etwas Forderndes, Barsches an sich. Wieder kam in Professor Böhne die Abneigung hoch, die er schon bei der ersten Begegnung mit Dahlmann gespürt hatte, eine Abneigung, die es im schwermachte, höflich zu bleiben. Er drehte sich nicht um, sondern sah weiter aus dem Fenster. »Meine Frau bleibt also blind?«

»Im Augenblick – ja.«

»Was heißt das: Im Augenblick?«

»Die transplantierte Hornhautscheibe ist gut eingewachsen, aber sie hat sich wieder so weit getrübt, daß nur Licht und Schatten erkennbar bleiben. Ich befürchte, sie wird sich im Laufe der Zeit weiter eintrüben. Es wäre zu kompliziert, Ihnen jetzt den physiologischen Vorgang zu erklären, aber ...«

»Mich interessiert lediglich, daß die Operation mißlungen ist.« Ernst Dahlmann tupfte sich mit einem Ziertaschentuch über die Stirn. Sie bleibt blind, dachte er. Sie wird herumsitzen, weiter Schallplatten und Tonbänder hören, ich werde ihr die Zeitung vorlesen, die Tageseinnahmen der Apotheke, die Korrespondenz, die privaten Briefe.

»Wir können den Eingriff in einem Jahr wiederholen«, sagte Professor Böhne fast mit Widerwillen.

»Nein!«

Dieses harte Nein veranlaßte Böhne, sich nun doch herumzudrehen. Er sah in harte braune Augen, die fern aller Erschütterung waren, ohne Mitgefühl, ohne seelische Ergriffenheit. Dr. Ronnefeld trat ebenfalls vor. Er atmete schwer. »Herr Dahlmann ... man muß jede Chance wahrnehmen«, sagte er laut.

»Das war die letzte, und es ist auch mein letztes Wort! Ich möchte es Luise ersparen – noch einmal dieses Hoffen, Bangen und Warten und später den seelischen Niederbruch. Es ist eine Quälerei ... Sie haben es gesehen, meine Herren!« Seine Stimme bekam einen glucksenden Klang. Welch ein Schauspieler, dachte Professor Böhne plötzlich, ohne sagen zu können, warum er es dachte und die plötzliche Weichheit Dahlmanns nicht für ernst nahm. »Dieses hier war der letzte Versuch. Ich glaube, auch Sie wissen nicht, an wen ich mich noch wenden sollte und wer mir garantiert, daß die Operation gelingt. Niemand wird das garantieren. Also finden wir uns damit ab, daß meine Frau blind bleibt. Ihr Leben ist ja trotzdem nicht abgeschlossen, es ändert sich nur. Es gibt Schlimmeres, mit dem man sich abfinden muß.«

Professor Böhne schwieg und sah Dr. Ronnefeld an. Dann wanderte sein Blick zu Monika Horten. Sie stand im Hintergrund des Zimmers an der Wand und weinte noch immer.

»Es ist gut, wenn man sich mit etwas abfinden kann«, sagte er doppelsinnig. »Das erleichtert vieles.«

Ernst Dahlmann überhörte den Doppelsinn. Er nickte zustimmend. »Wer aber, meine Herren, will ihr sagen, daß sie blind bleibt? Sie hofft doch jetzt –«

»Ich werde das übernehmen.« Professor Böhne zog die Gardine vor das Fenster. »Ich glaube, sie ahnt es.«

Dr. Neuhaus kam zurück. Schon an der Tür nickte er seinem Chef zu. »Sie schläft, Herr Professor.«

»Hat sie noch etwas gesagt?«

»Nein. Kein Wort.«

»Keine Frage?«

»Nichts.«

»Dann weiß sie es.« Ernst Dahlmann atmete heftig. »Wie muß es jetzt in ihr aussehen! Und gerade das wollte ich ihr ersparen.«

Professor Böhne steckte die Hände in seinen weißen Kittel. Wenn diese kalten Augen nicht wären, könnte man ihm jede Erschütterung glauben, dachte er. Aber diese Augen blicken anders als der Mund spricht ... und auf Augen verstehe ich mich, nicht nur anatomisch.

»Wir werden sie beruhigen, Herr Dahlmann. Und in drei Tagen können Sie Ihre Gattin heimholen. Vielleicht wächst im Laufe eines Jahres auch in Ihnen die Gewißheit, daß eine neue Operation ein Segen sein kann.«

Wenig später sah Professor Böhne zur Straße hinunter. Aus dem Eingang der Klinik kamen Dahlmann und Monika Horten. Sie waren allein, denn Dr. Ronnefeld besuchte in der Chirurgischen noch zwei Privatpatienten. Dahlmann hatte seine Schwägerin untergefaßt. Aber es war kein helfendes Stützen, sondern ein verliebtes Anschmiegen an ihren schönen, zarten Körper. Sie blieben vor dem Parkplatz stehen, er sagte etwas, er lachte sogar und drückte den Arm Monikas an sich.

»Sie wird doppelt blind sein«, sagte Professor Böhne und wandte sich vom Fenster ab. Neben ihm stand Dr. Neuhaus mit ernstem, fast verbissenem Gesicht. »So ist es im Leben, mein junger Kollege. In dreißig Jahren Praxis habe ich das immer wieder erlebt. Heuchelei und Lüge werden zu lindernden Pflastern für die Blinden.«

»Man sollte dem Kerl eine runterhauen, Herr Professor«, zischte Dr. Neuhaus. »Man sollte es ihr sagen.«

»Warum? Was ändern Sie damit?« Professor Böhne hob resignierend die Schultern. »Der Charakter des Menschen ist die einzige Fehlschöpfung Gottes ...«

In der Nacht, nach einigen Gläsern Wein, die Ernst Dahlmann für sich allein im nur von einer Stehlampe erleuchteten Zimmer getrunken hatte, blieb er nicht wie schon so oft vor der Tür des Fremdenzimmers stehen, sondern faßte an die Klinke und drückte sie herunter.

Die Tür war nicht verschlossen. Sie knarrte auch nicht, als er sie vorsichtig öffnete, in den dunklen Raum schlüpfte und sie wieder hinter sich zuzog.

Das erste, was ihm entgegenkam, war ein herbsüßer Parfümgeruch und ein tiefes, gleichmäßiges Atmen. Er blieb an der Tür stehen, lehnte sich dagegen und starrte in die Dunkelheit, bis sich seine Augen daran gewöhnt hatten. Aus den Schatten wurden Gegenstände: der Schrank, das Waschbekken, eine Frisierkommode, zwei kleine Sessel, ein Tisch, ein flaches Bett, darüber die Umrisse eines Bildes, eine Steppdecke mit den Wölbungen eines Körpers darunter, ein kleiner, heller Fleck ... der Teil eines Gesichtes und aufgelöste blonde Haare.

Ernst Dahlmann preßte die Lippen zusammen und atmete laut durch die Nase. Eine heiße Welle spülte zu seinen Schläfen und trocknete ihm die Kehle und den Gaumen aus. Sein Herz brannte. Er schluckte mehrmals, und es tat weh, dieses Schlukken mit einer Kehle, die ausgedörrt schien wie nach einer Wüstenwanderung.

Langsam ging er auf das Bett zu, setzte sich vorsichtig auf die Kante und beugte sich über Monikas Kopf. Sie schlief wie ein Kind, den Kopf zur Seite, mit fast trotzigen Lippen, die Beine etwas angezogen. Er sah das leichte Zittern ihrer Augendeckel, die sich im Schlaf beim Atmen ein wenig blähenden Nasenflügel, er roch ihren Körper und verfolgte die weiße, weiche Linie ihres Halses bis zu den Spitzen des Hemdes, die den Brustansatz verdeckten. Mit zitternden Fingern streifte er langsam die Steppdecke von ihr ... zentimeterweise, als schäle er eine wertvolle Skulptur aus ihrer schützenden Umhüllung, ein Porzellanfigürchen, zerbrechlich bei jeder rauhen Berührung. Monika Horten seufzte im Schlaf, sie drehte den Kopf, streckte sich und schob einen Arm unter den Kopf.

Das war der Augenblick, in dem Ernst Dahlmann die mühsame Beherrschung verließ. Stumm, nach einem tiefen Aufatmen, warf er sich über sie und riß sie in seine Arme. Den Schrei, den sie ausstieß, erstickte er mit seinen Lippen, er preßte sie in die Kissen zurück, während seine Hände an ihrem Körper auf und ab glitten.

»Bist du wahnsinnig?!« schrie sie, als er Atem schöpfen mußte und ihren Mund freigab. Sie preßte die Fäuste zwischen sich und ihn und zog die Beine an. »Du bist ja betrunken, Ernst! Du bist ... du bist ...«

»Ich bin wahnsinnig, ja. Ich bin wahnsinnig.« Dahlmann ergriff ihre Fäuste und drückte sie weg. »Du weißt, daß ich Luise nur geheiratet habe, um dir nahe zu sein, dich zu sehen, immer und immer wieder zu hoffen, jahrelang, daß einmal diese Stunde kommt, diese Stunde, wie sie jetzt ist ... Dafür habe ich alles hingenommen ... die Demütigungen deines Vaters, die Duldung Luises, die Überlegenheit ihres Geistes, die sie mich immer spüren ließ ... alles, alles habe ich in mich hineingefressen, weil ich mich geopfert habe ... Moni, habe ich gedacht, wenn Luise zärtlich war, und das war selten ... Moni, habe ich gefühlt, wenn ich die Hand ausstreckte und ihren Körper spürte ... Moni, nur immer Moni ... ich habe für dich gelebt, die ganze Zeit ... und nun sind wir zusammen, nun kann uns nichts mehr trennen, nun ist uns das Schicksal entgegengekommen ...« Er riß sie an sich, seine heißen Hände tasteten über sie.

»Ernst!« schrie sie. »Das ist doch Irrsinn! Ernst! Sie ist meine Schwester, und sie ist blind!«

»Sie wird nie sehen, wie erfüllt unser Leben ist. Ist das nicht wie eine Fügung? Sie wird es nie erfahren, nie merken. Sie wird in einem Traumhaus sitzen. Und wir werden glücklich sein. Wir alle.«

»Ich kann das nicht, Ernst! Ich kann sie nicht immer belügen. Ich habe die Nerven nicht dazu.«

»Ich werde die Nerven für dich mit haben!« Er küßte sie wieder, und er spürte, als er sie umfing, wie sie zitterte und wie der innere Widerstand in seiner Glut verbrannte. Noch einmal versuchte sie, ihn wegzudrängen, mit den Fäusten sich zur Seite zu wälzen, die Lippen fest zusammenzupressen. Dann, ganz plötzlich, als schalte man ein Licht aus, wurde sie schlaff, erstarb aller Widerstand, lag sie hilflos in seinen Armen, um ebenso plötzlich wieder zu entbrennen, aber anders, gebend und fordernd, mit spitzen Nägeln, die sich in seinen Rücken gruben, einen Schmerz in ihm aufrissen, den er wie Wonne empfand.

»Es ist Wahnsinn, Ernst«, stammelte sie. »Mein Gott, wie wahnsinnig sind wir!«

Dann schwieg sie, und das Gefühl, eine Frau zu sein, besiegte den letzten Rest von Reue ...

Am übernächsten Tag holte Ernst Dahlmann seine Frau Luise nach Hause. Er führte sie zärtlich zum Wagen, küßte sie auf die Stirn und sagte:

»Es ist schön, daß du zurückkommst, Luiserl.«

Sie lächelte und streichelte seine Hand.

»Jetzt brauche ich dich doppelt, Ernst.«

»Ich weiß, Luiserl.« Er küßte sie auf die trüben Augen. »Ich werde immer für dich dasein, das weißt du.«

Sie lehnte sich in die Polster zurück und nickte.

»Das macht mir ja alles so leicht«, sagte sie leise. »Wenn ich euch nicht hätte ... dich und Monika.«

*

Sechs Monate sind kein Begriff mehr, wenn es dauernd Nacht ist. Die Zeit wird lediglich ein Geräusch: Wenn der Wecker in der Nachttischschublade klingelt, ist es sieben Uhr morgens. Wenn Monika kommt und beim Anziehen hilft, ist es halb acht. Die Post kommt um zehn. Halb elf kommt ein Lehrer, der mit unendlicher Geduld die Blindenschrift lehrt. Um ein Uhr wird gegessen. Dann Schallplatten, Radio. Monika erzählt. Ein Spaziergang durch den Schnee ... man spürt die Wintersonne auf der Haut. Und der Abend ist da, wenn Ernsts Stimme um sie ist, wenn er vom Tage erzählt, von lästigen oder lustigen Kunden, wenn man Wein trinkt und eine Zigarette raucht, einer Oper zuhört oder einem Theaterstück, und in der

Phantasie aus den Worten vor dem inneren Auge die Handlung rekonstruiert.

Wieder ein Tag herum – das ist Luises Gedanke, wenn sie wieder im Bett liegt. Nur ein Gedanke, kein Zeitbegriff mehr. Aber eine Sehnsucht ist da, eine nie gekannte wilde Sehnsucht nach Zärtlichkeit. Dann tastet sie nach ihrem Mann, sucht ihn, hält ihn fest.

Ernst Dahlmann war Luise gegenüber von einer staunenswerten Geduld und Zärtlichkeit. Selbst Dr. Ronnefeld, der oft erschien und nach ihr sah, wunderte sich darüber, wie mit der Endgültigkeit der Blindheit auch bei Dahlmann eine Wandlung zum Besseren vor sich ging. Kein Wunsch blieb unerfüllt; er führte sie in die Oper oder fuhr mit ihr übers Land, nur damit sie das Rauschen der Bäume hörte, das Gurgeln des Flußwassers, das Tropfen der Nässe von den Zweigen, das Singen der Vögel, das Brummen der Kühe und das Schnattern der Gänse.

»Wie lieb du bist«, sagte sie immer wieder und lehnte den Kopf an seine Schulter. »Ich merke gar nicht, daß ich nichts sehe. Durch dich sehe ich alles.«

Ein paarmal wachte sie nachts auf und tastete zur Seite. Das Bett Ernst Dahlmanns war leer, die Decke zurückgeschlagen. Am Morgen erzählte er dann, daß die Apotheke Nachtdienst hatte und einige Rezeptabholer gekommen seien.

»Erst ab vier Uhr morgens war es still«, sagte er mit einem sarkastischen Lachen. »Daß die Leute auch immer nachts krank werden müssen!«

Es waren die Nächte, die er bei Monika verbrachte; wilde, rasende Stunden, die den ganzen folgenden Tag in ihm nachzitterten. Wie betäubt kam er gegen Morgen in das eheliche Schlafzimmer zurück, starrte auf das Gesicht Luises mit den Operationsnarben, die wie kleine weiße Kanäle durch ihre Haut zogen, sah ihren schönen, fraulichen Körper und empfand bei diesem Anblick nichts als eine lähmende Gleichgültigkeit. Dann graute ihm vor dem neuen Tag, vor dem Versteckspielen, vor der Heuchelei von Sorge und Liebe, vor diesen großen, toten Augen, die ihn ansahen und doch nicht sahen, die seinen Gang verfolgten nach dem Klang seiner Schritte und die wie verblichene Perlmuttknöpfe in einem Gesicht saßen, das lächeln konnte, während er vor ihnen stumm Monika in die Arme zog und sie küßte.

»Was tust du jetzt, Ernst«, fragte sie einmal.

Da ließ er Monika los und sagte: »Ich stehe am Blumenfenster und gieße die Blumen.«

»Wirklich ... ich rieche die feuchte Erde.« Sie hob die Nase und schnupperte. »Die Alpenveilchen aber nur von unten gießen, ja?«

Das waren Situationen, die Monika um die Fassung brachten. Jedesmal lief sie dann hinaus, und es kostete Ernst Dahlmann viel Mühe, sie zu beruhigen.

»Schufte sind wir!« schrie sie ihn in ihrem Zimmer an. »Ganz gemeine Schufte! Ich halte das nicht länger aus. Ich habe diese Nerven nicht!«

In der Nacht überspülte sie von neuem seine Zärtlichkeit und sie ertrank im Vergessen.

Ein halbes Jahr ging so dahin. Luise Dahlmann war glücklich.

An einem Frühsommertag entging Dahlmann nur durch Glück einer Katastrophe. Es war nach dem Mittagessen. Luise saß im Wohnzimmer an ihrem Sekretär, vor sich eines der dikken Bücher mit der Brailleschen Blindenschrift. Immer wieder glitten ihre Fingerspitzen fast zärtlich über die hochstehenden Punkte, tasteten die Buchstaben ab, die Worte, die Satzgruppen. Ernst Dahlmann und Monika Horten saßen eng umschlungen auf dem Sofa vor dem Blumenfenster und küßten sich. Es war warm im Raum, und es war Frühling, und sie zitterten innerlich, als sie sich berührten. Die Stimme Luises riß sie empor aus ihrer lautlosen Seligkeit.

»Ernst!« sagte sie. »Ernst!« Ihr Kopf wandte sich dem Blumenfenster zu. Sie wußte: Nach dem Essen sitzt er immer auf dem Sofa und liest in aller Stille die Tageszeitungen.

»Ja, Luiserl?« Dahlmann bemühte sich, seinen keuchenden Atem zu unterdrücken.

»Ich kann schon einen Satz lesen, einen ganzen, richtigen Satz ...« Ihr Gesicht war überstrahlt von einer tiefen inneren Freude. »Soll ich ihn dir einmal vorlesen?«

»Ja –«

»Hier steht ...« Ihre Finger glitten lesend über die Punkte, der Kopf war leicht geneigt, als müsse sie nicht nur tasten, sondern auch hören. »Es war – an – einem – Sommertag – Komma – als – Friedrich – zum – erstenmal – dem – Mädchen –

begegnete – Punkt –« Ihr Kopf schnellte hoch: »Ernst ... Ich kann lesen ... ich kann mit meinen Fingern lesen ...«

Das war der Augenblick, an dem Monika Horten die Nerven verlor. Sie schluchzte auf, stieß Ernst mit beiden Fäusten von sich und rannte aus dem Zimmer. Laut schlug die Tür hinter ihr zu. Luises Gesicht wurde ernst und fragend. »Was hat sie, Ernst? Was war das?«

Dahlmann schluckte krampfhaft. Dann versuchte er zu lachen. Es war, als müsse er beim Aufheben eines riesigen Bleiklumpens pfeifen.

»Gestochen hat sie sich. An der großen Kaktee ... weißt du, die ganz links steht. Und weil ich gegrinst habe, war sie so wütend.«

»Du bist ein Unmensch, Ernst.« Sie lächelte wieder und schüttelte den Kopf. »Immer mußt du Moni ärgern. Warum denn? Vertragt euch doch! Sie hilft mir so selbstlos. Kannst du nicht freundlicher zu ihr sein?«

»Ich will's versuchen«, sagte Dahlmann gepreßt. »Ich geh mal und sehe zu, was sie macht, ja?«

»Das ist nett ...« Sie nickte ihm zu. »Ich übe weiter lesen.«

Monika Horten packte die Koffer, als Dahlmann in ihr Zimmer kam. Mit einer Handbewegung fegte er die Kleider auf den Boden. »Was soll der Blödsinn?« rief er.

Monika ballte die Fäuste und hielt sie ihm drohend entgegen. »Ich kann nicht mehr!« schrie sie. »Ich kann einfach nicht mehr!«

»Ich liebe dich!« Er schloß die Tür hinter sich ab und senkte den Kopf. Monika wich zurück bis zum Fenster.

»Du bist ein Tier!« schrie sie.

»Moni ...«

»Wenn du mich anrührst, springe ich aus dem Fenster!«

»Was wäre damit gewonnen?«

»Ich hätte Ruhe, endlich Ruhe! Ruhe vor dir und Ruhe vor meinem Gewissen!«

Ernst Dahlmann blieb an der Tür stehen. Er wußte, daß jeder Schritt vorwärts eine Katastrophe auslösen würde. Monika war in einer seelischen Verfassung, in der sie nicht mehr klar überblickte, was sie tat. Ihre herrlichen blauen Augen waren starr und gläsern.

»Moni!« sagte er mit aller Zärtlichkeit. »Moni, wir lieben uns doch!«

»Es ist Schuftigkeit ... Es ist ... ist ... mein Gott, dafür gibt es gar kein Wort.«

»Können wir es ändern?« Er sah sie groß an. »Wie können wir dagegen an, Moni? Mit Vernunft? Wo ist Vernunft, wenn man sich wirklich liebt? Mit Reue? Kann man Liebe bereuen? Mit Moral? Kann Liebe jemals unmoralisch sein? Mit Skrupeln? Ist eine große Liebe nicht skrupellos? Was bleibt einem Menschen denn außer der Leidenschaft, wenn er wirklich liebt? Nichts, gar nichts! Wir sind dann nur noch eine Flamme, die brennen muß ... und immer brennen, brennen, solange uns Blut durch die Adern rinnt ... Wir können nicht dagegen an ... niemand kann es!« Er schloß die Tür wieder auf und sah sie mit seinen großen braunen Augen an. »Sei vernünftig, Moni. Pack wieder aus. Wir können nicht vor uns fliehen.«

Ohne ihre Antwort abzuwarten, verließ er das Zimmer. Mit seinem Weggehen verließ Monika alle Kraft; sie fiel über das Bett und weinte wild.

Im Wohnzimmer las Luise noch immer und entzifferte neue Sätze der Blindenschrift. »Hast du sie beruhigt, Ernst?« fragte sie, als sie Dahlmann hereinkommen hörte.

»Ja, Luiserl«, antwortete er fest.

»Und was macht sie jetzt?«

»Ich glaube, sie will bügeln. Soll ich dir eine Tasse Kaffee holen, Luiserl ...?«

*

Als es wärmer wurde und Luise sich wünschte, viel spazierenzugehen, stellte Dahlmann eine Krankenpflegerin ein. »Sieh mal, Luiserl«, sagte er mit überzeugendem Ton, »ich muß ja in der Apotheke sein, damit alles gut läuft, Monika hat neue Aufträge für Modehäuser angenommen und zeichnet die Plakate für die Herbstmoden und einige Ausstellungen. Sie will nicht nur unser Gast sein, sie will sich ihr Geld allein verdienen. Sie wollte es dir nie selbst sagen, aber ich halte es für besser, wenn du es weißt. Und im Grunde genommen hat sie ja auch recht. Sie ist kein Mädchen, das jahrelang nur die Hand aufhält und sich damit zufriedengibt. Bisher hat sie bis tief in die Nacht hinein in ihrem Atelier gesessen. Sie wäre bereit, mit dir spazierenzugehen, aber das habe ich strikt abgelehnt. Was kommt dabei heraus, wenn Monika auch eines Tages krank wird?«

»Du bist wie immer der nüchterne Rechner.« Luise lächelte zustimmend. »Gut, Ernst. Nehmen wir eine Pflegerin. Aber eine junge, hörst du. Ich will sie lachen und nicht immer brummen hören.«

So kam eines Tages Fräulein Erna Pleschke ins Haus Dahlmann. Sie war 24 Jahre alt, hatte ihr Examen als Krankenpflegerin gemacht und trat bei Luise ihre erste selbständige Stelle an. Dr. Ronnefeld hatte sie vermittelt auf Empfehlung von Professor Böhne, und was Dr. Ronnefeld empfahl, war von Beginn an gut.

Jeden Tag gingen sie nun spazieren; im Stadtpark, am Leinefluß, in den herrlichen Gärten des Schlosses Herrenhausen. Luise nahm alles in sich auf, was sie mit dem Gehör empfangen konnte und setzte es im Inneren in Bilder um. Sie wußte, wie die Allee aussah, die sie jetzt hinabgingen, sie sah die Wasserspiele, wenn sie das Plätschern und Zischen der Springbrunnen hörte, und sie weidete sich an dem Panorama von Schloßpark und Fasanerie, wenn Fräulein Pleschke sagte: »Wir sitzen jetzt auf der Bank am Rande des hinteren Parks, auf der linken Seite.«

Es blieb nicht aus, daß Erna Pleschke bei diesen Spaziergängen immer wieder einen jungen Mann traf, der sich eines Tages vorstellte. Er war Student der pädagogischen Akademie, um einmal Lehrer zu werden, fühlte sich aber in Wahrheit als verhinderter Mediziner. »Das Studium kostet zuviel«, sagte er, »und mein Vater ist als kleiner Justizbeamter froh, wenn ich bald in einem anständigen Beruf mein regelmäßiges, wenn auch mäßiges Auskommen habe.«

So ergab es sich von Spaziergang zu Spaziergang, daß Fräulein Pleschke zu genau verabredeten Zeiten in den Parks erschien, Luise Dahlmann zu einer sonnigen Bank führte und dann für einige Minuten beiseite ging. Entweder wollte sie Blumen pflücken – was sie dann mit dem Studenten auch oft gemeinsam tat – oder sie holte Eis, was länger als gewöhnlich dauerte, weil Hin- und Rückweg zum Eiswagen für ein Gespräch mit dem Lehreraspiranten ausgenutzt wurde.

An einem heißen Sommertag – Fräulein Pleschke war wieder zum Eiswagen unterwegs und Luise Dahlmann sonnte sich auf der Bank, weit zurückgelehnt, die Augen geschlossen, das Kleid von den Schultern abgestreift – setzte sich jemand neben sie auf die Bank. Sie hatte die Schritte knirschen hören, spürte das Zittern des Holzes, als sich der Spaziergänger setzte, vernahm das Knistern einer Zeitung und das leise Ritschen von Stoff, wenn man sich beim Niedersetzen die Hosen etwas höher zieht, damit sie an den Knien keine Beulen bekommen.

Also ein Mann, dachte Luise Dahlmann. Sie hielt den Kopf zur Sonne gewandt, die Augen geschlossen, nur das Kleid ließ sie mit einer leichten Schulterbewegung höher rutschen, damit der Brustansatz wieder verdeckt wurde.

»Ein herrlicher Tag, nicht wahr?« sagte der Mann neben ihr. Luise nickte. Eine schöne Stimme hat er, dachte sie. Melodisch und dunkel. Und eine gute Sprache. Er verschluckt keinen Konsonanten, er spricht wie auf einer Bühne.

»Wirklich. Ein wundervoll klarer Himmel«, antwortete sie und legte die Hand unter ihren Nacken. Der Mann neben ihr sah sie verwundert, ja verblüfft an. Zwar war der Himmel strahlend blau und von Sonne überglüht, aber nicht völlig klar. Dicke weiße Wolken, zusammengeballt wie riesige Schneebälle, trieben im trägen Sommerwind, schluckten die Sonne, gaben sie wieder frei und zerteilten die Strahlen.

Der Mann neben Luise beugte sich etwas vor und sah ihr ins Gesicht. Dann wich seine Verwunderung einem tiefen Ernst, und er lehnte sich zurück.

»Ja, ein herrlicher, klarer Himmel«, sagte er. »Ein unwahrscheinliches Blau. Nach dem langen Winter und dem nassen Frühling tut es gut, Frau Dahlmann.«

Luises Kopf fuhr herum. Unwillkürlich riß sie die Augen auf ... der Mann auf der Bank sah in die trüben, toten Augen. Er erschrak, und er war in diesem Moment froh, daß sie dieses Erschrecken nicht wahrnehmen konnte.

»Sie kennen mich?«

»Aber ja. Ich habe oft in Ihrer Apotheke gekauft. Und ich las auch von dem entsetzlichen Unglück. Mein Name ist Sanden, Robert Sanden. Ich bin Schauspieler am Stadttheater.«

»Robert Sanden.« Luise lächelte leicht. »Ich habe auch Sie oft gesehen, und in der letzten Zeit leider nur gehört. Warten Sie mal ... zuletzt waren Sie der Heink in Bahrs ›Das Konzert‹. Stimmt's?«

»Ja.«

»Und vorher habe ich Sie gesehen, nein gehört, muß man ja sagen, als Bolingbroke in ›Ein Glas Wasser‹. Sie waren köstlich darin, von einem beißenden intellektuellen Sarkasmus.«

»Danke.«

Das Gespräch versandete. Was sollte man sagen? Die Situation war irgendwie peinlich; für einen sehenden Menschen gibt es tausend Dinge, über die man reden kann – ein Blinder dagegen lauscht hinein in die ewige Nacht und schafft sich eine eigene Welt, in der er nur allein leben kann, weil niemand sie so sieht wie er.

»Warum sind Sie so still, Herr Sanden?« fragte Luise Dahlmann. Robert Sanden zuckte zusammen und wischte sich verlegen über den Mund.

»Ich habe an etwas denken müssen, Frau Dahlmann.«

»Erzählen Sie mir etwas aus Ihrer schönen Theaterwelt. Sehen Sie meine Pflegerin?«

»Dort hinten steht ein Mädchen zusammen mit einem jungen Mann – wenn sie das ist?«

»Ein junger Mann?« Luise lächelte schwach. »Darum Eisholen, Blumenpflücken ...«

»Wie bitte?«

»Ach nichts, Herr Sanden.« Sie legte den Kopf wieder zurück auf die Banklehne und schloß die Augen. »Es muß schön sein, jeden Abend auf der Bühne zu stehen und die Menschen in eine andere Welt entführen zu können.«

»Es ist anstrengend. Man muß jeden Abend in eine neue Haut, in eine fremde Seele kriechen.«

»Und woran haben Sie eben denken müssen? Ist es fatal, darauf zu antworten, so vergessen Sie die Frage.«

»Es ist nicht fatal, Frau Dahlmann.«

»Sie haben über mich nachgedacht, nicht wahr?«

»Ja.«

»Sie haben gedacht: Ich kenne sie, wie sie lustig in der Apotheke stand. Mein Gott, was ist aus ihr geworden! – Nicht wahr, das haben Sie gedacht.«

»Nein.«

»Ich weiß, daß Lügen barmherzig sein können –«

»Ich habe an etwas anderes denken müssen.«

»Und an was?«

»Ich habe gedacht: Warum versucht man nicht alles, um wenigstens ein Auge zum Sehen zu bringen?!«

»Wir haben alles getan. Zuletzt in Münster. Immer mißlang es. Jetzt haben wir resigniert. Und ehrlich gesagt, habe ich mich damit abgefunden. Man soll nicht auf Unmögliches hoffen. Es gibt keine Wunder mehr.«

»Mir ist, als ich Sie ansah, etwas eingefallen.« Robert Sanden sah auf die träge ziehenden, geballten Wolken. Sie verdeckten jetzt die Sonne, aber Lichtbündel stachen von allen Seiten aus ihnen hervor, goldene, gleißende Strahlenkränze. »Irgendwo habe ich einen Artikel gelesen über solche Hornhautoperationen. Es gibt da einen Chirurgen, der eine ganze Erfolgsserie vorweisen kann. In Italien war es, glaube ich. Es stand in einer Zeitung.«

»In der Zeitung!« Luise Dahlmann lächelte. »Lieber Herr Sanden, wie oft steht in den Zeitungen: Mittel gegen Krebs gefunden! Man weiß jetzt, wie Krebs entsteht! – Und was ist dahinter? Nichts! Es gibt noch kein Allheilmittel gegen den Krebs, und man weiß auch noch nicht, wie er entsteht. Nur falsche Hoffnungen werden erzeugt, und das ist gefährlich! Mit ihren Hornhautoperationen wird es nicht anders sein.«

»Es war ein Bericht, ein ernsthafter Bericht. Warten Sie mal ... ich muß mich erinnern.« Robert Sanden schloß die Augen und dachte angestrengt nach. Der Artikel hatte vor gar nicht langer Zeit in der Zeitung gestanden, und er hatte ihn mit Interesse gelesen, weil es immer hieß, daß die viele Arbeit unter den starken Bühnenscheinwerfern den Augen auf die Dauer schadet. »Ein Professor in Italien war es ...«, sagte Sanden langsam. »Ja, in Italien. Ich glaube, in Padua oder Bologna, aber irgendwo in dieser Ecke. Er hatte einen ganz kurzen Namen, ich komme nur nicht mehr darauf. Es stand sogar in dem Artikel, daß bei ihm die Erfolgschancen bei 95 Prozent liegen.«

»Ich gehöre zu den restlichen fünf Prozent.«

»Man sollte es versuchen. Ich werde sehen, ob ich den Artikel irgendwo bekomme. Ich werde nachher alle Zeitungen ablaufen und in den alten Ausgaben blättern. Ich werde den Artikel finden. Wo kann ich Sie morgen treffen, Frau Dahlmann?«

»Falls es schön ist, wieder hier auf der Bank. Wenn es regnet, sitze ich meistens zu Hause. Meine Schwester oder Fräulein Pleschke werden Sie zu mir führen.«

»Ich werde mich sofort nach dem Artikel umsehen.« Robert Sanden sprang auf. Luise faßte seinen Rockärmel und hielt ihn fest. Sie krallte sich in den Stoff, und plötzlich war ihr Gesicht wie aufgelöst. Die erloschenen Augen starrten Sanden mit einer schrecklichen Leere an.

»Ist ... ist dieser Artikel wirklich nicht nur eine der üblichen Übertreibungen, um die Zeilen zu füllen –?«

»Diesen Eindruck hatte ich nicht.«

»Sie glauben, daß dieser Professor in Italien mir eine Chance gibt?«

»Bestimmt.«

»Sie wollen mich nicht nur trösten ... weil ... weil ich Ihnen leid tue?«

»Nein.« Robert Sanden schluckte. Er war versucht, die Hand auszustrecken und ihr über das schöne braune Haar zu streicheln. »Mitleid hilft Ihnen nicht mehr. Es wäre dumm, sich damit abzufinden. Sagen wir: Morgen um die gleiche Zeit – hier oder bei Ihnen zu Hause?«

Sanden zögerte einen Augenblick, dann ergriff er Luise Dahlmanns Hand, führte sie zu den Lippen und küßte sie. Ihre nächsten Worte hörte er schon nicht mehr; er lief davon, als habe er etwas Unrechtes getan.

»Jetzt habe ich wieder Hoffnung«, hatte Luise gesagt. Sie wußte nicht, ob es Sanden noch hörte, aber Fräulein Pleschke, die endlich mit dem Eis zurückkam, hörte, wie sie leise sagte: »Mein Gott ... wenn er mir helfen könnte ...«

*

Am Abend saßen sie allein im Wohnzimmer und hörten im Fernsehen eine Oper. Monika war hinauf in ihr Atelier gegangen, um einige Entwürfe fertig zu machen. Dahlmann hatte sie an der Tür geküßt und ihr ins Ohr geflüstert. »Ich bringe sie früh ins Bett und komme dann zu dir hinauf. Soll ich eine Flasche Sekt mitbringen?« Monika hatte stumm genickt und war davongelaufen.

Nun saß Ernst Dahlmann neben seiner Frau und hatte die Zusammenstellung der Gewinnberechnung des letzten halben Jahres vor sich. Was Luise nicht wußte, und was man ihr auch verschwieg, war ein Bau, den Dahlmann begonnen hatte; ein siebenstöckiges Appartement-Wohnhaus, eine Straße weiter neben der Apotheke. Der Bau lief auf seinen Namen und wurde mit dem Geld finanziert, das er aus der Apotheke zog, die in weiser Voraussicht des alten Horten bei seinem Tod als Alleinbesitz Luise überschrieben worden war, nachdem er noch vor der Hochzeit mit Dahlmann eine strenge Gütertrennung durchgesetzt hatte. Die Einnahmezahlen, die Dahlmann jede Woche Luise vorlas, waren bereits um die Beträge gekürzt, die er heimlich für sich abzweigte. »Die Leute werden immer gesünder«, sagte er einmal lachend, als Luise meinte, die Einnahmen ließen aber nach. »Uns fehlen wieder ein paar Seuchen. Von Schlaftabletten und Stärkungsmitteln allein raucht kein Schornstein.«

Dieser heimliche Bau wuchs nun aus der Erde; es ging schnell in der modernen Betonschalenbauweise, Etage wurde auf Etage gesetzt, so, wie man früher als Kind mit den Holzklötzchen Häuser baute.

»Wenn das Haus fertig ist, werden wir 42 Appartements vermieten können«, hatte Dahlmann Monika erklärt. »Dann bin ich unabhängig von Luise, wir werden mit eigenem Geld ein herrliches Leben führen können, du und ich ...«

Während die Oper ablief und Luise lauschend im Sessel saß, rechnete Dahlmann wieder durch, wieviel er für seinen Hausbau abzweigen konnte. Die Zahlen, die er vorhin genannt hatte, befriedigten Luise; sie ahnte nicht, daß der Umsatz fast doppelt so hoch gewesen war und die neu angegliederte kosmetische Abteilung einen großen Gewinn abgeworfen hatte. Erschreckt fuhr Dahlmann deshalb hoch, als Luise ihn an der Schulter griff und zu sich hinüberzog.

»Ernst!«

»Was ist, Luiserl?«

»Ich habe mir etwas überlegt.«

»Bitte.«

»Ob es nicht doch eine Chance für mich gibt ... daß ich wieder sehen kann?«

Ernst Dahlmann sah seine Frau kritisch an. Ihr Gesicht war ruhig. Dieser Dr. Ronnefeld hat wieder dumm geredet, dachte er. Seit Monaten bohrt er wieder, es erneut mit einer Operation zu versuchen. Es wird soweit kommen, daß man ihn aus dem Hause werfen muß, wenn er den Frieden mit seinem ewigen Hoffnungmachen stört.

»Wir haben alles unternommen, was möglich war, Luiserl«, sagte Dahlmann freundlich. »Ich habe dir doch alles vorgelesen; die Briefe aus London, New York, Paris, Stockholm und sogar Tokio. Ich habe alles getan, was man tun kann.«

»Ich weiß, Ernst.« Sie legte ihre Hand begütigend auf seinen Arm. Es stimmte, Dahlmann hatte ihr alle Briefe vorgelesen, die er von den besten Augenchirurgen aus aller Welt bekommen hatte – nur waren diese Briefe nie geschrieben worden. Dahlmann las ihr Schreiben vor, die er selbst aufgesetzt hatte. Sie glaubte ihm alles, und mit jedem Brief, den er vorlas, wurde in ihr die Gewißheit stärker, daß ihre Blindheit unabänderlich war. »Du glaubst also nicht, daß es Zweck hätte, es noch einmal zu versuchen?«

»Ich bin strikt dagegen.« Dahlmanns Stimme war hart. »Es wird für dich wieder eine Qual sein, eine große seelische Belastung, wenn die Operation erneut mißlingt. Noch hast du deine Augen! Willst du sie durch das sinnlose Experimentieren ganz verlieren? Ich werfe jeden hinaus, der mir noch ein Wort von Operation sagt. Du sollst endlich deine Ruhe haben!«

Luise Dahlmann nickte und schwieg. Sie wandte sich wieder der Musik zu und lauschte mit geneigtem Kopf der Oper, als habe das Gespräch nicht stattgefunden. Dahlmann sah sie mit gerunzelter Stirn an. Sie darf nicht wieder sehen, dachte er. Jetzt nicht mehr! Hundert Meter weiter wächst ein Haus aus dem Boden, oben unter dem Dach wartet Moni auf mich und in ein paar Monaten werde ich soweit sein, daß Luise mir die Apotheke überschreibt – ich habe da schon einen Plan. Sie wird hier sitzen und glücklich sein in ihrer Dunkelheit, und wir werden glücklich sein unter der Sonne, Moni und ich. Nein! Sie darf nie wieder sehen!

»Ich gehe noch eine Stunde ins Labor«, sagte er und stand auf. »Die Schmerztabletten sind zur Neige gegangen, und ich will eine Füllung durchstanzen. Bis gleich, Luiserl.«

»Bis gleich, Ernst.«

Er wölbte die Lippe vor, kratzte sich die Nase und verließ das Zimmer. Aber er ging nicht nach hinten ins Labor, er stieg die Treppen hinauf zum Atelier. Monika Horten stand vor dem Zeichenbrett und entwarf ein Plakat für eine Modemesse. Sie zuckte zusammen, als sie von hinten umfangen wurde. Sie hatte weder eine Tür klappen noch einen Schritt gehört.

»Komm«, sagte Dahlmann leise und küßte ihre Halsbeuge. »Wirf deinen Pinsel weg. Eine Stunde haben wir Zeit ... solange die Oper läuft ...«

Pünktlich, wie versprochen, kam Robert Sanden in den Park. Luise saß wieder auf der Bank und sonnte sich. Nur war dieses Mal nicht Fräulein Pleschke mitgekommen, sondern Ernst Dahlmann selbst hatte sie begleitet. Fräulein Pleschke hatte ihren freien Tag und Monika mußte den Entwurf fertig machen – da hatte sich Dahlmann überwunden und für einen Nachmittag die Apotheke verlassen. Im Park angekommen, war er auf Wunsch Luises losgegangen, den Eiswagen zu suchen.

»Ich habe die Adresse«, sagte Robert Sanden glücklich und setzte sich neben Luise auf die Bank. »Drei Stunden habe ich gesucht in den alten Zeitungen, dann hatte ich endlich den Artikel. Der Wunderdoktor heißt Professor Dr. Battista Siri und lebt in Bologna. Soll ich Ihnen den Artikel aus der Zeitung vorlesen? Ich habe ihn herausgerissen.«

»Nein, bitte nicht. Mein Mann ist heute mitgekommen, und er ist gegen jede weitere Operation.« Sie wandte den Kopf zu dem Weg hin, den Ernst Dahlmann zurückkommen mußte, so als könne sie ihn sehen. »Sie kennen meinen Mann?« fragte sie mit fliegendem Atem.

»Ja.«

»Sehen Sie ihn?«

»Nein.«

»Wie kann ich Sie erreichen?«

»Am besten ist, Sie geben mir Nachricht ins Stadttheater. Der Portier hebt sie für mich auf. Aber warum?«

»Es würde zu lange dauern, Ihnen jetzt alles zu erklären.« Luise Dahlmann war unruhig und rang die Finger ineinander. »Sehen Sie meinen Mann?«

»Nein. Doch ja. Ganz hinten kommt er, mit zwei Eisbechern in den Händen.«

»Dann haben wir keine Zeit mehr.« Luise sprach jetzt schnell, gehetzt, mit fliegendem Atem. »Ich habe die ganze Nacht darüber nachgedacht. Bitte, bitte, schreiben Sie an diesen Professor Siri, schildern Sie ihm alles. Ich werde in vierzehn Tagen zur Erholung fahren, nach Montreux. Von dort lasse ich Ihnen schreiben, und Sie geben mir nach Montreux Nachricht, was Professor Siri Ihnen mitgeteilt hat. Vielleicht operiert er mich ... dann werde ich es heimlich machen lassen. Und wenn es gelingt ... Herr Sanden, stellen Sie sich das vor ... wenn es gelingt ... als Blinde bin ich weggefahren, als Sehende komme ich wieder. Das wird eine Überraschung für meinen Mann geben!«

»Es ist gut. Ich warte auf Ihre Nachricht.« Sanden drückte Luise die Hand. Er sah dabei Dahlmann entgegen, der seinen Schritt beschleunigte, als er einen Mann bei seiner Frau stehen sah. »Ich werde Professor Siri genau informieren; und ich glaube fest daran, daß er die Operation an Ihnen ausführt. Viel, viel Glück!«

Er gab Luise nicht einmal die Hand, nickte Ernst Dahlmann freundlich zu und ging davon.

Dahlmann stellte die Eisbecher auf die Bank und sah Robert Sanden mit gerunzelter Stirn nach.

»Wer war denn dieser Lackaffe?« fragte er grob.

»Es ist ein Herr Sanden. Robert Sanden vom Stadttheater. Du weiß, wir haben ihn ...«

»Ach der? Ein Frauenheld, ein übler Bursche, wie man so hört. Was wollte er von dir? Hat er dich belästigt?«

»Er kennt mich von früher aus der Apotheke. Zufällig kam er hier vorbei, erkannte mich und begrüßte mich kurz.«

»Wenn ich ihn noch mal bei dir finde, haue ich ihm eine runter!«

Dahlmann drückte Luise den Eisbecher in die Hand. »Erdbeereis. Das magst du doch besonders gern.« Er setzte sich und scharrte mit den Fußspitzen in dem sandigen Boden. Luise hörte es und lächelte.

»Nervös, Ernst?«

»Dieser Kerl hat mich wild gemacht. So ein hohler Komplimentenkopf!«

»Eifersüchtig?« Sie lachte hell. »Mein Lieber, wie kann man auf eine blinde Frau eifersüchtig sein?«

»Ich liebe dich ... vielleicht mehr als vorher ...«, sagte Dahlmann. Die Worte kamen ihm geschmeidig und glaubwürdig von den Lippen.

»Das ist schön, Ernst.« Sie legte den Kopf an seine Schulter und blickte in die Sonne, die sie nicht mehr blenden konnte. »Seit einem halben Jahr hast du es zum erstenmal wieder gesagt.«

»Hast du es nicht immer gespürt, Luiserl?«

»Doch, doch – aber eine Frau hat es gern, wenn man es ihr sagt. Immer und immer wieder. Wir Frauen sind ein komisches Geschlecht; wir wollen nicht nur fühlen, sondern auch hören.«

»Was hat dieser Kerl ... dieser Sanden zu dir gesagt?«

»Nichts. Nur das übliche. Guten Tag, gute Besserung ... Höflichkeiten ...« Sie aß das Eis und rieb ihre Wange an seiner Schulter. »Das Eis schmeckt gut ... vielleicht besonders gut, weil du es mir geholt hast ...«

»Du bist wie ein Kind, Luiserl«, sagte Dahlmann und lachte. Auch das gelang ihm überzeugend. »Übrigens: Das Hotel in Montreux ist bestellt. Ich habe die Reservierungsnachricht. Willst du fahren?«

»Aber ja. Ich freue mich so darauf. Der Genfer See, die Fahrten mit den Schiffen, die reine Luft ... ich werde einige Wochen richtig Erholung tanken. Wie lange darf ich denn bleiben?«

»Solange du willst, Luiserl.«

»Und du?«

»Ich werde es erdulden müssen, daß Monika für mich sorgt. Aber auch das stehe ich durch. Es geht jetzt nur um deine Gesundheit, um nichts anderes.«

»Und wenn ... wenn ich vielleicht zwei Monate bleibe?«

»Dann muß es so sein. Ich werde mich dann doppelt freuen, dich gesund, braungebrannt und fröhlich wiederzusehen.«

»Du bist so lieb, Ernst.«

»Du weißt, daß ich für dich alles tue, Luiserl.«

Zwei Monate, dachte er beglückt. Zwei Monate allein mit Moni. Morgens, mittags, abends, nachts nur Moni. Ihre langen blonden Haare, in die man sich einwickeln kann; ihr zarter, schlanker Körper; ihre junge, betörende, duftende Wärme; ihre Liebe, die wild ist wie ein Sturm und doch nach Rosen duftet ... zwei Monate lang nur sie ... sie ... sie ...

»Wann willst du fahren?« fragte er mit trockener Kehle.

»Für wann hast du die Zimmer bestellt?«

Auf Abruf.«

»Dann in vierzehn Tagen. Ist es recht?«

»Aber ja, Luiserl.«

Sie saßen noch eine Stunde auf der Bank, selbst als die Sonne hinter den Bäumen stand und die Bank im Schatten lag. Dann gingen sie zurück zum Wagen, Arm in Arm, wie ein junges, verliebtes Paar, für das die Umwelt nichts ist als eine Kulisse ihrer Liebe.

Mein Gott, wenn ich wieder sehen werde, dachte sie, als sie über den Parkweg gingen. Wenn ich zurückkomme aus Montreux und kann wieder sehen. Er wird verrückt werden vor Freude.

In vierzehn Tagen, dachte er und drückte Luises Arm an sich. Dann habe ich Moni zwei Monate für mich allein. Man bestreitet, daß es je ein Paradies gegeben hat ... ich werde es erleben! Und ich will ertrinken in diesem Meer von Wonne und nicht daran denken, was nachher werden wird ... nach zwei Monaten, wenn sie zurückkommt.

»Ich liebe dich«, sagte Luise, ehe sie in den Wagen stieg.

»Ich dich auch, Luiserl.«

»Küß mich!«

Und er küßte sie und dachte dabei an Monika. Er sah Luises seliges Lächeln und schloß die Augen, weil es ihn fror.

*

Der Zug nach Montreux dampfte aus der Bahnhofshalle. Fräulein Pleschke stand am Nebenfenster und winkte ihrem Lehrerstudenten zu. Am anderen Fenster lief Dahlmann neben dem Waggon her, hielt noch immer Luises Hand fest und rief: »Alles Gute, Luiserl! Alles, alles Gute!« Dann ließ er die Hand los, blieb stehen und sah dem Zug nach, aufatmend, jugendlich, fröhlich, auf ein Winken verzichtend, das sie ja doch nicht sehen konnte, mit wehenden graumelierten Haaren; ein schöner Mann, der wußte, daß er auf Frauen wirkte; der sich im Vollbesitz seiner Männlichkeit fühlte, als der Zug um eine Biegung fuhr und seinen Blicken entschwand.

Er drehte sich um und schritt zum Ausgang.

Ich könnte einen Baum ausreißen, dachte er übermütig. Ich könnte wie ein neuer Samson die stählernen Säulen des Bahnhofs knicken! Frei! Frei! Für zwei Monate frei!

Luise Dahlmann saß still in ihrer Polsterecke, als Fräulein Pleschke mit leicht verweinten Augen zurück in das Abteil kam. Das gleichmäßige Rattern und Rollen der Räder war wie Musik. Eine Stunde vor ihrer Abfahrt hatte sie im Schauspielhaus angerufen, während Ernst die Koffer in den Wagen lud.

Robert Sanden war sofort am Telefon, als habe er auf den Anruf beim Bühnenportier gewartet.

»Ja, ich habe geschrieben«, sagte er. »Ein Dr. Saviano hat im Auftrage Professor Siris geantwortet. Der Professor will sich aus Münster die Operationsberichte kommen lassen und sie studieren, ehe er zusagt. Er ist nicht abgeneigt, und das ist schon viel wert. Nun müssen wir warten. In etwa drei Wochen will Professor Siri sich entscheiden, schreibt Dr. Saviano.«

Drei Wochen warten, dachte Luise. Wenn dann das Ja kommt ... ich werde nach Bologna fliegen, jede Stunde werde ich zählen, bis man mir wieder die Binde von den Augen nimmt. Und dann werde ich wieder sehen können, sehen ... ich glaube so fest daran; ich weiß, daß ich wieder sehen werde. Nur stark muß ich sein, drei Wochen lang und dann die Tage in Bologna ... ganz, ganz stark ... ich muß mein Herz in beide Hände nehmen und es festhalten, ganz fest, damit es nicht auseinanderbricht.

Die Räder unter ihr rollten und sangen. Der Zug raste nach Süden.

In die Sonne.

In ein neues Licht?

Mit beiden Händen strich sich Ernst Dahlmann die verwehten Haare aus dem Gesicht, ordnete seinen Schlips, tupfte mit dem Taschentuch ein paar Schweißperlen von der Oberlippe – die kurze Strecke, die er neben dem Fenster hergelaufen war, hatte ihn mehr angestrengt, als er wahrhaben wollte, denn mit zweiundvierzig Jahren ist man ja kein alter Mann, den vierzig Meter Lauf außer Atem kommen lassen – und ging dann mit bewußt federnden Schritten vom Bahnsteig in die große Bahnhofshalle. An einem Erfrischungsbüfett trank er einen Kognak; er spürte, wie gut er ihm tat, wie er sich fast tröstend auf das aufgewühlte Innere legte und das Prickeln etwas dämpfte, das ihn bis hinein in die Finger- und Zehenspitzen befallen hatte.

Monika, dachte er. Man darf sich gar nicht vorstellen, was werden wird, wenn Luise zurückkommt. Wir werden uns so aneinander gewöhnt haben, daß die schrecklichsten Wünsche uns belasten und verfolgen werden.

Er zwang sich, nicht weiter an solche Dinge zu denken. Treiben lassen ... das ist es. Dem Augenblick leben, der Stunde, die man fassen kann. Mitnehmen, was sich den Händen anbietet, was sie greifen können, was ihnen nicht entgehen kann. Und nicht denken, niemals denken – nicht vom Mittag zum Abend, nicht zum nächsten Tag, nicht in die Zukunft. Der Augenblick allein ist wichtig, der Herzschlag, der gerade schlägt, das Erleben, in dem man versinkt.

In dem großen Blumengeschäft der Bahnhofshalle kaufte er einen dicken Strauß gelber Rosen. Moni liebte sie, mehr als rote Rosen. In dem Gelb ist die Sonne, sagte sie. Dahlmann fand solche Bemerkungen wunderbar. Was er früher nie geglaubt hatte, erlebte er jetzt mit einem Gefühl von Seligkeit: Er schwelgte im Romantischen und sah die Wolken rosarot oder apfelsinenfarbig, wenn Moni sie so beschrieb.

In ihrem Atelier unter dem Dach des hohen Apothekenbaues wartete Monika Horten auf die Rückkehr Dahlmanns. Sie hatte sich zwingen wollen weiterzuarbeiten, aber es ging einfach nicht. Immer wieder sah sie auf die Uhr neben der Couch und dachte: Jetzt stehen sie auf dem Bahnsteig ... jetzt steigt sie in den Zug, jetzt fährt er ab ... und jetzt sind wir allein ... zwei Menschen, die wissen, wie gemein, wie schuftig ihre Liebe ist, und die doch nicht dagegen ankönnen. Die sich treiben lassen, weil es nicht anders geht. Weil ihnen die Kraft fehlt, nein zu sagen – nein zu einer Sünde, die zuviel ist! Zwei Menschen, die es zueinander treibt wie das Eisen zum Magneten. Mit solcher Macht, daß alle Hemmungen fallen wie welkes Laub. Die keine Gedanken mehr haben, keine Reue, keine Moral, keinen Glauben als nur das eine: du ... du ... du ... und sonst nichts auf dieser Welt!

Sie kauerte vor der Staffelei, starrte auf das halbfertige Plakat und zog die schmalen Schultern hoch. Sie fröstelte trotz des heißen Tages. Sie hatte Angst. Wilde Angst vor den kommenden Wochen, vor Ernst Dahlmann, vor sich selbst und vor dem Wissen, daß sie nur im völligen Vergessen glücklich sein würde. Sie spürte die Hörigkeit, in die sie hineintrieb, aber sie konnte sich nicht dagegen wehren, weil sie es als Glück empfand.

Als sie Ernst Dahlmanns Schritte auf der Treppe hörte, schnelle, laufende Schritte, fuhr sie aus der hockenden Stellung auf und rannte zum Fenster. Ihr goldblondes Haar leuchtete auf unter den breiten Glasscheiben, und Dahlmann blieb wie geblendet stehen, als er die Tür aufriß und die gelben Rosen emporhielt.

»Moni!« rief er. Es klang wie ein Jubelschrei. Dann atmete er tief auf und senkte den Blumenstrauß. »Wie schön du bist« sagte er leise. »Bitte, bleib so stehen, vor dem Fenster, gegen die Sonne. Es ist, als scheine sie durch dich hindurch, als seist du aus feinstem Porzellan. Moni, ich liebe dich!«

»Wie … wie ist sie weggefahren …?«

»Glücklich.«

»Du hast sie geküßt?«

»Natürlich.«

»Hast du nie daran gedacht, wie gemein wir sind?«

»Nein.«

»Wie niederträchtig! Wie abscheulich! Wie verworfen! Oh – dafür gibt es überhaupt gar kein Wort …«

»Wir lieben uns. Das ist das einzige Wort, das zwischen uns Gültigkeit hat.« Ernst Dahlmann kam auf sie zu. Die Rosen legte er auf einen Hocker neben der Staffelei, sie waren jetzt nicht mehr wichtig. In Monikas Augen flackerte ein letzter Rest moralischer Bedenken, ein letztes Aufbäumen gegen ein Schicksal, das nicht mehr aufzuhalten war.

»Moni«, sagte er leise und streckte beide Hände nach ihr aus. Er ergriff sie an den Schultern, zog sie an sich und streichelte sie mit zitternden Fingern. »Moni, es hat keinen Sinn, zu denken. Wir können nicht mehr voneinander lassen, wir können es einfach nicht – das weißt du, das spüren wir doch beide. Wir werden nie die Kraft aufbringen, uns wegzustoßen. Vernünftig zu sein. Wir werden in der Unvernunft leben, weil wir nur in ihr glücklich sein können. Und wir sind doch glücklich –«

»Ja …« Sie nickte schwach. Dann schlang sie die Arme um seinen Hals und küßte ihn mit einer atemberaubenden Wildheit. »Bleib bei mir«, stammelte sie. »Halt mich ganz fest, laß mich nie wieder los!«

Als das Abendrot den Himmel aufglühen ließ und durch das große Fenster der Sonnenuntergang jeden Gegenstand in ein sattes Orange kleidete, legte Ernst Dahlmann seine gelben Rosen auf den Körper Monis. Blüte neben Blüte, bis sie den Leib bedeckten von den Brüsten bis zu den Hüften.

»So bekränzt man eine Tote«, sagte sie kaum hörbar.

Er schüttelte den Kopf und küßte sie auf die Augen.

»Ich schmücke ein neues Leben. Wir sind nicht mehr zwei Menschen, wir sind ein einziges aus der Glut geschleudertes Wesen.«

Um die gleiche Zeit raste der Schnellzug an Offenburg vorbei Basel entgegen.

Luise lehnte an dem Kopfpolster und schlief. Sie lächelte im Schlaf, es mußte ein schöner Traum sein.

Fräulein Pleschke löste Kreuzworträtsel. Oper von Verdi mit vier Buchstaben.

Aida.

Erst gegen Morgen würde man in Montreux sein.

*

Ernst Dahlmann hielt sich nicht lange mit Warten auf. Nach zwei Tagen Apothekendienst und zwei Nächten ohne Schlaf in den Armen Monikas fuhr er zu Dr. Fritz Kutscher, seinem Rechtsanwalt. Er hatte sich telefonisch angemeldet und wurde sofort in das Privatbüro geführt. Dr. Kutscher hatte eine umfangreiche Praxis. Er galt als Experte in Steuersachen, hatte daher einige sehr wohlhabende und in Hannover bekannte Klienten; aber er war auch ein Fachmann in allen kniffligen Situationen, die der Alltag nur allzuoft schafft und aus denen man nur mit viel Logik und noch mehr Raffinesse herauskommt. Hier wirkte ein Ratschlag Dr. Kutschers immer erlösend. Wenn andere die Nerven verloren, wurde er ruhig und von einer ausgedörrten Trockenheit, die mit juristischer Nüchternheit schon nichts mehr gemeinsam hatte. Um so mehr war es verwunderlich, was man sich unter der Hand von ihm erzählte. Mit seinen vierundvierzig Jahren und seiner mittelgroßen, etwas rundlichen Figur, seinem Alltagsgesicht und seinen gar nicht charmanten Manieren sollte er ein großer Lebemann sein ... eine andere Seite seines Lebens, die es ihm erlaubte, für alle menschlichen Schwächen aufgeschlossen und zu Ratschlägen bereit zu sein.

»Was gibt's, lieber Dahlmann?« sagte Dr. Kutscher merkwürdig jovial. »Ihre Frau ist in Montreux?«

»Woher wissen Sie das?«

»Von unserem lieben Dr. Ronnefeld. Ich hatte heute morgen einen Brummschädel und ließ mir etwas dagegen verschreiben.

Auch wenn Sie den guten Onkel hinausgeekelt haben, er nimmt am Dahlmannschen Familienleben noch aus der Ferne teil.«

»Ein lästiger Kerl!« sagte Dahlmann aus tiefer Brust. Dr. Kutscher lächelte schwach.

»Das ist relativ. Was Sie als lästig empfinden, nennen andere Sorge um die Patienten. Na, wie ist's, so als Strohwitwer?«

Dahlmann setzte sich und nahm aus der hingeschobenen Kiste eine Zigarre. Es war eine lange, dünne Virginia. Dr. Kutscher liebte sie, obwohl sie aus der Mode gekommen waren. Er rauchte sie seit seiner Studienzeit in New York, gewissermaßen als Erinnerung an die zwei Semester in den USA, von denen er sagte, daß er in ihnen zwar keine Juristerei, aber die Erkenntnis gelernt habe, was es heißt, ein Mensch zu sein.

Dr. Kutscher unterbrach nicht die Stille, die herrschte, während Dahlmann den Strohhalm aus der Virginiazigarre zog und sie anbrannte. In diesem Falle hatte Dr. Kutscher sich die alte Weisheit der Irrenärzte zu eigen gemacht: Nichts sagen, die Kranken reden von allein. Und dann reden lassen, ohne zu unterbrechen. Wer erst einmal redet, sagt mehr, als hundert Fragen herauslocken können.

»Ich komme mit einem Problem zu Ihnen, Doktor«, sagte Dahlmann endlich. Dr. Kutscher nickte.

»Mir ist klar, daß Sie bei mir keine Erdbeeren kaufen wollen.«

»Es geht um die Apotheke.« Dahlmann sah auf, aber Dr. Kutscher verschanzte sich hinter seinem Schweigen. Rede nur, dachte er. Ernst Dahlmann atmete tief und rauchte hastig ein paar Züge. Das macht er nicht lange, dachte Dr. Kutscher hämisch. Als Student habe ich das auch getan, und hatte dann Mühe, auf den Lokus zu kommen und die Unterhose zu retten.

»Es geht um die Blindheit meiner Frau ... Sie verstehen?«

Dr. Kutscher antwortete nicht, er nickte nur stumm. Dahlmann sprach hastig weiter.

»Es liegen nun genug Expertisen vor, daß sie das Augenlicht nicht wiedererhalten wird. Das ist eine Tragik, mit der wir uns abfinden müssen. Aber diese Endgültigkeit zieht Probleme nach sich. Da ist zunächst das Testament meines Schwiegervaters. Er hatte zwei Töchter, Luise, meine Frau, die ja, wie Sie wissen, Apothekerin ist, und Monika, meine Schwägerin, die in Hamburg wohnte und seit dem Unfall wieder bei uns im Hause ist. Monika Horten bekam eine Abfindung aus der Erbmasse und eine Lebensrente von monatlich 500 Mark, die aus den Einnahmen der Apotheke zu bezahlen ist. Luise, meine Frau, erbte die Apotheke und den Grundbesitz, allerdings mit der strengen Maßgabe einer Gütertrennung. Mit anderen Worten: Alles gehört Luise – und nun ist sie blind! Ich war bisher gewissermaßen der Angestellte meiner Frau mit dem vollen Familienanschluß, den das Gesetz einem Ehemann zubilligt. Mehr nicht! Ich hatte die Nutznießung von Apotheke und Einkommen, aber kein Handlungsrecht. Alle Schecks muß meine Frau unterschreiben, alle Maßnahmen, die die Apotheke betreffen, muß meine Frau entscheiden. Ich habe nur das sogenannte ›kleine Zeichnungsrecht‹, das Unterschreiben von Quittungen. Das bedeutet: Ich bin bis heute ein ehelicher Kommis, ein erbärmlicher Apothekenpikkolo, dank der Fürsorge meines Schwiegervaters. Was ist da zu machen?«

»Nichts«, sagte Dr. Kutscher trocken. Dahlmann zog hastig an der starken, gebogenen Virginia. Dr. Kutscher sah seinen Besucher kritisch an. Noch keine Wirkung, dachte er. Der Kerl muß einen Darm aus Leder haben.

»Nichts? Das sagt ein Anwalt? Von solchen Ratschlägen können Sie nicht leben!«

»Auch das Bemühen, Menschen von Dummheiten abzuhalten, wird hoch honoriert. Wenn einer zu mir kommt und sagt: ›Mein Lieber, ich habe eine Witwe kennengelernt, die hat 500 000 Mark Vermögen, aber sie sieht aus wie eine Vogelscheuche, und ich habe mich entschlossen, sie deshalb nicht zu heiraten‹ ... dann werde ich immer sagen: ›Mein Freund, stekken Sie den Kopf unter kaltes Wasser, werden Sie nüchtern, heiraten Sie – 500 000 Mark sind genug, um auch zu einer Vogelscheuche morgens, mittags und abends sagen zu können: Mein Liebling, du siehst bezaubernd aus!‹ Und dann kassiere ich von dem Glücklichen zehn Prozent! Ihnen, mein lieber Dahlmann, kann ich nur sagen: Nein!«

»Sie erkennen meine Lage nicht, Doktor!«

»Doch. Sehr genau. Wie schmeckt Ihnen die Virginia?«

»Gut.« Dahlmann sah konsterniert auf die glimmende Zigarre. »Warum?«

»Ach, nur so.« Dr. Kutscher schüttelte den Kopf. »Sie sollten mal zu einem Darmspezialisten gehen.«

»Lassen Sie diese Blödeleien, Doktor!« Dahlmann war ernsthaft unruhig und böse. »Ich komme hier mit einem Problem über Sein oder Nichtsein zu Ihnen ...«

»Hamlet!«

»Wie bitte?«

»Sein oder Nichtsein ... ist aus Hamlet! Im Urtext habe ich auf der Penne dafür eine Fünf bekommen! Werde das nie vergessen.«

Dahlmann erhob sich schroff. »Guten Tag, Doktor. Ich sehe, daß Ihnen heute aller Ernst mangelt, den ein Anwalt haben sollte.«

»Sie sind ein schrecklich witzloser Mensch, Dahlmann. Und ich habe Sie bisher immer als einen charmanten Plauderer alter Wiener Schule angesehen. Wo ist das geblieben? In Ihrem Alter kann doch unmöglich ein Verkalkungsprozeß die charmante Seele eingemauert haben ...« Dr. Kutscher hob beide Hände, als Dahlmann antworten wollte. »Nein! Schimpfen Sie nicht von neuem los! Ich erkenne Ihre Not zu genau! Sie wollen los aus der posthumen Fessel Ihres seligen Schwiegerpapas. Sie wollen Ich sein, der Ernst Dahlmann mit eigener Apotheke und einer Frau Luise, und nicht der Apotheker Dahlmann in der Apotheke seiner Frau Luise. Stimmt's?«

»Genau, Doktor. Jetzt fällt der Groschen.«

»Aber der Automat spuckt keine Lösung aus, mein Bester. Sie können dieses Testament nicht anfechten!«

»Das weiß ich. Aber die Blindheit meiner Frau macht sie doch weitgehend, wenn nicht überhaupt, geschäftsunfähig, nicht wahr?«

Nun war es heraus. Dahlmann atmete auf und sah Dr. Kutscher von der Seite fragend an.

Der Anwalt zeigte keinerlei Regungen. Wer in solchen Fällen offensichtliche Teilnahme vorweist, verliert den Schein der völligen Objektivität. Aha, dachte Dr. Kutscher nur. So läuft das also. Du bist ein geriebener Bursche, mein Lieber. Aus der unheilbaren Krankheit deiner Frau willst du Kapital schlagen: Ein schönes Früchtchen bist du. Dazu bist du aber auch mein Klient, und meine Klienten haben immer recht, das ist nun mal so in unserem Beruf. Wir leben größtenteils davon, die Falschen zu verteidigen und schwarze Wäsche in Weiß umzufärben.

»Wie wollen Sie das anstellen?« fragte Dr. Kutscher.

»Darum komme ich ja zu Ihnen, Doktor!«

»Wie ich vermute, soll Ihre Frau nicht merken, daß sie entmachtet wird.«

»Ja.«

»Sehen Sie, und da wird es utopisch. Man kann keinen in den Hintern treten, ohne daß er es merkt. Erklären wir Ihre Gattin aufgrund ihrer Blindheit, die zudem noch als endgültig bescheinigt werden muß, für nicht mehr geschäftsfähig, dann merkt sie, wie der Hase läuft. Noch schlimmer ist es, wenn Sie daran denken, sie entmündigen zu lassen, denn dann müßten wir ihr nachweisen, daß sie neben der Blindheit noch bösartig oder wahnsinnig oder trübsinnig oder verschwenderisch ist – alles Dinge, die einen Riesenskandal entfesseln und deshalb ausscheiden. Was bleibt, ist eine gütliche Einigung zwischen Eheleuten.«

»Das ist unmöglich. Alle Versuche in dieser Richtung schlugen bisher fehl. Sosehr meine Frau und ich miteinander verbunden sind und wir uns lieben: Beim Letzten Willen Ihres Vaters hört es auf. Ja, sie sagt sogar: ›Wir sollten ein Kind haben, dann würde ja alles ihm gehören, so wie es Vater gewollt hat.‹«

»Na und? Warum beweisen Sie nicht väterliche Qualitäten?!«

»Ich bin der Ansicht, daß wir über dieses Alter hinaus sind, noch ein Kind großzuziehen.«

»Dummheit, mein Lieber. Ich habe einen Klienten, der ist mit 78 Jahren noch unehelicher Vater geworden! Machen Sie doch aus sich keinen biologischen Zwerg!«

»Es ist schwer, Ihnen ohne Ausfälle zuzuhören, Doktor«, seufzte Dahlmann. »Denken Sie doch mal real: Welche Möglichkeiten schließen sich auf, durch die Blindheit meiner Frau die Geschäftsführung an mich zu übertragen?«

»Eine Einsicht Ihrer Gattin, weiter nichts. Ich werde mit ihr sprechen, wenn sie aus Montreux zurückkommt. Ich werde auf sie einsprechen wie der Verführer auf eine Jungfrau. Vielleicht sieht sie es ein.«

»Und wenn nicht?«

»Dann heißt es weitermachen wie bisher, oder es kommt zu unschönen Szenen, an denen die eheliche Gemeinschaft scheitern kann.«

»Was halten Sie von einer Einweisung in ein Sanatorium?«

Dr. Kutscher zog die Augenbrauen hoch, die einzige Regung auf diesen Vorschlag. Du bist mir ja ein glatter Lump, dachte er. Ein aalglatter Scheißkerl, der über Leichen geht. Das hätte ich nicht von dir gedacht. Aber so ist es: Hinter den schönen Fassaden stinkt es nach Kloake.

»Wenn Sie nachweisen, daß Ihre Gattin einen Nervenknacks hat; daß sie, sagen wir, manisch-depressiv ist oder unter schizophrenen Komplexen leidet, unter Halluzinationen, unter Psychosen ... aber das dürfte schwer sein, mein Bester. Soweit ich Ihre Gattin kenne, ist sie kerngesund – bis auf das verlorene Augenlicht.« Dr. Kutscher hob die Schultern. »Wie gesagt, ich komme auf mein erstes Wort zurück, das Nein lautete. Ich weiß Ihnen da keinen Rat zu geben. Der Vorteil ist, daß ich deshalb auch kein Honorar verlange.«

»Und wenn ich nachweisen kann, daß meine Frau psychisch nicht mehr gesund ist?« fragte Dahlmann heiser. Dr. Kutscher sah ihn mit großen Augen, ehrlich verblüfft an.

»Ja ... dann – aber ich weiß nicht, wie Sie ...«

»Warten Sie ab, Doktor.« Dahlmann legte die halbgerauchte Virginia in den großen Aschenbecher und erhob sich wie erlöst. »Machen Sie sich schon Gedanken darüber, was in einem solchen Falle zu tun ist. In zwei Monaten etwa kommt meine Frau zurück. Ich nehme an, daß dann Ende des Jahres die ersten Anträge gestellt werden können.«

Dr. Kutscher verzichtete darauf, seinen Klienten Dahlmann bis an die Tür seines Büros zu bringen, wie er es sonst mit allen seinen Klienten tat. Er blieb sitzen und kratzte sich das Kinn.

Welch eine Sauerei hat er da vor, dachte er. Verdammt, man sollte die Frau vor ihm warnen. Aber die Schweigepflicht verbietet das. Ich kann dieses Mandat nur ablehnen ... und, lieber Fritz Kutscher, du wirst dir das auch genau überlegen.

Um die Ecke der Straße, in der die Praxis Dr. Kutschers lag, kaufte Dahlmann in einem Blumenladen einen neuen Strauß.

Es waren diesmal blasse rosa Rosen. Langstielig und ohne Dornen.

»Es müssen zweiunddreißig Stück sein«, sagte er.

Mit zweiunddreißig Rosen war der Leib Monis bedeckt, von den Brüsten bis zu den Hüften.

Sie kosteten 76,80 Mark, das Stück zu 2,40 Mark.

Es war eine Ausgabe, die sich Dahlmann zweimal wöchentlich leisten wollte.

*

Die Tage in Montreux waren ausgefüllt mit Spaziergängen oder Dampferfahrten über den Genfer See. Fräulein Pleschke erlebte zum erstenmal die große Welt, die Atmosphäre eines Luxushotels, das für den Neuling erregende Fluidum des Geldes. Für sie war diese Reise eine Fahrt durch Märchen und Wunder – für Luise waren es Tage des Wartens und Hoffens, weiter nichts. Zwar spürte sie den Wind, wenn sie oben auf dem Sonnendeck der Schiffe saß, die über den See glitten, sie hörte das Rauschen des Wassers am Schiffsrumpf, die Erklärungen des Fremdenführers in drei Sprachen, der über Lautsprecher die Sehenswürdigkeiten an den Ufern schilderte. Es war ihr nichts Neues, sie kannte Montreux von früher her, aus einer Zeit, in der sie als junges Mädchen über die Uferpromenade schlenderte und die jungen Männer vor sich hinpfiffen und stehenblieben, um ihr nachzublicken.

Das alles lag weit zurück. Für Luise war Montreux jetzt nur noch eine große Wartehalle, ein Ort der stillen Hoffnung. Wird Professor Siri aus Bologna zusagen, wird er operieren, wird er überhaupt erst einmal untersuchen, ob es sich lohnt, das neue Wagnis einzugehen?

Um Ruhe zu haben, blieb Luise meistens auf ihrem Zimmer, saß auf dem großen Balkon unter einem Sonnenschirm und spielte sich mit dem mitgenommenen Tonbandgerät Opern und Sinfonien vor, ab und zu auch einmal Tanzmusik, wenn die ernste Musik ihr hoffnungsbanges Herz zu sehr belastete.

Jeden dritten Tag kam ein Brief aus Hannover von Ernst Dahlmann. Er schickte jedesmal eine kleine Tonbandrolle, auf die er seine Grüße gesprochen hatte. Luise brauchte zum Auflegen dieser Bänder keine Hilfe mehr, sie hatte jeden Handgriff im Gefühl.

»Uns geht es allen gut«, berichtete Ernst Dahlmann auf seinem letzten Tonband mit ruhiger Stimme. »Moni hat ihre Plakatentwürfe verkauft und ist glücklich, wie es ein Künstler sein kann, wenn seine Arbeit Erfolg zeigt. Die Apotheke läuft wie immer gut. Mach dir also um nichts Sorgen, erhole dich, genieße die Sonne und die reine Luft und denke immer daran, daß ich dich liebe ...«

An einem Morgen – Luise stand an der offenen Fenstertür zum Balkon und ließ den warmen Wind vom See über ihre Stirn streichen; Fräulein Pleschke war unterwegs, um die neuesten Zeitungen zu holen, und sie dann vorzulesen – klopfte es, und das Zimmermädchen trat ein. Auf einem Tablett brachte es einen Umschlag.

»Für Sie, Madame«, sagte das Mädchen und knickste, obwohl sie wußte, daß es Madame nicht sehen konnte.

»Was ist es?«

»Ein Telegramm, Madame.«

»Ein ...« Durch den Körper Luises fuhr es wie ein elektrischer Schlag. »Bitte, geben Sie es mir! Bitte!«

Sie streckte die Hand aus, das Mädchen drückte ihr das Kuvert in die Finger, Luise riß es auf und entfaltete mit einem plötzlichen Zittern das Formular. Ein Telegramm, dachte sie. Ihre Fingerspitzen glitten über das Papier. Sie spürte die aufgeklebten Telegrammstreifen und tastete sie ab. Fünf Zeilen ... ein langes Telegramm.

Es ist eine Absage, dachte sie und lehnte sich an den Türrahmen. Für eine Zusage braucht man keine fünf Zeilen. Es war, als zerbräche etwas in ihr. Eine lähmende Schwäche kroch in ihr hoch und legte sich auf das Herz. Das Atmen wurde schwer, die Kehle trocknete aus, sie hatte das Gefühl, ersticken zu müssen. Mit letzter Kraft hielt sie das Papier dem Mädchen entgegen.

»Bitte, lesen Sie mir das Telegramm vor«, sagte sie tonlos. »Es ist doch aus Bologna, nicht wahr, von einem Professor Siri?«

Das Zimmermädchen sah auf das Formular und nickte.

»Ja«, sagte sie.

»Bitte lesen Sie.«

Das Zimmermädchen überflog den Text. Er war in deutscher Sprache abgefaßt. Das deutsche Sprechen fiel dem Mädchen leichter als das Lesen. Schließlich las sie laut vor:

> »untersuchung am 23. möglich stop professor siri erwartet sie gegen elf uhr stop es ist mit einem kli-

nikaufenthalt von mindestens drei wochen zu rechnen stop erwarten nachricht ob termin angenehm stop clinica st. anna, bologna«

Luise wandte den Kopf ab und trat einen Schritt hinaus auf den Balkon. Über ihr Gesicht zuckte es. Es kostete sie Mühe, aufrecht zu stehen und nicht mit einem Schrei die Arme hoch emporzuwerfen und vor Glück und Befreiung zu weinen.

»Wann ... wann ist der Dreiundzwanzigste?« fragte sie leise.

»In drei Tagen, Madame.«

»Danke.«

Das Zimmermädchen legte das Telegramm auf das silberne Tablett zurück.

»Kann ich gehen, Madame?«

»Ja. Und haben Sie herzlichen Dank.«

»O bitte, Madame.«

Als Fräulein Pleschke vom Zeitungseinkauf zurückkam und empört berichtete, daß ein junger Mann, sicherlich ein Italiener, sie auf der Promenade mit den Worten angesprochen habe: »Hallo, Signorina ... amore gutt?«, hatte sich Luise schon so weit beruhigt, daß sie den Plan, den sie in all den Tagen immer wieder durchdacht hatte, Schritt für Schritt durchzuführen bereit war.

»Wir werden verreisen, Erna«, sagte Luise in den Wortschwall Fräulein Pleschkes hinein.

»Verreisen?«

»Nach Bologna.«

»Nach Italien? Ich habe im Augenblick gerade genug von den Italienern.«

»Lesen Sie bitte das Telegramm. Es muß dort auf dem Tisch liegen.«

Fräulein Pleschke las die Nachricht aus Bologna und sah Luise Dahlmann erschrocken an.

»Soll das heißen, daß Sie sich wieder operieren lassen?« fragte sie fast entsetzt.

»Ja.«

»Heimlich?«

»Ja. Darum haben wir jetzt viel zu besprechen, Erna. Ich muß Sie zu meiner Mitverschworenen machen. Sie wissen, daß mein Mann keine neue Operation mehr will, um mir die Belastung zwischen Hoffnung und Mißlingen zu ersparen. Darum will ich jetzt allein die letzte Möglichkeit versuchen, aber wirklich die letzte. Noch einmal, das weiß ich, halte ich es nicht aus. Professor Siri in Bologna ist meine letzte Station. Mißlingt auch diese Operation, so soll mein Mann nie davon erfahren ... gelingt sie, so soll es die große Überraschung werden. Sie müssen über alles schweigen, Sie müssen mitspielen, Erna!«

»Ja –«, sagte Fräulein Pleschke leise und erschüttert. »Aber Ihr Mann wird doch wissen wollen, wie es Ihnen hier in Montreux geht, und ich ...«

»Sie werden mich nach Bologna bringen und dann zurückfahren nach Montreux. Jeden dritten Tag schicken Sie ein Tonband ab. Ich werde die Bänder vorsprechen und Sie werden sie unauffällig numerieren, damit sie nicht durcheinanderkommen. Die Tonbänder meines Mannes schicken Sie mir weiter nach Bologna.«

»Und wenn er anruft?«

»Das hat er noch nie getan. In dieser Hinsicht ist er sparsam. Was er wissen will, hört er ja vom Band. Und wenn er wirklich anruft ... ich bin beim Friseur oder beim Arzt. Es wird Ihnen schon etwas einfallen.« Luise griff nach Erna Pleschkes Hand und hielt sie fest. »Wir sind jetzt zwei Verschwörer, Erna«, sagte sie eindringlich. »Und ich bin auf Ihr Schweigen angewiesen, auf Ihr Mitspielen.«

Fräulein Pleschke legte die andere Hand beruhigend auf die bebenden Finger Luises. »Sie wissen«, sagte sie mit zitternder Stimme, »daß ich alles für Sie tue. Ich – ich habe solche Angst, daß es wieder vergeblich sein könnte ...«

»Daran wollen wir nicht denken, Erna. In drei Tagen müssen wir in Bologna sein. Bis dahin haben wir noch viel zu tun. Wir müssen mindestens vier Wochen vorarbeiten ...«

*

Die Klinik Professor Siris lag außerhalb Bologna in einem Pinienwald, umgeben von einer hohen Mauer, als sei sie ein Gefängnis oder eine geschlossene Anstalt. Aber dieser erste Eindruck verwischte sich, wenn man durch das breite schmiedeeiserne Tor rollte und nach einer Biegung der Auffahrt plötzlich vor einem der wundersamen weißen Paläste stand, wie sie nur die Italiener der Renaissance zu bauen verstanden.

Von diesem Palazzo erzählte man sich in der medizinischen Welt Wunderdinge. Hier, in der Abgeschiedenheit, umgeben von herrlichen Parkanlagen und Wasserspielen, in einem Operationssaal, dessen Boden aus kunstvoll geschliffenem Marmor bestand und eine Dionysosszene darstellte, vollbrachte Professor Dr. Battista Siri Operationen, die man in Fachkreisen zunächst ungläubig und dann sprachlos aufnahm. »Siri ist entweder ein Verrückter, der bisher unverschämtes Glück gehabt hat – oder ein Genie, wie es alle hundert Jahre einmal geboren wird«, sagte einmal ein Kollege von ihm, als er einen Operationsbericht aus der Bologneser Klinik Santa Anna las. Und Siri, dem man diesen Ausruf zutrug, antwortete prompt: »Nehmen Sie an, ich sei bloß ein Verrückter!«

In seiner Klinik war er ein König, ein uneingeschränkter Souverän. Wenn er mit seiner weißen Haarmähne, mit hin und her pendelnden Armen, schnellen, kleinen Schritten und einem zu kurzen Arztkittel durch seinen Palazzo rannte, von Zimmer zu Zimmer, überall Aufregung verbreitend, weil er in jedem Zimmer immer etwas fand, was nach seiner Ansicht nicht richtig war, dann war es wirklich wie in der Renaissance, wo ein scharfer Blick des Fürsten gleichbedeutend mit einer Hinrichtung war.

Diese Chefvisiten, jeden Tag einmal gegen elf Uhr vormittags, gehörten zu den Alpträumen der Ärzte und Schwestern. Aber so sehr und so oft sie auch angebrüllt wurden und sich in den südländischen Schimpfworten einrollen konnten, bisher hatte keiner der Ärzte und Schwestern freiwillig die Clinica St. Anna verlassen, es sei denn, Professor Siri hatte jemanden einfach hinausgeworfen. Wer bei Siri arbeitete, lebte mitten in einem Mekka der Medizin. Er schluckte alles, was man ihm an den Kopf warf, denn was man später am OP-Tisch erlebte, ließ alles vergessen. Bremsbock aller Meinungen und Wünsche war dabei Dr. Giulio Saviano, der Oberarzt Siris, ein kleiner, temperamentvoller, ungemein begabter Süditaliener, der vor Tatendrang sprühte und es als einziger wagte, zu Siri zu sagen: »Professore ... wenn ich eine Meinung haben dürfte ...« Und ab und zu durfte er sogar ...

Luise Dahlmann war eine Stunde vor der festgesetzten Zeit in der Clinica St. Anna. Weder Professor Siri noch Dr. Saviano waren zu sprechen. Ein junger Assistenzarzt lotste sie durch den Palazzo bis zur Augenstation II, wo eine hübsche, schwarzgelockte Schwester auf sie zukam, ein süßes Bild in Weiß.

»Das ist Schwester Angelina«, sagte der junge Arzt in einem holprigen Deutsch. »Buon giorno, Signora …«

»Kommen Sie, Signora.« Schwester Angelina nickte Fräulein Pleschke zu und faßte Luise unter. »Wir haben Sie erwartet. Ich bringe Sie auf Ihr Zimmer. Der Herr Professor wird nach der Visite mit Ihnen sprechen.«

Luise blieb stehen. Der typische Geruch eines Krankenhauses fehlte völlig. Im Gegenteil, es roch nach Blumen, nach Mimosen, Kamelien, Rosen.

»Sie muß schön sein, diese Klinik«, sagte sie und drehte den Kopf, als könne sie alles aufnehmen: die breiten Flurfenster, den Park, die Wasserspiele, den wolkenlosen, blauen, vor Sonne kochenden Himmel.

»Sie werden bald alles sehen, Signora«, sagte Schwester Angelina zuversichtlich.

»Sie sprechen gut deutsch, Schwester.«

»Ich habe zwei Jahre in Heidelberg studiert, Signora.«

Während Fräulein Pleschke und Schwester Angelina die Koffer auspackten und alles in die eingebauten Schränke räumten, saß Luise am Fenster und lauschte auf das Plätschern der Wasserspiele. Aus dem Park klang Lachen zu ihr herauf, fröhliche Stimmen, das Knirschen laufender Schritte. Von irgendwoher hörte sie Musik. Italienische Lieder von Liebe und Wein, zwei Dinge, ohne die ein Italiener trübsinnig würde.

Ich werde bald alles sehen, dachte Luise und faltete die Hände im Schoß. Ich werde wieder sehen, wie schön das Leben ist. Alles war damals so selbstverständlich, man nahm es hin, man beachtete es gar nicht: einen blühenden Baum, eine im Wind sich wiegende Knospe, das Grün eines Rasens, eine weiße Mauer mit Efeu, das Gefieder eines Vogels … sie waren eben da, diese Dinge, es war Alltag … Aber wie herrlich, wie ein erfülltes Wunder wird dies alles, wenn man wieder auftaucht aus einer Nacht, in der die Welt nichts war als eine schwarze Wand, gegen die die Geräusche prallten.

Um halb zwölf Uhr kam Professor Siri ins Zimmer. Ins Zimmer kommen war eigentlich nicht der richtige Ausdruck. Jemand riß die Tür auf, stürmte ins Zimmer und brüllte mit heller Stimme: »Es zieht! Angelina ... auch wenn Sie Engel heißen, verbiete ich Ihnen so viel Luftzug, daß wir alle fliegen lernen!« Dann war es einen Atemzug lang still, Professor Siri sah auf Luise, die den Kopf zu ihm gedreht hatte, wandte sich dann zu Dr. Saviano um und tippte ihm mit dem Zeigefinger auf die Brust. »Wer ist denn das?«

»Signora Luise Dahlmann aus Hannover. Sie wissen, Herr Professor, daß wir ...«

»Ach so! Natürlich! Für heute bestellt?«

»Ja.«

»Säureverbrennung der Cornea beider Augen, nicht wahr?«

»Ja. Untersuchung, ob eine partielle Keratoplastik möglich ist.«

»In zehn Minuten bei mir.«

Professor Siri sah noch einmal auf das wartende, lauschende Gesicht Luise Dahlmanns. Er hatte in den vielen Jahren seiner Chirurgentätigkeit schon viele Blinde gesehen, und immer war ihm beim Anblick der toten Augen der Gedanke gekommen: Was denken sie jetzt? Wie ungeheuer groß muß ihr Glaube sein.

»Guten Tag, Signora!« sagte Professor Siri kurz in deutscher Sprache. Dann verließ er so schnell, wie er gekommen war, wieder das Zimmer. Aufatmend rückte Schwester Angelina ihr weißes Häubchen zurecht.

»Wer war denn das?« fragte Luise.

»Das war eine Visite, Signora.« Die Stimme Schwester Angelinas bebte noch immer. »Jeden Morgen um elf Uhr bläst hier ein Sturm. Und das war der Chef selbst, Professor Siri.«

Luise atmete tief auf. »Er hat etwas gesagt ... ich kann nicht Italienisch ... Was hat er gesagt?«

»In zehn Minuten untersucht er Sie, Signora. Dr. Saviano wird Sie abholen. Aber wir haben Zeit; wenn es in zehn Minuten heißt, kann es auch eine halbe Stunde werden.«

»Typisch Italien!« sagte Fräulein Pleschke gehässig.

Schwester Angelina lächelte milde.

»Aber wir leben glücklich dabei«, sagte sie freundlich. »Ist das nicht die Hauptsache, Signora ...?«

Das Untersuchungszimmer Professor Siris hatte nichts gemein mit den üblichen Arztpraxen. Es glich mehr einem Laboratorium und einem Maschinensaal als einem Raum, in dem man

Diagnosen stellt. Große und kleine Apparate mit Skalen und Zeigern, Tabellen und Mattscheiben standen herum, Scheinwerfer, maschinenpistolenähnliche Geräte, aus denen aber keine Kugeln, sondern gebündelte Lichtstrahlen schossen, EKGs und Oszillographen, auf deren Mattscheiben die Pulswellengrößen als elektronische Punkte und Wellen tanzten. Inmitten dieses Gewirrs von medizinischer Technik saß Professor Siri auf einem einfachen, alten Holzstuhl.

Er sprang auf, als Dr. Saviano Luise Dahlmann hereinführte, küßte ihr die Hand und sagte durchaus nicht floskelhaft: »Sie sehen aus, Signora, als hätten Sie im letzten Jahr nichts anderes getan, als nur in der Sonne gelegen. Es freut mich immer, wenn meine Patienten nicht niedergedrückt, sondern lebensfroh zu mir kommen. Und nun wollen wir einmal sehen, was mit Ihnen los ist. Ich habe Ihre Krankengeschichte genau studiert, auch den Bericht vom Kollegen Böhne in Münster.«

»Dann wissen Sie ja, Herr Professor, daß bisher alles fehlgeschlagen ist.« Die Stimme Luises war fest und klar. Siri hob die Schultern.

»Wenn ich Gott wäre, würde ich sagen: Du sollst sehen ...! So aber müssen wir um dieses bißchen Licht kämpfen. Aber auch dieser Kampf hat etwas Schöpferisches an sich. Es gab eine Zeit, da nannte man die Hornhautübertragung die ›heilige Operation‹. Heute ist sie fast zu einer Routine geworden.«

Das klang stolz und selbstbewußt, aber es war zugleich tröstend und stärkend. Dr. Saviano führte Luise Dahlmann zu einem bequemen Sessel. Sie setzte sich und spürte, wie zwei Finger vorsichtig ihre Lider anhoben. Professor Siri betrachtete die verätzte Hornhaut des einen und die transplantierte und wieder getrübte Cornea des anderen Auges. Dabei sprach er unentwegt, mit einer ruhigen, gütigen Stimme.

»Man kennt viele Erfolge, Signora. Der erste Arzt, der eine erfolgreiche Hornhauttransplantation vornahm, war übrigens ein Deutscher, der Dr. Eduard Zirm in Olmütz. Das war im Jahre 1905. Und dann kam die ganz große Stunde der Augenchirurgie: Wladimir Petrowitsch Filatow in Odessa machte über tausend Hornhautüberpflanzungen und entwickelte die Technik, die man heute noch im großen anwendet. Und doch mache ich es wieder anders, und immerhin ... wir haben Erfolg, nicht wahr, Giulio?«

»Ja, Herr Professor«, sagte Dr. Saviano.

»So, und jetzt wollen wir einmal tief ins Auge sehen.«

Siri winkte. Dr. Saviano rollte eine komplizierte Apparatur heran. Vorsichtig drückte er das Kinn Luises auf einen gepolsterten Metallbügel und die Stirn gegen eine runde Kopfstütze. »Bitte nicht bewegen, Signora«, sagte er dabei. Professor Siri schob seinen Stuhl heran.

»Ich will Ihnen erklären, was wir machen«, sagte er. »Nicht, um Sie zu unterhalten, sondern damit Sie wissen, daß wir alles tun, um Ihnen zu helfen. Sie sitzen jetzt vor einem Gerät, das einfach und dennoch ein kleines Wunder ist. Bisher war es dem Chirurgen unmöglich, einen Blick durch die getrübte Hornhaut in die inneren Sphären des Augen zu werfen. Aber nur bei einem klaren Blick hinter die Hornhaut kann man die notwendige chirurgische Taktik bestimmen, denn die Hornhaut kann mit der Iris verwachsen sein ... das ist nur eine von vielen Komplikationen. Hier gibt es nun einen wunderbaren Apparat, der von dem Direktor des Helmholtz-Institutes in Moskau, A. W. Roslawzew, in Zusammenarbeit mit dem Leiter des Experimentallaboratoriums L. S. Uhrmacher entwickelt wurde: die sogenannte infrarote Spaltlampe. Die unsichtbaren infraroten Strahlen geben uns jetzt über bestimmte Linsensysteme die Möglichkeit, durch die trübe Hornhaut hindurch ins Innere des Auges zu blicken, als sei es ein gläsernes Modell. So – und das mache ich jetzt bei Ihnen.«

Luise hörte das Knacken eines Schalters. Sie spürte nichts, sie sah nichts, sie hörte nichts mehr – nur das Atmen der beiden Ärzte war ein ganz leises, rhythmisches Geräusch.

»Aha!« sagte Professor Siri nach einer ganzen Weile. »Danke, Giulio!« Es knackte wieder, Luise schloß die Augen. Eine Schwäche überfiel sie. Es war gut, daß der Kopf in dem metallenen Bügel lag, so konnte er nicht nach vorn fallen.

»Na, na«, sagte Professor Siri gütig. »Wer wird denn jetzt, gerade jetzt schlapp werden! Was ich sehen wollte, habe ich gesehen.«

»Und ... und ...« Luises Stimme erstarb. Sie weinte und umklammerte die Hand Dr. Savianos, die auf ihrer Schulter lag. »Ich werde wieder sehen ... Sagen Sie, ob ich wieder sehen werde!«

Professor Siri schob den alten Stuhl zurück und steckte die Hände in die ausgebeulten Taschen seines zu kurzen Arztkittels.

»Ich kann Ihnen nichts versprechen, Signora«, sagte er betont langsam. »Niemand kann das, eben weil wir keine Götter sind. Aber uns bleibt die Hoffnung. Und als ich eben tief in Ihr Auge sah, habe ich mir gedacht, man sollte diese Hoffnung nie aufgeben, nie verlieren, nie wegwerfen. Ja – ich operiere Sie.«

Luises Herzschlag setzte aus. Als er wieder kam, war es wie ein Hauch.

»Und ... wann ...?« fragte sie, kaum hörbar.

»Morgen früh um acht Uhr ... Um acht Uhr dreißig müßten Sie das erste Licht sehen.«

Der Operationssaal war fast kreisrund, kahl und leer, schmucklos bis auf den Marmorboden mit der Dionysosszene. In der Mitte, unter einer riesigen Lampe, die aus vierundzwanzig Einzelscheinwerfern bestand, glänzte der OP-Tisch, daneben war ein zweistufiges kleines Podium, auf das sich Professor Siri stellte, wenn er sich weit über den Patienten beugen mußte. An der einen Wand stand ein Instrumentenschrank, daneben ein langer Tisch mit Sterilkochern und Tupfergläsern, einige Eimer mit Klappdeckel, ein Waschbecken, weiter nichts. Ein nüchterner, großer Raum, der Kälte ausstrahlte und nichts von der Faszination spüren ließ, die man von einem Saal erwartet, in dem die Chirurgen um das Leben ringen, wie es in Romanen so romantisch heißt. Es war ein heller Arbeitsraum, eine weiße Werkstatt, in deren Mittelpunkt ein nach allen Seiten umklappbarer Tisch auf einer verchromten Säule stand.

Die OP-Schwester hatte alle Instrumente vorbereitet und saß wartend am Fenster, als Dr. Saviano kurz vor acht Uhr Luise Dahlmann in den OP führte. Die Patientin hatte noch in ihrem Zimmer von dem Oberarzt eine Beruhigungsinjektion bekommen; es war ein merkwürdiges Medikament, es machte alles so gleichgültig, so uninteressant, so völlig wurschtig. Daß sie jetzt in den Operationssaal geführt wurde, nahm Luise zwar wahr, aber es löste keinerlei innere Spannung bei ihr aus. Ob sie jetzt hier vor dem OP-Tisch stand oder im Park spazierenging ... ihre Psyche reagierte völlig teilnahmslos. Eine unendliche Ruhe war in ihr, ja fast eine stille Fröhlichkeit. Sie hörte, wie die Schwester den Kopfteil des OP-Tisches hochstellte und in einem bestimmten Winkel festschraubte. Irgendwo klapperten jetzt Instrumente, sie hörte ein leises Räderrollen ... Jetzt fahren sie den Instrumententisch heran, dachte sie, und es erschreckte sie nicht, es weckte vielmehr Interesse und Neugier.

»Signora, bitte Platz zu nehmen«, sagte Dr. Saviano in seiner jungenhaften Art. »Wenn Sie hier wieder runtersteigen, haben Sie den dunklen Tunnel passiert und sehen wieder in die Sonne.«

»Glauben Sie, Doktor?« Luises Stimme klang völlig ruhig.

»Ich weiß es, Signora.« Dr. Saviano stützte Luise, als sie sich auf den OP-Tisch legte. Die Schwester deckte sie mit weißen Tüchern ab, schnallte die Arme fest und legte über die Beine ebenfalls einen Riemen. Dann spürte Luise plötzliche Wärme auf ihrem Gesicht – der große Scheinwerfer war eingeschaltet. Sie kannte das alles von Münster her. Jetzt machen sie die örtliche Betäubung, dachte sie, und dann beginnt die Operation. Ich werde sie mit dem Gehör miterleben ... jeden Griff, jedes Klappern der Instrumente, jedes leise Wort.

Durch den großen Operationssaal tappten schnelle Schritte. Neben Luise knackten die beiden Stufen des Podiums, eine weiche Hand glitt über ihre Augen.

»Guten Morgen, Signora.«

»Guten Morgen, Herr Professor.«

»Dann geht's jetzt also los. Angst?«

»Gar nicht.«

»Das ist gut.« Professor Siri sah zu Dr. Saviano. Der Oberarzt nickte. Die Beruhigungsinjektion wirkt probat, hieß dieses Zunicken. Die Lokalanästhesie ist gemacht, das Spenderauge liegt im Brutkasten, es ist keine zwölf Stunden alt, das Auge eines durch einen Unfall gestorbenen einundzwanzigjährigen Mechanikers aus Bologna. »Wir werden ein bißchen zusammen plaudern, während ich Ihnen die Sonne zurückhole«, sagte Professor Siri fast fröhlich. »Dann wird es nicht zu lang für Sie.«

Professor Siri streckte die Hand aus. Ein winziges, feines Skalpell wurde ihm angereicht. Mit diesem löste er einen Streifen Bindehaut, die den Augapfel bedeckte, auf drei Seiten ab und schlug ihn hoch. So erhielt er eine Klappe, die er später als zusätzlichen Schutz über das eingepflanzte Stück legen konnte.

Während Siri diese vorbereitende Operation ausführte, begann Dr. Saviano mit dem Präparieren des Spenderauges. Er berieselte es mit Antibiotika und fixierte den Hornhautpfropf, der transplantiert werden sollte. Ein leises Summen neben ihrem Kopf ließ Luise die Stirn in Falten legen. Professor Siri klopfte auf ihre Wange, die ebenfalls abgedeckt war. Nur die Augenpartie war frei.

»Da staunen Sie, nicht wahr, Signora? Klingt wie ein Rasierapparat, und so etwas Ähnliches ist es auch. Es handelt sich da um ein ganz neues Instrument, das bei mir zum erstenmal in Europa angewandt wird. Ich habe von diesem Ding ganz durch Zufall gehört und habe nicht lockergelassen, bis man es mir zuschickte. Im Forschungsinstitut für chirurgische Apparatur in Moskau wurde es entwickelt und hat den Namen Keratotom bekommen. Wenn wir früher das Hornhautepithel, also den feinsten Überzug, mit einem dünnen Messer abschabten, so lösen wir jetzt diese Hornhautschichten mit Hilfe dieses Keratotoms nach dem Prinzip eines elektrischen Rasierapparates hauchfein ab. Das ist sicherer, sauberer, exakter. Es gibt keine Rückstände und es wird vor allem völlig gleichmäßig.«

Siri betupfte das Auge Luises erneut mit in Antibiotika getränkten Wattetampons und sah hinüber zu Dr. Saviano. Die Feinarbeit konnte beginnen.

Noch einmal blickte Professor Siri auf das trübe Auge, dann nahm er den Trepan, den ihm die OP-Schwester wortlos anreichte. Mit diesem Stanzgerät stanzte er eine kreisrunde Scheibe aus der Hornhaut des Spenderauges und hob das Transplantat vorsichtig auf die sogenannte Lidplatte, ein augenärztliches Spezialinstrument in Form einer Metallplatte. Ohne die Hornhautscheibe zu berühren, drückte er sie mit einem im Trepan liegenden Schraubgewinde auf die Lidplatte und gab sie an Dr. Saviano zurück.

»Das Fenster zur Sonne haben wir schon«, sagte Siri und beugte sich tief über die Augen Luises. »Jetzt müssen wir nur noch bei Ihnen die Vorhänge wegziehen und aus Ihrem Fenster die blinden Scheiben entglasen ...« Er streichelte ihr über die Stirn, weil er wußte, daß sie unter den Abdecktüchern lächelte. »Wenn Sie etwas spüren, sagen Sie es sofort; wir steuern die Anästhesie immer individuell.«

Wieder summte das Keratotom und rasierte das Hornhautepithel von Luises Auge. Dann spürte sie einen leichten, kaum wahrnehmbaren Druck auf den Augapfel, kein bißchen schmerzhaft, etwa so, als wenn man sich leicht über die Augen wischt.

Es war der Augenblick, in dem Professor Siri den Trepan angesetzt hatte und aus Luises trüber Hornhaut ein gleich großes Stück wie aus dem Spenderauge herausstanzte. Dr. Saviano stand jetzt seitlich von Professor Siri und hielt das Auge mit einer Pinzette am sogenannten Limbus, einer seichten Rinne beim Übergang zwischen Hornhaut und Lederhaut, der Sklera, fest. Es ist die feste Hülle des Auges.

Siri hatte den Trepan senkrecht auf das Auge angesetzt und drehte ihn unter mäßigem Druck. Als die Hornhaut an einer Stelle durchstoßen war, nahm er seine feinen Pinzetten und Scheren zu Hilfe und löste die trübe Scheibe vorsichtig aus.

Über dem OP-Tisch erlosch der Scheinwerfer. Draußen vor den großen Fenstern stand ein sonniger Tag. Es war hell genug, der Sehnerv sollte auf keinen Fall gereizt werden.

»Sie ... Sie sind so schweigsam, Herr Professor ...«, sagte Luise in die Stille hinein. »Stimmt etwas nicht?«

»Aber Signora! Welche Gedanken!« Siri lachte leise. »Jetzt kommt der nächste Akt der Feinmechanik; jetzt setzen wir das neue Fensterchen ein ...«

Dr. Saviano hielt die Lidplatte mit dem Transplantat hin. Professor Siri brachte sie an den Rand der herausgestanzten Öffnung und schob den Hornhautpfropf mit einem Irisspatel langsam und mit unwahrscheinlicher Sicherheit auf den richtigen Platz. Die Scheibe paßte genau.

»Was jetzt kommt, ist wieder etwas Neues«, sagte Professor Siri ruhig. »Bisher wurden die Wunden der Hornhaut und der Sklera mit Seidenfäden oder mit Perlon vernäht. Aber Seide ist wasser- und luftdurchlässig, es kam immer wieder zu postoperativen Komplikationen, zu Infektionen vor allem, die alle Hoffnungen zerstörten. Ich benutze jetzt Metallklammern. Klammern aus Tantal. Wenn Sie das Instrument sehen könnten ... wie eine kleine Pistole sieht es aus. Mit ihr mache ich jetzt eine feine, dichte Naht, die zudem noch den Vorteil hat, in keiner Weise die Augenhaut zu reizen. Feuer frei!«

Die Naht mit der neuen Maschine ging schnell. Dann klappte Siri den als Transplantatschutz gedachten Bindehautstreifen über die Operationsstelle.

In diesem Augenblick lief ein heftiges Zucken durch den Körper Luises. Ihr Kopf hob sich, obgleich Dr. Saviano und die OP-Schwester ihn umklammerten, die Beine und Arme zerrten in den Riemen. Dann brach es aus ihr heraus, ein heller Schrei, den auch die Abdecktücher nicht ersticken konnten.

»Ich sehe Licht!« schrie sie. »Ich sehe Licht ... Licht ...«

Dann streckte sich der Körper mit einem lauten Seufzer. Luise Dahlmann sank in eine Ohnmacht.

Professor Siri deckte beide Augen ab und verband sie. Dr. Saviano injizierte bereits Cardiazol, um den Kreislaufschock aufzufangen. Siri sah auf die Uhr über den Instrumentenschränken.

»Acht Uhr dreiundvierzig«, sagte er. »Sie sieht wieder Licht, Giulio, es scheint gelungen zu sein!«

»Gratuliere, Professore«, sagte Dr. Saviano jungenhaft.

»Gratuliere!« Professor Siri stieg von seinem Zweistufenpodest hinab und öffnete den Kittel. Es war heiß im OP, draußen brannte die Sonne gegen die Scheiben. Die Operation war vorbei, aus dem feinnervigen Chirurgen wurde wieder der kleine Tyrann. »Als wenn das nicht selbstverständlich wäre! Die Visite fällt heute *nicht* aus! Und Signora Dahlmann geben Sie ein Schlafmittel und kontrollieren ständig den Kreislauf. Gratuliere ...« Siri schüttelte den weißmähnigen Kopf. »So was muß man sich sagen lassen!«

Mit schnellen Schritten rannte er aus dem OP. Dr. Saviano lächelte der OP-Schwester zu. Er war durchaus nicht betroffen.

»Der Chef ist selbst glücklich«, sagte er fröhlich. »Und in vierzehn Tagen wissen wir genau, ob die Hornhaut eingeheilt ist und ob sie für immer sehen kann.«

Mit einem weißen Laken zugedeckt, wurde Luise Dahlmann zurück in ihr Zimmer gerollt. Schwester Angelina wartete schon auf sie.

*

Vierundzwanzig Stunden sind keine lange Zeit. Im Alltag fliegen sie dahin. Wenn man warten muß, werden sie lang, aber immer noch erträglich. Zur Ewigkeit werden sie, wenn man mit einer Binde über den Augen in einem Bett liegt und weiß, daß nach diesen vierundzwanzig Stunden die Binde fällt und es sich entscheidet, ob der erste Lichtstrahl wieder sichtbar ist, ob ein Gegenstand sich aus dem Licht schält, ob man erkennt und begreift, ob die Welt neu geboren wird ...

Luise lag nach dem Erwachen still und mit gefalteten Händen auf dem Rücken. Wie lange sie geschlafen hatte, war nicht abschätzbar, bis Schwester Angelina das Essen brachte.

»Was gibt es heute mittag?« fragte Luise. Schwester Angelina tappte in die Falle.

»Das Abendessen besteht aus gefüllten Artischocken, Signora«, sagte sie. »Dazu Cassata mit Sahne.«

Es war also Abend. Sie hatte den ganzen Tag geschlafen. Nun lag noch eine Nacht vor ihr. Zwölf Stunden Warten auf den Morgen, auf die Sonne, die Professor Siri ihr versprochen hatte und von der sie einen Schimmer gesehen hatte. Nur einen einzigen Strahl, bis sie das schreckliche Gefühl empfand, ihr Herz bräche auseinander. Dann war wieder die Nacht gekommen. Das wohltätige Vergessen.

Ein ungeheurer, unbezähmbarer Drang überfiel sie, die Binde von den Augen zu nehmen oder sie nur ein klein wenig zu verschieben. Es war so einfach ... man brauchte nur die Hand zu heben, ein kleiner Ruck ... und man wußte, ob das Licht zurückgekehrt war oder die ewige Nacht bleiben würde.

Schwester Angelina ahnte diese Gedanken. »Tun Sie es nicht, Signora«, sagte sie wie tröstend. »Ich weiß, wie schwer es ist, jetzt noch zu warten. Bei allen war es so, die der Professor operiert hat. Aber sie alle waren nachher doch stark genug – bis auf zwei, und beide verloren ihr Augenlicht wieder ... da wurde der eine wahnsinnig, und der andere warf sich vor ein Auto.«

»Ich will ganz brav sein, Schwester«, sagte Luise wie ein getadeltes Kind. »Ich verspreche, nicht an der Binde zu rücken.«

Nach dem Essen bekam sie wieder eine Injektion. Sie schlief danach ein, auch wenn sie sich dagegenstemmte. Das Medikament war stärker als ihr Wille.

Sie erwachte und wußte plötzlich, daß es heller Tag war. Irgendwo spielte wieder das Radio. Schwester Angelina war im Zimmer und goß die Blumen. Luise hörte das Plätschern des Wassers aus der Gießkanne.

»Zweimal war Dr. Saviano schon da«, sagte Schwester Angelina und setzte sich auf Luises Bett. »Aber ich sollte Sie schlafen lassen, sagte er. Und ich werde ihn auch erst anrufen, wenn Sie gefrühstückt haben.«

Es war schon zehn Uhr, als Luise Dahlmann in das Arbeitszimmer Professor Siris geführt wurde. Siri saß wieder zwischen seinen Apparaten auf dem alten Stuhl, nur waren diesmal dicke Vorhänge vor den Fenstern und verhüllten den grellen Sonnentag. Dr. Saviano drückte Luise in einen Sessel und stellte sich hinter sie. Siri beugte sich vor und ergriff ihre Hände; sie waren kalt, als hätten sie auf Eis gelegen.

»Keine Angst haben, Signora«, sagte er gütig. »Ich will Ihnen sagen, was Sie gleich sehen.«

»Sehen –«, stammelte Luise.

»Sie werden nichts sehen!«

»Nichts ...?«

»Keine Gegenstände. Nur Licht. Aber wenn Sie Licht sehen, wissen wir, daß alles gut geworden ist. Über Ihrer neuen Hornhaut, dem Fenster, das wir eingesetzt haben, liegt eine Bindehaut, die wir als Schutz über das Transplantat zogen. Es verschleiert noch das Bild Ihrer Umwelt. Jeden Tag werden wir jetzt Antibiotika aufträufeln, am achten Tag entfernen wir die Bindehautklappe, dann wird es wieder vierundzwanzig Stunden Nacht um Sie sein, denn so lange lassen wir das Auge wieder verbunden ... und erst dann werden Sie Ihre Umwelt erkennen können. Richtig wissen, ob alles gelungen ist, ob die Hornhaut wirklich klar bleibt – das wird erst in neun Monaten sein. In dieser Zeit müssen wir gegen mögliche Entzündungen ankämpfen. Ja, und was ich noch sagen wollte: Übermorgen machen wir das gleiche mit dem anderen Auge. Auch wenn Sie aus dem germanischen Deutschland kommen, lasse ich Sie nicht mit einem Auge wie Wotan herumlaufen.«

Siri rückte den Stuhl heran, Dr. Saviano löste die Binde, drückte sie aber noch gegen die Augen Luises.

»Schließen Sie bitte die Lider«, sagte Siri ruhig. »Und öffnen Sie sie erst, wenn ich es sage.«

Luise nickte schwach. In diesem Augenblick fiel die Binde. Ein Zittern lief durch ihren Körper, eine panische Angst, gleich die Augen öffnen zu müssen und nichts zu sehen. Professor Siri streichelte ihre eiskalten Hände.

»Ruhe, Signora, seien Sie völlig ruhig.« Seine Stimme hatte etwas Suggestives. »Öffnen Sie ganz langsam die Augen ... ganz langsam ...«

Luise Dahlmann hob die Lider. Als sie sie halb geöffnet hatte, durchzuckte es sie wie ein Schlag.

»Licht!« stammelte sie. »Licht, Herr Professor ... aber dumpf ... ganz dumpf ...«

»Die Vorhänge sind zugezogen. Wir sitzen in einem halbdunklen Zimmer. Sie sehen nur einen Schimmer von Licht?«

»Ja ...«

»Und jetzt?«

Dr. Saviano hatte einen Vorhang um einen Spalt geöffnet. Wie geschossen fiel ein Sonnenstrahl ins Zimmer.

»Jetzt ist es heller.«

Professor Siri griff nach hinten. Er knipste eine gewöhnliche Taschenlampe an und hielt sie seitlich von Luise gegen die Decke.

»Und jetzt?«

»Mehr Licht ... ein Lichtbündel ...«

»Wunderbar, Signora. Giulio ... Vorhang auf!«

Die Sonne flutete ins Zimmer, als Dr. Saviano mit großen Rucken die schweren Vorhänge wegritschte. Luise Dahlmann saß steif im Sessel, die Augen weit geöffnet. Während das eine Auge noch trübe und tot war, lebte das andere, und das Licht spiegelte sich wider.

»Sonne«, sagte sie kaum hörbar. »Es ist Sonne ... Strahlende Sonne in einem Nebel ...«

»Das ist die Bindehautklappe. In sieben Tagen ziehen wir auch diesen Schleier weg.«

Luise umklammerte die Sessellehne. Ihre Finger bohrten sich in den Bezug.

»Ich ... ich kann wirklich sehen ... Herr Professor ... Ich kann wirklich ...« Die Stimme versagte, ihr Kopf fiel nach vorn in die Hände Siris. Dann weinte sie, laut und haltlos, und Siri unterbrach sie nicht, hielt ihren zitternden Kopf mit beiden Händen, wie ein Vater, der sein trostsuchendes Kind umfängt. Dr. Saviano lehnte am Fenster und rauchte nervös eine Zigarette. Es waren jene Sekunden, die sowohl Siri als auch ihn immer wieder erschütterten, so viele hundert Male er sie auch bisher erlebt hatte. Immer war es die gleiche Ergriffenheit: Ein Mensch sieht wieder! Mit unseren Händen haben wir einen kleinen Teil der Schöpfung nachgemacht: Es werde Licht!

Nach einigen Minuten hob Professor Luises Kopf wieder hoch und legte das Kinn auf einen Bügel. Mit einer kleinen Lampe, die einen dünnen Lichtstrahl wie aus einer Düse abschoß, untersuchte er das Auge und nickte zufrieden. Die Tantalnähte saßen gut, das Transplantat verhielt sich freundlich und zeigte keinerlei Anzeichen, daß es sich wieder abstieß. Da es aus einem frischen Auge kam, nicht aus einem konservierten, war es eine lebende Cornea, eine Homoioplastik, die sich mit der ihr fremden Zellumwelt erst vertraut machen mußte.

»So, und jetzt verbinden wir wieder die Augen, Signora«, sagte Professor Siri zufrieden und strich Luise leicht über das zerwühlte Haar. »Und wir werden so stark sein, daß wir erst richtig sehen wollen, wenn auch das andere Auge sein Fensterchen hat. Können wir so stark sein?«

»Ja, Herr Professor«, sagte Luise schluchzend.

»In vierzehn Tagen werden Sie mir sagen, welche Farbe die Blume hat, die ich Ihnen hinhalte.«

»Ich ... ich weiß nicht, wie ich Ihnen danken soll, Herr Professor ...«

»Bitte hören Sie auf, Signora.« Professor Siri erhob sich. Er wurde grob, und das bewies, daß er Angst hatte, seine innere Weichheit zu zeigen. »Da Sie in absehbarer Zeit wieder sehen, können Sie dann auch erkennen, daß wortreicher Dank unangebracht ist. Ihnen werden die Augen übergehen, wenn Sie meine Rechnung bekommen.«

»Das kann man nicht mit Geld bezahlen.«

»Bei mir schon! Guten Morgen!«

Professor Siri eilte hinaus. Luise wandte den Kopf zum Fenster. Hinter dem Nebel, durch den Lichtpunkte wie in einem wilden Kaleidoskop tanzten, sah sie einen Schatten, der nicht verschwamm, sondern irgendwie Form hatte. Dr. Saviano trat auf sie zu.

»Nun ist er böse, nicht wahr?« sagte Luise Dahlmann leise.

»Keineswegs, Signora.« Dr. Saviano legte ihr wieder die Binde vor die Augen. Das Licht erlosch, die Nacht war wieder da, und sofort legte sich ein schwerer Druck auf ihr Herz, die erneute Angst, beim nächsten Abnehmen der Binde sagen zu müssen: Es ist wieder dunkel ... »Der Herr Professor hat nur Angst, daß man entdecken könnte, er habe ein Herz. In seiner Klinik soll man ihn als Cäsar sehen; dabei liest er heimlich die verliebten Oden des d'Annunzio.« Er faßte Luise unter und führte sie aus dem Zimmer. Auf dem Gang zum Bettenflügel blieb er plötzlich stehen. »Was ich ganz vergaß, Signora: Wir müssen Ihrem Gatten von der gelungenen Operation berichten ...«

»Nein! Bitte nicht!« Sie blieb ruckartig stehen. Dr. Saviano zog die Brauen hoch.

»Nicht? Aber ...«

»Er soll es noch nicht wissen. Ich will ihn überraschen, wenn ich nach Hause komme. Plötzlich werde ich ins Zimmer kommen und zu ihm sagen: Ernst, du hast eine schöne blaue Krawatte an!«

Dr. Saviano lächelte etwas sauer. »Das wird sicherlich eine gelungene Überraschung werden, Signora. Aber am besten ist, Sie sprechen darüber mit Professor Siri selbst. Bisher ist aus der Clinica St. Anna noch keine heimlich Sehende entlassen worden.«

*

In den folgenden Tagen verlief alles planmäßig und ohne Komplikationen. Die zweite Operation am anderen Auge gelang auch. Es war dies das Auge, in das Professor Böhne in Münster die Hornhautscheibe eingesetzt hatte, die sich wieder trübte. Nun mußte sie mit dem Trepan wieder ausgestanzt werden, ein wenig größer als das andere Auge, was Professor Siri zu heißen süditalienischen Flüchen hinriß.

»Daran hätten Sie auch denken müssen, Sie Stümper!« schrie er Dr. Saviano an. »Nun läuft die Frau mit verschieden großen Hornhautfenstern herum! Madonna mia! Um sich schlagen sollte man über soviel Idiotie. Sie wußten doch, daß wir am anderen Auge ein größeres Fenster brauchen! Warum haben Sie das erste Fenster nicht gleich groß gemacht? Zum Kotzen ist es! Jawohl, zum Kotzen!«

Dr. Saviano schwieg. Der Wortschwall brauste über ihn hinweg und lief an ihm ab wie Wasser am Wachstuch. Es war ein Fehler Professor Siris, aber niemals hätte es jemand gewagt, es ihm zu sagen. Siri wußte es selbst, aber sein Cäsarentum ließ es nicht zu, Eingeständnisse zu machen. So tobte er sich aus und entlud allen Groll gegen sich selbst auf das Haupt Dr. Savianos.

Nach der Operation zeigte es sich, daß der Unterschied kaum merkbar war. Nur ein ganz genau Hinblickender konnte sehen, daß die Hornhautscheibchen nicht gleich groß waren.

»Was heißt das?!« schrie Professor Siri. »Wenn ich eine Narbe am Hintern habe, sieht sie auch keiner ... aber sie ist da. Solche blöden Redereien!«

Es war der letzte Wasserfall, der sich über Saviano ergoß. Dann kam die Minute, in der Luise auch mit dem anderen Auge Licht und Schatten unterscheiden konnte und Professor Siri um den Hals fiel und ihn küßte. Beim Vergleich der beiden Hornhautfenster mußte Siri zugeben, daß aller Streit um die verschiedene Größe nutzlose Zeitverschwendung wäre.

»Da haben Sie aber Glück gehabt, Giulio«, sagte er brummend. »Verdammtes Glück.«

»Danke, Professore ...«

»Wofür?«

»Daß wir uns wieder einig sind ...«

Professor Siri stutzte einen Augenblick. Er starrte Dr. Saviano an. Man kann diesem Bengel nichts übelnehmen, dachte er. Er ist ein hervorragender Chirurg, mein bester Schüler, mein Nachfolger sicherlich ... Wortlos rannte er hinaus und schlug nur die Tür kräftig hinter sich zu, um zu beweisen, daß er wütend war.

Am zehnten Tag nach der zweiten Operation wurden die beiden Bindehautklappen, die Transplantatschützer, wieder entfernt. Nach dem Einträufeln von Cortison und dem Austupfen mit Tampons saß Luise wie eine Statue vor Professor Siri und sah ihn an.

»Nun?« fragte er und nickte ihr zu. »Wundern Sie sich, daß ich rote Haare habe?«

»Sie haben weiße Haare ... eine weiße Mähne.« Luise bewegte langsam den Kopf und sah sich um. Sie saß in einem mittelgroßen Zimmer. Vor den Fenstern wiegten sich Pinien in der Sonne, die Marmorstatue eines Apoll stand an der Wand zwischen zwei Fenstern auf einem Sockel. Die Decke des Zimmers war gewölbt und mit Malereien und vergoldetem Stuck verziert. Langsam, als habe sie Blei statt Blut in den Adern, erhob sich Luise und ging ein paar Schritte zu einem zierlichen Intarsientisch. Dort stand eine venezianische Glasvase mit einigen Rosen. Sie nahm eine Rose heraus, umfing die Blüte mit beiden Händen und hielt sie vor ihre Augen. Ein Lächeln grenzenloser Seligkeit überzog ihr schmal gewordenes Gesicht.

»Sie ist rot …«, sagte sie leise und mit der Innigkeit eines Gebetes. »Sie ist rot und hat dünne gelbe Streifen … Ich sehe, daß sie rot ist … ich sehe …«

»Nun gehört die Welt wieder Ihnen, Signora«, sagte Professor Siri etwas heiser. »Sie können zurück ins Leben.«

Luise senkte den Kopf. Sie drückte die Rose an sich, auf ihre vom ungewohnten Licht tränenden und brennenden Augen.

»Die Welt ist wunderbar«, sagte sie ergriffen. »Die ganze Welt ist ein Wunder!«

*

Noch eine Woche mußte Luise Dahlmann in der Clinica St. Anna bleiben, um die Nachbehandlung nicht zu unterbrechen. Für Dr. Ronnefeld arbeitete Dr. Saviano einen genauen Behandlungsplan aus, außerdem eine Untersuchungstabelle für die Klinik in Münster, in der sich Luise nach neun Monaten noch einmal genau untersuchen lassen mußte.

Professor Siri hatte sich verabschiedet und war verreist. Er war nach San Franzisko geflogen, wo er auf einem Kongreß für moderne Chirurgie sprechen sollte. Und er wollte die berühmte New Yorker ›Augenbank‹ besuchen, jenes Mekka der Blinden, das am 1. Mai 1945 gegründet wurde und heute nach über fünfzehntausend gelungenen Operationen über eine Zentralaugenklinik verfügt, an der die besten Augenärzte der USA mit der Transplantationstechnik und den Forschungen zur Konservierbarkeit des menschlichen Auges vertraut gemacht werden. Hier wollte Professor Siri seinen großen Kollegen Dr. R. Townley Patton treffen und seine Tantalnaht vorführen.

Es war gegen Mittag, kurz vor dem Essen, als Luise Dahlmann durch den Palazzo ging und Dr. Saviano suchte. Sie hatte eine Dummheit begangen und sich nicht an die Verordnung gehalten, zunächst nur im Schatten spazierenzugehen. Nun tränten die Augen, und Luise wurde von einer panischen Angst erfaßt. Sie drückte ihr Taschentuch gegen die zuckenden Augen und rannte zum Zimmer Professor Siris, nachdem sie Dr. Saviano nicht in seinen Räumen gefunden hatte. Es war möglich, daß er im Chefzimmer saß, nachdem er die Leitung der Clinica in Abwesenheit Siris übernommen hatte.

Aber auch das Zimmer Siris war leer. Ratlos stand sie vor dem Schreibtisch und starrte auf die geöffnete Post und die Papiere, die die Tischplatte bedeckten. Plötzlich stutzte sie. Unter einigen anderen Briefen sah der Kopf eines Bogens hervor, auf dem sie deutlich den Namen Robert Sanden lesen konnte.

Sie trat näher heran, beugte sich über die Briefe ... Robert Sanden, Hannover, Kirchheller Weg 12. Ein Brief mit dem Datum von vorgestern. Ein Brief, der mit der Morgenpost gekommen war.

Herrn Professor Siri ... las sie noch, dann deckten die anderen Briefe die Schreibmaschinenzeilen zu.

Sie zögerte, aber es war nur eine kurze Gegenwehr gegen ihre Neugier. Dann zog sie den Brief unter dem Stapel heraus und begann zu lesen.

»Sehr verehrter Herr Professor Siri,

Ich habe aus Montreux erfahren, daß Frau Luise Dahlmann von Ihnen untersucht worden ist und daß Sie sich zu einer Operation entschlossen haben. Darf ich fragen, ob diese Operation erfolgreich verlaufen ist? Wie Sie sich sicherlich erinnern können, war ich es, der sich damals an Sie mit der Bitte gewandt hatte, Frau Dahlmann zu untersuchen. Heute nun ist meine Frage nicht nur eine Neugier, sondern für Frau Dahlmann von großer Bedeutung. Sollte sie nämlich dank Ihrer Operationskunst wieder sehen können, wäre es notwendig, daß ich nach Bologna komme, um vor der Rückkehr Frau Dahlmanns nach Hannover zuerst mit ihr zu sprechen, denn ich habe die Befürchtung, daß gewisse private Dinge, die sie vorher nicht sah, jetzt zu einer großen und peinlichen Auseinandersetzung führen könnten. Ich bitte Sie deshalb herzlich um Nachricht, ob die Operation erfolgreich verlaufen ist und ob ich ...«

»Na, na, Signora ...«, sagte Dr. Saviano tadelnd. Luise Dahlmann fuhr herum und ließ den Brief auf den Tisch zurückfallen. Sie hatte den Eintritt des Arztes nicht gehört, so verblüfft hatten sie die Zeilen Robert Sandens. Dr. Saviano sah auf den Briefkopf und nickte.

»Er kam heute an. Ich hätte ihn Ihnen sowieso gezeigt. Eine indiskrete Frage: Wie stehen Sie zu diesem Herrn Sanden?«

»Ein guter Bekannter, weiter nichts. Durch ihn erfuhr ich überhaupt erst, daß es einen Professor Siri gibt. Im Grunde verdanke ich es Herrn Sanden, daß ich wieder sehen kann. Ohne ihn hätte ich resigniert und die Blindheit als endgültig hingenommen.« Luise nagte an der Unterlippe und sah hinab auf das Schreiben. »Dieser Brief ist äußerst merkwürdig, Doktor. Finden Sie nicht auch?«

»Ich kenne leider Ihre häuslichen Verhältnisse nicht, Ihren Gatten ...«

»Wir lieben uns wie am ersten Tag. Ernst hat alles für mich getan, was er nur tun konnte.«

»Gibt es sonst irgendwelchen Anlaß zu Sorgen? Beruflich vielleicht?«

»Nein. Überhaupt nicht. Mir ist dieser Brief ein Rätsel. Was meint er mit ›gewisse private Dinge, die zu einer großen und peinlichen Auseinandersetzung führen könnten‹? Ich verstehe das alles nicht.« Luise zuckte mit den Schultern und tupfte wieder mit dem Taschentuch gegen die Augen. Sie tränten wieder. Dr. Saviano hob drohend den Zeigefinger.

»Sie waren in der grellen Sonne, Signora! Ohne Sonnenbrille!«

»Ja.«

»Hinlegen! Zimmer abdunkeln! Keine Widerrede!«

Luise nickte. »Ich gehe sofort, Doktor.« Sie nahm den Brief Robert Sandens wieder in die Hand und überflog noch einmal den Text. »Der Professor ist in Amerika. Er kommt erst wieder, wenn ich entlassen bin. Denken Sie an meine Bitte, nichts an meinen Mann zu schreiben, weil ich ihn als Sehende überraschen will? Ich möchte diese Bitte jetzt wiederholen ... gerade jetzt, nach diesem Brief. Und vielleicht verstehen Sie mich jetzt auch, Doktor.«

»Sie haben irgendein Mißtrauen?«

»Ich weiß es nicht. Ich habe ein so merkwürdiges Gefühl, das ist alles. Ich habe fast Angst vor der Rückkehr. Warum, das kann ich nicht sagen. Und nun dieser Brief!«

»Sie hätten ihn vielleicht doch nicht lesen sollen.«

Luise sah Dr. Saviano entschlossen an. Sie hat schöne braune Augen, dachte der Arzt. Vor drei Wochen waren sie noch blind, wie eine schmutzige Milchglasscheibe. Und jetzt können sie wieder strahlen, und in ihrer Tiefe sieht man das Leben mit all seinen Schattierungen.

»Bitte, lassen Sie mich die Blinde weiterspielen, Doktor«, sagte Luise Dahlmann eindringlich. »Ich werde mich von meiner Pflegerin abholen lassen und nach Hause fahren. Ich möchte als Blinde sehen, was ich als Sehende nie bemerken würde.«

»Wenn der Chef das jemals erfährt!« rief Dr. Saviano.

»Er wird es nie erfahren. Bitte, spielen Sie mit, Doktor. Vielleicht hängt von Ihrem Ja so viel ab, was wir heute noch gar nicht übersehen können. Oder es ist nur eine Überraschung von wenigen Minuten ... das wäre noch schöner. Ich bitte Sie, Doktor!«

Dr. Saviano ging unruhig hin und her. Im Grunde genommen ist das ihre Privatangelegenheit, dachte er. Wir haben ihr das Augenlicht wiedergegeben – ob sie nun die Blinde weiterspielt, kann uns nicht interessieren, solange sie es nicht benutzt, um Versicherungen und Krankenkassen zu täuschen und zu betrügen. Und das ist hier nicht der Fall. Der beste Weg ist, so zu tun, als wisse man von nichts.

»Gut. Nehmen wir an, ich sehe nichts, Signora. Sie werden abgeholt von Ihrer Pflegerin und sagen, Sie seien weiterhin blind. Da ist aber noch Schwester Angelina ...«

»Sie wird mich nicht verraten.«

»Ach. Mit der haben Sie auch schon gesprochen?«

»Ja.« Luise senkte den Kopf. »Sie fand diese geplante Überraschung ganz lustig.«

»Lustig! Typisch! Man wird sich nie in der weiblichen Psyche zurechtfinden! Tun Sie also, was Sie Ihrer Meinung nach tun müssen! Ich weiß von nichts.«

»Danke, Doktor.«

Dr. Saviano winkte ab. »Und nun ins dunkle Zimmer, marsch! Schwester Angelina soll sofort eine Spülung machen! Sie wissen, wenn die Sehnerven angeknackst werden, kann Ihnen niemand mehr helfen, auch kein Battista Siri.«

*

Drei Tage später kam Fräulein Pleschke nach Bologna. Zum erstenmal sah Luise Dahlmann ihre Pflegerin. Sie war ein nettes, etwas pummeliges Mädchen mit großen Kinderaugen, die immer wie erstaunt in die Welt blickten. Die Sonnentage am Genfer See hatten ihr gutgetan. Sie war braungebrannt, sah satt und zufrieden aus und freute sich offensichtlich, daß es wieder nach Hause ging, wo der Lehrerstudent auf sie wartete.

Luise saß reisefertig auf einem Stuhl am Fenster, als Fräulein Pleschke eintrat. Im Flur schon hatte Schwester Angelina ihr gesagt, daß die Operation nicht gelungen sei und Frau Dahlmann weiterhin blind sei. Mit ehrlichem Mitleid drückte Fräulein Pleschke die Hände Luises.

»Es ist so schade«, sagte sie stockend und sah Luise an. Ihre Lippen zuckten, sie unterdrückte das Weinen tapfer und bemühte sich, eine feste Stimme zu behalten. Luise hatte für einen kurzen Augenblick den Drang, sie an sich zu ziehen und zu trösten ... sie preßte die Lippen aufeinander und sah starr geradeaus, wie sie es immer in ihrer Blindheit getan hatte. Verwundert beobachtete Fräulein Pleschke die veränderten Augen. Alles Trübe ist weg, dachte sie. Sie haben Glanz und Farbe. Und trotzdem sieht sie nichts. Aber wenn man sie anblickt, könnte man glauben, es seien gesunde Augen. Wenigstens da hat die Operation etwas genutzt – man bemerkt die Blindheit nicht mehr.

Dr. Saviano war in Bologna. Er hatte es so eingerichtet, daß er wirklich von dem Beginn des Spiels nichts sah. Er saß in einer Cafeteria unter einem Sonnenschirm und trank einen Campari. Es war gewissermaßen eine Flucht vor dem Mitwissen.

So war die Abreise Luise Dahlmanns aus der Clinica St. Anna ein stilles, unbemerktes Weggehen. Nur Schwester Angelina begleitete sie bis zur Taxe, die sie zum Bahnhof Bologna bringen sollte.

»Alles, alles Gute, Signora«, sagte die kleine Schwester und drückte Luise die Hand. Tränen standen ihr in den runden schwarzen Augen.

»Ich danke Ihnen für alles, Schwester.« Luise umarmte sie, aber diese Umarmung war weniger eine Geste des Abschieds als vielmehr eine Aufwallung von Angst vor dem Kommenden. Dann riß sich Luise los, stieg mit Hilfe Fräulein Pleschkes in den Wagen und schloß die Augen. So kam sie nicht in Versuchung zurückzuwinken zu der kleinen, weinenden Angelina, zu dem weißen Palazzo, zu dem Park mit den blühenden Blumenrabatten, den Pinien und Zypressen und den plätschernden Wasserspielen – zu einer Welt, die sie nicht sehen durfte.

Ich werde es nicht durchhalten, dachte sie, als sie hinein nach Bologna fuhren. Blindsein ist etwas Furchtbares; aber noch schwerer ist es, Blindheit zu spielen. Das Leben sehen und zu tun, als lebe man in tiefster Nacht, das ist eine Belastung, unter der die Nerven einmal zusammenbrechen werden.

Sie bemühte sich, immer geradeaus zu sehen oder so zu blikken, als höre sie nur, was an bunten Bildern auf sie einstürmte. In der Bahnhofshalle sah sie einen gläsernen Ausstellungskasten mit einem wundervollen Kleid. Nur den Bruchteil einer Sekunde zögerte sie, dann ging sie an dem Kasten vorbei. Fräulein Pleschke hatte es nicht bemerkt, sie suchte gerade in ihrer Handtasche die Fahrkarten zusammen.

Du darfst das alles nicht sehen, redete sich Luise vor. Du bist blind ... blind ... Du gehst immer nur geradeaus oder dahin, wohin man dich führt. Und wenn sich dir etwas entgegenstellt, dann gehst du darauf zu, du siehst es ja nicht, und du prallst dagegen ... und du darfst nie zögern, nie dein Gesicht verändern, nichts darfst du ... und wenn du etwas greifen willst, mußt du wie früher herumtasten, mit den Fingerspitzen suchen, nicht einfach zupacken, denn du siehst es ja nicht ... du siehst nicht ... du mußt suchen ... suchen ...

Die Rückkehr war eine gute Übung. Fräulein Pleschke war rührend um Luise bemüht, sie las aus den neuesten Illustrierten vor, brachte Orangensaft und belegte Brötchen. Nur im Speisewagen, beim Mittagessen, war Luise nahe daran, wieder ihre Rolle zu vergessen, als ein Tropfen Soße auf ihr Kleid fiel. Ihre Hand zuckte schon, um mit der Serviette die Soße abzutupfen. Nur weil Fräulein Pleschke schneller war und mit dem Messer den Tropfen abnahm, wurde Luises Entdeckung verhindert.

Ich muß aufpassen, sagte sie sich wieder vor. Ich sehe ja nichts. Alles, was um mich herum geschieht, muß mich völlig gleichgültig lassen. Und wenn vor mir die Erde aufreißt, muß ich geradeaus gehen und in den Abgrund fallen. Ich sehe ihn ja nicht, ich bin ja blind ...

In der Nacht, im Schlafwagen, konnte sie endlich wieder ein normaler Mensch sein. Fräulein Pleschke lag auf dem Rücken und schlief fest. Sie hatte den Mund etwas geöffnet und schnarchte leise mit pfeifendem Atem. Luise rief sie leise an, sie schlief weiter. Sie klopfte an das Bett, Fräulein Pleschke drehte sich etwas auf die Seite und wachte nicht auf. Da setzte sich Luise auf das Bett, schob die Kunststoffjalousie des Abteilfensters etwas hoch und starrte hinaus in die helle Sommernacht.

Dörfer flogen an ihr vorbei, kleine, flimmernde Vierecke, Fenster, hinter denen Menschen saßen, aßen, tranken, sich auszogen, sich liebten, starben. Leuchtende Punkte des Lebens, Schicksale sie alle, tausendfältige Probleme ... und doch nur vorbeihuschende Lichter ...

Es war ein etwas dunstiger Vormittag, als der Zug in die Bahnhofshalle von Hannover einrollte. Schon eine Stunde vorher war Erna Pleschke unruhig geworden – einmal, weil sie sich auf das Wiedersehen mit ihrem Studenten freute, zum anderen, weil sie plötzlich Angst vor Ernst Dahlmann bekam. Sie sagte es Luise mit stockenden Worten.

»Ihr Mann wird mir Vorwürfe machen. Er wird sagen, daß ich ihn belogen, getäuscht, hintergangen habe.«

»Aber wieso denn?« fragte Luise erstaunt.

»Die vorgesprochenen Tonbänder, die ich alle drei Tage von Montreux schicken mußte ...«

»Er weiß doch gar nicht, daß ich nicht in Montreux war.«

»Er wird es aber sehen.«

»Sehen?«

»Ja. Ihre Augen sind doch anders geworden durch die Operationen. Sie sind nicht mehr trüb.«

»Ach so.« Luise dachte nach. Ich werde sagen, der Aufenthalt in der frischen Seeluft von Montreux hat das Trübe weggenommen. Ernst wird es hinnehmen, denn er wird an meine Blindheit glauben. »Mir wird schon etwas einfallen, Erna. Wer Sie auch fragt: Wir waren nie aus Montreux fort.«

»Natürlich nicht.«

Vom Bahnhof fuhren sie mit einer Taxe nach Hause. Sie betraten das Gebäude durch den Seiteneingang für Lieferanten. Ein Provisor der Apotheke war sprachlos erstaunt, die Chefin plötzlich vor sich zu sehen. »Gu-guten Tag ...«, sagte er fast erschrocken. »Wir haben gar nicht gewußt, Frau Dahlmann, daß Sie schon heute ...«

»Es soll auch niemand wissen, hören Sie?« Luise sah an dem jungen Apotheker vorbei. »Bitte, sagen Sie nichts im Laden. Ich will meinen Mann überraschen.«

Auf den Arm Fräulein Pleschkes gestützt, ging sie die Treppe hinauf in die Privatwohnung. Es waren nur wenige Stufen, aber für Luise war es wie das Erklettern eines riesigen Berges. Vor der Wohnungstür blieb sie stehen und tastete nach der Klinke. Wie gut es geht, dieses Blindspielen, dachte sie dabei.

»Bitte, schließen Sie auf, Erna«, sagte sie leise. »Und dann können Sie auf Ihr Zimmer gehen. In der Wohnung finde ich mich allein zurecht. Ich kenne ja jede Ecke ...« Sie lächelte schwach. »Bin ja oft genug angestoßen ...«

Fräulein Pleschke schloß die Tür auf und zog sie hinter Luise wieder zu. Dann ging sie auf ihr Zimmer, froh, nach der langen Reise allein zu sein. Außerdem wollte sie ihren Studenten anrufen. »Ich bin wieder da ... wir sehen uns morgen wie immer im Park.«

Luise durchquerte die große Diele, blieb vor dem Garderobenspiegel stehen, ordnete noch einmal ihr Haar und lauschte in die stille Wohnung. Hinter der Tür des Wohnzimmers hörte sie leise Ernsts Stimme, dazu ein Kichern, das merkwürdig wie mit einem Seufzen erstarb.

Ihr Herzschlag setzte für einen Augenblick aus; es war ihr, als müsse sie jetzt, in dieser Sekunde, zerspringen, auseinandergerissen von einer inneren Explosion. Mechanisch setzte sie Fuß vor Fuß und ging auf die Wohnzimmertür zu.

Wieder dieses Kichern ... die Stimme Monikas ... ein paar Worte von Ernst ... Füßescharren ... ein leiser, kehliger Aufschrei von Monika ...

Luise drückte die Klinke herunter und stieß die Tür auf.

Was sie sah, ließ ihr Blut wie einen Eisstrom durch die Adern fließen. Ernst Dahlmann saß mit Monika auf dem Sofa in der Blumenecke. Er hatte seine Schwägerin weit zurückgebeugt und lag halb über ihr. Dabei küßte er sie leidenschaftlich und zerwühlte mit beiden Händen ihre langen goldblonden Haare. Sie hielt ihn mit beiden Armen umschlungen und gab sich mit dem Ausdruck fast irrer Seligkeit seinen Liebkosungen hin.

Luise ließ die Tür aus ihrer Hand gleiten. Die Tür schlug zu, und das Paar fuhr erschrocken auseinander. Monika stieß einen hellen Schrei aus und umklammerte Dahlmanns Hals. Sie starrten Luise wie eine Geistererscheinung an, sprachlos, entsetzt, hilflos, bis sich Dahlmann faßte und noch einmal, dieses Mal tröstend, Monika küßte. Sie ist doch blind, hieß das, sie sieht es doch nicht. Warum regen wir uns auf?

»Luiserl!« sagte er dann und seine Stimme klang sogar freudig erregt. »Welche Überraschung! Mein Gott, hast du uns einen Schrecken eingejagt, als sich plötzlich die Tür wie von selbst bewegte.« Er sprang auf, drückte Monika auf das Sofa zurück und eilte auf Luise zu. Er umarmte sie, küßte sie auf die Stirn, und Luise ließ es geschehen, steif, bis ins Innere erfroren vor Grauen und Kummer. »Komm, Luiserl«, sagte Dahlmann und führte sie zu einem Sessel. »Hast du dich gut erholt? Komm, ich helfe dir ... stoß nirgendwo an ... Monika ist auch hier ... sie ist noch ganz starr vor Überraschung. Na, Moni ... nun sag doch mal was!«

»Du siehst blendend aus, Luise.« Monika stand auf, beugte sich über ihre Schwester und küßte sie ebenfalls.

Wie das Einbrennen eines Brandmals empfand Luise diesen Kuß. Sie schloß die Augen, um nicht laut aufzuschreien und um sich zu schlagen, mit den Fäusten, immer und immer wieder in diese Gesichter hinein, die rot und schweißig waren von ihrer Sünde und deren Münder zu ihr, der Blinden, die zärtlichsten Lügen sprachen.

»Moni, koch sofort einen starken Kaffee!« rief Dahlmann und tätschelte Luise die Hände. »Nicht wahr, du willst doch einen Kaffee, Luiserl ... nach dieser langen Reise ...«

Sie nickte und sah, wie sich Monika und Ernst zublinkerten, wie er tröstend über ihre zerwühlten Haare strich und sie über ihren Kopf hinweg küßte.

O ihr Schufte, dachte Luise. Ihr gemeinen Lumpen. Mein Mann und meine Schwester, die liebsten Menschen, die ich auf der Welt hatte, an denen ich als Blinde noch hing, mit aller Liebe, mit allem Vertrauen, mit allem Glauben an das Gute im Zauber der Illusionen ...

Ihr Kopf sank nach hinten auf die Lehne des Sessels, sie umklammerte die Lehne und weinte laut. Dahlmann beugte sich über sie. Unter den Wimpern sah sie seinen Blick. Er war forschend, lauernd, kalt. Aber seine Worte klangen sorgenvoll und voll Liebe.

»Luiserl, was ist denn? Warum weinst du ... Luiserl ... Du sollst doch nicht weinen! Warum denn?«

Sie wandte den Kopf weg. Sie konnte seinen Atem nicht mehr ertragen, nicht mehr den Geruch seines Rasierwassers und den Tabakduft, der aus seinem Anzug stieg. Ein Ekel überkam sie, ein würgendes Elend. Sie legte die Hand über ihre Augen, um nichts, wirklich nichts mehr zu sehen.

»Es ... es ist schon vorbei, Ernst«, sagte sie mit Mühe. »Es war nur die Freude, wieder zu Hause zu sein ...«

Der Tag und auch der Abend verliefen harmonisch. Man kann es nicht anders nennen. Nachdem sich Monika Horten beruhigt hatte und wirklich mit einer Kanne starkem Kaffee zurückkam, wurde Luise umsorgt wie eine altchinesische Prinzessin. Wäre sie noch blind gewesen, hätte sie das Gefühl herrlicher Geborgenheit gehabt; ein Empfinden, das sie bisher immer gekannt und das Ernst Dahlmann wie mit einem Glorienschein umgeben hatte. Ich habe einen guten Mann, hatte Luise immer gedacht. Wie er dieses schwere Schicksal trägt, wie doppelt lieb er zu mir ist, mit welcher Zartheit er mich behandelt – ich habe einen herrlichen Mann!

Auch jetzt war er nicht anders – wenn sie die Augen schloß und nur auf seine Worte hörte, nur seine äußerliche Fürsorge bewertete. Aber nun sah sie die Wirklichkeit, die hinter seinen Worten stand, und Ernst Dahlmann brauchte sich keine Mühe zu geben, irgend etwas zu verbergen, denn für ihn war Luise ja noch blind und würde es für immer bleiben.

Er reichte ihr die Kaffeetasse mit der rechten Hand, während seine Linke zärtlich über die Hüften Monikas strich, die neben Luise stand und aus der Zeitung eine interessante Meldung vorlas. Er erzählte von komischen Kunden in der Apotheke und lachte jungenhaft dazu ... in den Satzpausen aber küßte er Monika schnell, und er küßte sie mit einer gestenreichen Offenheit, die schamlos war und Luise jedesmal das Blut in die Schläfen trieb.

Das war das Gefährliche an ihrem Spiel: die Unmöglichkeit, das Rotwerden zu verhindern.

»Du bist so still, Luiserl«, sagte er am Abend. Er saß mit Monika auf dem Sofa und aß Konfekt. Monika hatte den Kopf an seine Schulter gelegt, ihre langen blonden Haare flossen Dahlmann über das Gesicht. Die Augen der Blinden sahen starr zu ihnen hin. Monika hob etwas die Schultern, als fröre sie plötzlich.

Wenn diese Augen sehen könnten, dachte sie. Wenn jetzt vor diesen großen Pupillen nicht mehr Nacht wäre. Wenn plötzlich der Schleier von ihnen abfiel und sie erkennen würde, was um sie herum geschieht. Es wäre furchtbar. An dieser Scham und Schuld würde ich ersticken ...

Sie schielte zu Ernst Dahlmann. Er kannte keine Skrupel, das sah man ihm an. Er trank mit Genuß sein Bier, knabberte

Plätzchen und sah dabei auf den Bildschirm und hörte sich die Abendnachrichten an. Ab und zu wandte er den Kopf und küßte Monika auf den zitternden Mund. Nicht einmal dieses Zittern spürte er, so sicher war er sich, so ohne Gewissen genoß er die Freiheit, die ihm Luises Blindsein bot. Daß seine Frau vor ihm saß, störte ihn nicht im geringsten. Für ihn war sie jetzt nur noch ein Gegenstand, der ins Zimmer gehörte wie etwa die alte Standuhr aus dem 17. Jahrhundert oder die gotische Madonna, die auf einem Sockel stand. Es war ein zwar lebender und sprechender Gegenstand, aber im Grunde genommen für ihn ein totes Gebilde, das nicht mehr in die Funktion seines Lebens eingriff. Man konnte vor ihm tun, was man wollte – es reagierte nicht mehr. Und Ernst Dahlmann tat, was er wollte, und er fühlte sich pudelwohl dabei.

»Ich bin müde«, sagte Luise mit belegter Stimme nach einem neuen Kuß Dahlmanns auf Monikas Lippen.

»Aber gleich kommt im Fernsehen eine Operette, Luiserl. Du hörst doch so gerne Operetten. Von Offenbach ist sie. Sie wird dich heiterer machen, Liebes.«

»Die lange Reise, Ernst ...« Luise legte den Kopf nach hinten auf die Lehne. Ich möchte ihn erwürgen, dachte sie. Ja, das könnte ich. Nie habe ich begriffen, daß man einen Menschen aus Haß, aus Eifersucht oder aus Liebe umbringen kann. Ich habe immer den Kopf geschüttelt, wenn ich so etwas in der Zeitung las. Ich habe gesagt: Diese Menschen müssen krank sein ... oder innerlich völlig haltlos ... Es gäbe doch nichts auf der Welt, was mich zwingen könnte, einen Menschen umzubringen, es sei denn, ich müßte mein eigenes Leben verteidigen. – Und jetzt? Jetzt war es so, daß sie es als eine Freude empfinden würde, wenn Ernst Dahlmann tot zu ihren Füßen liegen würde.

»Ich möchte ins Bett, Ernst«, sagte sie heiser. »Ich bin wirklich schrecklich müde.«

»Sofort, Luiserl!«

Wenig später lag sie in dem großen, geschnitzten Bett, in dem schon vier Generationen der Familie Horten geschlafen hatten und gestorben waren. Ernst hatte sich von seiner Frau mit einem Kuß verabschiedet. Sie hatte ihn geduldet, mit einer Gänsehaut, als habe ein Frosch sie geküßt. Von nebenan, durch die Diele getrennt, hörte sie die fröhlichen Klänge der Offenbach-Operette.

Soll ich aufstehen und an die Tür des Wohnzimmers gehen? Soll ich durch das Schlüsselloch gucken? Ich weiß, was ich dann sehen werde! Ein neuer Schluck von Gift wird es sein, das mich innerlich zerfrißt.

Sie lag im Bett und krallte die Nägel in das harte Eichenholz der Seitenteile. Die Gemeinheit, die sie umgab, war so ungeheuerlich, daß sie für Luise nur in einzelnen Stücken wirklich faßbar wurde, und je mehr Bruchstücke es wurden, die sich zu einem Bild zusammensetzen ließen, um so unerträglicher schien es, das große Spiel des Blindseins weiterzuspielen, um noch mehr, noch Grausameres zu erfahren und zu sehen.

Nach der Operette kam Ernst Dahlmann ins Schlafzimmer. Er sah zu Luise hin und stellte fest, daß sie schlief. Mit jugendlichem Schwung riß er sich den Schlips aus dem Kragen, warf die Kleidung ab und hüpfte nackt in das danebenliegende Bad. Dort brauste er sich, eine Wolke Tabakparfüm zog ins Schlafzimmer, dann surrte der elektrische Rasierapparat. Luise lag mit offenen Augen und wartete. Er rasiert sich für die Nacht, er parfümiert sich den Körper, dachte sie. Mein Gott, verhüte, daß er die Geschmacklosigkeit begeht, schon in dieser ersten Nacht meines Hierseins wieder zu Moni zu gehen!

Ernst Dahlmann kam aus dem Bad zurück. Luise schloß die Augen und sah ihm unter den Wimpern her zu. Er warf seinen seidenen Morgenmantel über den nackten Körper, verzichtete auf den Schlafanzug, beugte sich noch einmal zu Luise vor und vergewisserte sich, daß sie noch immer schlief, tief, mit langen Atemzügen, erschöpft von der Reise; ein Schlaf, der bis in den Morgen dauern würde. Sie sah sein Gesicht, glatt rasiert und glänzend, kalte, starrende Augen – dann ging er, auf Zehenspitzen, sich beim Gehen wiegend wie eine Tänzerin, lautlos aus dem Zimmer. Die Tür ließ er angelehnt, damit sie nicht knarrte, wenn er zurückkam.

Luise schlüpfte aus dem Bett und lief zu der angelehnten Tür. Sie hörte, wie er die Treppe hinaufging in das Atelier, wo Moni schlief. Oben klappte leise eine Tür ... die Pforte der Sünde hatte sich geschlossen.

Unschlüssig stand Luise in der großen Zentraldiele und starrte die Treppe hinauf. Nachgehen, dachte sie. Ihn in den Armen meiner Schwester finden! Und sie töten, beide, während noch das Entsetzen aus ihren Augen schreit. Töten mit irgend etwas, mit einem Küchenmesser, mit einem Beil, mit einer Eisenstange – alles, alles kann jetzt zum Werkzeug werden, ein Stuhlbein, mit dem ich sie erschlage wie tolle Hunde, eine Vase, ein Kerzenleuchter, ein Feuerhaken vom offenen Kamin. Es gibt so vieles, mit dem man töten kann, die ganze Welt ist voller Mordwerkzeuge ... aber hier ist es kein Mord mehr, hier ist es Befreiung, Erlösung, ein Strafgericht.

Sie lehnte sich an das Treppengeländer und umklammerte die Geländerstäbe. Zweiundzwanzig Stufen nur, zweiundzwanzigmal ein Fuß vor den anderen, dann eine Tür ... und alles, alles ist vorbei! Zweiundzwanzig Stufen bis zur Hölle. So nah ist das alles. Ein Satz Jean-Paul Sartres fiel ihr plötzlich ein: »Die Hölle – das sind wir!« Sie nickte und schlug mit der Hand auf das Geländer.

Aber sie hatte nicht die Kraft, diese zweiundzwanzig Stufen hinaufzugehen. Sie hatte nicht die Kraft, dieses Bild anzusehen, das sich ihr bieten würde, auch wenn sie es nachher zerstören konnte und wollte. Sie blieb unten auf der Diele stehen, sah noch einmal nach oben und ging zurück in die Wohnung.

Das eine weiß ich jetzt – das war ein Gedanke, der ihr Herz zerriß. Aber die Zeit ist noch nicht da, wo ich ihnen sage, daß ich alles sehen kann. Es wird noch mehr kommen. Das kann nur der Anfang sein.

Sie setzte sich in das Wohnzimmer in die Blumenecke und starrte hinaus in die stille, mondhelle Nacht. Es war unendlich schwer, das Idealbild eines Mannes, das man sich in Jahren glücklicher Ehe gezimmert hatte, selbst wieder zu zerstören und kleinzuhacken. Das Verhältnis mit Moni würde andere Dinge nach sich ziehen, das wußte Luise. Ernst Dahlmann war kein Mann, der sich mit Halbheiten abgab. Noch war er nach außen hin verpflichtet, den liebenden und sorgenden Ehemann zu zeigen, aber es war auszurechnen, daß ihm auch dies lästig wurde und er auf Mittel sinnen würde, sich dieser letzten Bürde zu entledigen ... nicht gewaltsam, sondern elegant, fast charmant, wie sein ganzes Wesen war, so von Tragik umschattet, daß seine Umwelt nicht sie, Luise, sondern ihn, Ernst Dahlmann, bedauern und ihm mitfühlend die Hände drücken würde.

Mit dem ersten Kuß Monis, mit der ersten Nacht in ihren jugendfrischen Armen war Luise für Ernst Dahlmann innerlich gestorben. Das wußte sie nun. Sie war ihm im Weg, auch wenn sie nichts sah und nur hörte, auch wenn sie nur herumsaß und wie ein Möbelstück wurde. Lästig war sie immer; schon, daß sie gegenwärtig war, bildete eine Bremse für die völlige Haltlosigkeit, in die Ernst Dahlmann mit neu erwachter Jugendlichkeit hineinsteuerte.

Wie wird er es anstellen, dachte Luise in dieser Nacht. Welchen Weg wird er finden, um mich auszuschalten? Und welche gemeine Rolle wird Monika dabei spielen? O mein Gott – Monika, meine Schwester ... ausgerechnet meine Schwester ...

Einer Eingebung folgend, ging Luise hinunter in die Apotheke. Sie wußte, daß heute kein Nachtdienst war. Die Laborräume, die Rezeption, der Laden, das Lager lagen in dunkler Stille. Es roch wie immer noch Arzneien und Gewürzen, Parfüm und Seifen; es war jene merkwürdige, streng-süße Duftmischung, die in den Räumen einer Apotheke das Fluidum der Heilsamkeit verbreitet.

Im Büro setzte sich Luise hinter Ernst Dahlmanns Schreibtisch und holte die Tageseinnahmebelege heraus. Sie waren fein säuberlich in einem Buch eingetragen. Das Führen der einzelnen Konten besorgte ein Buchhalter, Dahlmann selbst interessierte nur die Summe, die nach allen Abzügen übrigblieb. Für diese Zahlenkolonne hatte er ein eigenes kleines Buch angelegt. Luise wußte, wo er es aufbewahrte.

Die Zahlen, die sie las, waren imponierend und ganz anders, als die Zahlen, die Dahlmann ihr genannt hatte. »Die Leute werden zu gesund, Luiserl ...«, sagte er immer wieder. »Die Medizin macht sich selbst kaputt! Es ist ein euphorischer Selbstmord! Wir entdecken immer neue, wirksamere Arzneien – und die Folge? Die Leute leben gesund wie die Schildkröten und werden eines Tages zweihundert Jahre alt, aber der Arzt und der Apotheker werden dann zu den notleidenden Ständen gehören. Ein Proletariat der Akademiker ...«

So bemäntelte er seine Lügen über die angeblich schlechten Geschäfte.

Die Wahrheit war anders. Die Mohren-Apotheke hatte umfangreiche Einnahmen, vor allem durch die neue kosmetische Abteilung. Auch wurden die Menschen nicht gesünder, sondern die Krankheiten verlagerten sich. An erster Stelle standen Herz und Kreislauf, an zweiter Stelle stand der Krebs, doch dagegen gab es noch keine wirksamen Medikamente.

Auch hier betrügt er mich also, dachte Luise und schloß das kleine Buch wieder weg. Zwei Drittel der wahren Zahlen liest er vor, ein Drittel der Einnahmen wandert auf sein eigenes Konto. Warum? Wie kann eine Blinde kontrollieren, was in den Büchern steht? Warum diese unlogischen Bemühungen der Verschleierung, wenn eines Tages Luise Dahlmann doch aus diesem Haus verschwinden soll?

Er hat etwas vor, dachte sie. Er hat etwas ganz Gemeines vor. Mein Mann ...

Wann Ernst Dahlmann aus dem Atelier Monikas zurückgekommen war, wußte Luise nicht mehr. Sie erwachte gegen Morgen und sah ihren Mann neben sich liegen. Schlafend wie ein Kind, mit einem leisen Lächeln, zufrieden.

Jetzt wäre es leicht, ihn zu töten, dachte sie. Mit beiden Händen an den Hals, zugedrückt, die Daumen gegen den Adamsapfel ... er würde es kaum spüren, daß er stirbt.

Sie tat es nicht. Sie lag neben ihm wach, bis er sich rührte, gähnte, aufsetzte, durch die graumelierten Haare strich, mit den Füßen über die Bettdecke scharrte und sich die Brust kratzte. Dann blickte er sie an. Sie hielt die Augen starr gegen die Decke gerichtet. Ernst Dahlmann unterbrach sein Kratzen.

»Du bist wach, Luiserl?« fragte er mit ausgesprochen süßer Stimme.

»Ja. Ernst.«

»Schon lange?«

»Ich weiß nicht. In ewiger Dunkelheit verliert man den Zeitbegriff.«

»Verzeih. Die Frage war dumm von mir. Guten Morgen, Liebes!«

Er beugte sich über sie und küßte sie. Bei diesem Kuß mußte ihm der Gedanke gekommen sein, daß er ein Ehemann war und man gewisse Pflichten von ihm erwartete. Er griff unter die Decke und umfing den Leib Luises. Dieses Begehren war so ungeheuerlich, daß Luise erstarrte und zu keiner Gegenwehr fähig war. Sie lag wie zu Eis gefroren in Dahlmanns Armen, und er hätte in diesem Augenblick ebensogut eine Schaufensterpuppe lieben können. Er schien es nicht zu merken; er entdeckte nur, daß ihn auch der Körper Luises leidenschaftlich erregte. Das erstaunte ihn, und er schob es auf die wochenlange

Trennung. In einem solchen Zeitraum gewinnt auch ein längst vertrauter Körper irgendwie wieder neuen Reiz.

Später lag er, mit kleinen Schweißperlen auf der Stirn, neben Luise auf dem Rücken und rauchte eine Zigarette. Er hielt ihre eisige Hand fest und streichelte mit den Fingerkuppen ihre Handfläche.

»Jetzt bist du erst wirklich zu Hause, Luiserl«, sagte er, und es klang sogar ehrlich. »Bist du glücklich?«

»Ja, Ernst, ja ...«

Sie starrte an die Decke und kam sich leer vor. Ihre Stimme hallte in ihr wider wie in einer riesigen Halle.

»Heut wird ein schöner Tag. Willst du wieder hinaus nach Herrenhausen?«

»Ja. Fräulein Pleschke holt mich ab.«

»Willst du einen Zug rauchen?«

»Nein.«

»Willst du noch einen Kuß?«

Sie schwieg. Du Schwein, dachte sie. Du Schuft! Wie kann ein Mensch bloß so gemein sein.

*

An diesem Vormittag baute Ernst Dahlmann seine Konstruktion ein. Er hatte seinen Rechtsanwalt, Dr. Fritz Kutscher, angerufen und ihn gefragt, ob er einen guten Psychiater kenne.

»Wieso?« hatte Dr. Kutscher geantwortet. »Wollen Sie von ihm suchen lassen, wo Ihr Gewissen sitzt? Ich kann's Ihnen ganz genau sagen: Links im Gehirn, aber Sie finden's nicht.«

Wütend hatte Dahlmann aufgelegt.

Seine Konstruktion bestand aus einem Wassertropfgerät. In einen blechernen Behälter, der den Tropfenfall verstärkte zu einem lauten Klick-klick-klick, tropfte durch eine Kanüle aus einem gläsernen großen Kolben in regelmäßigem, nervtötendem Rhythmus ein dicker Wassertropfen. Dieses Gerät stellte er oben auf den großen Bücherschrank, wo die suchenden Arme Luises nie hingreifen konnten. Er löste den Wattepfropfen von der Kanüle, tippte an den Kolben und atmete auf, als der erste dicke Tropfen in die Blechbüchse fiel. Klick, machte es. Laut und unüberhörbar. Klick. Und dann, sich in den Rhythmus fügend, klick-klick-klick.

Ernst Dahlmann steckte den Pfropfen wieder auf. Die Probe hatte geklappt. Nun mußte es sich zeigen, wie Luise darauf reagierte. Monika kam aus der Küche und starrte auf das simple nervtötende Gerät.

»Du bist so gemein, Ernst«, sagte sie und setzte sich. Die Beine wurden ihr weich. »Luise ist immer noch meine Schwester.«

»Daran haben wir in den vergangenen Wochen nicht gedacht, und es wäre falsch, jetzt daran zu denken oder fernerhin!« Dahlmanns Stimme war klar und von einer erdrückenden Nüchternheit. »Sie steht uns im Wege, das ist eine Tatsache. Wer sie ist, interessiert uns nicht mehr. Es geht um *unsere* Liebe, *unser* Leben, *unsere* Welt, die wir uns aufbauen wollen.«

»Durch Gemeinheit, durch Betrug!«

»Gibt es eine andere Möglichkeit?«

»Ja! Wir sagen Luise alles und gehen fort.«

»Und wovon leben wir? Von deinen Plakaten?«

»Du hast einen Beruf.«

»Weißt du, was ein angestellter Apotheker heute verdient? Nein, ich habe diese Apotheke hier von einem muffigen Laden zur besten der Stadt gemacht! Und was habe ich dafür bekommen? Ein Taschengeld! Über jede Mark, die ich aus der Kasse nahm, mußte ich Rechenschaft ablegen wie ein Stift! Wenn Lieferanten kamen – ich lief zu Luise und ließ die Schecks unterschreiben, weil ich keine Unterschriftsbefugnis hatte. Ich habe mich jahrelang erniedrigt, ich habe meine männliche Würde unterdrückt, ich habe mich demütigen lassen durch dieses Testament deines Vaters, das eine einzige Rache an mir war. Damit ist nun Schluß! Endgültig! Ich habe ein Recht auf diesen Besitz, wie ich ein Recht habe, dich zu lieben – dich, die Jugend, die Schönheit, die Zukunft …«

Er trocknete sich die etwas feuchten Hände ab, denn der Wattepfropf hatte sich voll Wasser gesogen, schob das Gerät noch ein wenig zur Wand und ordnete dann seine Krawatte.

»Du weißt, was du zu sagen hast, Moni?«

»Ich werde gar nichts sagen!«

»Beschwöre keine Katastrophe herauf! Sie reißt auch dich mit in den Strudel!« Er faßte sie an den schmalen Schultern und zog sie aus dem Sessel zu sich empor. »Ich denke, du liebst mich?«

»Du hast noch keinen Anlaß gehabt, daran zu zweifeln.«

»Wirkliche Liebe, so wie unsere, ist rücksichtslos. Wer sich ihr in den Weg stellt, wird überrannt – ganz gleich, wer es ist! Nur die skrupellos Liebenden sind die großen Liebenden.«

»Du bist mir unheimlich«, sagte Monika ehrlich. »Ich habe Angst vor dir. Wie soll das alles werden?«

»Darüber mach dir keine Gedanken.« Er sah zu seinem Tropfgerät auf dem Bücherschrank. »Du mußt nur tun, was wir besprochen haben ...«

»Luise ...?«

»Wer fragt, ist unsicher. Du sollst nur an unsere Liebe denken ... an nichts weiter ...«

Kurz vor dem Mittagessen kam Luise Dahlmann zurück. Sie war mit Fräulein Pleschke einkaufen gewesen. Einige neue Tonbänder, ein paar Schallplatten – die zusammengeschrumpfte Welt, die einen Blinden erfreut.

Ernst Dahlmann zog den Pfropfen von der Kanüle, als er Luises Stimme in der Diele hörte. Die ersten Tropfen fielen in das Blechbecken.

Klick-klick-klick ...

Wie immer verabschiedete sich Fräulein Pleschke an der Tür, nachdem sie Luise abgeliefert hatte. Um drei Uhr nachmittags wollte sie wiederkommen und sie abholen für die Fahrt in den Park des Schlosses Herrenhausen.

Luise saß in ihrem Sessel am Tisch. Monika trug das Mittagessen auf. Ernst Dahlmann war einsilbig. »Ärger mit dem neuen Lehrling«, sagte er kurz. »Die Bengel von heute dünken sich schon als große Herren! Dabei sind es Rotznasen, weiter nichts!« In Wahrheit wollte er jedes lange Gespräch vermeiden, das das Klicken der Wassertropfen übertönte.

Luise hob den Kopf. In die Stille des Raumes, die für das Ohr eines Blinden nie völlig still war, sondern umrahmt von hundert winzigen Geräuschen, fiel wie ein Hammerschlag der Fall des Wassertropfens. Klick-klick-klick. Immer wieder ... alle zwei Sekunden ... klick ...

»Was ist das?« fragte sie. Ernst Dahlmann sah seine schwägerliche Geliebte bedeutungsvoll an.

»Was, Luiserl?« fragte er zurück.

»Dieses Klicken.«

»Ich höre kein Klicken.«

»Da ist es wieder ... und jetzt ... jetzt ... Ganz deutlich! Hörst du es nicht?«

»Nein, Luiserl, ich höre nichts. Sei mal still ...«

»Da!«

»Nein.« Dahlmann lächelte breit. »Ich weiß nicht, was du hörst ... es ist alles still ...«

Luise drehte den Kopf nach hinten. Auch als Blinde wußte sie, woher der Ton kommen mußte ... nun sah sie auf dem Bücherschrank die einfache und doch wirksame Konstruktion. So also ist das, dachte sie erschrocken. Er will mich irr machen. Er will mich so zermürben, daß man mich eines Tages abholt. Der arme Herr Dahlmann, wird es dann heißen. So ein Pech im Leben. Erst die Explosion, dann die blinde Frau, und nun ist sie auch noch irr geworden. Und die Welt würde den Mörder bedauern –

»Da tickt es wieder«, sagte Luise. Es fiel ihr schwer, die Rolle durchzustehen. »Monika«, sie wandte den Kopf zu ihrer Schwester und sah sie an. Sie bemerkte das Entsetzen Monis, den flehenden Blick, den sie zu Dahlmann schickte, das Zittern, das über ihr Gesicht lief. Bleich wie ein Leinentuch, mit dunklen Rändern um die Augen, saß sie hinter ihrem Teller und umklammerte das Besteck.

Sie will es nicht, aber sie tut es, dachte Luise fast mitleidig. Sie ist in seinem Bann, sie ist ihm hörig geworden. Sie mag sich dagegen stemmen – spätestens in dem Augenblick, in dem sie in seinen Armen liegt, ist aller Vorsatz zerstört, und sie ist bloß noch eine liebende Kreatur, durchströmt von animalischer Sexualität, ein Körper, der gibt und empfängt.

»Monika ... hörst du das Tropfen nicht ...?«

Monikas Mund öffnete sich, aber sie brachte keinen Laut heraus. Dahlmann sah sie streng an, fordernd, energisch nikkend. Monika atmete tief auf.

»Nein, Luise ... ich ... ich höre nichts ...«, sagte sie rauh.

»Da fällt doch immerzu ein Tropfen.«

»Nein.«

»Die Reise hat dich sicherlich ein wenig überanstrengt.« Dahlmann strich Luise sanft über die Schulter und tätschelte ihre Wange. »Komm, iß, Luiserl! Hör nicht auf dieses imaginäre Geräusch.«

Sie aßen. Hinter Luise, auf dem Bücherschrank, tropfte es weiter. Alle zwei Sekunden ... klick ... klick ... Luise legte die Gabel hin und warf den Kopf zurück.

»Es ist nicht zum Aushalten, Ernst! Dieses ewige Tropfen ...«

»Aber Luiserl!« Seine Stimme klang besorgt, während sie sah, welcher Triumph in seinen harten Augen aufflammte. »Es ist doch wirklich nichts. Gar nichts tropft. Moni ... hörst du etwas?«

»Nein.«

»Dann ... dann muß ich verrückt sein ...«, sagte Luise und starrte ins Leere. Ich gebe ihm das Stichwort, dachte sie. Jetzt wird er zufrieden sein.

»Welche Gedanken, Luiserl.« Dahlmann sprang auf. Er spielte seine Rolle, als stände er nicht vor einer Blinden, sondern müsse eine Sehende überzeugen. »So etwas darfst du nie in dir aufkommen lassen. Natürlich sind es nur die Nerven, aber wer könnte das nicht verstehen?! Jetzt kommt die Reaktion auf die ganze Aufregung der letzten Monate. Vielleicht ist es sogar ein Zeichen dafür, daß die Erholung in Montreux anschlägt.«

Wie fürsorglich das alles klingt, dachte Luise, und welche Satanerie steckt dahinter. Natürlich sind es die Nerven ... dieser Satz war die Gefahr, war die Drohung, war sein Programm.

»Du hörst also wirklich nichts?« fragte sie mit der Hartnäkkigkeit der Blinden noch einmal. »Und du, Moni, hörst auch nichts?«

»Nein.«

»Nein!«

»Da ... klick ... klick ... klick ... Tropfen auf Tropfen ... Das ist doch Irrsinn! Wie kann es hier im Wohnzimmer tropfen?!«

»Beruhige dich, Luiserl«, sagte Dahlmann voll scheinbarer Sorge. »Mein Gott, so etwas kommt vor. Man hört auf nicht vorhandene Geräusche. Auch ich bin schon mal an die Tür gelaufen, beim Nachtdienst, weil ich ganz deutlich ein Klingeln hörte ... und nachher war niemand an der Tür. Es gibt solche Mystifikationen.«

Der Glaskolben leerte sich während des Mittagessens. Ab und zu sah Luise zum Schrank hinauf und wartete. Sie sprach nicht mehr über das Tropfen. Erst als der letzte Tropfen klickte und dann nichts mehr folgte, warf sie dramatisch den Kopf hoch.

»Jetzt ist es vorbei!« rief sie hell. Dahlmann, beim liebevollen Löffeln seines Puddings, schrak zusammen.

»Was?« Automatisch jagte sein Blick zu seiner Konstruktion. Der Kolben mit dem Wasser war leer.

»Das Tropfen. Plötzlich ist es weg ... ganz weg ... Seid mal alle ganz still ... Wirklich, es ist vorbei.«

»Siehst du, Luiserl!« Dahlmann schlürfte die Vanillesoße des Puddings. »Es ist alles halb so schlimm, es verliert sich. Sind halt doch die Nerven.« Es klang leichthin, aber es war wieder ein Hammerschlag. »Was sollte auch schon bei uns tropfen, nicht wahr?«

»Ja, Ernst.«

Am Abend, als sie zurückkam aus Herrenhausen, hatte Ernst Dahlmann einen größeren Kolben in die Halterung gehängt. Zwei Liter Wasser, dosiert in Tropfen von je zwei Sekunden – das hält einen Abend durch.

»Da ist es wieder«, sagte Luise pflichtschuldig, wie es die selbstauferlegte Rolle ihr vorschrieb.

»Was?« Dahlmann strich zufrieden über die Lippen.

»Dieses Klick, dieses Tropfenfallen ...«

»Aber Luiserl!«

»Es ist wieder da. Ich werde verrückt, ich werde noch verrückt ...«

Ernst Dahlmann sah Monika bedeutungsvoll an. Wie glatt das alles lief, sollte dieser Blick heißen. Moni, wir brauchen uns keinerlei Sorgen zu machen.

»Wenn es dich beruhigt, rufe ich einen Arzt, Luiserl«, sagte er mild. Sie nickte.

Von der Diele, wo das Telefon stand, hörte sie ihn sprechen.

Er rief einen Dr. Vierweg an.

Luise kannte ihn von der Apotheke her. Er war ein Nervenarzt.

Sie wandte den Kopf zu ihrer Schwester. Monika saß am Tisch, hatte das Taschentuch an den Mund gepreßt und weinte unhörbar.

Auch du bist sein Opfer, dachte Luise und blickte weg. Du weißt es nur noch nicht.

Der Nervenarzt Dr. Vierweg fand nichts. Er untersuchte Luise, stellte seine Fragen, ließ sie erzählen.

Natürlich tickte es nicht mehr im Zimmer. Dahlmann hatte seine Apparatur entfernt.

Aber am nächsten Morgen, beim Frühstück, tropfte es wieder. Ein höllisches Spiel, das zum Erfolg geführt hätte, wenn Luise Dahlmann noch eine Blinde gewesen wäre.

*

Am folgenden Tag blieb sie auch über Mittag in Herrenhausen. Schon am Morgen ließ sie es Ernst Dahlmann wissen, offiziell, weil das Wetter so schön sei und es doch schade wäre, wenn man den Ausflug nur wegen des Essens abbrechen würde. Dahlmann war sofort einverstanden. Er hatte zwei wichtige Gänge an diesem Tag vor und schon darüber gegrübelt, wie er sich die Stunden dafür freinehmen konnte. Der eine Besuch galt nämlich dem Nervenarzt Dr. Vierweg, dem zu berichten war, daß Luise wieder das Tropfen hörte, und den er fragen wollte, was man da unternehmen könne; der zweite Weg führte zu Rechtsanwalt Dr. Kutscher, dem man klarmachen mußte, daß bald eine Einweisung in eine Nervenheilanstalt erforderlich sei.

Luise wiederum hatte eine Schäferstunde Dahlmanns mit Monika dazu ausgenutzt, Robert Sanden im Stadttheater anzurufen und auch Dr. Ronnefeld nach Herrenhausen zu bitten. Seitdem Dahlmann den alten Hausarzt wie einen verschlissenen Hut entfernt hatte, war das Telefon die einzige heimliche Verbindung zwischen Luise und ihm. Damals, als Blinde, hatte sie ihren Mann und seinen Zorn zu verstehen geglaubt, wenn er Dr. Ronnefeld dafür verantwortlich machte, in Luise falsche Hoffnungen zu erwecken, die keine Operation erfüllen konnte. Heute erkannte sie, daß es der wache Blick Dr. Ronnefelds gewesen war, der ihren Mann störte. Er mußte Ronnefeld entfernen, um ohne das Mißtrauen des Arztes mit Monika zusammenzuleben und die Blinde täuschen zu können.

Fräulein Pleschke war glücklich, als Luise sie wegschickte. »Lassen Sie mich allein hier, Erna«, sagte sie. »Mich klaut niemand. Ich nehme an, Sie haben Besseres vor, als auf mich aufzupassen.«

Fräulein Pleschke wurde rot, obwohl es ja ihre Pflegebefohlene nicht sehen konnte.

»Wo ... woher wissen Sie das?« fragte sie nach der Verlegenheitspause.

»Ich war auch einmal jung, Erna. Mit vierundzwanzig scheint die Sonne doppelt golden, stimmt's?«

Erna Pleschke nickte. »Ja, Frau Dahlmann.« Sie zögerte, und dann sagte sie tapfer: »Er ist Student auf der Pädagogischen Akademie. Er will Lehrer werden.«

»Ein schöner Beruf, Erna. Halten Sie den Knaben fest. Und Pension bekommt er später auch, da kann eigentlich gar nichts passieren. Ein Beamter ist für eine Frau immer ein solides, immer molliger werdendes Ruhekissen, denn mit dem Dienstalter steigt die Pension. Erna, traben Sie los! Lehrer – auch zukünftige – sind meistens genau und Pedanten. Sie warten nicht gern.«

Fräulein Pleschke entfernte sich schnell mit trippelnden Schritten. Sie hatte sich in Montreux extrem hochhackige Lackschuhe gekauft. Der zukünftige Lehrer liebte langbeinige Mädchen, das hatte er einmal im Gespräch durchblicken lassen.

Eine halbe Stunde später sah Luise Robert Sanden den Weg von der Orangerie herabkommen. Sie kannte ihn nur von der Bühne her, geschminkt und im Kostüm. Sie wußte nicht, wie er privat aussah. Aber es war jetzt für sie selbstverständlich, daß der braunhaarige, elegante Mann mit den weitausgreifenden Schritten Robert Sanden war.

Sie hatte sich nicht getäuscht. Er blieb vor ihrer Bank stehen und sah sie lange stumm an. Luise sah gleichgültig geradeaus, sie war ja blind, sie sah keinen Mann vor sich stehen. Robert Sanden atmete tief auf.

»Frau Dahlmann!«

Luise hob lauschend den Kopf, dann lächelte sie.

»Herr Sanden? Endlich!«

Er setzte sich neben sie und sah sie wieder an. Die Stille zwischen ihnen war schwer und ausgefüllt vom Suchen nach Worten.

»Ich ... ich weiß alles«, sagte er schließlich stockend. »Dr. Saviano informierte mich am Telefon. Es ist furchtbar ...« Er nahm ihre Hand, zögerte und führte sie dann an die Lippen. Eine ehrliche Ergriffenheit war in dieser Geste, das Gefühl, trösten und helfen zu müssen. »Nicht den Kopf hängen lassen«, sagte er und hielt Luises Hand fest. »Wenn die Operation auch mißlungen ist: Ihre Augen strahlen jetzt, als könnten sie sehen. Sie haben einen Glanz wie lebende Augen.«

»Ist es so?« fragte Luise leise.

»Ja. Professor Siri ist ein Künstler! Wenn sie auch in die Nacht blicken – das Leben spricht wieder aus ihnen!«

»Das haben Sie schön gesagt, Herr Sanden. Es ist schade, daß ich nicht mit einem anderen Kompliment antworten kann.«

Robert Sanden lachte. »Das wäre auch schwer. Ich bin häßlich, habe eine große Nase, ein spitzes Kinn, einen Buckelansatz, eine schiefe Schulter … ich bin, ungeschminkt, prädestiniert, den Glöckner von Notre-Dame zu spielen.«

»Das glaube ich Ihnen nicht.« Luise sah ihn an. Er ist ein schöner Mann, dachte sie. Aber dann erschrak sie. Schon einmal war sie einem schönen Mann verfallen gewesen. Einem Mann, der sie jetzt systematisch vernichten wollte, um zu bekommen, was sein Lebensziel war: Monika, die Apotheke, das Vermögen. »Ich kenne Sie von der Bühne her. Sie sind groß, schlank, gerade gewachsen.«

»Alles Kostüm. Man kann auf der Bühne einen Menschen nicht nur häßlich wie Richard III. machen, sondern auch hübsch wie Romeo. Aus Zwergen werden Riesen, wenn es sein muß, aus Riesen Zwerge, wenn man sie braucht, aus Jünglingen der alte Vater Moor. Es ist alles möglich.«

Damit war das Gespräch erschöpft. Robert Sanden malte mit den Schuhspitzen Kreise in den Sand vor der Bank und nagte an der Unterlippe. Was er sagen wollte, konnte er nicht sagen. Was er wußte, war nicht wiederzugeben. Worüber die Leute munkelten, wollte er nicht weitertragen.

»Sie haben sich gut erholt«, sagte er, nur um die Pause auszufüllen.

»Ja. Mein Mann und meine Schwester finden das auch.«

Robert Sanden nahm den Faden auf, den ihm Luise hinwarf. »Die beiden haben sich sicherlich sehr gefreut, als Sie zurückkamen«, sagte er.

»Ernst und Monika? Und wie!«

»Und Ihr Mann hat nichts von der Operation gemerkt?«

»Nein.«

»Ihre glänzenden Augen –«

»Natürlich. Er glaubt, das hätte die Genfer Seeluft geschafft.«

Vom Parkeingang her sah sie Dr. Ronnefeld kommen. Er suchte mit den Blicken die Bänke ab und legte im Sonnenlicht die Hand schützend über die Augen. Er trug einen Panamahut und hellgelbe Schuhe, eine etwas auffällige Kleidung für einen so würdigen Herrn seines Alters. Aber Dr. Ronnefeld hatte nie viel auf Aussehen gegeben; oft zog er einfach an, was ihm beim Griff in den Kleiderschrank in die Hand fiel, ohne hinzusehen, was es war. So saß er einmal in einem Smoking in der Sprechstunde, und alle Patienten bemühten sich, schnell wieder herauszukommen, weil der Herr Doktor sicherlich etwas Großes vorhabe. Dr. Ronnefeld aber wunderte sich, daß an diesem Tag die Praxis schon um halb zwölf Uhr geräumt war, obwohl er mehr Eintragungen in der Kartei als am Vortag hatte.

»Ich möchte Ihnen noch danken, Herr Sanden, für Ihre vielen Bemühungen, auch wenn sie erfolglos waren«, sagte Luise. »Wie gerne hätte ich Ihnen gesagt: Schauen Sie mich an ... ich sehe Sie! Sie haben einen runden Kopf und blonde Haare.« Sie sagte es bewußt so, denn Sandens Kopf war schmal, und seine Haare glänzten in einem dunklen Braun. »Leider hat es nicht sollen sein. Sie haben sich solche Mühe um mich gemacht. Ich danke Ihnen von ganzem Herzen. Und nun – leben Sie wohl, Herr Sanden!«

»Soll ... soll das ein Abschied sein?« Sanden sah sie groß an. In seinen Augen stand die Angst, wie bei einem kleinen Jungen, der mit seinem Ball eine Scheibe eingeworfen hat.

»Ja.«

»Aber warum, Frau Dahlmann?«

»Was wollen Sie mit einer blinden Frau, Herr Sanden? Ihnen liegen die jungen Mädchen zu Füßen.«

»Ich ... ich mag diese jungen Dinger nicht. Ich bitte um die Erlaubnis, mich um Sie kümmern zu dürfen.«

»Aber warum? Ich habe Fräulein Pleschke, ich habe meinen Mann, meine Schwester.«

Sie sah ihn groß an. Jetzt muß er etwas sagen, dachte sie. Jetzt muß er das sagen, was er im Brief an Dr. Saviano und Professor Siri andeutete. Robert Sanden aber schwieg. Er nagte nur an der Unterlippe und scharrte weiter im Sand.

»Trotzdem ... Erlauben Sie mir, gegenwärtig zu sein, wo immer Sie sind ... Ich habe meine Gründe.«

»Gründe?«

»Ja. Bitte, fragen Sie nicht weiter. Seien Sie nicht grausam, sagen Sie ja.«

»Ich war nie grausam. Ob ich überhaupt grausam sein kann?« Luise legte den Kopf zur Seite. Ja, ich kann es, dachte sie. Ich könnte Ernst wie im Mittelalter foltern, ich könnte zusehen, wie man ihm die Knochen bricht, wie man ihn streckt, aufs Rad schnallt, in den spanischen Stiefel preßt, die Zunge herausreißt, und ich würde ruhig dabeistehen und eine tiefe Freude haben. So hasse ich ihn ... so sehr ... so schrecklich ...

»Sie sind wieder im Park, morgen?« fragte Sanden.

Sie nickte stumm, noch ergriffen von ihrer Grausamkeit.

»Morgen ist Konzert im linken Schloßflügel. Darf ich zwei Karten besorgen?«

»Ja, bitte.«

Robert Sanden ergriff ihre Hand und küßte sie. Dann ging er ohne ein weiteres Wort weg. Es war ihm unmöglich zu sagen, was ihm auf der Zunge lag.

Von der anderen Seite her trat Dr. Ronnefeld an die Bank.

»Das ist ja ein Ding!« sagte er gutmütig. »Sitzt auf der Bank und flirtet mit jungen Männern!«

»Dr. Ronnefeld.« Luise starrte an Ronnefeld vorbei und streckte ihm die Hand entgegen, einen halben Meter zu weit zur Seite. Der Arzt ergriff sie und küßte sie gleichfalls.

»Was die jungen Fante probieren, gehörte bei uns zur Erziehung von klein auf. Sie sehen gut aus, Luise. Sie sind wie aufgeblüht.« Er hielt ihre Hand fest und drückte sie. »Der alte Ronnefeld ist ein Querkopp, das weiß man. Aber um es gleich zu sagen: Ich habe die Hoffnung noch nicht aufgegeben, daß Sie wieder sehen werden. Ein Jahr ist nun rum nach der Operation in Münster, und ich weiß es ganz genau: Professor Böhne will es noch einmal versuchen! Und es gelingt!«

»Darüber wollte ich mit Ihnen sprechen, Doktor.« Luise lehnte sich weit zurück. »Ich brauche Ihren Rat. Und Ihren Schutz. Vor allem Ihren Schutz.«

»Stimmt etwas zu Hause nicht?« fragte Dr. Ronnefeld ahnungsvoll.

Luise schüttelte den Kopf. Und plötzlich weinte sie, lehnte sich an seine Schulter und verbarg das Gesicht an seiner Hemdbrust.

*

Am Abend dieses Tages spielte das Schicksal va banque. Es schuf eine jener Situationen, bei denen einem eine Gänsehaut über den Rücken läuft.

Ernst Dahlmann hatte sein Vorhaben zur Zufriedenheit erledigt. Der Nervenarzt Dr. Vierweg hielt sich bereit, bei einem neuerlichen Anfall Frau Dahlmanns sofort zu kommen und eine Beruhigungsinjektion zu geben. »Dieses Ticken- und Tropfenhören ist typisch für eine Psychose«, sagte er. »Sie kann durch den Explosionsschock ausgelöst worden sein. Man weiß ja in der Psychiatrie selten, woher die Erkrankungen kommen, wenn keine organischen oder durch Infektionen herbeigeführten Veränderungen vorliegen. So ein Irresein ist plötzlich da.«

Ernst Dahlmann war mit dieser Auskunft sehr zufrieden. Sie zeigte, daß Dr. Vierweg keinerlei Verdacht schöpfte, sondern Luise als erkrankt im psychiatrischen Sinne ansah.

Mit dieser Meldung erstaunte er Dr. Kutscher, den Rechtsanwalt. »Das haben Sie ja wundervoll hingefingert«, sagte der mit seinem Sarkasmus. »Wie kann man das so schnell machen? Verraten Sie mir mal den Trick.«

»Trick? Meine Frau wird wirklich gemütskrank.«

»Ach nee! Und das wissen Sie ein paar Wochen im voraus.«

»Die ersten Anzeichen ...«

»Mein Lieber, ich bin ja kein Säugling, und selbst der schmeckt den Unterschied zwischen Muttermilch und Trokkenmilch. Ich will's auch gar nicht wissen. Nur: Ob ich diesen sehr dubiosen Fall übernehme, das weiß ich noch nicht.«

»Sie können Ihr Honorar verdreifachen.«

»In diesem Falle stinkt auch Geld!«

»Ein bekannter Nervenarzt wird die Krankheit attestieren.«

»Das ist es ja, was mich umhaut!« Dr. Kutscher brannte sich eine Zigarette an. »Was Sie da ausgeknobelt haben, muß schon genial sein, um die Medizin derart täuschen zu können.«

Alles in allem: Ernst Dahlmann war mit dem Tag zufrieden und genehmigte sich einen Kognak. Luise war noch im Schlafzimmer, sie zog sich nach dem Ausflug nach Herrenhausen um. Das konnte sie schon allein, ohne Hilfe. Ihr Tastsinn war ungemein ausgeprägt.

In diesen Minuten hielt das Schicksal den Atem an.

Monika trat in das Schlafzimmer, um Luise zum Abendessen abzuholen und zu sehen, wie weit sie mit dem Anziehen war.

Luise war nicht im Schlafzimmer. Die Tür zum Badezimmer war angelehnt, aus dem Türspalt glitzerte Licht in das dunkle Schlafzimmer.

Monika ging weiter, öffnete den Spalt etwas und sah ins Badezimmer.

Vor dem großen Spiegel über den beiden Waschbecken stand Luise und kämmte sich die Haare. Sicher, schnell, mit genauen Strichen. Ihre Augen verfolgten dabei die Arbeit des Kammes, die Finger ordneten da eine Strähne, schoben dort eine Locke weg.

Monikas Herz setzte einen Schlag lang aus. Dann löste sie sich von der Tür und rannte aus dem Zimmer. Mit einem Schrei stürzte sie in den Wohnraum und scheuchte Ernst Dahlmann auf, der gerade die Regionalnachrichten des Fernsehens ansah.

»Sie kann sehen!« stammelte sie und schlug beide Hände vors Gesicht. Dahlmann fing sie auf, sonst wäre sie, gelähmt vor Entsetzen, zu Boden gestürzt. »Sie kann sehen ... sie steht vor einem Spiegel und kämmt sich ...«

Auch bei Ernst Dahlmann setzte einen Augenblick der Herzschlag aus. Dann schüttelte er den Kopf, ließ Monika sanft auf das Sofa gleiten und strich die Haare aus der Stirn.

»Dummheit!« sagte er, aber es klang nicht hundertprozentig sicher. »Du siehst Gespenster, Moni! Bitte, werde jetzt nicht hysterisch. Allein der Gedanke, Luise könnte sehen ... absurd direkt! Wodurch denn? Durch ein Wunder? Mein Süßes, Wunder gibt's nicht mehr. Und selbst Wunder können verätzte Hornhäute nicht durch gesunde auswechseln. Überleg dir doch, was du da sagst.«

»Sie steht vor dem Spiegel und kämmt sich«, keuchte Monika. »So kann sich nur einer kämmen, der sieht.«

»Luise hat einen phantastischen Tastsinn entwickelt. Du weißt, wie sicher sie durch das Haus geht. Nirgendwo stößt sie mehr an; sie muß den Radarsinn einer Fledermaus haben.«

Dahlmann fand diesen Vergleich schön. Er ertappte sich überhaupt in der letzten Zeit dabei, geistreich zu sein. Luise hatte früher immer eine Art maliziöses Lächeln um die Mundwinkel, wenn er in Gesellschaft Konversation machte und mit Bonmots brillierte. Das irritierte ihn, bis er seine Art, mit Charme zu wirken, weitgehend eindämmte. Ein Gefühl von Unsicherheit war von da an in ihm, ein Teil Minderwertigkeitskomplex, der an der Seite Luises immer dann stark wurde, wenn alle Welt sie umschwärmte, ihr Komplimente machte, ihren Fleiß lobte und ihn, den Ehemann, als Inventar der Apotheke in Kauf nahm. Das war nun anders geworden. Der Mittelpunkt war er! Seit über einem Jahr entwickelte sich die Mohren-Apotheke zu einem Großbetrieb. Man sah den Fleiß und das Können des Ernst Dahlmann und man lachte jetzt auch über die geistreichen Blödeleien, mit denen er seine Reden würzte.

»Ich habe Angst«, sagte Monika leise. »Mir wird es unheimlich in ihrer Nähe.«

»Wenn es dich beruhigt, werde ich einmal nachsehen.« Dahlmann blickte auf den Bildschirm. Ein Politiker weihte eine neue Straße ein. Fahnen wehten, eine Schere wurde angereicht, Großaufnahme: ein dicker, lächelnder Ministerkopf. Hurra! »Überleg doch mal, Moni«, sagte Dahlmann noch einmal. »Wodurch soll sie sehen können? Durch die Luft in Montreux? Denk doch mal logisch!«

Er trat hinaus auf die Zentraldiele. Luise kam in diesem Augenblick aus dem Schlafzimmer. Wie alle Blinden ging sie sehr gerade, auf die Geräusche ihrer Umgebung lauschend, mit den Füßen unmerklich tastend. Sie sah Dahlmann an, aber sie sah durch ihn hindurch, als sei er Glas. Für sie bestand die Welt aus Dunkelheit und Geräusch.

Dahlmann starrte sie stumm an. Unmöglich, dachte er. Sehen können, solch ein Blödsinn! Einer Eingebung folgend, bückte er sich und stellte eine in einer Ecke stehende Bodenvase aus Ton mitten in die Diele, genau in die Laufrichtung, die Luise immer nahm, um das Wohnzimmer zu erreichen. Dann wartete er, an die Wand gedrückt.

Luise ging unbeirrt ihren Weg. Sie schien innerlich die Schritte zu zählen. Die Bodenvase tat ihr leid, sie war ein Andenken an die Mutter. Zu ihrer Konfirmation hatte sie die Vase bekommen, und große blühende Kirschzweige staken in ihr. Sie hatte immer schon für Bodenvasen geschwärmt, und nun, mit vierzehn Jahren, bekam sie für ihr Zimmer eine eigene ...

Ernst Dahlmann beobachtete sie scharf. Jedes kleine Zögern, jedes Stutzen würde sie verraten. Noch zwei Schritte ... noch ein Schritt ... jetzt! Luise prallte gegen die Vase und trat sie um. Sie kollerte über den Teppich, schlug gegen die Wand und brach am oberen gewölbten Rand ab.

Luise blieb ruckartig stehen und hob lauschend den Kopf. Sie hockte sich nieder und tastete mit den Händen ihre Umgebung ab, fand nichts, richtete sich wieder auf und lauschte, witternd wie ein Reh. Dahlmann hielt den Atem an. Sie ist blind, dachte er, und dieser Gedanke löste seine innere Verkrampfung. Wie konnte es überhaupt einen Zweifel geben ...

»Ernst!« rief Luise laut. »Moni! Ernst!«

Dahlmann ließ die Tür zum Wohnzimmer klappen und kam näher. »Luiserl!« rief er und ergriff ihre suchenden Hände. Ja, er küßte sie sogar, und es war ein ehrlicher Kuß der Freude, denn er war sicher, daß sie nicht sehen konnte. »Warum schellst du nicht? Moni hätte dich abgeholt.«

»Ich bin doch immer allein gekommen. Aber irgend etwas stand im Weg, ich bin dagegengerannt. Was war das?«

»Eine Vase!« Dahlmann faßte Luise unter. »Weißt du, die alte Tonvase. Die Putzfrau muß sie falsch hingestellt haben.«

»Ist sie kaputt?«

»Nein. Nur ein Eckchen raus. Das kann man kleben. Merke: Fällt dir mal ein Zinken raus – lach nur, hast Dahlkleber du im Haus!«

Luise lächelte. Ich möchte weinen, dachte sie. Ich möchte einmal aufschreien und alle Qual, allen Betrug dieses vergangenen Jahres in diesen Schrei legen. Und alle, alle müßten ihn hören. Ein Schrei, der ihn und Moni zerreißen müßte ...

Dann saß sie im Zimmer, das Fernsehgerät lief, es war eine musikalische Sendung, sie trank ein Glas Wein dazu und aß Konfekt. Und neben ihr saßen Hand in Hand ihr Mann und ihre Schwester und küßten sich mit der Hingabe letzter Vertrautheit.

Einmal, als sie den Kopf zu ihnen hinwandte, und sie ansah, stieß Monika erschrocken Ernst Dahlmann zurück und fuhr sich mit beiden Händen entsetzt durch ihre zerwühlten blonden Haare. Sie sah Luise mit flatternden Augen an, umfaßte Dahlmanns Arm und nickte zu ihr hin. Dahlmann schüttelte ärgerlich den Kopf. Er sah sich um, suchte etwas, erblickte einen Leuchter und zog ihn zu sich. Es war ein schwerer bronzener Leuchter mit zwei Armen. Stumm, unter der Tanzmusik des Fernsehens, hob er den Leuchter hoch und schwang ihn über dem Kopf Luises. Monika hielt sich mit beiden Händen den Mund zu.

Luise blieb sitzen und sah ungerührt geradeaus ins Leere. Ja, sie neigte den Kopf sogar nach vorn, als böte sie ihren Nacken dem Schlag dar.

»Wer singt denn da?« fragte sie unbefangen. »Diese Stimme kenne ich noch nicht.«

Ernst Dahlmann stellte den Leuchter auf den Tisch zurück und lächelte. Kraftlos fielen die Hände Monikas auf die Polster zurück. Sie ist blind, sie muß blind sein. So kann sich kein Mensch beherrschen. Kein Augenzucken, keine Abwehr, keinerlei Regung – nur das Lauschen auf die Stimme, während über ihrem Kopf ...

»Das Mädchen heißt Daniela Duvar«, sagte Dahlmann. »Ein neuer Name. Gefällt sie dir?«

»Ja, sehr.«

»Wir hätten sie aufs Band aufnehmen sollen.«

»Ja ...«

Die fröhliche Musik tönte weiter, aber es kam im Zimmer keine Gemütlichkeit mehr auf. Monika war von Dahlmann abgerückt, der mißmutig neben Luise hockte und wortlos auf den Bildschirm stierte. Sie alle spürten, daß in diesen Minuten ein Bruch zwischen ihnen entstanden war, daß sie alle drei isoliert im Raum saßen, jeder allein mit sich, und daß zwischen jedem von ihnen ein Graben aufgerissen war, über den im Augenblick kein Schritt mehr führte, sondern nur noch der Klang ihrer Stimmen.

»Du bist so still, Ernsti«, sagte Luise mit bohrender Zärtlichkeit. »Und auch Moni sagt nichts. Ist das Programm so schön anzusehen?«

»Ja.« Dahlmann atmete tief durch. Seine Stimme hatte rauh geklungen. »Eine äußerst verschwenderische Ausstattung.«

»Wie schön. Ich kann es mir vorstellen.« Sie legte den Kopf zurück an die hohe Sessellehne. Dabei zeigte das Fernsehbild eine dunkle, kahle Bühne mit drei Scheinwerferklecksen. In diesen Klecksen hüpften drei Balletteusen. Plötzlich krallte sie die Finger in Dahlmanns Arm. Er zuckte zusammen und versuchte sich zu befreien. »Was ... was ist denn, Luiserl?«

»Ich höre ja nichts mehr.«

»Was?« Er sprang auf und beugte sich über sie. »Du hörst nichts mehr? Du hörst mich jetzt nicht ...? Luiserl!« Er sah schnell zu Monika hinüber, auch sie war aufgesprungen. »Luiserl ... Luiserl ... hörst du mich?«

Sie nickte und lächelte. »Wie groß deine Sorge ist, Ernsti!« Sie tastete nach seinem Gesicht, fuhr über die Stirn, die Augen, die Nase, den Mund, das Kinn hinab zum Hals. Dort ließ sie die Finger liegen, genau auf der Kehle. Jetzt zudrücken, dachte sie. Könnte mir das jemand übelnehmen? Gäbe es einen Richter, der mich verurteilen könnte ohne Gedanken: Ich hätte es auch getan?! »Dein Hals zittert«, sagte sie leise.

»Der Schreck, Luiserl.«

»Ich wollte sagen: Ich höre das Ticken nicht mehr.«

»Welches Ticken?«

»Dieses ewige Tick-tick-tick, als wenn immer etwas tropft.«

»Es war doch nie da, Luiserl. Wir haben es dir doch gesagt.«

»Ihr seid so gut zu mir.« Sie sah dabei Monika an. Groß und klar. Monika Horten senkte den Kopf. Du bist die schwache Säule in dem gemeinen Betrugsgebäude, dachte Luise. Mein liebes Schwesterchen, an dir wird Ernst Dahlmann zerbrechen, nicht an mir. Ihr hattet einen schönen Plan, einfach, genial und von einmaliger Gemeinheit. Eine Blinde zu betrügen, genügte nicht ... sie stört, sie ist im Weg, ihre Gegenwart ist ständige Mahnung. Wie einfach ist es, sie wahnsinnig zu machen. Nun wird es anders sein, Monika. Von Zweifeln und Angst zerfressen, wirst du herumirren, und ich werde um dich sein, immer um dich sein, wie ein Schatten, den du nicht abschütteln kannst. Und du wirst nicht wissen: Kann sie sehen, oder ist sie noch blind?! Ich werde dir Gelegenheit geben, zu glauben, daß ich sehen kann – und dann werde ich dir eine Blinde vorspielen, hilfloser als ein Säugling. So lange, bis zu zusammenbrichst, bis du zerrieben wirst zwischen den Mahlsteinen der verbotenen Liebe, der Angst, der Sünde, die zuviel für dich ist, und dem Gewissen, dem du nicht entfliehen kannst – weil du kein schlechter, sondern nur ein haltloser Mensch bist. Ein höriger Mensch, hörig einem Mann, den ich einmal so liebte, wie du jetzt ihn liebst, und den ich jetzt hasse mit einem Haß, wie ihn nur eine Frau gebären kann. Glaube mir, Monika, es gibt auf der Welt kein stärkeres Element als den Haß einer verratenen Frau ...

»Ich bin müde«, sagte Monika mit mühsam fester Stimme. »Ich habe heute viel gezeichnet. Entschuldigt mich!«

Sie sah Luise noch einmal starr an. Luise nickte ihr zu, freundlich, lächelnd, so wie man eine Schwester zur Nachtruhe verabschiedet, so, wie man Abschied nimmt von einem, den man sieht.

Wie flüchtend verließ Monika das Zimmer. Ernst Dahlmann trank mit bösem Gesicht seinen Wein aus. Er hatte heute Nachtdienst und nahm sich vor, die ganze Nacht unten in den Apothekenräumen zu verbringen. Ein hysterisches Luder, diese Moni, dachte er wütend. Er räumte die Gläser weg und drehte das Fernsehen aus. Luise sah staunend in den stillen Raum.

»Was ist, Ernsti? Ich bin noch nicht müde. Warum machst du aus?«

»Ich habe Nachtdienst, Luiserl. Ich muß in die Apotheke.«

»Dann warte ich hier auf dich.«

»Es kann spät werden. Vielleicht die ganze Nacht. Geh zu Bett.«

»Noch eine Stunde. Ich stell' mir noch das Tonband an.«

»Gute Nacht.« Ernst Dahlmann ging hinaus. Zum erstenmal vergaß er die Floskel Luiserl, und er war so wütend, daß er die Tür sogar härter zuzog, als er wollte.

Luise stand auf und ging zum Sofa. Auf dem Kissen, neben dem Monika gesessen hatte, lag die kleine Krokotasche. Monika hatte sie bei ihrer Flucht aus dem Zimmer vergessen.

Mit einem harten Lächeln hob Luise die Tasche auf, wog sie in der flachen Hand und krallte dann die Finger um sie. Ein Ruck flog durch ihren Körper, sie warf den Kopf in den Nakken, etwas wie Stolz eines Siegers strahlte von ihr aus – dann ging sie mit schnellen Schritten aus dem Zimmer und stieg die Treppe empor zum Atelier Monikas.

*

Sie hatte sich noch nicht ausgezogen, sondern stand an dem großen Atelierfenster, hatte eine der verschiebbaren Scheiben zur Seite gedrückt und starrte in die Nacht.

Für Monika Horten war das Leben zu einem Rätsel geworden. In jeder Stunde, die sie allein war, nahm sie es sich fest vor wegzugehen. Zu flüchten aus der Verstrickung. Sich irgendwo zu verkriechen, wo man vergessen konnte und weit, weit weg war von aller Schuld und aller Scham. Aber dann stand Ernst Dahlmann wieder vor ihr, sein Lächeln bezauberte, seine Hände streichelten sie, seine Umarmung war wie ein Hineinziehen in selige Geborgenheit – und wieder fand sie sich vor der bedrückenden Frage, warum sie das alles tat, duldete und mitmachte, warum sie ihre Schwester betrog und ihren eigenen Willen verriet. Sie wußte darauf keine Antwort. Ein Windzug, der ihre Haare flattern ließ, zwang sie, sich umzudrehen.

Die Tür zur Diele war aufgesprungen. Jemand stand in der Finsternis des Zimmers, vor dem dunkelroten Vorhang, der tagsüber die Bettcouch in der Ecke verdeckte.

»Ernst?« fragte Monika leise und stützte sich gegen die Glaswand.

»Nein.«

»Luise!« Es war ein erstickter Schrei. »Wie ... wie kommst du hier herauf?! Was willst du?«

Langsam trat Luise Dahlmann aus dem Schatten der Nische. Mit ruhigen, sicheren Schritten ging sie auf ihre erstarrte Schwester zu, hielt ihr die Tasche hin und ließ sie, als Monika nicht zugriff, auf den kleinen Tisch fallen, der neben der Staffelei stand und als Palettenablage diente.

»Deine Tasche, Moni«, sagte Luise freundlich und nickte ihr zu. »Eine schöne Krokotasche übrigens; sie könnte mir auch gefallen.«

Sie sah ihre Schwester noch einmal an, dieses Mal stumm, mit zur Seite geneigtem Kopf, als betrachte sie ein merkwürdiges Bild, in das man einen Sinn hineinlegen muß. Dann wandte sie sich ab und ging hinaus. Ohne Zögern, ohne Tasten, ja, sie machte sogar einen Bogen um einen Stapel Zeichenpapier, der auf dem Boden lag.

Mit entsetzensweiten Augen starrte ihr Monika nach. Erst als die Tür wieder zuklappte, löste sich die Lähmung. Sie stürzte vor, zur Tür, wollte sie aufreißen, wollte schreien ... Hilfe! Oder Ernst! Oder Luise! ... Es war ihr, als verbrenne sie innerlich, aber dann fehlte ihr doch die Kraft, die Klinke herunterzudrücken und hinaus auf die Treppe zu laufen. Sie warf sich auf die Couch, die Decke über ihr begann sich zu drehen, das Fenster tanzte, die Staffelei, die Sterne am Nachthimmel ... mein Herz, dachte sie noch ... mein Herz setzt aus, ich sterbe vor Angst ... ich sterbe ...

Vor der Tür, an das Treppengeländer gelehnt, wartete Luise Dahlmann. Sie wartete darauf, daß Monika herauskam. Als nichts geschah, ging sie zur Tür und legte das Ohr dagegen. Im Atelier war alles still. Kein Schritt, kein Geräusch, nichts.

Sie ist ohnmächtig geworden, dachte Luise. Morgen wird sie es Ernst sagen: Sie war da, in meinem Atelier, sie hat mir die Tasche gebracht, die Krokotasche, und sie hat gesagt, daß es eine Krokotasche ist. Sie kann sehen, sie kann sehen ... Woher soll sie wissen, daß es eine helle Krokotasche ist, die du mir vor drei Wochen erst geschenkt hast ...

Und was wird er dann tun?

Luise ging zurück in die Wohnung. Sie wußte nicht, was sie mit der angefangenen Nacht beginnen sollte. Als Blinde hätte sie jetzt zu Bett gehen müssen; als sehender Racheengel aber trieb es sie in der Wohnung umher. Wie ein Raubtier schritt sie unruhig den Käfig ab, zu dem das Zimmer geworden war. Immer rundherum, an der Wand entlang, die Fäuste gegen die Brust gedrückt, mit leeren Augen, die in den Höhlen brannten, weil die Tränen in der Glut des Hasses wegtrockneten.

Weit nach Mitternacht kam Ernst Dahlmann aus der Apotheke herauf. Er war erstaunt, Luise noch im Zimmer zu finden. Sie spielte sich Tonbänder mit Opern vor. Unter dem Arm trug er eine neue Konstruktion, die er gebastelt hatte und nun auf ihre Wirkung ausprobieren wollte.

»Du bist noch auf, Luiserl?« fragte er und stellte den Apparat auf den Tisch. Es war eine Art Metronom, nur schwang kein Zeiger tickend hin und her, sondern ein kleiner Eisenbolzen schlug rhythmisch gegen ein dickes Holzstück. Es klang, als hacke ein Specht seine Höhle in einen Baum. Betrieben wurde der simple Mechanismus durch eine Taschenlampenbatterie. Luise sah das Gerät an, während Dahlmann an den Barschrank ging und sich einen großen Kognak einschenkte.

Welch teuflische Phantasie er entwickelt, dachte sie. Er war schon immer ein guter Mechaniker. Man sieht ihm an, wie ehrlich er sich freut, solch eine Satanerie erfunden zu haben.

»Warum gehst du nicht schlafen?« fragte Dahlmann.

»Ich kann nicht, Ernsti.«

»Nimm eine Dahlosan.«

»Ich habe so eine innere Unruhe ... ich weiß nicht, warum ...«

»Die Nerven. Nur die Nerven.« Ernst Dahlmann legte die Hände über seinen künstlichen Specht. Ab morgen wird er klopfen, dachte er. Schon morgen früh, beim Kaffeetrinken, wird es durch den Raum klingen. Tack-tack-tack ... immer und immer wieder kleine Hammerschläge auf ihr Hirn, und wir werden sagen: Nein, wir hören nichts. Sollen wir nicht besser doch einen Arzt holen? Vielleicht wieder Dr. Vierweg? Er kennt sich aus mit den Nerven ...

»Komm, leg dich hin«, sagte er laut. Er faßte Luise um die Schulter und führte sie in das Schlafzimmer. Er half ihr sogar beim Ausziehen, und sie machte sich steif, als er sie berührte. Er spürte die Abwehr und zog die Hände zurück.

Wie ein Kind deckte er sie zu, küßte sie auf die Stirn und blieb unschlüssig auf der Bettkante sitzen. Luise beobachtete ihn aus halbgeschlossenen Augen. Die Angst lag ihr wie ein Zentnergewicht auf der Brust, er könne sie wieder in den Arm nehmen und den liebenden Ehemann spielen. Zu der Angst mischte sich der Ekel vor ihm, vor diesem Körper, von dem sie geglaubt hatte, daß er ihr allein gehörte und den sie nun teilte mit der eigenen Schwester. Ein Körper, an dem sie jede Stelle kannte. Am Geheimnis ihrer Ehe nahm jetzt eine andere Frau teil, die genauso liebevoll über diesen Körper streichelte und sich in die Wärme schmiegte, wie sie es getan hatte. Der Gedanke allein konnte sie wahnsinnig machen, trieb ihr das Blut in die Schläfen und ließ ihren Leib zittern.

Ernst Dahlmann schien sich entschieden zu haben. Er erhob sich von der Bettkante, sah noch einmal auf die einschlafende Luise und verließ dann das Schlafzimmer.

Im Wohnraum startete er seine Generalprobe. Er stellte das Gerät wieder auf den Schrank, drückte einen kleinen Kippschalter herunter und schob wartend die Unterlippe vor.

Das Hämmerchen knallte nach vorn gegen das Holz. Batterie, Unterbrecher, Federzug arbeiteten einwandfrei. Der künstliche Specht klopfte und hämmerte.

Tack-tack-tack ...

Dahlmann knipste den Apparat wieder aus. Dann trank er noch einen Kognak, sah auf die Uhr und beschloß, entgegen seiner Absicht, in der Apotheke zu bleiben, doch hinauf zu Monika zu gehen und nach ihr zu sehen. Um diese Stunde kamen erfahrungsgemäß kaum Nachtkunden. Die Zeit zwischen ein und drei Uhr ist immer ein toter Punkt. Eine Viertelstunde Liebe war dabei zu erobern.

Luise hörte, wie er hinauf ins Atelier ging. Sie setzte sich im Bett hoch und lauschte.

Die Tür klappte, aber schon kurz darauf fiel sie wieder zu. Dahlmann kam ins Schlafzimmer, kaum, daß sich Luise wieder schlafend stellen konnte. Er sah verwirrt aus, ratlos, ging ins Bad, ließ Wasser in ein Glas laufen und schluckte anscheinend eine Tablette zur Beruhigung. Dann ging er wieder hinaus, hinüber ins Wohnzimmer und setzte sich unter die Stehlampe.

Das Atelier oben war leer gewesen, Monika nicht mehr da. Auf der Staffelei lag ein Brief. Ein kurzes Schreiben:

> »Bitte, such mich nicht. Ich komme nie mehr zurück. Ich weiß jetzt, daß Luise sehen kann. Ich weiß es ganz sicher. Sie war bei mir, hier im Atelier. Diese Nacht. Wir haben uns schändlich benommen, ich schäme mich vor mir selbst, ich kann in keinen Spiegel mehr sehen. Was immer auch Du jetzt tun wirst, denk daran: Luise kann sehen!
>
> Monika.«

Ernst Dahlmann las diesen Brief mehrmals, und je öfter er die wenigen Zeilen überflog, um so sicherer war er sich, daß Monikas Nerven einfach mit ihr durchgegangen waren und daß sie wiederkommen würde, wenn sie sich beruhigt hatte: Einzig und allein der Satz: »Sie war bei mir, hier im Atelier. Diese Nacht.« stimmte ihn nachdenklich und machte ihn irgendwie unsicher.

Er nahm den Brief und ging zurück ins Schlafzimmer. Er drehte das volle Licht an und richtete den Schein der Nachttischlampe auf das Gesicht Luises. Sie sieht und merkt es ja nicht, dachte er dabei. Sie lebt in ewiger Nacht.

Er faßte sie an die Schulter und rüttelte sie. »Luiserl!« rief er. »Luiserl!«

Luise tat, als wache sie auf. Sie starrte in das grelle Licht, ohne ein Zucken, ohne ein Zusammenkneifen der Augen. Es kostete sie unmenschliche Kraft, in diese Grelligkeit hineinzustieren, ohne sich abzuwenden oder mindestens die Lider zu schließen.

»Ja ... was ist denn, Ernsti ... Wie spät ist es denn? Ist schon Morgen?« Sie stützte sich auf. Sie sah den Brief Monikas in seiner Hand, und sie wußte plötzlich, daß sie allein im Hause waren. Dahlmann hielt ihr den Brief vor die Augen. Sie blickte daran vorbei, so schwer es ihr auch fiel. Mit einem Seufzer lehnte sich Dahlmann zurück und zerknüllte den Brief zwischen den Fingern.

Sie sieht nichts! Wenn alles so sicher wäre wie das! Nur ein Blinder kann in dieses grelle Licht starren, nur eine blinde Frau wirft keinen Blick auf den Brief der erkannten Rivalin.

»Es ist nichts, gar nicht, Luiserl«, sagte Dahlmann heiser. »Als ich hereinkam, hast du im Schlaf gestöhnt. Da habe ich dich geweckt. Hast du geträumt?«

»Nein. Ich habe fest geschlafen.«

»Dann schlaf weiter, Luiserl.« Er küßte sie auf die Augen. »Und wenn du träumst, dann bitte von mir!«

Sie nickte und legte sich auf die Seite. Er löschte wieder alle Lichter und ging hinunter in die Apotheke.

Du Lump, dachte sie. Du gemeiner Schuft.

O mein Gott, womit habe ich das verdient?

Und auf einmal konnte sie auch wieder weinen.

Am nächsten Tag entfaltete Dahlmann eine rege Aktivität.

Zunächst verzichtete er nicht auf den Effekt, seinen kleinen künstlichen Specht tacken zu lassen. Beim Frühstück hämmerte er lustig vom Schrank herhab, und Luise vollbrachte eine schauspielerische Meisterleistung, indem sie sich die Ohren zuhielt und immer wieder rief: »Es klopft ... es klopft ... Hörst du es denn nicht?«

Dahlmann verneinte und rief Dr. Vierweg an. »Bitte, kommen Sie doch heute nachmittag vorbei, Doktor«, sagte er im Beisein Luises. »Meine Frau fühlt sich nicht wohl. Nein, kein Ticken. Diesmal ist es ein Klopfen.« Er wandte sich zu Luise um. »Hörst du es noch immer, Liebes?«

»Ja!« Dahlmann hob den Hörer wieder ans Ohr.

»Meine Frau sagt eben ja, Doktor. Dabei ist es hier ganz still. Ja, danke. Gegen sechzehn Uhr kommen Sie ... danke, Doktor.«

Trotz der Müdigkeit, die durch den Nachtdienst und die Erregung über den Weggang Monikas über ihm lag, fuhr er am Vormittag zu Rechtsanwalt Dr. Kutscher.

Der Anwalt goß sich einen Kognak ein, als Dahlmann eingelassen wurde. »Alkohol am frühen Morgen, Doktor?« lachte Dahlmann.

»Es gibt Klienten, die man nur mit umnebeltem Gehirn ertragen kann.« Dr. Kutscher zeigte mit dem Glas auf Dahlmann und dann auf einen Sessel. »Ruhen Sie sich aus. Sie sehen übernächtigt aus.«

Dahlmann blieb stehen, seine gute Laune verflog. »Sie haben mich nur noch wenige Wochen zu ertragen«, sagte er bissig. »Und dann den einen Tag, an dem ich Ihnen den Scheck für Ihre Bemühungen überreiche.«

»Ich habe mir da einiges überlegt.« Dr. Kutscher setzte sich hinter seinen großen Schreibtisch und errichtete damit eine deutliche Schranke zwischen sich und Dahlmann. »Kennen Sie Friedrich August?«

»Was soll der Blödsinn?!«

»Friedrich August war König von Sachsen. Als er 1918 abdankte, sagte er einen klassischen Satz, der es wert wäre, als elftes Gebot zu gelten: ›Macht euren Dreck alleene!‹« Dr. Kutscher beugte sich zu Dahlmann vor. »Ich danke ebenfalls ab und verabschiede mich von Ihnen mit diesem königlichen Spruch.«

Ernst Dahlmann biß die Zähne zusammen. Die erniedrigende Behandlung, die er erfuhr, erregte ihn weniger als die Tatsache, daß er jetzt ohne Anwalt dastand.

»Sie lehnen meine Mandantschaft ab?«

»Ihre Klugheit ist verblüffend.«

»Und warum?«

»Bitte ersparen Sie es mir, Ihnen Erklärungen zu geben, die einige Paragraphen des Strafgesetzbuches verletzen würden.«

»Sie verteidigen Mörder und Diebe, Ganoven und Zuhälter, Huren und Einbrecher – und hier wollen Sie auf einmal Skrupel haben?« schrie Dahlmann.

Dr. Kutscher nickte mehrmals. »Genau! Von einem Mörder weiß ich, er hat getötet. Ein Zuhälter kassiert Geld von seiner Mieze, eine Hure vertritt das älteste ambulante Gewerbe, ein Dieb hat geklaut ... lauter Tatsachen! Sie aber bleiben anonym, und ich soll Ihnen nicht aus einer Patsche heraushelfen, sondern Ihnen beistehen, um eine andere Person, Ihre Frau, in den Dreck zu ziehen. Ich soll nicht verteidigen, ich soll mitschuldig werden! Lieber Herr Dahlmann – Sie sehen, zu welcher Höflichkeit ich fähig bin, Sie auch noch ›lieb‹ zu nennen –, das kann mit Geld nie bezahlt werden, das ist ein so schmutziges Ansinnen, daß ich versucht bin, Sie einfach hinauszuwerfen.«

Dahlmann atmete schwer. Er war hochrot geworden und zog nervös an seiner Krawatte. »Ich mache Sie darauf aufmerksam, daß Sie zur Schweigsamkeit verpflichtet sind.«

»Leider!«

Dahlmann drehte sich schroff um. »Auf Wiedersehen!« keuchte er. Dr. Kutscher hob abwehrend beide Hände.

»Um Himmels willen, bloß das nicht!«

Als Dahlmann hinaus war, trank er noch einen großen Kognak. Auch wenn er es nicht gewollt hatte: Er hatte sich mehr aufgeregt, als dieser Kerl es wert war. Doch kam er sich erleichtert vor, auch wenn es ihn einige tausend Mark kostete.

*

Bevor Ernst Dahlmann sich mit der Tatsache befaßte, einen neuen Anwalt zu suchen, rief er aus der Telefonzelle eines Restaurants einen Augenarzt an.

»Ich habe nur eine Frage, Doktor«, sagte er. »Kann man feststellen, ob jemand blind ist oder dieses Blindsein nur simuliert?«

»Wer spricht dort, bitte?« fragte der Augenarzt zurück. Seine Stimme klang verwundert. Dahlmann hatte auch diese Frage im voraus überlegt. Seine Antwort kam unverfänglich korrekt.

»Hier spricht Oberinspektor Barth vom Städtischen Ordnungsamt. Wir haben einen Bettler aufgegriffen, der behauptet, blind zu sein, und auch als Blinder bettelte. Sein Benehmen aber ist so, als ob er sehen könnte. Was haben wir hier für Möglichkeiten, die Wahrheit zu erfahren?«

Der Augenarzt zögerte und dachte nach. Dahlmann wurde unruhig. Es war möglich, daß der Arzt sich über einen zweiten Apparat mit dem Ordnungsamt in Verbindung setzte.

»Das ist einfach und wiederum nicht«, sagte endlich der Augenarzt. »Man kann durch Augenspiegel, Linsenuntersuchungen und andere Methoden die Funktionsfähigkeit des Auges feststellen. Schwieriger wird es schon, wenn man den Sehnerv untersuchen will. Im allgemeinen ist man gerade bei Augenuntersuchungen auf die Mithilfe des Patienten, also auf dessen Wahrnehmungen, angewiesen.«

»Danke, Doktor.« Dahlmann hängte ein. Die Auskunft war unbefriedigend. Sie war sogar in hohem Maße erschreckend. Sie bestätigte, daß Monikas Behauptung theoretisch stimmen könnte: Luise wäre tatsächlich in der Lage, eine Blinde zu spielen, auch wenn sie in Wirklichkeit sehen könnte. Woher aber konnte sie sehen? War in Montreux etwas mit ihr geschehen?

Dahlmann fuhr zu Fräulein Erna Pleschke. Sie wohnte in einem möblierten Zimmer in der Nähe des Messegeländes und war nicht zu Hause. Die Wirtin wußte auch nicht, wohin sie gegangen war. »Sie hat von ihrer Chefin ein paar Tage freibekommen, das hat sie mir gesagt«, erzählte sie. »Und einen Freund hat sie auch. Vielleicht machen sie einen Ausflug ...«

Dahlmann fuhr weiter. Er besuchte den Nervenarzt Dr. Vierweg und wurde gleich vorgelassen. Das Wartezimmer war leer, Dr. Vierweg schien wenig Patienten zu haben.

»Vorweg, Doktor – was kann man tun?« fragte Dahlmann und machte den Eindruck eines sehr erschütterten Ehemannes. »Wenn sich diese Wahrnehmungen verstärken, wenn sie Tag und Nacht Ticken oder Klopfen hört, was kann man machen?«

»Ich würde dann auf jeden Fall die Einweisung in eine psychiatrische Klinik anraten.« Dr. Vierweg hob bedauernd die Schultern, als Dahlmann ein entsetztes Gesicht aufzog. »Leider, es gibt keine andere Wahl. Stationär haben sie dort die Möglichkeit, durch Medikamente und Schocks diese Psychosen einzudämmen oder sogar zum Verschwinden zu bringen. Das geht aber nur unter ständiger ärztlicher Beobachtung.«

»Und wie lange kann das dauern?«

»Das ist nie im voraus zu sagen.«

»Monate?«

»Möglich.«

»Vielleicht Jahre?«

»Das wollen wir nicht hoffen.«

»Und das Geschäft? Die Apotheke?« Dahlmann raufte sich wie verzweifelt die Haare. »Meine Frau hat alleinige Vollmacht. Ich habe nur das kleine Zeichnungsrecht ...«

Dr. Vierweg zögerte. Ihm tat der gebrochene Mann leid, der zu dem Schicksalsschlag der Blindheit nun auch noch den beginnenden Wahn seiner Frau durchstehen mußte. »Im Falle einer Geschäftsunfähigkeit Ihrer Frau könnte man die Entmündigung beantragen.«

»Das geht?« fragte Dahlmann scheinbar naiv.

»Ja. Aufgrund der ärztlichen Atteste spricht ein Gericht die Entmündigung aus. Es wird ein Vormund bestellt. Im speziellen Falle wären Sie das, Herr Dahlmann ...«

»Wie schrecklich.« Dahlmann erhob sich. Seine Hand bebte, als er sie Dr. Vierweg reichte. »Es ist furchtbar, an so etwas zu denken. Ich liebe meine Frau.«

Dr. Vierweg war nach dem Weggang Dahlmanns überzeugt, dem Beginn einer Tragödie beigewohnt zu haben. Nur sah er das grausame Spiel anders, als es Dahlmann inszenierte.

Nach diesem Besuch machte sich Dahlmann auf eine Rundreise. Er besuchte alle ihm bekannten Kunden Monikas, denen sie Entwürfe, Plakate und Zeichnungen eingereicht hatte. Er fuhr kreuz und quer durch Hannover. Erst der letzte Auftraggeber, eine Weberei, hatte vor einer Stunde einen Anruf von Monika Horten bekommen. Aus der Lüneburger Heide. Aus Soltau.

Dahlmann bedankte sich mit aller Herzlichkeit. »Sie müssen wissen, daß ich einen Auftrag für Fräulein Horten habe. Eine ganz nette Sache. Ich vertrete die Chemischen Werke Helmstedt, und es ist unser Anliegen, gerade jungen, begabten Künstlern den Weg in die Öffentlichkeit zu ebnen.«

Erst eine Stunde später überlegte der Werbeleiter der Weberei, was ihm dieser seltsame Besucher gesagt hatte. Er schlug im deutschen Branchenverzeichnis nach und fand seinen Verdacht bestätigt. In Helmstedt gab es gar keine Chemischen Werke.

Man soll sich nicht in Dinge hängen, die einen nichts angehen, dachte er. Aber andererseits war Monika Horten ein lieber Kerl, ein aufgewecktes, begabtes Mädel.

Er griff zum Telefon und rief in Soltau an. Gasthof ›Grüner Krug‹. Mit bleichem, verweintem Gesicht hörte sich Monika an, was der Werbeleiter aus Hannover zu berichten wußte.

*

Heute machen wir einen Ausflug!« war das erste, was Ernst Dahlmann rief, als er nach Hause kam. Luise saß wie immer am Blumenfenster und übte sich in der Blindenschrift. Dahlmann blieb neben ihr stehen und beobachtete sie. Verrückt, dachte er. Wie sie dasitzt, wie sie die Pünktchen abtastet, wie sie die Lippen dabei bewegt, wie ihr Blick starr geradeaus ist, als seien die Augen aus Glas ... so vermag sich kein Mensch zu verstellen, der sehen kann!

Er sah auf die Uhr. In zwei Stunden wußte man es. In zwei Stunden würde es sich entscheiden, wie das Leben des Apothekers Ernst Dahlmann weiterging.

»Ich denke, der Doktor kommt?« fragte Luise und unterbrach ihr Lesen.

»Ich habe ihn zu morgen umbestellt. Draußen ist ein so herrlicher Tag, das sollte man ausnutzen.«

»Und wohin fahren wir?«

»Ich schlage vor ans Steinhuder Meer.«

»Das ist schön, Ernsti.«

»Ist das eine Idee?!«

»Eine blendende. Du bist so lieb.« Sie klappte das dicke Blindenschriftbuch zu und stand auf. »Wo ist Moni? Sie war den ganzen Vormittag noch nicht hier. Ist sie krank?«

»Moni? Ach so ... Mein Gott, das habe ich ganz vergessen, Luiserl. Moni mußte heute früh, ganz früh schon, weg, zu einem Kunden. Nach Braunschweig. Sie bleibt dort drei Tage. Weil du so fest schliefst, wollte sie dich nicht wecken. Mein Gott, wie vergeßlich ich bin!«

Zweimal in einem Satz sagt er Gott, dachte Luise und strich sich über die Haare. Für die Verpackung einer Lüge, für die Ummantelung einer Sünde mißbraucht er Gott.

Sie fuhren sofort los. Mittag aßen sie in einem Lokal an der Straße nach Wunstorf, dann ging die Fahrt weiter, dem Steinhuder Meer entgegen. Aber Dahlmann fuhr nicht zum See. Vor Wunstorf bog er ab und raste nach Norden.

Luise schwieg. Sie sah hinaus auf die Birkenwälder und Holundersträucher, auf die Weiden und violetten Heideflächen, auf die Ginsterbüsche und die schmalen Kanäle, die aus den Sümpfen in das trockene Land zogen. Es war wirklich ein herrlicher, warmer Tag, einer der letzten Herbsttage, wo es einem schwerfällt, an den vor der Tür stehenden Winter zu glauben.

Dahlmann bog von der Straße ab in einen Feldweg. Er führte zu einem Birkenwald, der abseits des Verkehrs in einer langen, sachten Mulde lag. Luise erkannte plötzlich diesen Platz. Angst schnürte ihr die Kehle zu, sie umklammerte den Griff der Autotür und hatte den Drang, um Hilfe zu schreien, sich aus dem Wagen fallen zu lassen, irgend etwas zu tun, was sie retten konnte vor dem Waldstück, das ihnen immer näher kam.

Sie wußte, was der Wald verbarg. Vor langer Zeit hatte hier ein großes Werk nach feinem Sand gegraben, nach jenem goldgelben, samtenen Sand, mit dem die gewaltigen Urstromtäler der Vorzeit ausgelegt waren. Die Sandgrube hatte man dann aufgegeben, als man auf Kies stieß. Grundwasser war nachgesikkert, Regen und Schneeschmelze hatten Wasser in das große Baggerloch gefüllt, aus dem Loch in dem Erdleib war ein kleiner, kreisrunder, über vierzig Meter tiefer See entstanden, umgeben von Birken und Holunder und saftigem, aber hartem Gras.

In diesem kleinen, verträumten See hatten sie einmal gebadet, die Verliebten Luise und Ernst. Hier hatten sie sich geküßt, hier war die Einsamkeit der einzige Zeuge ihrer Liebe gewesen, hier hatten sie ein Paradies entdeckt, in dem es wirklich nur sie gab, die Wolken und den Wind und ein paar Hummeln, die um die Grashalme summten. Hier hatten sie sich zum erstenmal gefunden und erkannt, daß sie ein Leben lang zusammenbleiben mußten, weil sie sich liebten, wie sich noch nie zwei Menschen geliebt hatten – so glaubten sie es wenigstens in diesen glücklichen Stunden zwischen Birken und Holunder, im hohen Gras liegend, unendlich selig in den blauen Himmel schauend und in den Träumen mit den Wolken wandernd.

Wieviel Jahre war das her? War es nicht eine Ewigkeit? »Soviel Glück kann man nicht verstehen …«, hatte er damals gesagt. »Dazu braucht man ein ganzes Leben –«

»Wo sind wir?« fragte Luise und berührte den Arm Dahlmanns.

»Wir sind gleich da, Liebes.«

»Wo?«

»Am Steinhuder Meer, Dummes.« Er lachte fröhlich und schielte zu ihr hin. Sie starrte geradeaus. Natürlich, dachte er. Wenn sie blind ist, fährt sie ja durch die Dunkelheit.

»Es ist so still, Ernsti.«

»Ich habe extra nicht die Stellen angefahren, wo sich jetzt alles drängt. Wir wollen diesen schönen Tag möglichst allein genießen. Oder wolltest du Lärm und Trara um dich haben? Möchtest du lieber unter vielen Leuten sein?«

»Nein, Ernst. Du weißt doch, ich bin am glücklichsten, wenn ich mit dir allein sein kann.«

Er antwortete nicht, sondern tätschelte nur ihre Hand. Er brauchte alle Konzentration, um mit dem Wagen über den holprigen Feldweg an den kleinen Baggersee heranzukommen. Nicht weit von der Stelle, an der sie als verliebtes Paar von der Zukunft geträumt hatten, hielt er und half Luise aus dem Wagen.

Er sah auf die Uhr, warum, das wußte er nicht. Kurz vor vier Uhr nachmittags, dachte er nur. Er senkte den Kopf, drückte das Kinn an den Kragen und starrte Luise an, die wie hilflos neben dem Auto stand und darauf wartete, was weiter geschah. Sie rührte sich nicht; wie alle Blinden, verließ sie sich auf die Hilfe anderer, geduldig dastehend, bis sie Zeit hatten, sich um sie zu kümmern und sie auf unbekannten Wegen zu führen.

Dahlmann zögerte. Er sah zurück zu dem runden See. Nach zwanzig Metern fiel das Ufer steil ab zur Wasserfläche. Regen und Sturm, Eis und Schnee hatten die Ränder zerklüftet und ausgewaschen. Fast sieben Meter fiel das Ufer steil ab – dann kam das Wasser, über vierzig Meter tief, kalt und klar.

Dahlmann ging die zwanzig Meter zum See und sah hinab in das Baggerloch. Jetzt wird sich zeigen, ob sie sehen kann, dachte er. Und mit diesem Gedanken kam ein anderer, schrecklicherer Gedanke auf: Was mache ich, wenn sie wirklich sehen kann? Darauf wußte er keine Antwort mehr; ja, er war versucht, darum zu betteln, daß sie blind sei.

Luise beobachtete ihn mit eiskalten Schauern. Er will mich töten, dachte sie. Soweit ist es nun: Er sucht die Stelle aus, von der er mich hinunter in den Baggersee stürzen kann, zehn Meter von der Stelle entfernt, an der wir die glücklichsten Stunden unserer Gemeinsamkeit erlebten.

Die Einsicht, daß es so weit gekommen war, machte sie auf einmal gleichgültig. Sie wunderte sich selbst über sich. Ich bin so geduldig wie ein Schaf, das ins Schlachthaus geht, das Blut riecht, den Kopf hinhält und mit einem Mäh stirbt, dachte sie. Ich wehre mich nicht, ich werde gleich alles tun, was er sagt, ich werde alles erdulden ... mein Gott, wie leer ist es in mir geworden ... man kann in mich hineinrufen, und nur das Echo hallt wider. Ich habe keine Antwort mehr.

»Ernsti!« rief sie, und ihre Stimme war klar. »Wo bist du? Wo sind wir denn?«

»Hier, Luiserl, hier!« Dahlmann steckte die Hände in die Hosentaschen, sie zitterten wie im Fieber. »Ich suche uns einen schönen Platz. Komm zu mir ... komm nur der Stimme nach ... es ist ein glatter Wiesenweg ... komm nur ...«

Luise zögerte nur eine Sekunde, dann ging sie, steif und aufgerichtet, mit dem merkwürdigen, staksigen Gang der Blinden, der Stimme Dahlmanns entgegen.

Fünf Meter vor ihm wußte sie, was er wollte. Plötzlich schoß in ihr die Erkenntnis hoch: Nicht töten will er mich, er will nur prüfen, ob ich sehen kann, ob ich zögere, wenn ich am Rande des Baggerlochs den letzten Schritt mache, den Schritt ins Leere, in den See – oder ob ich stehenbleibe, zurückweiche vor einem Abgrund, den ich unmöglich sehen kann, wenn ich blind bin ...

»Komm, Luiserl, komm«, sagte Dahlmann wieder. »Hier ist ein ganz entzückendes Platzerl. Windgeschützt und schattig. Komm ... komm ...«

So lockt man einen Hund, dachte sie und ging weiter. Oder ein Huhn, bevor man es schlachtet.

Dahlmann trat zur Seite, einen kleinen Schritt aus der Gangrichtung Luises. Sie mußte auf Tuchfühlung an ihm vorbei in den See, wenn sie unbeirrt so weiterging.

»Wo bist du?« fragte sie und sah ihn dabei an. Aber ihr Blick ging durch ihn hindurch.

»Hier ... komm nur ...«

Sie ging langsam weiter, hochaufgerichtet, die Arme auf dem Rücken, den Kopf etwas erhoben ... noch sechs Schritte ... fünf ... vier ... drei ...

Jetzt muß sie zögern, jetzt muß sie langsamer werden, jetzt muß sie stehenbleiben ... Dahlmann spreizte die Finger. Schweiß brach auf dem ganzen Körper aus und durchnäßte in Sekundenschnelle seine Kleidung. Es war ihm, als schwämme er in seinem kalten, klebrigen Schweiß.

Zwei Schritte ... noch einer ...

Der Abgrund ... das Steilufer ... der See ...

Luise war mit dem letzten Schritt an Dahlmann vorbei. Sie schloß die Augen, als sie den Abgrund vor sich sah, das Wasser, in dem sich die Birken spiegelten und eine kleine weiße Wolke, die aussah wie ein hockender Hase.

Gott hilf mir, dachte sie. Gott ... Gott ... Gott ...

Das rechte Bein hob sich ... das staksige Tasten der Blinden schwebte über dem Wasser ... da sprang Dahlmann zu ihr, riß sie an den Schultern zurück, und sein Griff war so hart, seine

Kraft so groß, daß er Luise zurück auf die Wiese schleuderte, drei Meter vom Ufer entfernt. Dort fiel sie hin, drehte sich wie ein Wurm und blieb auf dem Rücken liegen.

»Luiserl!« schrie Dahlmann plötzlich. Etwas brach in ihm auf und zerschlug den Panzer seiner Sicherheit. War es das Grauen, dem er zugesehen hatte, war es die Feigheit, die jetzt überhandnahm – er fiel neben Luise ins Gras, umklammerte sie und küßte sie mit einer wilden Verzweiflung. »Ich liebe dich ...«, stammelte er. »Luiserl, glaub mir ... ich liebe dich ... ich ... ich ...«

Er wußte nicht mehr, was er tat. Wie im Wahn eines Schocks handelte er, fiel über sie her, zwang sie mit roher Gewalt. Er preßte die Hand auf ihren Mund, als sie schreien wollte. Er spürte nicht, daß sie ihn in die Hand biß, er sah nicht, daß ihr Gesicht mit Blut beschmiert war.

Dann saß er im Gras, drückte das Taschentuch gegen die zerbissene Hand und haßte sich selbst. Luise lag neben ihm, die Augen starr gegen den Himmel. Sie hatte sich erbrochen vor Ekel, und er hatte ihr den Kopf gehalten und zärtliche Worte dabei gestammelt. Worte der Entschuldigung und der Rechtfertigung. Sie erreichten sie nicht mehr. In dieser Stunde war alles in ihr gestorben, zerstampft, zerrissen worden, der letzte Rest von Liebe, von dem Gefühl, einmal mit diesem Mann glücklich gewesen zu sein.

Stumm brachen sie kurze Zeit später auf und fuhren nach Hannover zurück. Ebenso schweigsam führte er Luise ins Haus, durch den Hintereingang, ins Bad. Es bedurfte keiner Worte mehr. Für Dahlmann war es sicher, daß sie nicht sehen konnte – für Luise war es von nun an klar, daß es um das nackte Überleben ging.

Mit dem Betreten des Hauses hatte Dahlmann seine alte Sicherheit wiedergewonnen. Er wußte auch schon, was er sagen würde, wenn Luise von der Stunde am See berichten würde, ganz gleich, wem. Er würde es leugnen. Er würde leugnen, jemals am Steinhuder Meer oder sonstwo gewesen zu sein, er würde jede Ausfahrt überhaupt abstreiten, er würde sagen: Ihre Nerven sind zerstört, sie ist wahnsinnig geworden. Fragen Sie Dr. Vierweg, sie hört ja Tag und Nacht Ticken und Klopfen ...

Mit schnellen Schritten verließ er das Schlafzimmer, um Dr. Vierweg anzurufen. Vor der Tür zum Wohnzimmer blieb er wie vor den Kopf geschlagen stehen. Ganz deutlich hörte er es, durch die Tür hindurch, unverkennbar ... tack – tack – tack –

Mit einem wilden Griff riß Dahlmann die Tür auf.

Sein künstlicher Specht stand nicht mehr auf dem Schrank. Er tackte auf dem Tisch. Hinter dem Tisch saß gemütlich rauchend Dr. Kutscher und betrachtete interessiert das Gerät. Er winkte mit der Zigarre, als er Dahlmann sah, und zeigte mit der Aschenspitze auf das Hämmerchen.

»Genial! Einfach genial!« sagte er. »So etwas sieht man im besten Krimi-Film nicht! Sie haben die ergreifende Begabung, ein Satan zu sein. Ich grüße Eure Pestilenz!«

Mit einem wütenden Schwung warf Dahlmann die Tür hinter sich zu.

»Wie kommen Sie hier herein?« Dahlmann ging schnell zum Tisch und stellte das Klopfen ab. »Was wollen Sie noch?«

Dr. Kutscher blies einen Rauchring gegen die Decke. Er sah aus wie ein Kartenspieler, der einen sicheren Trumpf in der Hand hält und nur darauf wartet, ihn auf den Tisch werfen zu können.

»Zu Frage eins«, sagte er gemütlich, »ist zu vermelden: Ihre Hausangestellte ließ sich davon überzeugen, daß ein Rechtsanwalt in eine Wohnung darf. Kein großes Licht, dieses Mädchen. Verwechselt Rechtsanwalt und Staatsanwalt.«

»Infam!« sagte Dahlmann heiser.

»Zu Frage zwei: Ich bin als Anwalt hier.«

»Das verstehe ich nicht.«

»Dieses Nichtverstehen schließt nicht aus, daß es solche Tatsachen gibt. Dr. Ronnefeld hat mich beauftragt, im Namen der gnädigen Frau ihre Mandantschaft zu übernehmen.«

Ernst Dahlmann stützte sich auf die Tischplatte und beugte sich vor. Sein Gesicht war gerötet. »Das ist doch wohl ein Witz! Meine Frau soll Sie gebeten haben ...«

»Über Dr. Ronnefeld.«

»Was hat der senile Arzt damit zu tun?!«

»Anscheinend sehr viel. Er erzählte mir als Verdacht genau das, was ich schon weiß.«

Dahlmann atmete schwer. Er überlegte, was Dr. Ronnefeld wissen konnte. Es konnte nicht viel sein. Selbst das Verhältnis zu Moni entzog sich seiner Kenntnis. Man war in seiner Gegenwart immer besonders zurückhaltend gewesen. Es konnte also nur dummes Gerede sein, was der Arzt wußte. Nachbarngeschwätz, weiter nichts.

»Glaubt meine Frau diesen dummen Klatsch?« fragte Dahlmann laut. Dr. Kutscher hob die Augenbrauen.

»Sie kleiner Amateurteufel sollten sich angewöhnen, wenigstens unter Brüdern ehrlich zu sein! Was wollen Sie mir vormachen, bitte?! Was Ihre Frau glaubt oder weiß, kann ich nicht sagen, weil ich heute meine erste Unterredung mit ihr haben wollte. Es handelt sich übrigens um eine notarielle Beratung.«

»Sie sind doch gar kein Notar.«

»Das schließt doch keine juristische Beratung aus.« Dr. Kutscher tippte gegen den künstlichen Specht; sofort begann er wieder zu klopfen. Tack – tack – tack. Dahlmann stellte ihn sofort wieder ab.

»Es geht doch nicht, daß Sie als mein ehemaliger Rechtsberater jetzt meine Frau vertreten! Das macht kein Anwalt! Ich garantiere Ihnen, daß ich bei Verhandlungen einen Skandal auslösen würde, der Ihren Ruf anknackst!« Dahlmann trug das Klopfgerät zurück auf den Schrank und lauschte zur Tür hin. Ganz entfernt hörte man Wasser rauschen. Luise badete sich. Dr. Kutscher nickte und lächelte breit.

»Das weiß ich.«

»Und warum sitzen Sie noch hier?«

»Aus Neugier.«

»Bitte, verlassen Sie mein Haus!« sagte Dahlmann hart.

»Nein.«

»Sie wissen, daß Sie jetzt ...«

Dr. Kutscher schüttelte abwehrend beide Hände.

»Reden Sie nicht von Hausfriedensbruch. Das weiß ich als Jurist besser.«

»Ich verweise Sie meines Hauses, und Sie ...«

»Da liegt der Irrtum, kleiner Satan! Das Haus gehört nicht Ihnen, sondern Ihrer Frau. Alles hier gehört Ihrer Frau – die Apotheke, das Haus, das Vermögen, die Grundstücke, der Neubau nebenan. Die vollkommene Gütertrennung, die Ihr kluger Schwiegervater durchsetzte, bevor aus Fräulein Horten eine Frau Dahlmann wurde, macht Sie zum Mitbenutzer, mehr nicht.«

»Zu einem Harlekin macht sie mich!« schrie Dahlmann.

»Das ist Ansichtssache. Wie ich sehe, sind Sie dabei, mit Hilfe der Technik diese Situation zu verändern. Daß der Weg mehr als schmutzig ist, habe ich Ihnen schon gesagt.«

»Ich habe Sie nie danach gefragt. Und nun gehen Sie.«

»Erst wenn ich Ihre Frau gesprochen habe.«

»Das werde ich verhindern.«

»Dann müßten Sie schon nach Feuerland auswandern.« Dr. Kutscher schüttelte fast mitleidig den Kopf. »Lieber Beelzebub, warum diese Aufregung? Soll ich Ihnen einmal etwas sagen? Sie haben von Beginn an alles falsch gemacht! Sie haben sich benommen wie ein Säugling, dem man statt vorgesäuerter Milch Kognak ins Fläschchen getan hat. Es fing schon damit an, daß Sie Ihrer charmanten Schwägerin am Rockzipfel hingen und ›Küß mich, bitte, bitte, küß mich‹ wimmerten. Man zieht sich vor der Öffentlichkeit nicht die Hosen herunter.«

»Reden Sie nur weiter«, sagte Dahlmann dumpf. »Bald ist es soweit, daß ich Sie ohrfeige.«

»Die Umgebung ist wachsam! Sie ist hellhöriger, als ein verliebter Gockel glaubt. Man denkt, man hat alles so heimlich wie möglich gemacht, keiner ahnt etwas, und dabei sitzt man wie in einem Schaufenster und macht den Zuschauern lebende Bilder vor. Das ist das eine. Das andere ist Ihre Weigerung, Ihre Frau noch einmal operieren zu lassen. Einem Arzt wie Dr. Ronnefeld muß das auffallen! Und den anderen auch. Dem kommt die Blindheit gut zupasse, heißt es. Frau blind, Schwägerin im Haus und im Bett, keine Geldkontrollen mehr ... und wenn Ihre Frau jetzt auch noch für irr erklärt wird, glauben Sie doch selbst nicht, daß Ihnen das einer abnimmt. Sie haben nicht die russische Begabung, warten zu können. Alle haben das nicht. Daran scheitern die besten Gaunereien! Man will es so schnell wie möglich machen. Merken Sie sich eins, Dahlmann: Eine hundertprozentige Gemeinheit ist wie ein Baum. Man pflanzt sie, muß sie begießen und hegen und pflegen und warten können, bis sie aus sich heraus gewachsen ist – wie ein Baum – trotzend allen Winden und Stürmen.« Dr. Kutscher sah auf seine goldene Armbanduhr. »Für diese Beratung – sechzehn Minuten waren es – sollte ich angesichts der Wichtigkeit mindestens dreihundert Mark liquidieren.«

Dahlmann wurde einer Antwort enthoben. Die Tür öffnete sich, Luise kam herein, mit nassem Haar, in einem roten Bademantel mit gelbem Blütenmuster, in Fellpantoffeln und einem gelben Frottiertuch um den Hals. Sie blieb an der Tür stehen und neigte den Kopf. Sie tat es immer, wenn sie angestrengt lauschte und ihre Umgebung an den Geräuschen erkennen wollte.

»Ist noch jemand da?« fragte sie und lächelte. Dr. Kutscher schnitt der Anblick ins Herz. Er sah Dahlmann an, plötzlich wütend und sogar mit einem Anflug von Ekel und Haß.

»Dr. Kutscher«, sagte er, und seine Stimme klang belegt. Er wunderte sich selbst über diesen fremden Ton. »Sie hatten mich durch Dr. Ronnefeld hergebeten, gnädige Frau.«

»Oh!« Luise raffte den Bademantel über der Brust zusammen, eine rührende Geste von Scham und Mädchenhaftigkeit. »Ich ... ich bin nicht in dem Aufzug, daß ich ... Ernsti?«

»Ja, Luiserl?« Dahlmann biß die Zähne zusammen. Er merkte selbst, daß seine Sprache in Gegenwart Dr. Kutschers mehr als dumm war.

»Warum hast du mich nicht benachrichtigt?«

»Dr. Kutscher ist eben erst gekommen. Ich hatte noch keine Zeit dazu, Liebes.«

»Was soll er jetzt von mir denken?«

»Nur das Beste, gnädige Frau.« Dr. Kutscher sah Dahlmann wütend an. »Ihr Anblick ist für einen Mann immer eine Freude. Leider bin ich nicht als Mann hier, sondern als Rechtsanwalt.«

Luise lachte. Sie bog sich dabei etwas zurück. Ein Teil des nackten Beines wurde unter dem auseinanderklaffenden Bademantel sichtbar. Welch ein Schwein bist du doch, dachte Dr. Kutscher und sah Dahlmann wieder an. Er hatte in seiner Praxis oft Fälle gehabt, die ihm gegen den Strich gingen und die er doch als Anwalt zur Verteidigung übernommen hatte, weil er sich sagte, daß ein Mensch zu allem fähig ist. Der Charakter des Menschen reicht vom Edelsten bis zum Gemeinsten; eben das war die Voraussetzung dazu, ihn zur Krone der Schöpfung werden zu lassen. Hier, bei einem an und für sich doch simplen Fall hingegen versagte das Verständnis. Dr. Kutscher spürte das bei ihm seltene Gefühl der Ritterlichkeit, das ihn zwang, auf die Seite Luises zu treten und mit allem, was er besaß, gegen Dahlmann zu stehen.

Luise setzte sich und raffte den Bademantel um ihre Beine. Sie sah an Dr. Kutscher vorbei ins Leere und zögerte. Ich habe Angst, dachte sie. Es wäre einfach, aufzuspringen und zu sagen: Geh, du Lump! Dr. Kutscher, ich kann sehen, reichen Sie die Scheidung ein ... Aber das bedeutete, daß sie sofort das Haus verlassen mußte, daß Ernst Dahlmann die Möglichkeit hatte, Deutschland zu verlassen, noch ehe man einen Haftbefehl erwirkt hatte. Sie strich sich mit bebenden Händen über das Haar. Haftbefehl? Wofür denn? Wo waren die Beweise? Man kann niemanden verhaften, weil er seine Frau mit deren Schwester betrügt. Man kann niemanden verhaften, bevor man ihm die Unterschlagung nachgewiesen hat. Man kann keinen verhaften, weil er seine Frau irrsinnig machen will – auch das muß man erst beweisen.

Und die Angst kam wieder. Die Angst, daß er sie töten könnte. In den vergangenen Tagen hatte sie gesehen, wie sicher seine Hand war, als er den schweren Leuchter über ihrem Kopf schwang, und das Erlebnis des heutigen Tages am Abgrund der Kiesgrube war ein Beweis, daß er nicht vor dem letzten Schritt zurückschrecken würde, wenn er erkannte, daß sie sehen konnte. Davor mußte sie sich schützen. Sie mußte einen Wall aus Lockung und Hoffnung bauen, um Zeit zu gewinnen, Zeit, die für sie arbeitete, die ihr Material gab, Ernst Dahlmann zu vernichten. Den Mann, den sie einmal so heiß geliebt hatte, wie sie ihn jetzt mit der gleichen Glut haßte.

Sie sah auf Dr. Kutscher und dann auf ihren Mann. Sie trug ihre Sonnenbrille; dunkle Gläser, die den klaren Blick, mit dem sie ihre Umgebung ansah, verdeckten. Auch verstärkten sie den Eindruck der Blindheit. Ein Mensch mit dunkler Brille, der sich durch seine Welt tastet, ist des Mitleids seiner Umgebung sicher. Wir können beginnen, dachte Luise und legte die Hände in den Schoß.

Dahlmann stand bleich vor Erregung am Blumenfenster und zerrupfte einen Palmenzweig, der ins Zimmer ragte.

»Wir wollen es kurz machen, Dr. Kutscher«, sagte Luise mit klarer Stimme. Sie sah dabei ihren Mann an und war erschrokken, wie gefühllos sie ihn betrachten konnte. »Ich habe dir, Ernsti, nicht erzählt, daß ich Dr. Ronnefeld gebeten habe, diese Zusammenkunft zu arrangieren. Sie sollte eine Überraschung sein.«

»Das ist sie wirklich, Luiserl.« Dahlmann bemühte sich um seinen alten, freundlichen und liebevollen Ton.

»Ich bin blind, und ich werde blind bleiben«, sagte Luise und starrte Dahlmann an. »Ich fühle, daß meine Nerven immer mehr nachlassen. Ich höre Geräusche, die nicht vorhanden sind. Ich muß mich zwingen, Dinge nicht zu tun, die Katastrophen auslösen könnten. Wer weiß, wie lange ich dazu noch die Kraft habe, wie lange es dauert, bis ich wirklich irr bin ... Sie sehen, daß ich ganz ruhig darüber sprechen kann. Und ich möchte etwas regeln, solange ich noch im Vollbesitz der geistigen Kräfte bin, wie es im Juristendeutsch so treffend heißt. Ich möchte einen Irrtum revidieren ...«

»Einen Irrtum?« fragte Dr. Kutscher verblüfft.

»Ja. Mein Vater konnte meinen Mann nie leiden. Warum, das weiß ich nicht. Er setzte widersinnige Vermögensverhältnisse durch, bevor wir heiraten konnten. In den Jahren meiner Ehe aber und vor allem jetzt während meiner Krankheit habe ich erkannt, welch ein guter Mensch mein Mann ist! Der beste Mann, den sich eine Frau wünschen kann. Ohne meinen Mann wäre mein Leben jetzt sinnlos. Er allein gibt mir Kraft und Liebe.«

Dr. Kutscher schluckte mehrmals. Er vermied es, Dahlmann anzusehen, aber er ballte die Fäuste, als Dahlmann aus seiner Blumenecke mit bebender Stimme »Luiserl ... mein Liebes ...« sagte. Man sollte dazwischenschreien, dachte er. Man sollte die Wahrheit hinausbrüllen! Sie ist ja nicht nur äußerlich blind, sie ist auch innerlich ohne den Blick für die Wirklichkeit.

»Ich möchte Sie bitten, Dr. Kutscher«, sagte Luise weiter, »mit einem Notar zu besprechen, daß aufgrund meiner Krankheit die letzten Verfügungen meines Vaters gegenstandslos gemacht werden. Ich möchte meinen Mann zum Alleinerben einsetzen. Nicht erst nach meinem Tode, sondern schon zu Lebzeiten.«

Dr. Kutscher hielt den Atem an. Mein Gott, dachte er. O Himmel! Sie diktiert ihr eigenes Todesurteil! Wenn diese Absicht möglich gemacht wird, kann sie sich alle Umwege sparen und sich gleich vor den geöffneten Gashahn setzen. Er wandte sich zurück und sah zur Blumenecke. Ernst Dahlmann stand, eingerahmt von Blüten, im Rot der Abendsonne und lächelte zufrieden. Er schwieg, aber im Vorwölben der Unterlippe erkannte Dr. Kutscher, daß er angestrengt nachdachte und daß sein Lächeln der Ausdruck größter Gefahr war.

»Sie ... Sie handeln sehr impulsiv, gnädige Frau ...«, sagte Dr. Kutscher stockend.

»O nein, ich habe das alles reiflich überlegt. Was meinst dazu, Ernsti?«

»Ich bin sprachlos vor Erschütterung.« Dahlmanns Stimme bebte wirklich. »So darfst du nie sprechen, Luiserl. Es klingt, als hättest du alle Hoffnung auf eine Besserung aufgegeben. Das darfst du nicht. Du mußt immer daran glauben, daß es einmal anders wird, daß du wieder sehen kannst, daß deine Nerven sich beruhigen –«

Jetzt wäre es an der Zeit, ihm eine herunterzuhauen, dachte Dr. Kutscher. Man sollte ihn hochheben und durch das Blumenfenster auf die Straße werfen wie eine eklige Spinne, die man mit dem Besen aus dem Fenster schüttelt.

Luise wandte den Kopf zu Dr. Kutscher.

»Hören Sie, wie lieb er zu mir ist?« Sie lächelte wie in höchstem Glück. »Soll man diese Liebe nicht belohnen?«

Dr. Kutscher schwieg verbissen.

»Wollen Sie mit einem Notar sprechen?«

»Vielleicht sollte man das alles noch einmal durchdenken.«

»Warum? Mein Mann hat bisher im Schatten gestanden. Ich weiß es. Er hat sich nie beschwert, aber ich habe es ihm angesehen. Ich konnte es nie ändern, denn die Bestimmungen meines Vaters sind zu präzisiert. Mein körperlicher und seelischer Zustand aber schafft andere Voraussetzungen, die im Testament nicht vorgesehen waren. Nur möchte auch ich eine Einschränkung machen.«

Ernst Dahlmann hob interessiert die Augenbrauen. Dr. Kutscher ahnte nichts Gutes und legte die Finger aneinander.

»Ja?« sagte er, als Luise zögerte.

»Sollte ich ein Kind bekommen, so erhält dieses drei Viertel des gesamten Hortenbesitzes. Ein Viertel bleibt als Altersrente bei meinem Mann – genug, um seinen Lebensabend zu sichern, ohne daß er einmal von seinem Kind und dessen Launen abhängig sein würde.«

Dr. Kutscher nickte schweigend. Gebe Gott, daß in den kommenden Wochen nicht diese Möglichkeit in Betracht kommt, dachte er. Wie unter einer plötzlichen Explosion schrak er zusammen, als Dahlmann in die Stille hinein sprach. Wie ist es möglich, dachte Dr. Kutscher, daß ich, der Hartgesottene, auf einmal Nerven habe?!

»Ich kann das nicht annehmen. Luiserl ... Ich war immer glücklich mit dir ... ich will nicht, daß du denkst, ich hätte mich jemals unwohl gefühlt.«

»Trotzdem.« Luise hob den Kopf und lauschte. »Ich weiß, es bleibt mir nicht viel Zeit. Da ... da ist es wieder ... das Klopfen ... Tack-tack-tack –«

Dr. Kutscher schnellte aus seinem Sessel hoch. Auch Ernst Dahlmanns Kopf zuckte nach vorn, wie bei einem Geier, der auf seine Beute stößt. Beide sahen gleichzeitig auf den Bücherschrank: Das Gerät stand still.

»Was ... was hören Sie, gnädige Frau?« fragte Dr. Kutscher heiser vor Erregung.

»Klopfen, Ticken, Knacken ... rhythmisch, immer wieder, eintönig, alle zwei Sekunden ... Wie Hammerschläge ... Es dröhnt und dröhnt und dröhnt ...«

»Aber es ist nichts, gar nichts zu hören!« rief Dr. Kutscher fast verzweifelt.

»Ich weiß es. Nur in meinem Kopf ist es.« Luise hielt sich die Ohren zu und neigte den Kopf nach vom. »Bitte, sprechen Sie mit einem Notar ... bitte schnell ...«

Erschüttert verließ Dr. Kutscher das Zimmer. Dahlmann folgte ihm. Luise sah durch die vor die Augen gespreizten Finger, wie er beschwingt, fast fröhlich dem Anwalt folgte. Dann sprang sie auf und legte das Ohr an die Tür. Sie öffnete sie einen Spalt, um besser zu hören, was in der Diele gesprochen wurde. Woher nehme ich bloß die Kraft, diese Rolle zu spielen, dachte sie dabei. Und was wird er tun? Wird er in diese Falle hineingehen? Warum tue ich es bloß? Warum sage ich nicht: Ich kann sehen! Ich habe alles gesehen! Hinaus, du Lump!

Ist mein Haß so groß, daß ich mich selbst darin verzehre? Sie hielt den Atem an. Dahlmann sprach.

»Was wollen Sie tun, Doktor?«

Dr. Kutscher räusperte sich. »Nichts.«

»Das wird auffallen.«

»Genau das will ich! Meine Schweigepflicht hindert mich, Ihrer Frau die Wahrheit zu sagen, da ich sie von Ihnen weiß, als Sie noch mein Klient waren. Aber mich kann keiner hindern, nichts zu tun.«

»Es gibt noch mehr Anwälte in Hannover.«

»Gewiß. Im übrigen können Sie Ihre Apparatur abbauen. Wie es scheint, ist der Schock bereits erfolgt. Man sollte Sie zusammenschlagen!«

»Ihre Tiraden sind lächerlich, Herr Doktor. Leben Sie wohl.«

»Nicht ganz.« Dr. Kutscher sah Dahlmann mit einer Verachtung an, die einem Schlag gleichkam. »Wenn Ihrer Frau in der nächsten Zeit etwas passiert – sagen wir mal, ein Unglücksfall –, können Sie gewiß sein, daß ich Anzeige wegen Mordes einreiche.«

»Danke.« Dahlmann lachte hart. »Glauben Sie, ich bin solch ein Idiot, daß ich nach der Überschreibung des Vermögens noch etwas unternehme?«

»Denken Sie an den Zusatzparagraphen ... das Kind.«

»Das schreckt mich nicht.«

»Es wird auffallen, wenn Sie plötzlich nicht mehr den liebenden Ehemann spielen.«

»Ich bin Apotheker, Doktor.« Luise hörte Dahlmann wieder lachen. »Luise wird gegen ihre Nerven und die Geräusche Beruhigungsmedikamente nehmen müssen. Tabletten, Pillen, was weiß ich. Und jeden Tag wird sie mit diesen Tabletten auch eine Anti-Baby-Pille schlucken. Sie sehen, es ist völlig gefahrlos, den ehelichen Pflichten nachzukommen und doch nie an die Möglichkeit denken zu müssen, einmal nur ein Viertel des Vermögens aufbrauchen zu können.«

»Ich habe Sie verkannt.« Die Stimme Dr. Kutschers war voller Abscheu. »Sie sind kein Amateursatan, Sie sind ein ausgewachsener Pechkocher.«

Die Tür klappte. Luise huschte zu ihrem Sessel zurück und legte den Kopf wieder in beide Hände. Sie zuckte zusammen, als Dahlmann sich von hinten über sie beugte und mit den Händen am Hals entlang in den Bademantel tastete. Mit einer ruckartigen Bewegung machte sie sich frei.

»Laß das!« sagte sie hart. »Rühr mich nicht mehr an! Du hast dich benommen wie ein Tier.«

»Und trotzdem hast du mich so reich beschenkt.«

»Ich will, daß das Erbe meines Vaters erhalten bleibt: die Apotheke.«

»Liebst du mich nicht mehr, Luiserl?«

»Nein.«

»Aber ...«

»Warum hast du das getan, heute nachmittag?«

»Ich hatte so einen Schreck bekommen. Plötzlich sah ich, daß du auf einen großen Stein losgingst, und ich hatte keine

Zeit mehr, dich zu warnen. Da habe ich dich weggestoßen. Wenn du über den Stein gefallen wärst ... du hättest dir etwas brechen können.«

Wie glatt er lügt, wie gemein, wie virtuos, dachte sie. Und wieder ertappte sie sich bei dem Gedanken, was er wohl tun würde, wenn sie jetzt sagte: Du Lügner! Ich kann sehen!

Sie beobachtete Dahlmann. Er ging zum Barschrank und goß sich einen Kognak ein. Bevor er ihn trank, hob er das Glas hoch gegen die blutrote Sonne, die durch das Blumenfenster quoll und den Tag in sterbenden Purpur hüllte. Es war, als proste er sich selber zu.

Ich werde es ihm nie sagen können, nicht so, dachte Luise. Sie empfand plötzlich Angst. Angst vor Dahlmann, dem sie jetzt zutraute, daß er im gleichen Augenblick, wo er die Wahrheit wußte, zufassen und sie töten würde. Auf den Triumph, ihm alles ins Gesicht schleudern zu können, mußte sie verzichten. Aus sicherer Entfernung, im Schutze eines ihm unbekannten Ortes, mußte sie die Maske fallen lassen. Am Ende ihres Spieles, das mit dem Ende Ernst Dahlmanns zusammenfallen würde. Sie war gewillt, es bald zu tun; sie hatte nicht mehr die Kraft, das Blindsein noch lange zu spielen.

»Und nachher?« fragte sie. »Warum hast du ... das ... nachher getan?«

»Ich war so glücklich, daß dir nichts geschehen war, und ich liebte dich in diesem Augenblick so sehr ...« Dahlmann sagte es zwischen zwei Kognakschlucken. Für eine Blinde klang es ehrlich, für die Sehende war es ein Schlag, denn Dahlmanns Gesicht war gleichgültig, als er es sagte, ja es schien, als sei ihm die Erinnerung daran unangenehm und peinlich.

»Ich bin müde«, sagte Luise, »ich leg' mich hin.«

Tastend verließ sie das Zimmer. In der Diele hörte sie das Anschlagen des Telefonweckers. Dahlmann hatte den Hörer abgenommen und rief jemanden an. War es Monika? Wußte er schon, wo Monika sich versteckt hielt?

Sie schlich zurück zur Tür. Dahlmann sprach nach unten zur Apotheke und ließ sich von dem Provisor berichten. »Ja, ich komme gleich runter«, sagte er. »Bereiten Sie sich seelisch darauf vor, daß Sie drei Tage den Laden allein machen. Ich muß dringend verreisen.«

Verreisen? Luise schlich zurück ins Schlafzimmer. Wohin will er fahren ...?

*

Der Gasthof ›Grüner Krug‹ war außerhalb Soltaus am Rande der Einsamkeit eine der großen Heidekaten, die man zu einem Hotel umgebaut hatte, ohne dem Modernen andere Konzessionen zu machen als elektrisches Licht, fließendes Wasser und die Einrichtung von Badezimmern. Er hatte keinen Stern in den Reiseführern und wurde in Handbüchern des Fremdenverkehrs nur kurz erwähnt. Wer hier wohnte, fühlte sich zurückversetzt in die Zeit, in der man mit den Heidschnukken unter einem Dach hauste und beim Schein der Öllampe zwei oder drei Gläschen Schnaps trank, um die Nacht gut durchzuschlafen. Vor allem die Künstler besuchten den ›Grünen Krug‹; hier waren sie fast unter sich, lebten unbeschwert von Zivilisationsheuchelei und hatten die nötige Ruhe, sich ihren Werken zu widmen. Von der Kunstakademie her kannte auch Monika Horten dieses Gasthaus bei Soltau, und so war es kein Zufall, daß sie bei ihrer Flucht aus dem Bannkreis Ernst Dahlmanns gerade hier ein Versteck suchte.

Schon am ersten Tag lernte sie einen großen, jungen, blonden Mann kennen, der in einem winzigen Zimmer unter dem Dach wohnte und nach dem Mittag- und Abendessen jeweils in der Küche half, das Geschirr zu spülen und abzutrocknen.

»Ich heiße Julius Salzer«, stellte er sich Monika vor, mit einer artigen Verbeugung und der Schlaksigkeit des Unbeholfenen. »Sie können auch Jules Salaire zu mir sagen, das ist mein Schriftstellername – nur kennt den noch keiner! Was nicht heißen soll, daß er nicht einmal in großen Lettern auf dicken Wälzern in den Schaufenstern der Buchhandlungen glänzen könnte. Nur hat sich eben noch kein Verleger gefunden, der a) einen jungen Unbekannten drucken will und b) den Mut hat, im Zeitalter des Abnormen ein Buch mit Romantik herauszugeben. Warten wir also ab, ich habe Zeit. Es wird sich herausstellen, ob ich hundert Jahre zu spät oder hundert Jahre zu früh geboren wurde.«

Monika lachte, obwohl ihr die Kehle zugeschnürt war. Die Angst hatte sie besinnungslos gemacht, und als sie wieder klar denken konnte, gab es nur eins für sie: Weg aus dem Hause Dahlmann, weg aus Hannover, weg aus dem Leben zweier Menschen, zu denen sie nicht mehr gehören durfte. Die schreckliche Erkenntnis, daß Luise sehen konnte, hatte sie in seelische Panik versetzt. Jetzt erst, in dem kleinen Zimmer der Heidekate, wurde ihr bewußt, daß sie keine Schwester mehr hatte, kein Elternhaus, keine Heimat. Es waren Konsequenzen, die sie sich nie überlegt hatte, als sie dem Werben und Drängen Dahlmanns nachgab und sich bedingungslos einer Liebe auslieferte, die sie fälschlich für ein Elementarereignis hielt – für so groß, mächtig und unbezwingbar, daß sie wie eine Sturmflut alle Hindernisse überrollte und auch das Verhalten gegenüber Luise rechtfertigte. Eine solche Liebe wie unsere, hatte sie einmal zu Dahlmann gesagt, kann man einfach nicht begreifen, nicht mit den üblichen Maßstäben messen. Sie ist keine Sünde, denn in uns werden Urkräfte wach, die noch niemand zu bändigen vermochte. Wie kann man schuldig sein, wenn man selbst das Opfer ist?!

Das alles war in der Nacht zusammengebrochen, als sie erkannte: Luise konnte sehen. Ihr blieb nur die Flucht; sie war Frau genug zu wissen, was sie von ihrer Schwester erwarten würde, wenn sie in Hannover bliebe.

Dann kam der Anruf des Werbeleiters. Ernst Dahlmann wußte also ihre Adresse. Und das neue Zittern begann, die Überlegung weiterzuflüchten – aber auch die hilflose Frage: Wohin denn? Die Welt ist zwar groß, aber sie ist nicht groß genug, daß nicht auch ein Dahlmann an jeden Ort kommen könnte.

In dieser Verzweiflung tat sie einen Schritt nach vorn: Sie schloß sich dem blonden Julius Salzer an, dem unerkannten Poeten, der sein Zimmerchen unter dem Dach und seine Verpflegung mit Küchendienst und Hausarbeiten im ›Grünen Krug‹ abarbeitete.

Schon am ersten Abend ließ sie sich aus seinem Roman ›Rauhreif über Ursula‹ vorlesen, einem merkwürdigen Poem über ein Mädchen, das in kalter Nacht so lange auf den nicht kommenden Geliebten wartet, bis es mit Rauhreif überzogen zu Eis erstarrt, Denkmal einer unsterblichen Liebe.

Monika Horten saß vor dem jungen Dichter, die Hände gefaltet und dachte an nichts. Alles in ihr war leer. Sie hörte Worte und verstand sie nicht; es waren nur Klänge, hoch oder niedrig, laut oder leise, kurz oder lang, ein elektronisches Summen fast. Als es aufhörte, sah sie auf und lächelte Julius Salzer an.

»Schön«, sagte sie mit einem schwachen Lächeln.

»Blödsinn ist das!« Julius Salzer klappte das Schulheft, in das er seinen Roman geschrieben hatte, zu.

»Aber warum denn?«

»Weil das keiner drucken und keiner lesen wird. Anders wär's, wenn meine Ursula fünfzehn wäre und einen Greis von neunzig liebte.«

»Pfui!«

»Sie lesen zu wenig moderne und mit Preisen ausgezeichnete Literatur, mein Fräulein!« Julius Salzer warf seinen Roman in die Ecke. »Sie haben heute als Autor nur noch eine Chance, international und vor allem national gefördert zu werden, wenn Sie wenigstens einen Perversen in Ihrem Buch auftreten lassen. Kein Literaturpreis ohne Perversität – das sollte das erste Gebot für junge Schriftsteller werden. Das erspart ihnen nachher viele Enttäuschungen. Leider bin ich dazu zu altmodisch.«

»Wenn Sie so weiterreden, ist das unser erstes und letztes Gespräch, Herr Salzer.« Monika Horten sah wieder vor sich hin. Wie harmlos ist dies alles gegen das, was hinter mir liegt, dachte sie. Jetzt sieht er mich an, der große, blonde Junge und denkt, ich sei ein schüchternes, sanftes, unberührtes, reines Mädchen. Wie abscheulich, wie verlogen dieses verdammte Leben sein kann.

»Verzeihen Sie.« Julius Salzer schlang die Arme um die angezogenen Knie und sah hinaus auf die nachtschwarze Heide. Wie Soldaten mit Rucksäcken standen die Holunderbüsche gegen den fahlen Himmel. »Haben Sie sich auch manchmal die dumme Frage gestellt: Warum lebt man eigentlich?«

»Ja.«

»Und die Antwort?«

»Ich habe nie eine darauf gewußt.«

»Waren Sie noch nie verliebt?«

»Warum?«

»Man sagt, wenn man liebt, weiß man, wozu man lebt.«

»Das ist ein Irrtum.«

»Wie können Sie das sagen, wo Sie nie richtig geliebt haben?«

»Und Sie? Haben Sie schon geliebt?«

»Nein. Aber ich möchte es erleben.«

»Was hindert Sie daran?«

»Der Partner!«

»Wieso?«

»Ich habe noch keinen gefunden. Vielleicht ist das eines der Geheimnisse, warum meine Romane so erbärmlich schlecht und lebensfern sind. Es fehlt der Motor, das Erlebnis, die Glut des Augenblicks, die Wärme eines Leibes, die Hingabe, die Himmel aufreißt ... weiß der Teufel, was alles in der Liebe verborgen ist.«

»Der fade Geschmack des Sinnlosen«, sagte Monika leise. Julius Salzer schüttelte den Kopf. Er starrte noch immer hinaus in die nächtliche Heide und sah nicht die Leere in Monikas Augen.

»Das klingt zu sehr nach Sartre, mein Fräulein. Liebe muß etwas Vulkanisches sein, etwas, das den Urkern des Menschlichen nach oben schleudert, das Welten zerbersten läßt und neue Welten schafft. Liebe muß unbeschreiblich sein, mit menschlichen Worten nicht erfaßbar, denn selbst Gott kannte dafür nur ein einziges Wort: Liebe!«

»Sie sind wirklich ein heilloser Romantiker.«

»Vielleicht wäre ich ein Moderner, wenn ich wüßte, was Liebe ist. Nur könnte ich mir niemals vorstellen, daß Liebe nichts weiter sein soll als eine Ausschüttung überzähliger Hormone.«

»Oft ist es so.«

»Heihei, hier spricht die Erfahrung!« Julius Salzer lachte und wandte sich Monika zu. Er wollte weiter ironisieren, aber da sah er ihre Augen und die Qual, die aus ihnen schrie. Er beugte sich vor.

»Was haben Sie? Ist es so schrecklich, mir Spinner zuzuhören? Ich stehe sofort auf und gehe, wenn Sie ja sagen, und ich nehme es Ihnen nicht übel. Ich weiß, daß ich besser Teller spüle als Sätze schreibe. Man sagt heute nicht mehr: ›Der Wind spielte in den Blättern wie auf den Saiten einer Harfe ...‹, sondern ganz klar und verständlich: ›Der Wind furzte in den Zweigen ...‹. Das ist Kunst, das ist plastisch gedacht, dafür bekommt man Preise und kann sich ein Haus im Tessin kaufen.« Er stand auf und reckte sich. »Gute Nacht, mein Fräulein. Vergessen Sie diese alberne Unterhaltung mit einem noch albernen

Jüngchen. Ich setze mich jetzt unter meine Dachschräge, nehme ein Blatt Papier, einen Kugelschreiber und werde schreiben: ›Die Wolken gleiten schienenlos dahin / und auf der Erde kriecht ein gelber Wurm / woran erkennt man einen höh'ren Sinn / wenn beide wegweht Regen, Schnee und Sturm?‹ Glauben Sie, daß das einer liest.«

»Nein.«

»Und warum nicht?«

»Weil es am Leben vorbeigeht.« Monika sah zu dem großen Jungen auf. Vergessen will ich, dachte sie. Vergessen, was gestern war und vorgestern und ein Jahr lang. Kann es ein Vergessen geben? »Sie sind so groß«, sagte sie. »Sie sollten etwas näher zur Erde kommen. Mit dem Kopf in den Wolken sieht man das Leben nicht.«

Sie winkte, Julius Salzer beugte sich nach vorn. Da ergriff sie seinen Kopf, zog ihn zu sich und küßte ihn. Sie spürte sein Zögern, sein Verwundern, seine innere Abwehr ... sie krallte die Hände in seinen Nacken, öffnete die Lippen und biß ihn. Es war kein Triumph in ihr, als sie spürte, wie sein Widerstand unter diesem Biß zusammenbrach; er umschlang sie und riß sie zu sich empor, und sein Kuß war hart und schmerzhaft.

Vergessen, dachte sie nur. Laß mich vergessen ... alles, alles ... Loslösen von der Vergangenheit, Gemeinheit durch Gemeinheit verjagen, Lüge durch neue Lüge ... o mein Gott, wohin sind wir gekommen ...

Für Julius Salzer stürzte der Himmel auf die Erde. Es war ihm, als erwache er in einer anderen Welt. In einer Welt der Wirklichkeit, in einer menschlichen Welt.

Zwei Tage später kam Ernst Dahlmann nach Soltau.

*

Luise war es völlig klar, wohin ihr Mann verreiste. Seinem Vortrag, er müsse zu einer Apothekertagung nach Köln, wo man neue Arzneimittel besprach und Erfahrungen über bekannte Präparate austauschte, glaubte sie kein Wort. Aber sie verhinderte auch die Fahrt nicht oder heftete sich nicht an seine Fersen. Sie wartete, bis Dahlmann mit seinem Wagen abgefahren war, bestellte ein Taxi und fuhr mit Fräulein Pleschke zum Flughafen.

Drei Tage, das hatte er gesagt, würde er wegbleiben. Es war Zeit genug, um sich die Gewißheit zu holen, daß die Operation an ihren Augen wirklich und endgültig Erfolg gehabt hatte.

Das Glück, das sie durch ihren plötzlichen Entschluß herausforderte, spielte mit. Sie bekamen noch zwei Plätze nach Frankfurt und erfuhren telefonisch, daß es auch für den Flug nach Mailand in einer Mittagsmaschine noch Plätze gab.

Am Nachmittag waren sie in Bologna und fuhren sofort hinaus zu der Clinica St. Anna, dem weißen Schloß hinter den düsteren Mauern.

Professor Siri machte gerade eine seiner gefürchteten Visiten. Dr. Saviano, den sie ins Besuchszimmer rufen ließen, war erfreut und kam mit ausgestreckten Händen auf sie zu.

»Signora!« rief er mit südländischem Temperament. »Daß wir uns so bald wiedersehen! Wie geht es denn?!«

Luise drehte den Kopf zu Fräulein Pleschke. »Wer ist denn da gekommen?«

»Ein Arzt, glaube ich.« Fräulein Pleschke nickte Dr. Saviano zu. »Sie sind doch Arzt, nicht wahr? Ich glaube, ich kenne Sie.«

Dr. Saviano starrte Luise an. Sie blinzelte ihm zu, der Arzt hob die Augenbrauen. Er beugte sich zu Luise und zog sie am Arm hoch.

»Bitte kommen Sie mit ins Untersuchungszimmer. Ich führe Sie.«

Fräulein Pleschke blieb zurück und blätterte in den bunten italienischen Illustrierten.

»Spielen Sie noch immer die Blinde, Signora?!« sagte Dr. Saviano, als sie allein waren. »Das ist doch wohl übertrieben! Ich weiß, ich weiß, es ist Ihre Privatsache, aber der Herr Professor ist wütend, daß Sie es ihm untersagt haben, die Operation in der Fachpresse zu publizieren.«

»Es wird nicht mehr lange dauern.«

»Und warum sind Sie jetzt gekommen?«

»Ich muß wissen, ob ich auch in Zukunft sehen kann oder ob sich die eingepflanzten Hornhäute wieder trüben könnten.«

»Das vermag man erst in einigen Monaten zu sagen.«

»Ich könnte also wieder blind werden?«

»Möglich ist alles. Des Menschen Freund und Feind ist sein eigener Körper.« Dr. Saviano lauschte. Viele Schritte knirschten über den Flur. »Der Chef kommt.«

Professor Siri erkannte Luise Dahlmann sofort wieder und senkte den Kopf wie ein angreifender Stier. Seine weißen Haare standen an den Schläfen ab. Er hatte sich geärgert. Auf Station IV hatte der Gutsverwalter Pietro Stragazzi bei einem Ausgang in einer Taverne sein Glasauge gegen zwei Liter Wein verwettet und hatte verloren. Nun saß er mit leerer Augenhöhle herum und verlangte ein neues Auge. Am schlimmsten war, daß er nicht wußte, wer der Augengewinner war. Professor Siri hatte geschrieen und sich die Haare gerauft. »Lieber drei Bettnässer als nächtliche Wärmflasche als euch eine Stunde in Behandlung!« hatte er gebrüllt. »Du bekommst kein neues Auge. Geh nach Bologna und sieh zu, daß du wieder eins gewinnst!«

Nun stand er vor Luise Dahlmann und steckte die Hände in die Taschen des wie immer viel zu kurzen Kittels. Dr. Saviano drängte die Assistenzärzte und Schwestern aus dem Zimmer und schloß die Tür.

»Aha!« sagte Professor Siri und schnaufte durch die Nase. »Unser Doppelauge! Ich schenke Ihnen die Sonne wieder, und was tun Sie? Sie treten einem alten Mann ins Gesäß! Und dabei wäre gerade Ihr Fall ein Kleinod zur Veröffentlichung.«

»Sie werden es in wenigen Wochen publizieren können.«

»Wirklich?« Professor Siri zeigte auf einen Stuhl. »Setzen.«

Gehorsam setzte sich Luise. Siri beugte sich über sie und spreizte mit den Fingern ihre Augenlider.

»Bewegen Sie die Augen hin und her, zur Seite, nach oben ... danke.« Er trat zurück und strich sich die weißen Haare glatt. »Alles in Ordnung, Signora. Die Sonne bleibt bei Ihnen.«

»Ganz sicher?«

»Nach menschlichem Ermessen, ganz sicher.«

»Ich danke Ihnen, Herr Professor.« Luise hielt ihm die Hand hin. Professor Siri hob die Augenbrauen. Sie kannte das und schüttelte den Kopf. »Nein, nein, ich will keine Hymnen singen, Herr Professor. Ich will Ihnen nur sagen, daß Sie mir mehr gerettet haben als das Augenlicht.«

»Mehr?«

»Ja. Die Lebenserkenntnis. Ich war blind, als ich noch sehen konnte; und ich lernte sehen, als ich blind war. Das klingt absurd, nicht wahr?«

Professor Siri schüttelte den Kopf. »Das höre ich so oft, nicht wahr, Saviano? Ein paarmal sind sie zurückgekommen und haben mich angeschrieen: Warum haben Sie mich sehend gemacht, Professore? Vorher war das Leben so einfach und so klar, jetzt ist es schrecklich kompliziert und schwer! Jetzt sehe ich Dinge, die man mir verheimlicht hat. Und einmal, Signora, hat einer Selbstmord begangen ... ich glaube, das habe ich Ihnen damals schon erzählt ...«

»Ja. Aber das werden Sie bei mir nie erleben. Ich sehe mein Leben nur anders, klarer, nüchterner. Ob es schöner ist? Ich glaube nicht. Mit dem Ende der ewigen Nacht ist auch die Illusion verweht. Das Leben hat einen gewissen Zauber verloren. Auch ein Selbstbetrug hat seine schönen Seiten, einen seltsamen Zauber. Trotzdem danke ich Ihnen. Sie haben nicht nur zwei Augen sehend gemacht, sondern aus mir einen anderen, einen neuen Menschen ...«

Die Nacht über blieben sie in Bologna in einem kleinen Hotel. Am Morgen fuhren sie nach Mailand und flogen von dort zurück nach Frankfurt und weiter nach Hannover. Der Provisor berichtete, daß Herr Dahlmann gestern dreimal angerufen habe.

»Woher?« fragte Luise. Sie war völlig ruhig.

»Aus Köln.«

»Und was haben Sie gesagt?«

»Was sollte ich sagen? Ich habe gesagt, daß Sie mit Fräulein Pleschke fortgefahren seien, wohin, das wüßte keiner.«

»Danke.«

Ein wenig verwirrt ging der Provisor hinaus. Eine halbe Stunde später rief Dahlmann wieder an.

»Luiserl!« rief er. »Endlich! Wo warst du? Ich habe mir solche Sorgen gemacht! Ich habe nachts um zwölf Uhr zuletzt angerufen! Wo warst du denn?«

»Im Theater. Ich habe mir La Traviata angehört. Und anschließend waren wir noch ein Glas Wein trinken. Deinen mitternächtlichen Anruf habe ich sicherlich verschlafen. Wo bist du denn jetzt?«

»In Köln. Eine hochinteressante Tagung.«

»Das glaube ich.« In Luises Stimme war keinerlei Spott. »Wo wohnst du? Kann ich dich zurückrufen?«

»Leider nicht. Ich wohne privat. Hotels alle belegt. Hier ist auch noch Messe. Ich habe mit Not und Mühe über den Zimmernachweis ein Bett bekommen.«

Sie sprachen noch einige belanglose Sätze, dann war das Gespräch beendet. Luise sah sinnend das Telefon an, als Dahlmann längst aufgelegt hatte.

Wo mag er jetzt sein, dachte sie. Wo ist Monika? Stand sie neben ihm, als er anrief? Warum rief er überhaupt an? Hatte er Angst, ich könnte ihm nachgefahren sein?

Wenn es einen Anhaltspunkt dafür gab, wo Monika sich verborgen halten könnte, mußte er im Atelier zu finden sein.

»Gehen Sie nach Hause, Erna«, sagte sie zu Fräulein Pleschke. »Der Nachmittag gehört Ihnen. Morgen mittag fahren wir wieder hinaus nach Herrenhausen, die gleiche Zeit wie immer – damit Ihr Herr Student Bescheid weiß.«

Fräulein Pleschke wurde wieder rot, bedankte sich und ging.

Luise wartete ein paar Minuten, dann ging sie hinauf in das Atelier Monikas. Es roch nach Farbe und Leim, Parfüm und verbrauchter Luft. Wäsche und Kleidungsstücke lagen auf dem Boden verstreut. Monika hatte in größter Eile einen Koffer mit dem Nötigsten gepackt und war davongelaufen.

Systematisch durchsuchte Luise das Zimmer. Sie fing bei der Wäschekommode an. Frauen haben die Eigenart, Geheimnisse zwischen ihrer Wäsche zu verbergen.

*

Der erste, den Ernst Dahlmann im ›Grünen Krug‹ sah, war Julius Salzer. Er kam aus der Küche, eine Schürze umgebunden, und schleppte einen Kübel Spülwasser durch den Flur. Der Ausguß, der zur Jauchegrube führte, war verstopft. Man hatte es heute morgen gemerkt und wartete nun auf den Installateur.

»Aha!« sagte Julius Salzer und stellte den Kübel ab. »Da sind Sie ja schon! So schnell im Wirtschaftswunderland? Sie sehen nicht aus, als wenn Sie's nötig hätten, sich um Arbeit zu schlagen. Gehen Sie mal durch in die Küche und dann linke Tür raus. Da kommen Sie gleich zur Dünnjauche.«

»Wie bitte?« fragte Dahlmann konsterniert zurück. »Wer sind denn Sie?«

»Jules Salaire, Dichter der ›Himmelblauen Elegien‹. Aber nun an die Arbeit, Meister. Am Abend muß das Rohr frei sein, denn sonst muß ich vier Kübel rausschleppen.«

»Sie verwechseln mich sicherlich, Herr – wie war der Name?«

»Salaire! Schlagen Sie jedes Literaturlexikon auf. Wenn Sie da unter S meinen Namen finden, bekommen Sie einen Kuß von mir.«

Ernst Dahlmann trat einen Schritt zurück. Man muß zwischen Irren und Normalen immer einen gewissen Abstand halten, mindestens in Armlänge. Er sah sich um und dann wieder auf Julius Salzer.

»Das hier ist doch das Gasthaus ›Grüner Krug‹?«

»Aber ja! Und das Abflußrohr fließt rückwärts. Nun machen Sie bitte, Meister! Sie sehen, ich bin ein Leptosom und nicht geeignet, Wasserkübel zu schleppen.«

»Wohnt hier ein Fräulein Horten?« fragte Dahlmann.

»Ja.« Salzer wurde aufmerksam. »Wieso? Was hat das mit der verstopften Leitung zu tun?«

»Sie verwechseln mich wirklich.« Dahlmann musterte Salzer fast aufdringlich. Ein unfertiger Mensch, dachte er geringschätzig. Verbirgt Dummheit hinter Burschikosität. In die Länge gewalzter Halbstarker, weiter nichts. »Ich bin kein Leitungsreiniger, ich bin ein neuer Gast des Gasthofes. Wo ist die Wirtin und wo ist Fräulein Horten?«

»Die Wirtin melkt gerade. Zwei Ecken rechts genommen, um den Misthaufen herum und durch eine der Türen hinein, aus denen es Muh macht.«

»Sie kommen sich wohl reichlich witzig vor, was?« sagte Dahlmann grob. »Lassen Sie diese Blödeleien!«

»Fräulein Horten dagegen finden Sie bei mir.«

»Bei Ihnen?« Dahlmann spürte ein Flimmern in den Gliedern.

»Ja, unterm Dach. Kämmerlein klein, aber Glück ist mein! Stammt auch von mir. Bei nötiger Protektion kann man davon hunderttausend gemalte Holztafeln verkaufen. Das Stück zu zweifünfzig.« Julius Salzer wurde plötzlich ernst. »Was wollen Sie von Monika?«

»Wieso nennen Sie Monika einfach Monika?« schrie Dahlmann. Es war ihm, als spränge seine Hirnschale auseinander, so stark war der Blutdruck in seinem Gehirn.

»Weil Monika einfach meine Monika ist!« schrie Salzer zurück. »Ich weiß nicht, daß Sie schwerhörig sind, mein Herr. Aber ich habe eine gute Lunge.«

Ernst Dahlmann lehnte sich an die Wand. Schweiß brach ihm aus, das Herz schlug bis zur Kehle, und er hatte das Gefühl, er müsse dauernd schlucken, weil es ihm sonst auf die Zunge sprang.

»Ihre Monika?« wiederholte er tonlos.

»Ja, wenn's erlaubt ist. Was wollen Sie von ihr? Sind Sie Werbemanager? Bringen Sie einen Auftrag? Dann hinauf. Bis dahin, wo die Treppe aufhört. Da ist eine Tür, die Hühner erschrecken kann – aber keine Angst, dahinter wohnen die Musen! Ist es nicht ein wenig umständlich, einen fast Tauben zum Werbeleiter zu machen?«

Dahlmann antwortete nicht. Wütend stieg er die Treppe hinauf. Salzer sah ihm nach und schüttelte den Kopf. Eine harmlose Welt ist das, dachte er. Dabei ist es so einfach, Freude zu haben. So kinderleicht, glücklich zu sein. Man braucht dazu nur ein Mädel wie Monika, dann blühten in der Wüste Orchideen und am Nordpol weiße Kamelien ...

Ohne anzuklopfen trat Dahlmann in das winzige Zimmer. Monika saß auf einer Art Bett und zeichnete. Sie drehte sich nicht um, sondern winkte über die Schulter, näher zu kommen.

»Sieh mal, was ich da entworfen habe, Jules«, sagte sie. Ihre Stimme klang kindlich glücklich. Dahlmann kannte diesen Ton, jetzt schnitt er ihm ins Herz. »Eine Titelseite zu deinem Buch, ein Schutzumschlag. Freust du dich?«

»Nein«, sagte Dahlmann heiser.

Mit einem Schrei fuhr Monika herum. Der Zeichenblock fiel auf den rohen Dielenboden.

»Du?«

»Ja, ich!«

»Was willst du hier?«

»Ich frage zurück: Was tust du hier?«

»Das geht dich nichts an.«

»Ich glaube doch!« Dahlmann trat näher. Monika streckte die Arme aus, ihre Finger spreizten sich.

»Komm nicht näher!« sagte sie leise. »Keinen Schritt mehr ... Ich schreie ... ich sage dir ... ich schreie.«

»Etwa nach diesem jungen Affen da unten? Nach Jules? Kämmerlein klein, aber Glück ist mein ... Das ist doch idiotisch! Du weißt, wohin du gehörst, und über das blonde Schaf da unten unterhalten wir uns noch.«

Er trat noch einen Schritt vor und ergriff ihre abwehrgespreizten Hände.

Da schrie sie, laut, gellend, um sich schlagend, eine kleine, blonde, wilde Furie.

»Jules! Jules! Hilfe! Hilfe!«

Julius Salzer kippte vor der Tür seinen Kübel mit Spülwasser einfach in den Hof und warf sich herum. Mit riesigen Sätzen schnellte er die Treppe empor und riß die Tür zu seiner Kammer auf.

Er kam dazu, als Dahlmann mit der einen Hand Monika festhielt und sie mit der anderen ins Gesicht schlug, immer und immer wieder.

Mit beiden Händen griff er zu.

Ehe Dahlmann wußte, warum der verzweifelte Widerstand Monikas plötzlich nachließ und was sich hinter seinem Rücken tat, flog er durch die Luft und landete ziemlich schmerzhaft in der Ecke der kleinen Kammer. Ein morscher Stuhl, der dort als Ablage diente, krachte unter ihm zusammen.

Einen Augenblick lag Dahlmann benommen auf dem Dielenboden; er wischte sich über das Gesicht und versuchte dann, sich aufzurichten. Eine starke Hand drückte ihn in die Stuhltrümmer zurück.

»Liegenbleiben!« sagte Julius Salzer. Seine Stimme hatte den sanft-spöttischen Klang verloren. »Wenn Sie Saukerl aufstehen, segeln Sie durchs Fenster, verstanden?« Dahlmann lehnte sich an die Wand. Er kam sich elend und wie ausgezogen vor. Monika stand am Fenster und weinte still. Ihre blonden Haare waren zerzaust, ihr Gesicht von den Schlägen gerötet.

»Sie ... Sie verstehen die Situation nicht«, sagte Dahlmann heiser.

»Ich sehe nur, daß Sie Monika ohrfeigen.« Salzer drehte sich zu ihr um. »Wie oft hat er dich geschlagen? Ehrlich! Ich bin dafür, immer das Zehnfache zurückzugeben. In solchen Dingen bin ich freigebig. Zweimal habe ich's gesehen ... das macht schon zwanzig, mein verehrter Partner.«

»Bitte nicht«, sagte Monika leise. »Er ist mein Schwager.«

»Wer ist das?«

Dahlmann erhob sich nun doch. Salzer hinderte ihn nicht mehr, er war zu verblüfft.

»Fräulein Horten ist die Schwester meiner Frau. Ich hatte etwas mit ihr zu besprechen.«

Julius Salzer fuhr sich mit beiden Händen durch die struppigen Haare. »Eine merkwürdige Art verwandtschaftlicher Konversation, das muß ich schon sagen.«

»Bitte, laß uns allein ...«, bat Monika ihn und wandte sich ab.

»Nein.«

»Ich werde dir später alles erklären.«

»Meinem Gefühl nach wäre es nützlicher, das jetzt gleich zu tun. Ich komme in mein Zimmer, weil meine Braut um Hilfe schreit, und sehe, wie ein mir fremder Mann sie ohrfeigt. Das sollte Grund genug sein, nachdenklich zu werden. Welches Recht hat dieser Herr –«

»Dahlmann!«

»– Dahlmann, dich so zu behandeln?«

»Es ist eine reine Familienangelegenheit«, sagte Dahlmann laut. Salzer senkte kampfeslustig den Kopf.

»Eine fröhliche Familie! Sind Sie direkter Nachkomme des Watschenhansel? Halt! Bevor Sie eine unflätige Antwort geben, rate ich Ihnen, die enge Hühnerstiege wieder hinabzukraxeln und aus dem ›Grünen Krug‹ zu verschwinden. Ihre Familie interessiert mich nicht. Mich geht nur Monika etwas an. Also, gehn wir?«

»Nein.«

»Dann werden Sie der erste Mensch sein, der ohne technische Hilfsmittel fliegen kann.«

»Jul ...« Monika hob beide Hände. »Ich bitte dich, laß uns allein. Wenn du mich liebst, dann geh jetzt.«

Julius Salzer zögerte. Er sah von Dahlmann zu Monika und wieder zurück. Er wollte etwas sagen, aber die Augen Monikas bettelten in stummer Verzweiflung. Da zog er den Kopf ein und riß hinter sich die Tür auf.

»Gut! Ich gehe. Aber nur bis unten an die Treppe. Dort warte ich. Und bei dem kleinsten Ton über dreißig Phon bin ich wieder da. Ich werde heute zwar nicht die Küche sauberkriegen und mein Mittagessen auf Kredit nehmen, aber was soll's? Ich bin in der Nähe, mein Herr!«

Dahlmann wartete, bis Salzer die Stiege hinabgepoltert war. Er schloß die Tür und lehnte sich dagegen. Monika stand am Fenster, die Sonne leuchtete in ihrem goldenen Haar.

»Warum hast du ihm nicht gesagt, wie alles in Wirklichkeit ist?« fragte Dahlmann leise.

Monika schwieg und drehte sich weg.

»Ich weiß es.« Dahlmanns Stimme klang trotz der Dämpfung gefährlich und fordernd. »Er darf nicht wissen, daß du meine Geliebte bist. Er soll in seinem Wahn weiterleben, in dir die große, reine Liebe gefunden zu haben. Du hast Angst, daß du ihn verlierst, wenn er die Wahrheit erfährt.« Dahlmann lächelte leicht. Es war ein siegessicheres, fast satanisches Lächeln. »Weißt du, daß ich damit ein gutes Druckmittel in der Hand habe?«

»Du wärst so gemein, es auszunützen.«

»Aber ja!«

»Wenn du das tust, nehme ich mir das Leben.«

»Das ist eine leere Drohung!«

»Ich war dazu bereits entschlossen. Da lernte ich Julius kennen.«

»Und die Liebe rettete sie ... Monika, bitte, verfall nicht in den Jargon billiger Romane! Du weißt, warum ich hier bin.«

»Ja.«

»Und?«

»Nein!«

»Du kommst nicht zu mir zurück?«

»Nein.«

»Ich will vergessen, daß du dich wie eine Hure benommen hast.«

»Ich war eine Hure, als ich mit dir ins Bett ging!« Monikas Kopf fuhr herum. »Ich habe meine Schwester betrogen – das ist etwas, was ich nie wieder gutmachen kann. Ich schäme mich, wenn ich mich im Spiegel sehe, ich könnte mich selbst anspukken! Ich will nicht von deiner Schuld reden ... auch ich bin daran schuldig, ich habe nachgegeben, ich habe mitgespielt, ich habe dich zu mir gelassen, und ich war sogar glücklich dabei. Wenigstens glaubte ich, es sei das große Glück. Heute weiß ich, daß es keine Gemeinheit gibt, die größer wäre als die, die wir Luise angetan haben. Ich habe mich von dir befreit, äußerlich und innerlich ... das weiß ich jetzt, wo du wieder vor mir stehst. Ich empfinde nichts mehr, gar nichts ... doch ja. Abscheu ist es! Ich habe vergessen gelernt ...«

»In den Armen dieses Tölpels Julius.«

»Vielleicht. Beschimpf ihn nur, das bindet mich noch mehr an ihn. Menschen, die du haßt, werde ich umarmen!«

Dahlmann nagte an der Unterlippe. War Monika ihm wirklich entglitten? Gab es keine Möglichkeit, sie wieder zurückzuholen in das Haus der Mohren-Apotheke? Der Gedanke, sie zu verlieren, war schmerzhaft. Seine Leidenschaft war nicht geknickt durch das Wissen, daß Monika einen anderen Mann genommen hatte. Sie wollte durch ihn ja nur vergessen, weiter nichts, dachte er. Es war eine Flucht. Er sah sie mit hungrigen Augen an. Dieses Blond der Haare, dachte er. Dieser junge, zarte Körper. Das alles sollte nun Erinnerung sein? Das sollte nicht zurückzuerobern sein? Nicht mit guten Worten? Nicht mit Geld? Nicht mit Gewalt? Nicht mit List?

»Komm zurück, Moni«, sagte er leise.

»Nein! Ich hasse dich!«

»Wie willst du denn leben?«

»Und wenn ich Reisig sammle ... ich bleibe hier!«

»Du wirst nie von dem, was du weißt, sprechen ...«, sagte er vorsichtig, fast lauernd.

Monika schüttelte den Kopf. »Nein.«

»Du weißt, welche Folgen das hätte. Deine Mittäterschaft ...«

»Bitte, hör auf!« Monika legte die Hände an die Ohren. »Tu mir einen letzten Gefallen, Ernst ... geh, geh schnell. Ich flehe dich an! Ich kann dich nicht mehr sehen ...«

Dahlmann zögerte noch immer. Das Ende seiner großen Liebe – für ihn war Monika das Sinnbild von Jugend, Schönheit, erfüllter Sehnsucht und herrlicher Freiheit des Lebens gewesen – kam so plötzlich, daß er Mühe hatte, es voll zu begreifen. Ein Ende, das ihn in dem Augenblick überraschte, in dem er fast am Ziele aller Pläne war. Pläne, die geboren worden waren, um das Glück mit Monika zu festigen.

»Luise ist bereit, mir alles zu überschreiben ...«, sagte er stockend. Monika fuhr herum.

»Das ist nicht wahr.«

»Doch. Sie hat bereits einen Anwalt mit der Ausarbeitung des Vertrags beauftragt.«

»Das ist eine deiner infamen Lügen! Warum sollte Luise solch einen Irrsinn begehen?«

»Sie hat sich damit abgefunden, für immer blind zu sein.«

»Sie kann doch sehen!« schrie Monika.

»Dummheit! Sie ist blind wie eh und je.«

»Sie spielt dir nur die Blinde vor!«

»Nein. Ich habe sie daraufhin geprüft. So kann sich ein Mensch nicht beherrschen, wenn er sehen kann. Das ist völlig unmöglich. Und wenn sie wirklich sehen könnte ...« Dahlmann wischte sich über das Gesicht. Welch ein absurder Gedanke, dachte er dabei. Und welch ein grausamer Gedanke. Ich wüßte wirklich nicht, was ich tun würde. »Moni, überleg doch mal! Warum sollte sie dann diese Überschreibung veranlassen?«

»Ich weiß nicht ...«, sagte Monika unsicher.

»Na also.«

Unten an der Treppe sah Julius Salzer ungeduldig auf die Uhr. »Monika!« rief er hinauf. »Monika! Was ist?«

»Du mußt gehen.« Monika drehte sich wieder zum Fenster. »Bitte, keine Abschiedsfloskeln. Geh einfach.«

»Und wir sehen uns nie wieder?«

»Hoffentlich nicht.«

»Du willst wirklich bei diesem Salzer, diesem romantischen Spinner, bleiben?«

»Ja.«

»Und was soll ich Luise sagen?«

»Ich werde ihr schreiben.«

»Die Wahrheit?«

Monika zögerte. Dann sagte sie hart: »Vielleicht.«

»Sie wird diesen Brief nie bekommen, das weißt du.« Dahlmann legte die Hand auf die alte eiserne Klinke. »Einigen wir uns auf ein Abkommen, Moni: Du schreibst Luise einen vernünftigen Brief mit irgendeiner Erklärung für deine Abwesenheit – und ich werde Julius gegenüber verschweigen, daß du ein Jahr lang einen alternden Mann glücklich gemacht hast.«

»Du Satan!«

»Wir sollten zum Abschied bessere Worte finden, Moni.«

»Geh, bitte!«

Dahlmann verließ die kleine Kammer unter dem Dach. Unten an der Stiege erwartete ihn Julius Salzer. Er hatte seine Schürze abgebunden.

»Endlich!« sagte er rauh.

Dahlmann musterte ihn mit einem kurzen Blick. Er ist jung, dachte er neidvoll. Er hat die Unbekümmertheit des Sorglosen und den Schwung seiner Generation. Aber er ist nichts, und er hat nichts.

»Monika liebt einen gewissen Luxus«, sagte er gehässig, als er an Salzer vorbeiging. »Vergessen Sie das nicht.«

»Aber nein.« Salzer umklammerte das Stiegengeländer. »Ich werde ihr zum Geburtstag eigenmündig das Luftkissen neu aufblasen.«

»Das wird sie sicherlich erfreuen.« Dahlmann drehte sich an der Haustür noch einmal um. »Sie werden ewig darum kämpfen müssen, Monika zu halten. Ich beneide Sie da nicht.«

Ein klein wenig zufrieden, wenigstens diesen Stachel in Salzers Herz zurückgelassen zu haben, ging er zu seinem Wagen. Im Rückspiegel sah er, wie Julius Salzer unter dem Eingang stand, finster blickend, nachdenklich, unschlüssig. Es hat gesessen, dachte Dahlmann. Er stieß das Gaspedal durch und ließ den Motor aufheulen. Wie ein Triumphgeheul war es. Die Rache eines kleinen Verlierers, der sich mit dem Selbstbetrug zufriedengibt.

*

Nach dieser Aussprache – wenn man es so nennen will – war vieles klarer geworden. Dahlmann rechnete, während er zurück nach Hannover fuhr. Es war die Rechnung eines einsamen Lumpen.

Monika war verloren. Es galt jetzt also, einen Salto rückwärts zu drehen und zu Luise wieder besonders nett zu sein. Es war notwendig, den liebenden, den neu entflammten Ehemann zu spielen, glaubhaft sogar und tatkräftig, um durch das Gefühl der Liebe, das er damit Luise geben würde, sie um so mehr anzuregen, ihm das ganze Hortensche Vermögen zu überschreiben. Nach der Übereignung konnte man weitersehen. Entweder man nahm es als bebendes Inventar‹ des Reichtums auf sich, Luise weiter zu ertragen, oder man führte den ursprünglichen Plan mit zäher Konsequenz aus: die Einweisung in eine Nervenanstalt. Beides war zu überlegen, und eine Möglichkeit würde sich zwangsläufig aus den Situationen ergeben, die sich nach dem Antritt des ›Erbens‹ darstellten. Das Wichtigste aber schien Dahlmann zunächst eines zu sein: Luise durfte nie ein Kind bekommen. Die Kindesklausel der Übereignung machte ihn wieder abhängig, und allein der Gedanke, wieder nur ein geduldeter Nutznießer des Ganzen zu sein, beflügelte ihn zu Gemeinheiten sogar gegenüber dem noch nicht gezeugten Leben.

Kurz vor Hannover änderte Dahlmann seine Absicht, sofort nach Hause zurückzukehren. Er fuhr statt dessen zu Dr. Kutscher und hielt sich nicht lange in dem Vorzimmer auf. Er ging einfach ins Privatbüro, bevor die Sekretärin ihn daran hindern konnte.

Dr. Kutscher war weder verblüfft noch böse. Er nickte nur und zeigte auf die Ledercouch.

»Setzen Sie sich. Höflichkeit bin ich von Ihnen nicht gewöhnt. Erwarten Sie also auch keine von mir. Reden wir Tacheles.«

»Was sollen wir reden?« fragte Dahlmann und setzte sich.

»Ach so! Ein Ausdruck aus dem Jiddischen. Also – Sie wollen fragen, wie weit ich mit der Ausarbeitung des Vertrages bin.«

»Sie sollten als Hanussen III auftreten und Gedanken lesen.«

»Meine Antwort, klipp und klar: Ich habe eine Zeile entworfen!«

»Und warum?«

»Ich lehne es ab, diese Sauerei mitzumachen.«

»Sie haben doch wohl nicht die Absicht, Ihre Schweigepflicht ...«

»Mein lieber Lumpenhund, halten Sie mich für blöd? Ich weigere mich bloß! Ich gehe in die Opposition. Ich leiste passiven Widerstand.« Dr. Kutscher faltete die Hände und sah Dahlmann fast gemütlich und genüßlich an. »Im Gegenteil ... ich habe da eine wundervolle Sache, die ich als Weigerungsgrund angeben kann. Der Ehemann der Luise Dahlmann hat ihn mir selbst geliefert.«

»Wieso?« Dahlmann sprang auf. Er war bleich geworden. Wenn Dr. Kutscher lächelte, war er gefährlich. Er war ein Mensch, der sich so über seine Unbesiegbarkeit freute, daß er es allen zeigte. Es war eine Zurschaustellung von schon ekelhafter Sicherheit.

»Ganz einfach: Ihre Gattin ist gar nicht geschäftsfähig.«

»Was?!«

»Bitte, reißen Sie die Augen nicht so auf, Sie sind kein Pantomime, der Entsetzen darstellen muß. Überlegen Sie lieber: Eine solche Schenkung, an der – ich habe es ausgerechnet – mit

Grundvermögen, Grundstücken, Häusern, Apotheke, Umlaufvermögen, und was es da alles gibt, immerhin zweieinhalb Millionen Mark hängen, kann nur ein Mensch machen, der hundertprozentig im Besitz seiner geistigen Kräfte ist.«

»Aber das ist Luise doch.«

»Mein Bester!« Dr. Kutscher schüttelte den Kopf. »Vergessen Sie nicht, was sogar der Nervenfacharzt Dr. Vierweg weiß: Ihre Gattin hört immer – tick-tick-tick – einen fallenden Wassertropfen und – tack-tack-tack – einen klopfenden Specht ... Dabei fällt kein Tröpfchen, und kein Vögelchen hackt in die Baumrinde. Sie haben es ja selbst bezeugt ...«

Ernst Dahlmann verschlug es den Atem. Er spürte, wie seine Knie weich wurden, wie ein Beben durch seinen Körper lief, wie eine Schwäche sich über seine Augen legte und das Zimmer langsam rotieren ließ.

»Das ist doch nicht möglich ...«, stammelte er.

»Ich muß es als Anwalt ablehnen, Verträge ernst zu nehmen von Klienten, die ›Stimmen hören‹ und offensichtlich nervenkrank sind.«

»Das ... das sagen Sie ...«

»Ja.«

»Wo Sie die Wahrheit wissen!«

»Eben! Nur Sie und ich kennen sie. Und keiner von uns wird sie offenbaren können. Sie nicht – das sehe ich ein, ich nicht – das bedauere ich zutiefst. Und was die offizielle ›Wahrheit‹ betrifft, die kennt nur als Fachmann der Nervenarzt Dr. Vierweg. Er wird von Psychosen und Schizophrenien sprechen ... Sie haben sich ja so darum bemüht, daß diese Diagnose sonnenklar wird.«

Dahlmann saß wieder auf dem Ledersofa und stützte den Kopf in beide Hände. Es hatte keinen Sinn, zu toben und zu schreien, Dr. Kutscher das zu sagen, was ihm auf der Zunge lag. Nichts würde es daran ändern, daß er sich selbst in seiner Schlinge gefangen hatte. Die bis ins letzte ausgeklügelte Gemeinheit ummauerte ihn jetzt, und es gab keine Möglichkeit, diese Wände einzureißen, ohne die teuflischen Pläne und Taten zu gestehen.

Dr. Kutscher brannte sich eine Zigarre an und blies herrliche Kreise gegen die Decke. Schon als Studiosus hatte er mit dieser Lippenkunst manche Runde Freibier erblasen. Dahlmann starrte den Ringen nach und zog die Lippen zwischen die Zähne.

»Schachmatt«, sagte Dr. Kutscher freundlich. »Ein guter Verbrecher sollte auch ein guter Schachspieler sein. Man lernt am Brett das, was man im Leben am nötigsten braucht: Logik!«

»Und wenn ich beweise, daß Luise gesund ist?«

»Dann sind Sie ein Zauberer, Dahlmann. Sie kennen die Psychiater. Wenn die einen Fall haben, und dann so einen schönen, undurchsichtigen Fall wie bei Ihrer Frau, dann atmen sie wissenschaftliche Wonne und geben ihn nicht so schnell aus den Fingern. Ganz davon abgesehen, daß Sie kaum Möglichkeiten haben, das Tick-tick und das Tack-tack zu leugnen.«

»Reden Sie mit mir nicht wie mit einem Säugling!« schrie Dahlmann. Er sprang auf und riß seinen Hut an sich. »Ich werde mit Dr. Vierweg sprechen.«

»Nicht nötig. Das habe ich bereits getan.« Dr. Kutscher lächelte wieder maliziös.

»Sie haben ...« Dahlmann hielt den Atem an.

»Als gewissenhafter Anwalt, ich bitte Sie. Das war meine Pflicht. Ich habe hier ein Gutachten von Dr. Vierweg liegen, daß Ihre Gattin unter Psychosen leidet. Er hat sie gestern, als Sie in Köln den Vorträgen einer nicht stattgefundenen Apothekertagung lauschten, gründlich untersucht. Die Diagnose ist eindeutig, zumal Ihre Gattin alle Vermutungen bestätigte und ihre Wahrnehmungen eindringlich und präzise schilderte. Sie wissen: tick-tick und tack-tack ...«

Dahlmann zögerte. Er wollte hinauslaufen, aber andererseits hielt ihn das Gefühl fest, daß Dr. Kutscher noch mehr wußte. Der Anwalt schüttelte langsam den Kopf.

»Dahlmann, geben Sie es auf, das Teufelchen zu spielen. Ziehen Sie sich an einen Ort zurück, wo man Sie nicht kennt, nicht sieht, nicht findet. Beginnen Sie von vorn, und wenn Sie Tüten abwiegen. Die Möglichkeit, in einer Zelle Tüten zu kleben, ist Ihnen ja immer in der Tasche. Verschwinden Sie, nachdem Sie Ihrer Gattin gestanden haben, wie groß der Irrtum war, dem sie jahrelang erlegen ist. Das wäre ein anständiger Abgang.«

»Danke.« Dahlmann setzte seinen Hut auf wie einen Stahlhelm. Es war wie ein Zeichen, daß der gnadenlose Kampf begonnen hatte. »Ich habe andere Mittel als Sie, Doktor ...«

»Nicht mehr. Sie haben die Schlinge um den eigenen Hals.«

»In Ihren Augen.« Dahlmann lächelte mokant. Die alte Sicherheit kam zurück, und Dr. Kutscher hatte das unangenehme Gefühl, daß er etwas übersehen haben mußte. Diese Sicherheit Dahlmanns war kein Bluff mehr. Er mußte noch einen Trumpf in der Hand haben.

»Ich gebe zurück: Schach sollte man spielen lernen, ehe man Anwalt wird! Das fördert die Logik! Lieber Doktor, was ist ein Rechtsanwalt ohne Logik? Sie tun mir leid, Sie sind doch sonst ein so intelligenter Bursche ...«

Mit geraden, federnden Schritten verließ Dahlmann das Büro.

Dr. Kutscher blieb sehr nachdenklich zurück und sah seinen Rauchkreisen nach. Was kann es sein, das ihn so sicher macht, dachte er wütend. Was habe ich übersehen? Wo ist hier ein logischer Fehler?

Man kann es Dr. Kutscher nicht übelnehmen, daß er den Fehler nicht fand; er war Junggeselle und deshalb unbewandert in den Gedanken einer verheirateten Frau.

Gedanken, mit denen Ernst Dahlmann spielen wollte.

*

Es begann damit, daß er sie beim Eintritt ins Wohnzimmer umarmte, an sich zog und küßte. Luise war so erstarrt über diese Begrüßung, daß sie weder an Gegenwehr dachte noch an ein Ausweichen. Dahlmann betrachtete ihre Hilflosigkeit als Überraschung und Entgegenkommen. Er küßte sie nochmals und warf seinen Hut auf das Sofa. Tiefe Freude, wieder daheim zu sein, schien ihn zu durchfluten.

»Wie geht es dir, Luiserl?« fragte er und nahm ihre schlaffen Hände. Er streichelte sie, küßte die Handflächen und die Fingerspitzen wie ein verliebter Geck. »Du siehst etwas abgespannt aus. Hast du Beschwerden? Ist etwas nicht richtig gewesen?«

»Nein, nein. Alles war gut.« Luise schüttelte den Kopf. Durch das dunkle Glas ihrer Sonnenbrille musterte sie Dahlmann. Er ging zum Barschrank, goß zwei Gläser Aperitif ein, tat Eiswürfel dazu und verrührte in Luises Glas eine Pille. Die Schachtel, die er aus der Rocktasche genommen hatte, legte er in das Schubfach, in dem das Barbesteck aufgehoben wurde.

»Ich mixe uns einen Begrüßungstrunk!« Es klang ganz natürlich. Er ließ, um es zu demonstrieren, das Eis in den Gläsern klappern. »Du ahnst gar nicht, wie froh ich bin, wieder hier zu sein!«

»War es sehr anstrengend in Köln?«

»Hm. Ich muß dir etwas sagen, Luiserl.« Er kam mit den Gläsern zu ihr, setzte sich ihr gegenüber und stellte die Gläser auf den Tisch. »Ich muß dir etwas gestehen.«

»Du – mir?«

»Ja. Ich war gar nicht in Köln.«

Luises Erstaunen war echt. Weniger verblüffte sie, daß er nicht in Köln war, das wußte sie ja, als vielmehr die plötzliche Ehrlichkeit. Mißtrauisch schielte sie zu dem hohen Glas mit dem Aperitif und der darin aufgelösten Pille. Soll es eine Vergiftung sein, dachte sie. Erst ein Geständnis und dann das Gift ...? Sie umklammerte die Sessellehne und legte den Kopf weit zurück, damit er trotz der dunklen Brillengläser nicht ihre Augen sehen konnte.

Jetzt werde ich es ihm sagen, dachte sie. Wenn ich dieses Glas trinken muß ... wenn er mich vergiften will ... Die Brille werde ich mir herunterreißen und ihn anschreien: Ich sehe dich! Ich sehe deine entsetzten Augen, deine zitternden Hände ...

Und dann? Was würde dann geschehen? Man mußte dann um Hilfe schreien, an das Fenster rennen, die Scheibe einstoßen, sich hinauslehnen, auf die Straße schreien ... schreien ... dann war es ihm unmöglich, sie zu erwürgen oder zu erschlagen.

Ernst Dahlmann legte seine Hände auf ihre Knie.

»Ich habe dich belogen, Luiserl. Bitte, verzeih. Ich habe es getan, weil ich ahnte, daß dich die Wahrheit kränken würde. Ich war bei Monika.«

Luises Kopf zuckte herab.

»Wo?« fragte sie heiser. Er sagte die Wahrheit, dachte sie und erstarrte innerlich vor Angst. Und wenn er alles gesagt hat, wird er mich töten.

Sie blickte zum Fenster hin. Fünf Schritte waren es, fünf lange Schritte ... ob sie noch die Zeit hatte, diese Schritte zu tun?

»Bei Monika. Sie lebt bei Soltau, in der Heide. In einem alten, vergessenen Gasthaus. Sie lebt dort mit einem Mann zusammen.«

Luise atmete auf. Er lügt schon wieder, dachte sie, jetzt fast erfreut über diese Lüge. Solange er lügt, werde ich weiterleben ... jetzt, in dieser Stunde ...

Was aber hat er ins Glas gerührt?

»Monika? Mit einem Mann?« Sie lächelte ungläubig. »Das ist doch ausgeschlossen.«

»Das habe ich auch gedacht. Als ich Monikas Brief fand, konnte ich es nicht glauben. Darum habe ich dir nichts gesagt und den kleinen Betrug mit dem Apothekertag in Köln erfunden. Ich bin zu ihr gefahren, und ich fand sie mit diesem Mann zusammen. Mit einem Julius Salzer, einem Nichtskönner von Schriftsteller, der sich Jules Salaire nennt und Gedichte fabriziert. Aber es scheint die große Liebe zu sein. Alles Zureden half nichts. Sie blieb bei ihm.«

»Wirklich?«

»Ja.« Dahlmann wischte sich über die Lippen, sie waren in der Erinnerung an die dramatischen Stunden spröde geworden. Wie ausgedörrt kam er sich vor. »Ich bin jetzt der Ansicht, daß wir sie gewähren lassen sollen. Sie ist alt genug. Sie will dir noch alles schreiben, das hat sie mir versprochen.«

Luise sah ihren Mann jetzt mit wirklichem Unglauben an.

»Das ... das ist alles wahr, Ernst?«

»Ich weiß, wie schwer es ist, das von Monika zu glauben. Liebes, sei stark, reg dich nicht auf ... es ist so. Künstler haben eben ihre eigene Moral.«

Das mußt du sagen, dachte Luise bitter. Gerade du, du Lump. Aber wenn es wahr ist, dann hat es dich sehr getroffen. Dann mußt du dir vorkommen wie ein Ausgesetzter, wie ein Hungernder, der an einer Mauer steht, über die wunderbare Düfte köstlicher Gerichte wehen.

»Du hast recht«, sagte sie leise. »Da können wir gar nichts tun. Nun sind wir wieder allein. Nun falle ich dir voll zur Last.«

»Last! Wie du reden kannst, Luiserl. Du weißt, wie sehr ich dich liebe.« Er küßte wieder ihre Hände und die Unterarmbeugen. »Ich bin froh, daß wir allein sind, wirklich, Luiserl. Immer ein fremder Mensch um uns, auch wenn es Monika war – man konnte nie richtig frei und unbekümmert sein.«

Was er darunter verstand, spürte Luise sofort. Er beugte sich vor und wollte ihr Kleid über der Brust aufknöpfen. Ein Schrecken durchfuhr sie. Sie hielt seine suchenden Finger fest. Wie Klammern waren ihre Hände.

»Nicht jetzt, Ernst ...«, sagte sie heiser. »Bitte ...«

Es war wie eine Erlösung, als das Telefon schellte. Ärgerlich ging Dahlmann zum Büfett und hob ab. Aus der Apotheke rief jemand an. Man hatte den Schlüssel zum Giftschrank verlegt und bat um den Ersatzschlüssel.

»So eine Schweinerei!« schrie Dahlmann ins Telefon. »Wie kann der Giftschrankschlüssel weg sein?! Suchen Sie sofort alles ab. Wenn er sich nicht wiederfindet, muß ein neues Schloß eingebaut werden. So eine Schlamperei! Muß man denn immer dabei sein?«

Luise drehte sich um. Dahlmann drehte ihr den Rücken zu und klopfte mit den Knöcheln gegen die Schrankwand. Mit schnellem Griff vertauschte sie die Aperitifgläser, schob ihr Glas mit der aufgelösten Pille auf seinen Platz und rückte Dahlmanns Glas zu sich. Dann lehnte sie sich zurück und tat so, als lausche sie auf das Gespräch.

»Ja, rufen Sie mich sofort, wenn Sie den Schlüssel gefunden haben! Sie wissen, daß Sie in meiner Abwesenheit allein die Verantwortung für den Mißbrauch tragen ...«

Er legte auf und kam zurück. »So etwas!« sagte er und wischte sich mit dem Taschentuch über die Stirn. »Der Giftschrankschlüssel ist verschlampt worden. Das Heiligste einer Apotheke! Wenn man nicht alles selber macht.« Er tätschelte Luise die Wangen und setzte sich wieder. »Trinken wir jetzt endlich unseren Willkommenstrunk.« Er hob sein Glas hoch und prostete Luise zu, als könne sie sehen. Sie hob ihr Glas gleichfalls, aber sie prostete an ihm vorbei, eine Blinde, der die genaue Orientierung fehlt.

»Ich liebe dich!« sagte Dahlmann pathetisch und trank sein Glas in einem langen Zug leer. Luise nippte nur am Glas, setzte es dann ab und wartete. Sie beugte sich vor und starrte Dahlmann an.

Wann verfärbt er sich, dachte sie. Wann röchelt er? Wann merkt er, daß er das Gift getrunken hat?

Ernst Dahlmann sprach weiter. Er erzählte von seiner Fahrt in die Heide, von dem merkwürdigen Gasthaus ›Grüner Krug‹, von dem noch merkwürdigeren Julius Salzer, der sich seinen Lebensunterhalt als Küchenjunge verdiente und romantische Bücher schrieb.

Luise schwieg und wartete.

Dahlmann stand auf und goß sich ein neues Glas ein. Er ging aufrecht und sicher wie immer, er sprach dabei weiter, aber Luise hörte nicht auf die Worte, sie hörte nur Töne und sah, wie Dahlmann das neue Glas austrank, wie er lustig war und zum Radio ging, Tanzmusik anstellte.

Sie wartete.

»Wollen wir tanzen?« fragte er.

»Tanzen? Wir?«

»Warum nicht?«

»Wir haben über ein Jahr nicht mehr miteinander getanzt.«

»Ist das ein Grund, es nicht wieder zu tun? Ich freue mich so, daß wir allein sind.«

»Wenn du willst ...«

Er zog sie aus dem Sessel, legte den Arm um ihre Schulter und ihre Hüfte und führte sie vorsichtig in einen Slowfox hinein. Er tanzte elegant wie immer, er führte sie mit der Behutsamkeit einer Krankenschwester, die mit ihrer Patientin die ersten Schritte nach langem Krankenlager übt, und er küßte sie sogar hinter die Ohren, wie er es damals getan hatte ... damals, als sie in seinen Armen willenlos wurde.

Sie tanzte und wartete.

Aber nichts geschah. Von der Apotheke wurde lediglich angerufen, man habe den Schlüssel noch nicht gefunden.

»So eine Sauerei!« sagte Dahlmann und stellte das Radio leiser. »Ich springe nur schnell hinunter und sehe nach, Luiserl. In zehn Minuten bin ich wieder da. Willst du noch einen Aperitif?«

»Nein, danke, Ernsti ...«

Sie wartete, bis die Dielentür klappte. Dann sprang sie auf und ging zu der Barschublade.

Zwischen Barzangen und einem kleinen, verchromten Eispickel lag die Medikamentenschachtel.

Anovlar stand darauf.

Eine Anti-Baby-Pille. Ernst Dahlmann hatte eine Anti-Baby-Pille geschluckt!

Da lachte sie ... sie bog sich zurück und lachte. Es brach aus ihr heraus, eine Befreiung wie eine Explosion. Nach dem

Lachen fiel sie zusammen, sank in den Sessel zurück und weinte hysterisch.

Sie weinte noch immer, als Dahlmann wieder zurückkam.

*

Der folgende Tag war wieder ein sonniger Herbsttag. Fräulein Erna Pleschke erschien, um Luise Dahlmann zum Spaziergang abzuholen. Ernst Dahlmann bedauerte, nicht mitkommen zu können; er erwartete den Schreiner, der ein neues Schloß in den Giftschrank einsetzen mußte. In der Mohren-Apotheke sprach man nicht über den fehlenden Schlüssel; die Standesehre verbot es, überhaupt daran zu denken. Ein verlorener Giftschrankschlüssel – der Gedanke allein gehört zu den Alpträumen eines Apothekers.

Im Park von Herrenhausen waren die Eisverkäufer verschwunden. Die Sommersaison war vorbei, bald würde die andere Fakultät – Heiße-Würstchen-Verkäufer – Park und Schloß umwandeln. Gegenwärtig war so etwas wie ein Interregnum: für Eis zu spät, für Würstchen zu früh. Den Nutzen hatte das Schloßcafé, wo es auch Eis gab, aber in silbernen Bechern und natürlich dementsprechend teurer als eine Eiskugel zwischen zwei mit Wasser gebackenen Waffeln.

Robert Sanden saß an einem der Tische auf der Terrasse. Er hatte Luise seit seinem versteckten Geständnis nicht wiedergesehen. Ein paarmal war er in der Apotheke gewesen und hatte Hustenbonbons gekauft, aber auch dort konnte er schlecht fragen, wie es ihr ging. Er hatte das bittere Empfinden, daß sie ihm die Worte übelgenommen hatte und nun für ihre Spaziergänge einen anderen Park als Herrenhausen aussuchte.

Dessenungeachtet saß er Tag für Tag im Park des Schlosses und wartete mit dem Trotz, wie er eines Asiaten würdig wäre, der sich sein Nirwana ersitzt. Er schwänzte ein paarmal die Proben am Theater, meldete sich krank, krächzte dem Intendanten etwas vor und brachte sogar ein Attest über akute Stimmritzenentzündung bei. Er saß auf der Caféterrasse, trank ununterbrochen Kaffee und verspeiste ganze Torten, kannte bald jede Taube und jeden Zeisig, die herumhüpften und die Kuchenkrümel aufpickten.

Groß war seine Freude, als er endlich Luise am Arm von Fräulein Pleschke kommen sah. Er lief ihnen entgegen.

Fräulein Pleschke wurde beurlaubt und war froh darum. In der Zeit ihres Urlaubs hatte sie einen jungen Leutnant der Bundeswehr kennengelernt, und nun war sie in einem argen Konflikt, wofür sie sich entscheiden sollte: Uniform oder Geist. Beides zusammen kommt äußerst selten vor. Heute hatte sie die Uniform bestellt, der angehende Lehrer saß über einer schriftlichen Arbeit, die das Plankton im Steinhuder Meer behandelte, ein Thema, das Erna Pleschke weniger interessierte als die flotten Berichte des jungen Leutnants über nächtliche Übungen im Bayerischen Wald.

Robert Sanden führte Luise zu einem der weißen Stühle und schob ihn an den Tisch.

»Was darf ich bestellen?« fragte er. »Kuchen? Kaffee?«

»Ein Stück Obstkuchen und eine Tasse Schokolade.«

Sie warteten, bis die Kellnerin gegangen war. Dann beugte sich Sanden vor. Sein Gesicht war voll Sorge.

»Sind Sie mir böse?«

»Nein.« Luise schüttelte den Kopf. »Warum?«

»Wegen meiner Worte.«

»Sie waren unbedacht, weiter nichts. So spricht ein großer Junge, habe ich gedacht. Mein lieber Freund!« Sie legte die Hand auf seine Finger. »Man darf nie Mitleid mit Liebe verwechseln. Ich bin eine blinde Frau, ich bin gezeichnet, ich bin ein Jahr jünger als Sie – Sie sollten sich nach Mädchen umsehen, die zehn Jahre jünger sind. Nein, sagen Sie nichts, Robert! Im Augenblick und vielleicht auch noch ein paar Jahre ginge es gut, aber in zwanzig Jahren bin ich fünfzig, Sie einundfünfzig. Stellen Sie sich das vor: Eine blinde, alte, verhärmte Frau, und Sie ein Mann, der immer noch umschwärmt wird, ja, dessen graue Schläfen die Mädchen anlocken wie Honig den Bären – was soll das? Wir müssen das Leben real sehen, nicht romantisch. Wir sind in einer unheimlichen Logik gefangen, aus der es kein Entweichen gibt, und diese Logik heißt: Man muß verstehen, daß man alt wird, also muß man verstehen, alt zu sein. – Das ist ein harter Satz, der härteste, den ein Mensch treffen kann. Aber was nützt aller Selbstbetrug, aller Singsang: Man ist so alt, wie man sich fühlt ... Das ist Sandstreuerei, die den biologischen Verfall nicht abbremsen kann. Das ist

Clownerie des Lebens. Die Wahrheit ist: Man wird alt, man ist alt, und eine Frau leider eher als ein Mann ...«

Robert Sanden sah sie stumm an. Die dunkle Sonnenbrille verbarg ihre Augen. Er erinnerte sich, daß sie seit ihrer Reise nach Bologna anders geworden waren, klar und voll Leben; tote Augen, die sich scheinbar in nichts von denen der Sehenden unterschieden.

Der Kuchen und der Kakao kamen. Luise tastete über den Tisch und schob den Zeigefinger in den Henkel. Vorsichtig hob sie die Tasse zum Mund. Das hatte sie geübt, hundertmal und mehr. Jeder, der dieses vorsichtige Trinken sah, glaubte an ihre Blindheit.

Robert Sanden wartete, bis sie die Tasse wieder absetzte. Ehe Luise ausweichen konnte, machte er eine schnelle Handbewegung, als wolle er auf etwas zeigen. Er stieß gegen die Tasse, sie kippte in Luises Finger um, und der heiße Kakao ergoß sich auf den Anzug Sandens.

»Wie ungeschickt ich bin!« rief er und sprang auf. Er sah jämmerlich aus, große Flecken glänzten braun auf Rock und Hose.

»Der schöne hellgraue Anzug ...«, sagte Luise.

Erst als sie es ausgesprochen hatte, wußte sie, was geschehen war. Sie erstarrte, ihre Hände krallten sich in das Tischtuch.

Sie sahen sich an, eine ganze Weile, stumm und auf das erste Wort des anderen wartend. Robert Sanden lächelte zaghaft und setzte sich langsam. Er nahm Luises Hände, sie waren eiskalt, wie gestorben.

»Ich habe es geahnt«, sagte er stockend. »Ich habe es absichtlich getan. Ich weiß, daß Sie sehen können!«

Mit einem Ruck entzog sie ihm die Hände.

»Lassen Sie mich gehen!«

Sanden hielt sie fest, als sie aufspringen wollte.

»Nein. Flüchten Sie nicht. Ich weiß auch, wie es bei Ihnen zu Hause ist, in Ihrer Ehe, mit Ihrem Mann, Ihrer Schwester ... ich weiß alles.«

»Lassen Sie mich gehen«, keuchte Luise und sprang auf.

»Ja.« Auch Sanden erhob sich. Die großen braunen Flecken auf seinem Anzug genierten ihn nicht. »Lassen Sie uns zusammen gehen, gemeinsam, nicht nur heute. Von jetzt an immer.« Er schluckte und senkte den Kopf. Wie ein kleiner Junge, der um fünf Pfennig für Bonbons bettelt, sagte er leise: »Ich liebe Sie, Luise.«

*

Ein alter, klappriger Lieferwagen mit einem Zeltplanenverdeck hielt vor der Mohren-Apotheke. Aus dem Führerhaus kletterte Monika Horten, in langen, engen blauen Hosen und einem grell-gelben Pullover. Ernst Dahlmann, der gerade einer Kundin ein Hormonpräparat zur Straffung schlaffer Altershaut erklärte, ließ sie stehen und stürzte auf die Straße.

»Bist du verrückt?« zischte er, als er neben Monika stand. Der Lastwagenfahrer klappte das Verdeck zurück. »Was willst du hier? Wenn dich Luise entdeckt ...«

»Das soll sie ja.«

»Monika. Denk an unseren Pakt!«

»Ich will nur meine Sachen aus dem Atelier holen. Dann hast du Ruhe vor mir.«

»Und wenn Luise vorzeitig zurückkommt? Wenn sie dich hört?«

»Ich bleibe so lange, bis sie zurückkommt.«

»Nein!«

»Willst du mich hindern, mich von meiner Schwester zu verabschieden?«

»Ja!«

»Affe!«

Sie ließ ihn stehen und ging mit dem Lastwagenfahrer ins Haus. Dahlmann stand wie betäubt. Kein Schlag hätte ihn mehr aus der Fassung bringen können als dieses eine Wort und die unendliche Verachtung, die in ihm lag.

Und die Haltung Monikas, die entschlossen war, das neue Gebäude aus Liebe und Fürsorglichkeit zu zerstören, den letzten Trick, den Dahlmann in einer bereits panikartigen Hilflosigkeit versuchte.

Er rannte ihr nach und zog sie in die Wohnung. Sie schlug zwar um sich, aber da er sie nur ins Zimmer stieß und nicht hinter sich abschloß, sondern schwer atmend zum Barschrank ging und nach dem Kognak griff, schrie sie nicht um Hilfe, sondern setzte sich auf die Couch in der Blumenecke.

»Bitte, gebärde dich nicht als starker Mann!« Ihre Stimme troff von Spott. »So jung, um Siegfried zu spielen, bist du auch wieder nicht. Das ist passe.«

Dahlmann atmete ein paarmal tief durch. Der Spott auf sein Alter, dieses Trauma, das ihn zu allen Handlungen trieb, brannte in ihm wie ein offenes Feuer. Er trank aus der Flasche und starrte Monika mit bleichem Gesicht an. Sie saß aufreizend zwischen den Blumen, ein blau-gelber Paradiesvogel mit leuchtendem goldenem Federhut. Ihre Zehen pendelten auf und ab.

»Was willst du Luise sagen?« fragte er tonlos.

»Alles.«

»Und warum?«

»Ich will einen Schlußstrich ziehen unter ein Leben, das gemein war. Ich will neu beginnen. Vielleicht verzeiht mir Luise, vielleicht auch nicht. Aber das ist unwichtig. Ich will den Druck von mir haben, dieses Wissen um eine ungesühnte Sünde. Ich will mich freireden ... Verstehst du das nicht?«

»Nein.«

»Es ist meine Schwester, die ich betrogen habe. Ehe ich für immer aus eurem Gesichtskreis verschwinde, soll sie keinen Haß mehr haben.«

»Haß! Haß! Sie weiß doch nichts von uns!« schrie Dahlmann.

»Sie weiß alles.«

»Dummheit!«

»Sie kann sehen!«

»Nein!« Dahlmann trank wieder aus der Flasche. Der starke Kognak begann in seinem Hirn Nebel zu bilden und seinen Körper leicht werden zu lassen. Es war ihm, als gehe er auf Wolken. Und mutig wurde er, schrecklich mutig. »Heute noch habe ich sie geprüft. Du bist eine hysterische Ziege!«

»Wenn schon. Ich will mit ihr sprechen.« Monika beugte sich vor. »Ich habe über das nachgedacht, was du mir gesagt hast. Luise will dir alles schenken. Dieser Entschluß wäre für mich der einzige Beweis, daß sie wirklich blind ist. Und wie ich dich kenne, bist du jetzt besonders lieb zu ihr, bist du der liebevollste Ehemann, wie er sonst nur in Märchenbüchern der Erwachsenen, den Schnulzen, vorkommt ...«

»Allerdings!«

»Siehst du, und das will ich dir versalzen. Luise soll dich sehen, wie du wirklich bist.« Sie lehnte sich zurück. Ihr schöner, schlanker Körper lag fast auf der Couch. »Gib zu, daß du am Ende bist.«

»Noch nicht. Wenn ich deinem merkwürdigen Julius Salzer sage, daß du ...«

Monika winkte ab. »Zu spät. Ich habe es ihm gestern abend selbst gesagt.«

Auf Dahlmanns Hirn fiel eine Bleiplatte. Er lehnte sich an die Wand. »Und –?« fragte er.

»Er hat mir den Mund zugehalten. Er will nicht wissen, was war, ihn interessiert nur die Zukunft.« Monika lächelte. »Du siehst, die Sache wird einseitig. Ich habe nichts mehr zu verlieren.«

Dahlmann tappte in die Mitte des Zimmers. Er war betrunken und doch wieder so klar, daß er Monikas Lächeln sah und die Gefahr, die von ihr ausging.

Was soll ich tun, dachte er immer wieder. Was soll ich bloß tun? Sie darf Luise nicht sprechen! Er sah auf die Uhr. In zwei Stunden kam Luise zurück. Sie kam immer pünktlich, keiner wußte es so gut wie er und Monika. Sie hatten ein Jahr lang nach diesen Zeiten ihre Liebe eingeteilt. Liebe ...

»Willst du Geld?« fragte er heiser.

»Nein. Ich kann mich selbst ernähren.«

»Willst du Anteile?«

»Sie stehen mir sowieso zu.«

»Willst du mehr Anteile?«

»Nein.«

»Was willst du denn?« brüllte Dahlmann voller Panik.

»Ein reines Gewissen ... und das kannst du mir nicht geben! Das muß ich mir selbst holen.«

Das war der Augenblick, in dem bei Dahlmann der letzte Rest Vernunft zerbrach. Es geschah alles so schnell, so tierhaft, so lautlos, daß er nachher nie mehr sagen konnte, wie es gekommen war.

Er machte einen taumelnden Satz, er fiel mit seinem ganzen Gewicht über Monika, drückte sie in die Kissen, seine breite Hand preßte sich auf ihren zum Schreien aufgerissenen Mund, die andere Hand griff an ihre Kehle ... sie trat ihn in den Unterleib, er spürte es nicht, sie biß in seine Hand, er merkte keinerlei Schmerz ... er lag über ihr, fühlte ihren zuckenden Körper, verging in Wollust und drückte ihr gleichzeitig die Kehle zu.

Als er sich erhob, lag sie mit bläulichem Gesicht in den Kissen. Er beugte sich über sie – ihr Herz schlug noch.

»Mein Gott!« sagte er. »Mein Gott – jetzt muß ich etwas tun.«

Und er wurde schlagartig nüchtern.

Zunächst stellte er fest, daß sein Würgegriff nicht tödlich gewesen war. Das Herz setzte nicht aus, es schlug weiter. Die Sauerstoffzufuhr zum Gehirn setzte wieder ein, das Bläuliche im Gesicht verlor sich, die geschwollene Zunge ging zurück, die Augenlider begannen zu zittern. Das Leben kehrte zu Monika Horten zurück. Ein Leben, das den Untergang Ernst Dahlmanns bedeutete. Es gab gar keinen Zweifel: Die größte Gefahr bedeutete sie. Luise war blind und hilflos, aber hier war ein Mädchen, das nach dieser Stunde nur einen Gedanken haben würde: Vernichte ihn!

Dahlmann stand vor der Couch und starrte Monika an. Er sah in ihr nicht mehr die Geliebte, eine tiefe Gleichgültigkeit gegenüber den weiblichen Reizen hatte ihn ergriffen. Er sah in Monika nunmehr nur noch den Feind. Die Frau, die alle Mittel in der Hand hielt, ihn um den Traum seines Lebens zu bringen. Um Geld, um Unabhängigkeit, um männliche Stärke, gestützt durch vergoldetes Ansehen.

Dahlmann wartete nicht ab, bis Monika aus ihrer Besinnungslosigkeit erwachte. Er holte aus seiner kleinen Hausapotheke eine Injektionsspritze und eine kleine 2-ccm-Ampulle mit Morphin, zog die wasserhelle Flüssigkeit auf und stach die Hohlnadel in den Oberschenkel Monikas. Sie zuckte ein wenig; es war in dem Augenblick des Hinübergleitens in das Bewußtsein. Dann streckte sich der Körper wieder, die Lider flatterten nicht mehr, die Atmung war normal, aber flacher ... sie schlief fest, betäubt und für Stunden gefahrlos.

Dahlmann spülte die Ampulle und die Hohlnadel durch das WC weg. Die Spritze steckte er in die Rocktasche. Er würde sie unten in der Apotheke mit anderen Spritzen auskochen und neu sterilisieren. Dann ging er hinauf ins Atelier.

Der Lastwagenfahrer saß auf einer Kiste und trank eine Flasche Bier.

»Was ist?« fragte er und wischte sich den Mund mit dem Handrücken ab. »Alles ist aufgeladen. Können wir fahren?« Er drückte den Klemmkorken auf die Flasche und steckte sie in eine ausgebeulte alte Aktentasche. Dabei fiel ihm ein, daß er vor Zeugen Alkohol getrunken hatte. Er lächelte verlegen und wedelte mit der Hand.

»War nur 'ne halbe Flasche Bier, Meister. Das macht mir nichts aus. Ich fahre trotzdem wie aus dem Bilderbuch für Kraftfahrer.« Er tippte auf die Kiste und stand auf. »Nur noch diesen Brocken, dann sind wir soweit.«

»Sie können schon zurück nach Soltau fahren«, sagte Dahlmann leichthin.

»Und das Fräulein?«

»Fräulein Horten kommt mit der Bahn nach.«

»Aber sie wollte doch mit mir ...«

»Sie hat es sich anders überlegt. Fräulein Horten ist meine Schwägerin, die Schwester meiner Frau. Und meine Frau ist noch nicht von einem Ausflug zurückgekommen. Sie will so lange warten, bis meine Frau kommt.«

»Das ist klar.« Der Fahrer grinste. »So schnell kommt man ja auch nicht von Soltau nach Hannover, was? Also denn, ich fahre.«

»Gute Fahrt.«

»Und von dem Bier ...das bleibt unter uns, was?«

»Klar.« Dahlmann lächelte. »Ehrensache. Und nun schwirren Sie ab!«

Er wartete, bis der Fahrer die letzte Kiste hinausgetragen hatte. Dann blickte er sich in dem großen, leeren Raum um. Das Fluidum Monikas war verschwunden, es war jetzt ein nüchterner, heller, ungepflegter, häßlicher Dachraum, sonst nichts mehr. Der Zauber, den dieses Zimmer einmal auf ihn ausgeübt hatte, war zerstört. Nun sah er die schadhaften Dielenbretter, die häßlichen Flecken, wo einmal Bilder gehangen hatten, Löcher im Putz, Trostlosigkeit des Verfalls.

Dort stand die Staffelei, dachte er. Dort der Hocker mit den Paletten. Dort war ein Tisch, eine Kommode, ein Schrank. Unter dem Fenster standen zwei französische Sesselchen ... dort haben wir oft gesessen, hinausgestarrt in die Nacht, über die Dächer und Häuser, eine Stimmung wie auf Montmartre und doch viel, viel glücklicher, als man es beschreiben kann.

Ernst Dahlmann wischte sich über die Augen. Vorbei! Für immer vorbei! Unten lag Monika Horten in einem tiefen Morphiumschlaf, die gleiche Moni, die einmal dort am Fenster gesessen hatte und ihm ins Ohr flüsterte: »Ich bin so unendlich glücklich. Kann es überhaupt wahr sein ... du und ich ...?«

Es war wahr. Und es war ebenso wahr, daß etwas geschehen mußte; daß die Gefahr, die jetzt von Monika ausging, beseitigt werden mußte.

Beseitigt. Dahlmann hob die Schultern, als fröre er. Er war kein Mörder. Er hatte nie den abscheulichen Mut aufgebracht, etwas Endgültiges mit seinen eigenen Händen zu tun. Oft hatte er Luise stumm angesehen und gedacht: Wie leicht wäre es, sie zu töten. Ein Unfall ist schnell konstruiert, und bei einer Blinden glaubt man an einen Unfall sofort. Aber dann war er immer wieder zurückgeschreckt, nicht aus Skrupel, nicht aus edlem Bedenken, sondern aus Feigheit, aus Angst. Er erinnerte sich an den Augenblick am Rande des Baggerloches, als Luise kerzengerade und mit hocherhobenem Kopf das Bein hob und den Schritt zum Abgrund, zum Tode tat. Da hatte er sich auf sie gestürzt, mit einem wilden Satz, dessen Schnelligkeit er heute selbst nicht begriff, er hatte sie zurückgerissen, ins Leben zurückgeschleudert, und er hatte gespürt, wie ihn kalter Schweiß überzog und durch seinen Körper ein eisiges Zittern lief.

Er war nicht der geborene Verbrecher, er war kein eiskalter Mörder. Er war ein äußerst sensibler, weibisch-weicher Mann, mit dem Komplex beladen, immer gegängelt, immer bevormundet zu werden. Seine große Sehnsucht war es, einmal selbständig zu sein, Geld zu haben, das er ausgeben konnte, ohne Abrechnungen darüber vorlegen zu müssen; tun zu können, was ihm beliebte, ohne betteln zu müssen: Darf ich das? Er war ein Mann, der sich nach Freiheit sehnte, wie ein Zuchthäusler, der von seinem Zellenfenster die Weite des Landes sieht.

Alles, was er sagte, was er tat, wie er sich gab, wie er wirkte – klug, charmant, elegant, fröhlich, ein Gesellschaftslöwe –, alles das war nur eine Maske, hinter der die Öde seiner Seele lag. Er war sich selbst der Einsamste, so sah er sich auch und so verzehrte er sich innerlich auch an der Sehnsucht, frei zu sein in dem Sinne, wie er es verstand. So wurde aus Ernst Dahlmann die furchtbar gespaltene Persönlichkeit, die er jetzt war: ein kalter, in der Gemeinheit phantasiereicher Lump –

und ein einsamer, sich elend fühlender Mann, der sich befreien wollte und sich doch immer wieder verfing in seiner Feigheit, die das eigentliche Fundament seines Wesens war.

Ernst Dahlmann stieg die Stufen vom Atelier zur Wohnung hinunter und sah aus dem Dielenfenster hinaus auf die Straße. Der Lastwagen aus Soltau war abgefahren, in einer Stunde würde Luise zurückkommen. Es blieb also nicht mehr viel Zeit, um zu handeln.

Handeln! Aber was? Wie? Wohin mit Monika?

Sie schlief auf der Couch. Sie schnarchte leise – eine Nebenerscheinung, die man bei Morphiumbetäubten oft beobachtet. Dahlmann setzte sich neben sie und grübelte.

Er dachte alle Möglichkeiten durch, ja, er flüchtete sich sogar in das Absurde und erinnerte sich einer Reihe von Szenen, die er in Kriminalromanen im Laufe der Jahre gelesen hatte. Wie ließen die Autoren dort die lästigen Körper verschwinden?

Dahlmann schloß die Augen. Vom Säurebad bis zum simplen Vergraben in Einzelteilen fiel ihm alles ein – nur waren es Dinge, die er nie mit der eigenen Hand hätte ausführen können. Das Böse lag ihm nur in der perversen Form psychischer Grausamkeit. Manuell war er als Verbrecher völlig unbrauchbar.

Viele große Dinge entstehen aus dem Zufall, er kam auch hier zu Hilfe. Die Lösung des Problems, wohin mit Monika, hatte so nahe gelegen, daß sich Dahlmann jetzt wunderte, warum er überhaupt gegrübelt und Hilfe bei der Kriminalliteratur gesucht hatte. Das Einfachste lag oft so nahe, daß man es übersah. Wie sagt ein orientalisches Sprichwort: »Über einer schönen Eselin vergißt man das eigene Pferd«.

Dahlmann sprang auf und atmete erleichtert auf.

Er war seit sechs Jahren Mitglied eines Kegelklubs. In diesem Klub war auch ein Dr. Forster, ein Frauenarzt, der als großer Jäger galt, und nicht nur in den Wäldern. Er hatte eine Jagd gepachtet mit einer Jagdhütte, die ziemlich einsam lag, mitten in einem Hochwald aus Kiefern und Birken. Diese Hütte hatte er Dahlmann vor einigen Wochen angeboten. Sie war für Dr. Forster uninteressant und unwirtschaftlich geworden, nachdem seine Frau sie entdeckt hatte und eines Abends plötzlich dort auftauchte, just in der Stunde, in der sich Dr. Forster um den Abschuß einer berockten Ricke bemühte. Es ist verständlich, daß Frau Forster auf Aufgabe der Jagdhütte bestand, was Dr. Forster einsah nach Aufdeckung der Geheimhaltung. So kam Ernst Dahlmann zu dieser Hütte im Wald, während Dr. Forster in den Dschungel der Großstadt ausgewichen war und sich dort ein kleines Apartment gemietet hatte. Im Kegelklub wurden bereits stille Wetten abgeschlossen, wann der kriminalistische Spürsinn Frau Forsters auch diese neue ›Jagdhütte‹ entdeckte.

Ernst Dahlmann suchte in den Taschen seiner Anzüge nach dem Schlüssel, den ihm Dr. Forster gegeben hätte. Auch verwahrte er in irgendeiner Tasche den Plan, wie man die Hütte erreichen konnte. Es war gar nicht so einfach, denn sie lag so einsam, daß selbst der Revierförster sie nur bei seinen Inspektionsgängen berührte, und das war bei der Ausdehnung des Waldgebietes nur alle vierzehn Tage.

Endlich fand Dahlmann Plan und Schlüssel. Er sah auf die Uhr ... ihm blieb noch eine halbe Stunde.

Was er jetzt tat, geschah mit Überlegung und Logik. Das Bewußtsein, nicht töten zu müssen und doch zum Ziel zu kommen, erzeugte in ihm eine fast euphorische Stimmung. Er hätte singen und pfeifen können, und die Melodie, die ihm einfiel, war so makaber wie sein Tun ... »Machen wir's den Schwalben nach, bau'n wir uns ein Nest ...«

Er baute es sich. Erst rollte er Monika in eine Decke und trug sie hinunter in das Forschungslabor, zu dem nur er einen Schlüssel hatte. Von dort ging eine Tür in einen Innenhof. Dort hinein fuhr er den Wagen und legte Monika auf die Hintersitze. Dann lief er zurück in die Wohnung, schrieb einen Zettel für Luise, den Fräulein Pleschke vorlesen würde: »Bin in drei Stunden wieder zurück. Küßchen, Ernsti ...«, legte ihn auf den Tisch neben eine Schale mit Obst (Luise würde ihn dort bestimmt finden, denn meistens ließ sie sich nach dem Spaziergang eine Apfelsine schälen), eilte wieder zum Wagen, klemmte den ›Fahrplan‹ zur Jagdhütte an den Aschenbecher des Armaturenbretts, horchte an der Decke, wie Monika atmete, und fuhr dann ab.

Er stellte das Autoradio an, suchte einen flotten Sender und fuhr vergnügt durch Hannover nach Osten.

Wie abhängig der Mensch von Stimmungen ist, dachte er. Eben noch war ich verzweifelt, jetzt fühle ich mich leicht wie ein junger Adler in klarer Gebirgsluft.

Wirklich, der Mensch ist ein Phänomen.

Die Hütte lag tatsächlich abseits, ›jenseits von Gut und Böse‹, wie Dr. Forster einmal gesagt hatte. Man erreichte sie nur über eine halbzugewachsene Schneise und dann in einer Slalomfahrt zwischen den Kiefern und Birken hindurch über einen weichen, federnden, an einen Sumpf erinnernden Humusboden. Hier war man vor Entdeckungen sicher, wenn man keine Frau wie Dr. Forster besaß. Es ist eine alte Weisheit, daß eifersüchtige Frauen einen phänomenaleren Spürsinn entwikkeln als der ausgekochteste Kriminalist. Männer vergessen das nur zu oft in ihrer verliebten Gockelhaftigkeit. Wenn sie dann entdeckt werden, stehen sie vor einem Rätsel, das gar keines ist.

Ernst Dahlmann hatte den Wagen hinter dem Haus geparkt und schleppte nun seine inhaltsreiche Decke heran. In der Hütte roch es ungelüftet, etwas muffig und schimmelig, vermischt mit kaltem Rauch und einem gewissen Hauch von süßlichem Parfüm über der schaumgummigepolsterten Auflage, mit der eine große Holzbank hinter einem mächtigen Bauerntisch bedeckt war. Der Auszug Dr. Forsters – oder vielmehr seine Austreibung aus dem Paradies – mußte so plötzlich und elementar erfolgt sein, daß der zarte Duft einer verbotenen Liebe nicht mehr in den Wald gelüftet werden konnte.

Dahlmann bettete Monika auf die Bank. Das Halbdunkel störte ihn. Elektrisches Licht wäre hier ein Wunder gewesen. Dr. Forster hatte Wert gelegt auf Romantik. Es gab einige schöne Petroleumlampen aus Messing, mit bunten Schirmchen über den Glaszylindern. Dahlmann steckte zwei von ihnen an und leuchtete den großen Hüttenraum ab.

Ein Propangasherd, ein Holzofen, daneben Holzscheite, ein Bauernschrank mit Vorräten, bunt bezogene geschnitzte Stühle, im Hintergrund ein Alkoven. Vor dem breiten Bett ein bis zum Boden reichender geblümter Vorhang – lustig und fröhlich, wie es sich für die Abschirmung eines solchen Bettes gehört.

Um sicherzugehen, kontrollierte Dahlmann die Klappläden. Sie waren dick und dicht, die Sperriegel waren durch Eisenschienen gesichert und mit Schlössern versehen. Die Tür bestand aus dicken doppelten Bohlen, die Wände waren massive Holzstämme, auf die außen noch eine Stulpverschalung genagelt war. Ein einbruchsicheres Haus; man konnte nicht hinein, ohne es zu zerstören, und (was für Dahlmann viel wichtiger war) man konnte auch nicht hinaus, ohne es einzureißen. Hier konnte man schreien und trommeln, an die Wände hämmern und mit den Tischbeinen gegen die Tür rennen – es gab kein Entrinnen.

Der Vorratsschrank war leer. Bloß eine Büchse Kakao war da und drei Büchsen Kondensmilch. Die letzte Besucherin Dr. Forsters mußte ein Süßmäulchen gewesen sein. Ein paar Aluminiumtöpfe hingen an den Wänden. Monika würde also nach ihrem Erwachen sich nur eine Kanne Kakao kochen können. Das mußte reichen, bis er am nächsten Tag wiederkam und ihr genug an Verpflegung mitbrachte.

An Petroleum waren noch drei volle Zehnliterkannen vorhanden. Dr. Forster schien kein Freund der Dunkelheit gewesen zu sein; als Mediziner war er daran gewöhnt, Handgriffe nicht nur zu fühlen, sondern auch zu sehen. Das Petroleum würde also auch reichen. Warum lediglich der Kakao dageblieben war, schien Dahlmann ein Rätsel. Die sparsame Frau Forster hatte alles ausgeräumt und mitgenommen, als die Jagd geschlossen wurde. Nur den Kakao nicht. Vielleicht mochte sie keinen Kakao.

Ernst Dahlmann war mit sich und seiner Umgebung zufrieden. Er wickelte Monika aus der Decke und trug sie in das hohe Alkovenbett. Dort deckte er sie mit einer Steppdecke zu und schob eine Schüssel in ihre Kopfnähe. Morphinbetäubte übergeben sich leicht beim Erwachen.

Er beugte sich über sie. Ihr Gesicht war gelbblaß und wie eingefallen. Sie schlief fest. Dahlmann zog die Steppdecke über sie, strich ihr über die goldblonden Haare und das entspannte Gesicht.

»Schlaf schön, Moni«, sagte er.

Am Tisch schrieb er ein paar Zeilen und heftete dann den Zettel an den Schirm der am nächsten stehenden Lampe:

»Ich komme morgen wieder. Bitte, versuche nicht, irgend etwas anzustellen. Es wäre eine Dummheit. Warte auf mich und hab' Vertrauen. Ernst.«

Er löschte die Petroleumlampen, ging noch einmal zurück zu Monika, zog den Vorhang vor den Alkoven und hatte dabei den Gedanken: Ende des 2. Aktes. Der Vorhang fällt.

Der Vorhang fällt ...

Als er es dachte, war er sich der grausigen Wirklichkeit dieses Satzes noch nicht bewußt.

Für ihn war es das Wichtigste, daß er Zeit gewonnen hatte. Kostbare Zeit, in der viel geschehen sollte, in der man jede Stunde ausnutzen mußte. Er spürte, daß er aus dem Stadium des Improvisierens herausgekommen war. Sein Leben entwikkelte sich wie eine mathematische Formel, in der immer wieder neue Unbekannte auftauchten. Alles wurde nun auch eine reine Nervensache. Ernst Dahlmann fühlte sich stark genug, die stärkeren Nerven zu haben.

Er schloß hinter sich die Bohlentür der Waldhütte ab und rappelte an der Klinke. Es war ein solides, dickes Sicherheitsschloß.

Dieser Geruch in der Hütte, dachte er noch beim Wegfahren. Muffig-süß, schimmelig-herb – wie auf einem Friedhof im Sommer, wenn die Sonne auf die Gräber brennt und die Erde atmet.

Ein verrückter Gedanke, aber er ließ ihn nicht mehr los.

*

Fräulein Pleschke saß mit dick verquollenen Augen wie ein verängstigter Hase im Wohnzimmer und zerrte an einem feuchten Taschentuch. Als Ernst Dahlmann hereinkam, weinte sie wieder los und drückte das Taschentuch gegen ihr Gesicht.

»Was haben Sie denn, Erna?« fragte Dahlmann und legte die Autoschlüssel aufs Büfett. Statt einer Antwort begann Fräulein Pleschke laut zu schluchzen.

Dahlmann stand unschlüssig im Zimmer und blickte auf das weinende Mädchen. Luise war nicht zu sehen, er hörte sie auch nicht in der Küche. »Was ist denn nun?« fragte er ärgerlich. »Hat Ihr Student Sie versetzt? Bekommen Sie ein Kind?«

Fräulein Pleschke sah trotz der Tränen äußerst beleidigt auf. »Ich ... ich verbitte mir das, Herr Dahlmann ...«, weinte sie. »Ihre ... Ihre ...« Die Stimme versank in haltlosem Schluchzen. Dahlmann fuhr sich mit dem Zeigefinger zwischen Kragen und Hals. Er hatte auf dem Rückweg ein neues Hemd gekauft und das alte, blutige weggeworfen. Auf die Kratzwunden im Nakken hatte er Puder gestreut. Sie brannten noch, aber sie wurden vom Kragen verdeckt.

»Nun beherrschen Sie sich endlich und sprechen Sie deutlich! Was ist passiert?«

Fräulein Pleschke holte tief Atem. Dann schrie sie fast: »Ihre Frau ist weg!«

Dahlmann legte den Kopf auf die Seite. Er begriff im ersten Moment nicht, was er da hörte. »Was ist?« fragte er deshalb zurück.

»Sie ist weg.«

»Was heißt – weg?«

»Ihre Frau ist verschwunden!«

»Reden Sie doch keinen Quatsch!« Dahlmann wurde es plötzlich heiß. »Sie waren doch mit meiner Frau in Herrenhausen. Wo ist sie denn jetzt?«

»Das weiß ich ...«

»Aber Sie sind doch dazu da, auf sie aufzupassen!« brüllte Dahlmann. Plötzlich erkannte er die ganze Tragweite des Geschehens, auch wenn es schwer war, das zu begreifen. Luise weg ... das war absurd. Das war einfach undenkbar!

Fräulein Pleschke zuckte zusammen und nickte. »Ich habe keine Schuld, Herr Dahlmann«, stammelte sie. »Ihre Frau hatte mir freigegeben, nachdem ich sie im Schloßcafé abgesetzt hatte. Sie saß auf der Terrasse, unter einem Sonnenschirm. Als ich zurückkam, war sie nicht mehr da. Keiner wußte, wohin sie gegangen war.«

»Das ist doch Blödsinn!« Dahlmann rannte nervös im Zimmer hin und her. »Meine Frau kann doch nie allein gegangen sein. Sie war doch auf Ihre Hilfe angewiesen.«

»Das ist es ja.« Erna Pleschke weinte von neuem. »Die Kellnerinnen sagten, daß sie mit einem Herrn gegangen ist.«

»Mit einem Herrn?!« Dahlmann blieb wie angenagelt stehen.

»Ja. Der Herr war schon öfter im Schloßcafé. Die Mädchen kannten ihn, aber nur vom Sehen. Nicht seinen Namen. Man fragt ja keinen Gast, wie er heißt.«

»Weiter, weiter.«

»Mit diesem Herrn ist Ihre Frau weggegangen. Sie hat nichts hinterlassen. Mein Gott!« Erna Pleschke drückte wieder das tränennasse Taschentuch an die Augen. »Man hat sie entführt.«

Ernst Dahlmann betrachtete diese Bemerkung als gar nicht so abwegig. Er rannte zum Telefon und rief Dr. Kutscher an. Nach einigen Wartesekunden meldete sich der Anwalt; er wollte gerade zu einem Klienten.

»Was ist?« fragte Dr. Kutscher unhöflich und ohne Anrede.

»Meine Frau ist weg!« schrie Dahlmann aufgebracht.

»Schöner Trick! Dahlmann, zaubern Sie sie wieder herbei, oder es geht drunter und drüber.«

»Doktor, ich flehe Sie an! Sie ist wirklich weg. Fräulein Pleschke, die Betreuerin, kann Ihnen den Vorfall schildern. Ein uns unbekannter Mann hat sie vom Schloßcafé Herrenhausen mitgenommen.«

»Einer von Ihren Privatkillern?«

»Doktor, lassen Sie die dummen Witze! Ich mache mir Sorgen! Luise ist entführt worden!«

Dr. Kutscher schwieg ein paar Sekunden. Er schien nachzudenken. Dann sagte er: »Dahlmann, seien Sie einmal ehrlich – es ist notwendig –: Wer hätte außer Ihnen ein Interesse daran, eine blinde Frau zu beseitigen?«

»Ich könnte erpreßt werden.«

»Sie Witzknoten! Etwas Besseres könnte Ihnen ja nicht passieren. Sie weigern sich, zu zahlen, und Ihre Frau geht hops. Und Dahlmännchen steht rein da wie Pontius Pilatus. Ich rate Ihnen noch einmal: Geben Sie den plumpen Trick auf und schaffen Sie Ihre Frau herbei.«

Dahlmann wischte sich mit zitternder Hand über die Augen. »Doktor!« seine Stimme war ehrlich besorgt und niedergeschlagen, »glauben Sie mir doch. Ich werde sofort die Polizei benachrichtigen.«

»Sie wissen, daß Vermißtenmeldungen erst vierundzwanzig Stunden nach dem Feststellen des Verschwindens bearbeitet werden. Bis dahin kann Ihre Frau ...«

»Ich brauche Ihren Rat!« brüllte Dahlmann außer sich. »Sie ist weg, Fräulein Pleschke kann es bezeugen, und ich will von Ihnen wissen, was Sie zu tun gedenken.«

»Nichts.«

»Doktor, ich schwöre Ihnen, daß meine Frau weg ist!«

»Jetzt fangen Sie auch noch an, Gott zu belästigen!« Die Stimme Dr. Kutschers war voller Abwehr. »Aber wenn Sie wollen, komme ich vorbei und höre mir die Mär des Fräulein Pleschke an.«

»Und wenn Sie überzeugt sind, daß es stimmt?«

»Dann hat man Sie herrlich hereingelegt, Dahlmann. Dann werden Sie bald von den Brüdern hören, die Ihre Frau als

Melkkuh ansehen. Und dann allerdings werden wir den ganzen Polizeiapparat in Bewegung setzen. Nur glaube ich nicht, daß es soweit kommen wird.«

»Und warum nicht?«

»Ich habe das im Gefühl.«

»Sie und Ihre Gefühle!« schrie Dahlmann. »Ich erwarte Sie sofort!«

Mit einem Hieb warf er den Hörer zurück.

»Sie bleiben hier, Erna!« brüllte er. »Wenn Sie sich weniger um Ihre Hormone und mehr um meine Frau gekümmert hätten, wie es Ihre Pflicht war, wäre so etwas nie vorgekommen!«

Erna Pleschke rettete sich in heftiges Schluchzen. Es blieb ihr auch nichts anderes übrig. Nur schuldig fühlte sie sich nicht. Man kann einen erwachsenen Menschen ja nicht dauernd mit sich herumschleppen wie die Chinesen ihre Säuglinge.

Als Dr. Kutscher eintraf, fand er Dahlmann in aufgelöster Verfassung. Das ist kein Theater mehr, dachte er. Das ist echt. Und auch ihm wurde es merkwürdig hohl in der Magengrube.

*

Zwei Stunden vorher noch hatte Dr. Kutscher ein kurzes Gespräch mit dem Psychiater Dr. Vierweg gehabt. Dr. Vierweg, jung und ehrgeizig und erst im Aufbau einer eigenen Praxis, hatte sich hinter diesen mysteriösen Fall gekniet und ein Gutachten ausgearbeitet, das er der psychiatrischen Klinik einreichen wollte. Auch spielte er mit dem Gedanken, hintenherum der Presse einen Wink zu geben – es war eine patientenbringende Publicity, wenn einige Zeitungen den Fall brachten. Das Drama der blinden Luise ... ein roter Balkentitel in einem Boulevardblatt, im Artikel ein paarmal der Name Dr. Vierweg. Es würde bald bekannt werden, wo die Praxis dieses tüchtigen Psychiaters liegt. Dr. Vierweg hatte dabei keinerlei standesethische Bedenken ... wenn Ordinarien ihre Herz-Lungen-Maschinen-Operationen oder Transplantationsversuche der Presse zugänglich werden ließen, dann kann das ein kleiner, junger Arzt auch. Dr. Vierweg sah nicht ein, daß indirekte Reklame nur für Professoren da sein sollte. Er stieß damit zwar in ein Wespennest, aber auch gegen Wespen gibt es Mittel.

Dr. Kutschers Anfrage war deshalb schnell beantwortet.

Sie lautete:

»Doktor! Ist Ihrer Meinung nach Frau Dahlmann nicht voll geschäftsfähig?«

»Das ist sie auf gar keinen Fall.« Dr. Vierweg antwortete unkompliziert, was ihn auch wohltuend von anderen Ärzten unterschied.

»Es ist also unmöglich, daß sie testamentarische Änderungen vornimmt?«

»Völlig unmöglich.«

»Schenkungen?«

»Sie könnten aufgrund meines Gutachtens juristisch sofort angefochten werden.«

»Auch gegenüber dem Ehemann?«

»Auch da! Meines Erachtens müßte ein gesetzlicher Vormund und eine Vermögensverwaltung eingesetzt werden.«

»Sehr gut! Und die Aussichten auf Heilung?«

»Sind gut. Wenn man auch nicht sagen kann, wie lange es dauert. Aber solche Psychosen lassen sich durch Elektroschocks abdämpfen oder völlig verdrängen.«

»Danke. Ich gratuliere zu dieser Diagnose.« Dr. Kutscher legte auf. Dann saß er nachdenklich am Schreibtisch und spielte mit der Löschblattunterlage. Nach einer Zeit läutete er seine Sekretärin ins Zimmer.

»Mädchen«, sagte er sehr ernst, »was würden Sie denken, wenn ich jetzt hier säße, mit dem Kopf wackelte und immer nur ›da-da-da-da!‹ sagte?«

»Ich würde denken: Mein Gott, der Chef ist übergeschnappt.«

»Und das würden alle denken?«

»Ja.«

»Danke.«

Verwundert verließ die Sekretärin das Zimmer. Dr. Kutscher trat ans Fenster und sah hinaus auf die belebte Straße.

Wie einfach ist es, als Verrückter zu gelten, dachte er. Und wie schnell finden sich die Menschen damit ab. Er ahnte, daß der Fall Luise Dahlmann noch äußerst kompliziert werden konnte.

*

Die ganze Nacht über saß Ernst Dahlmann wach, lief wie ein gefangenes Raubtier hin und her, trank Kognak und Whisky, rief in Abständen von einer Stunde die Polizei und alle Krankenhäuser von Hannover an und erhielt immer die gleiche Nachricht: »Nein, Ihre Frau ist nicht eingeliefert worden.«

Gegen Morgen war es schließlich schon so, daß der wachhabende Polizist auf dem Präsidium und die Pfortenschwestern in den Kliniken beim Nennen des Namens Dahlmann gleich dazwischenriefen:

»Nichts!«

Und auflegten.

Um sieben Uhr schreckte Dahlmann hoch. Erschöpft war er auf dem Sessel eingeschlafen. Er stürzte zum Telefon, Dr. Kutscher rief an.

»Etwas Neues?«

»Nein, Doktor, leider nichts. Es ist zum Verzweifeln. Ich bin völlig fertig.«

»Kann ich verstehen.« Dr. Kutschers Sarkasmus kannte keine Grenzen. »Statt Geld zu machen, werden Sie welches rausrücken müssen! Über so etwas hätten die alten Griechen eine antike Tragödie geschrieben.«

Dahlmann warf den Hörer hin. Er hätte Dr. Kutscher erwürgen können.

Auf dem Präsidium lief die Fahndung an. Das heißt, man war vorsichtig. Der Name Luise Dahlmann wurde zunächst nur in das Fahndungsbuch aufgenommen, das zum internen Gebrauch innerhalb der Polizei bestimmt war. An die Öffentlichkeit trat man erst, wenn der Fall völlig klarlag. Was wäre das auch für eine Polizei, die ständig um Hilfe bittet?! Man hatte seine Spezialisten, eine besondere Abteilung sogar. Um acht Uhr kam der Kriminalrat; den wollte man erst einmal nach seiner Meinung fragen.

Dahlmann wußte nicht, was er tun sollte. Den Rat Dr. Kutschers, am Telefon zu bleiben und auf einen Anruf der Entführer zu warten, befolgte er schon von sich aus. Außerdem machte er sich darüber Gedanken, wie hoch die Auslösungssumme sein konnte. Hunderttausend Mark? Oder zweihunderttausend Mark? Oder nur fünfzigtausend Mark? Wie hoch sie auch sein mochte – er konnte sie niemals bezahlen. Er hatte keine Kontengewalt, das war bekannt und würde ihn gegenüber dem Staatsanwalt schützen, in den Verdacht des Vorschubs zu geraten.

Die andere Seite, die man genau überdenken mußte, war die Möglichkeit, daß man Luise tötete. Dann fiel der gesamte Besitz der Familie Horten automatisch an den letzten vorhandenen Erben. An Monika.

Monika, die jetzt in einer einsamen Waldhütte im Bett lag und schlief. Eine Erbin, von der er nicht einen einzigen Pfennig bekommen würde. Eine Erbin, die aber auch allen Gemeinheiten und Möglichkeiten, an ihr Geld zu kommen, fernstand.

Ernst Dahlmann mußte sich eingestehen, daß er mit dem Tode Luises in dieser Form völlig am Ende war. Dieser Gedanke lähmte in fast, weil es offenbar kein Mittel gab, die Katastrophe abzuwenden.

Um neun Uhr erhielt er Besuch. Jemand, an den er nicht mehr gedacht hatte, den er jetzt am allerwenigsten gebrauchen konnte und den er dennoch hätte erwarten müssen.

Bar aller Höflichkeit rannte Julius Salzer in die Wohnung. Er hatte geschellt, Dahlmann zur Seite gedrückt und war ins Wohnzimmer gestürmt.

»Wo ist Monika?« rief er.

»Wie soll ich das wissen, Dichterfürst?« Dahlmann versuchte es mit Spott. Julius, durchfuhr es ihn. Der ist ja auch noch da!

Salzer ballte die Fäuste.

»Soll ich Sie an die Wand werfen?« keuchte er.

»Davon weiß ich noch immer nicht, wo Ihre Monika ist. Und außerdem wäre das kein schönes Gedicht ...«

»Sie war hier.«

»Natürlich. Sie hat ja ihre Möbel abgeholt. Und sie hat mit ihrer Schwester, meiner Frau, gesprochen.«

»Ich bin nicht blöde.«

»Aber mir scheint, man muß Ihnen die einfachsten Dinge demonstrativ erklären, wie einem Kind: Das ist ein Räppelchen, und es macht knurr-knurr ...«

»Wohin ist Monika?!« schrie Julius Salzer. Er war bleich vor Erregung. Dahlmann hob die Schultern.

»Sie ist gestern abend um zwanzig Uhr oder so rum weggegangen. Der Wagen ist ja ohne sie in Soltau angekommen. Sie wollte mit der Bahn nachfahren.«

»Um diese Zeit fährt kein Zug mehr nach Soltau!«

»Weiß ich das?!« Dahlmann wandte sich ab und trat ans Fenster. »Ich rede meiner Schwägerin nicht rein, das hat auch gar keinen Sinn. Das sollten Sie sich merken, junger Mann. So hübsch der Kopf Monikas ist, so dick ist er auch! Sie werden sich die Zähne an dem schönen Lärvchen ausbeißen. Doch das nebenbei. Das ist nicht meine Sorge. Wo sie von hier aus hin ist, weiß ich nicht. Ich weiß nur – sie wollte zum Zug. Zum Hauptbahnhof also. Vielleicht hat sie unterwegs einen anderen schönen Mann gefunden ... Sie wissen ja, wie schnell das bei ihr geht.«

»Sie sind ein ganz gemeiner Flegel«, sagte Julius Salzer leise. Dahlmann drehte sich schroff herum.

»Gehen Sie, und zwar sofort! Ich habe es nicht nötig, mich in meinem eigenen Hause von so einem Jammerjüngling wie Ihnen beleidigen zu lassen. Lernen Sie erst einmal richtig arbeiten. Leisten Sie erst etwas im Leben. Dann können wir weiterreden. Also – gehen Sie! Das ist die zweite Aufforderung. Bei der dritten ist's Hausfriedensbruch, und ich rufe die Polizei.«

»Da gehe ich sowieso hin!« schrie Salzer. Er war fast atemlos vor Sorge.

»Warum?«

»Ich mache eine Vermißtenmeldung.«

Dahlmann hob die Augenbrauen. Das ist dumm, dachte er. Daran habe ich nicht gedacht. Zwei Verschwundene im Hause Dahlmann, das fiel auch dem naivsten Polizisten auf. Man mußte es vermeiden, wenigstens so lange, bis man einen Fingerzeig von Luise hatte.

»Kommen Sie her, junger Poet!« sagte Dahlmann und zwang sich zur Jovialität. »Setzen Sie sich. Trinken wir erst einen und denken alles durch.«

Julius Salzer blieb stehen. Die Wandlung Dahlmanns verblüffte ihn und machte ihn gleichzeitig vorsichtig.

»Ich möchte gehen«, sagte er lauernd.

Dahlmann öffnete den Barschrank und nahm eine Whiskyflasche heraus. Er hielt sie hoch und schwenkte sie.

»Kennen Sie die?«

»Nur dem Namen nach. Whisky ist für mich so unerreichbar wie der Nobelpreis. Ich bin froh, wenn ich meine Wasserrechnung abarbeiten kann.«

»Dann sollten wir jetzt aber schnell einen trinken und auf Vorrat tanken.« Dahlmann lachte etwas gequält. »Junger Schiller ... oder tendieren Sie mehr zu Kleist ...?«

»Schiller.«

»Dachte ich's mir doch. Also, hauen Sie sich in den Sessel, ich hole Eis aus der Küche, und dann bereden wir, was wir mit Monika machen. Im Grunde tun Sie mir leid. Auch ich war ja einmal jung, und wenn ich verliebt gewesen wäre und dann den Launen einer Frau wie Monika ausgesetzt ... ich kann Ihnen nachfühlen, daß Sie den Globus in die Luft sprengen möchten!«

Er drückte Julius Salzer in den Sessel, als er an ihm vorbei zur Küche ging, Eis zu holen. Nach kaum zwei Stunden war Julius Salzer sinnlos betrunken. Der nie getrunkene Whisky lag wie Blei in seinen Hirnwindungen; er lallte wie ein Verblödeter, fiel auf die Couch und schlief schließlich ein.

Ernst Dahlmann aber fuhr in die Stadt, Lebensmittel einkaufen. Gegen Mittag war er wieder zurück. Die Kriminalpolizei hatte sich für vierzehn Uhr angesagt. Sie wollte Fotos von Luise habe, genaue Beschreibungen, Unterlagen.

Man kann durchaus behaupten, daß ich für das Geld, das ich haben will, wie ein Stier arbeite, dachte Dahlmann. Fast könnte man sagen, es sei ehrlich verdient.

*

Beim Eintritt in die Diele zuckte er zusammen. Luises Hut hing an der Garderobe. Er konnte sich nicht erinnern, dort vorher einen Hut gesehen zu haben.

»Luise!« schrie er und warf seinen Mantel einfach auf den Boden. »Luiserl! Liebes!« Er riß die Tür zum Wohnzimmer auf und stürzte mit ausgebreiteten Armen hinein.

Julius Salzer lag noch immer auf der Couch und röchelte furchtbar. Nur hatte man jetzt seine Beine hochgelegt und ihn mit einer bunten Wolldecke zugedeckt.

Im Sessel, in der Blumenecke, über den Augen die dunkle Sonnenbrille, saß Luise. Sie wandte den Kopf Dahlmann zu, ihr Gesicht war maskenhaft starr und bleich. Dahlmann ließ die Arme an den Körper zurückfallen. Wozu auch, dachte er. Sie sieht es ja doch nicht.

»Luiserl ... solchen Schrecken einem einjagen ... ich bin ganz kopflos ... ich bin gar nicht mehr ich ... Wo warst du denn? Was ist denn passiert? Wo warst du die ganze Nacht über?«

»Bei einem Mann«, sagte Luise ruhig.

Dahlmann zuckte zurück. Eine eiserne Klammer legte sich um seinen Hals. Der Atem stockte ihm.

»Wo ... wo warst du, Luiserl ...?«

»Bei einem Mann.« Ihr Kopf hob sich, ihre Stimme war klar und fest. »Ich habe einen Geliebten.«

Diese Mitteilung war so ungeheuerlich, daß Ernst Dahlmann zunächst nichts mehr sagen konnte. Er sah Luise nur aus ungläubig-weiten Augen an, als sei eine Naturkatastrophe über ihn hereingebrochen, von der man nicht begreifen kann, wie sie geschehen konnte. Luise beobachtete ihren Mann sehr aufmerksam. Sie war sich klar darüber, daß er jetzt etwas tun mußte – nicht an ihr, denn für ihn war sie ja bares Geld, ob mit oder ohne Geliebten. Sie war in jedem Falle sicher, solange sie noch nicht die Überschreibungen ausgeführt hatte. Mit Robert Sanden hatte sie alles genau durchgesprochen. Der beste Schutz für sie war jetzt Dahlmanns Gier nach der alleinigen Erbschaft. Luise war bereit, dieses ungeheuer schwere Spiel von Blindheit und Bereitwilligkeit so lange noch zu spielen, bis man handfeste Beweise gegen Dahlmann hatte. Zur Zeit gab es diese nicht, denn alles, was geschah, vollzog sich ja nur unter vier Augen und im sicheren Schutz der eigenen Wohnung. Allein Monika hätte als dritte Beteiligte Zeugnis ablegen können, doch mit der Hilfe ihrer Schwester rechnete Luise nicht mehr.

Dahlmann tat zunächst das Wichtigste, als sich seine Erstarrung löste. Er ging zum Telefon und rief die Polizei an.

»Ja, meine Frau ist wieder hier«, sagte er. »Bitte, blasen Sie alles ab. Sie hat ... hat bei Bekannten übernachtet. Nein, die hatten kein Telefon. Ich weiß, daß diese Sache blöde ist, aber es war ja auch das erste Mal, daß sie so etwas ... Ja, danke. Natürlich komme ich rüber und gebe alles zu Protokoll. Ich danke Ihnen vielmals.«

Er legte auf und sah Luise wieder an. Das ist doch nicht wahr, dachte er. Das kann einfach nicht wahr sein.

»Du hattest die Polizei benachrichtigt?« fragte Luise.

»Natürlich!«

»Warum?«

»Erlaube mal! Wenn du mittags weggehst und bist am Abend noch nicht da. Und die ganze Nacht über! Ich habe alles mobil gemacht, was nur geht. Auch Dr. Kutscher ist in Fahrt ...«

»Ruf ihn bitte auch an und sage ihm, daß ich hier bin.«

»Das hat Zeit.« Dahlmann wanderte unruhig im Zimmer auf und ab. Er blieb ein paarmal vor Luise stehen, sah sie stumm an, schüttelte den Kopf und ging dann weiter.

»Sag, daß das alles ein fataler Scherz ist«, meinte er.

»Was?«

»Das mit dem Geliebten.«

»Nein. Es stimmt.«

»Ja, bist du denn verrückt?«

»Nein. Ich bin ein durch und durch normaler Mensch. Das habe ich gestern gemerkt. Darf ein Mensch nicht einmal schwach werden?«

»Nein!«

»Du bist nie schwach geworden?«

»Nein!«

»Du hast mich nie betrogen?«

»Luiserl! Du weißt, daß ich nie ...«

»Gut! Dann habe ich gestern eine Sünde zuviel getan.« Sie hob den Kopf wie ein witterndes Tier. »Es steht dir frei, die Konsequenzen zu ziehen und dich scheiden zu lassen.«

Dahlmann kaute an der Unterlippe. Ihn erregte weniger die Enttäuschung, daß Luise sich einem anderen Mann zugewendet hatte, als vielmehr der Gedanke, der andere, der noch Unbekannte, könnte in den Genuß des Vermögens kommen. Luise sah diesen Zwiespalt, es war ihr eine tiefe Befriedigung, die Wunde weiter aufzureißen.

»Er ist auch bereit, mich zu heiraten.«

Dahlmann hob die Schultern. »Wer ist es?«

»Das ist uninteressant.«

»Ich will wissen, wer das Schwein ist, das sich an eine blinde Frau heranmacht und auf die gemeinste Art versucht, sich einen lukrativen Lebensabend zu sichern! Etwas anderes ist es nicht! Eine ganz billige, hundsföttische Erbschleicherei.«

»Es ist Liebe«, sagte Luise still.

»Liebe!« Dahlmann zuckte hoch wie unter einem elektrischen Schlag. »Du kannst ja nicht sehen, wer es ist, ob er ein Scheusal ist, ob er ...«

»Er hat eine Seele. Sie kann man nicht sehen, sondern nur fühlen. Der Wert eines Menschen ist nicht am Gesicht oder an seiner Figur ablesbar.«

»Und er hat Seele, was?« schrie Dahlmann.

»Ja.«

»Und das sagst du so dahin? Das soll ich einfach schlucken? Ich soll mich damit abfinden, daß die einzige Frau, die ich liebe und je geliebt habe, daß *meine* Frau einen Geliebten hat!«

»Es verlangt keiner von dir. Laß dich scheiden. Ich mache es dir einfach. Ich liefere den Scheidungsgrund.«

Ernst Dahlmann wanderte erneut im Zimmer auf und ab. Man müßte diesen Mann ausfindig machen, dachte er. Wenn es ihn überhaupt gibt, wenn es nicht von Luise ein Bluff ist. Aber warum sollte sie dieses Theater spielen, und wo hat sie die vergangene Nacht verbracht? Er blieb stehen und sah seine Frau wieder an. Er begriff es einfach nicht. Es paßte nicht zum Charakterbild der sittenstrengen Luise, daß sie als Blinde sich einem Mann in die Arme warf, den sie gerade kennengelernt haben mußte, von dem sie nichts wußte, den sie nicht sehen, sondern nur hören konnte. Das alles war so ungeheuerlich, so absurd, so makaber, daß Dahlmann immer wieder Luise anstarrte, den Kopf schüttelte und seinen Rundgang durch das Zimmer wieder aufnahm.

»Was willst du tun, Ernst?« fragte Luise mit ruhiger Stimme.

»Nichts!«

»Das ist sehr wenig.« Sie beugte sich etwas vor, um ihren Worten den nötigen Nachdruck zu geben. »Ich muß dir gestehen, daß ich von diesem Mann nicht wieder loskomme.«

»Luiserl, das ist doch Verblendung!«

»Vielleicht. Aber ich bin auch nur ein schwacher Mensch, und jetzt besonders schwach. Ich liebe; da bleibt für die Vernunft kein Platz mehr. Kannst du das nicht nachempfinden?«

Dahlmann konnte es. Er dachte an seine Monate mit Monika, an die Himmel, die er herunterreißen wollte, an die vielen, vielen Worte, die man gesprochen hatte und deren Sinn die Sinnlosigkeit war.

»Nein!« sagte er hart. »Dafür fehlt mir jedes Verständnis! Das einzige, was ich sehe, ist, daß ich mich um dich anscheinend noch zu wenig gekümmert habe. Ich habe auf die Verläßlichkeit fremder Menschen, wie Fräulein Pleschke, gebaut. Es war eine Fehlspekulation! Es wird nicht wieder vorkommen.«

»Zu spät.«

»Was heißt zu spät?«

Dahlmann begriff die Gefahr, in der er sich befand. Alles, was er in mühsamer Kleinarbeit mit Lumpereien und Betrug aufgebaut hatte, wurde in dem Augenblick zerstört, in dem Luise sich von ihm trennte und zu dem anderen Mann ging. Das zu verhindern, war jetzt das einzige, was Dahlmann tun konnte. Die Vorbedingung war, daß er erfuhr, wer der Unbekannte war. Nach seiner Meinung konnte es sich nur um einen noch größeren Lumpen als ihn handeln, der für das sichere Leben eine blinde Frau in Kauf nahm.

Luise beobachtete Dahlmann hinter den dunklen Brillengläsern mit der stillen Freude erfüllter Rache. Robert Sanden hatte ihr Mut gegeben. Er hatte gesagt: Du brauchst keine Angst vor deinem Mann zu haben. Er wird dir nie etwas antun. Eine tote Luise nutzt ihm nichts. Nur die lebende Luise ist für ihn wertvoll, und jedenfalls so lange, bis er die Schenkung und Überschreibung in der Tasche hat ... oder bis es ihm gelungen ist, dich entmündigen zu lassen. Jetzt sah sie, daß Sanden recht gehabt hatte. Dahlmann nahm alles hin, auch einen Ehebruch seiner Frau, einen Geliebten, alles ... Hauptsache, es blieb bei der Aussicht, doch noch einen Teil des Hortenschen Vermögens zu bekommen.

Luise legte die Hände auf die Sessellehne. So hatte sie fast zwei Jahre dagesessen, in die Dunkelheit lauschend, an die Liebe und Fürsorge ihres Mannes glaubend.

»Warum sagst du nicht, wer dieser andere Mann ist?« fragte Dahlmann heiser vor Erregung. Luise schüttelte den Kopf. »Es ist noch zu früh.«

»Warum bist du zurückgekommen, wenn du nicht mehr mit mir weiterleben willst?« schrie Dahlmann außer sich.

»Um es dir zu sagen, Ernst.« Sie sprach ganz ruhig. Er wird mir nie etwas tun, ich bin ihm als Lebende viel zu wertvoll. »Ich will ehrlich zu dir sein; so, wie auch du immer zu mir ehrlich warst.«

»Und das ist dann der Dank für meine Korrektheit!«

»Die Welt ist eben schlecht, Ernst.«

»Wenn du mir versprichst, dich von diesem Kerl zu lösen, will ich alles vergessen.«

»Das kann ich dir nicht versprechen.«

Sie stand auf, tastete sich aus dem Zimmer und ging ins Schlafzimmer. Dahlmann hörte, wie sie hinter sich die Tür abschloß. Das Gespräch war beendet.

Er stand wie betäubt da und empfand eine wilde Wut über seine Untätigkeit. Auf der Couch röchelte und schnarchte noch immer Julius Salzer. Er sah grün im Gesicht aus, als habe er eine Alkoholvergiftung.

Nach Herrenhausen, dachte Dahlmann. Das war der einzige Punkt, wo man mit einer Nachforschung ansetzen konnte. Von der Terrasse des Schloßcafés aus war Luise mit dem Mann weggegangen. Vielleicht war es möglich, von dort eine Spur aufzunehmen.

Er rannte hinaus, nahm seinen Mantel und fuhr weg.

Zuerst aber fuhr er zu Dr. Kutscher.

*

Einen Geliebten hat sie?« fragte der Anwalt und blies den Zigarrenrauch gegen die Decke. Er verzichtete auf seine kunstvollen Ringe; die Mitteilung hatte ihn ebenso schockiert wie Dahlmann. »Sind Sie sicher?«

»Sie war doch die Nacht über bei ihm!« Dahlmann trank in hastigen, kleinen Schlucken einen doppelten Kognak. »Wo soll sie sonst gewesen sein?«

»Ja, wo? In einem Hotel?«

»Allein? Als Blinde? Wer hat sie dorthin gebracht? Das ist doch Dummheit!«

»Im Leben ist nichts dumm genug, als daß es nicht geschehen könnte. Aber in diesem Falle gebe ich Ihnen recht: Warum soll sie in ein Hotel gehen!«

»Na also!«

»Und?«

»Und! Und! Ihre Weisheit ist sehr beschränkt, Doktor. Vielleicht wäre es. Ihnen möglich, den Namen dieses Mannes aus ihr herauszubekommen.«

»Schon möglich.« Dr. Kutscher lächelte mokant. »Nur würde ich ihn Ihnen nicht sagen.«

»Aber ...«

»Bedenken Sie, ich bin der Anwalt Ihrer Frau, nicht mehr Ihrer! Was sie mir also mitteilt, fällt unter Berufsgeheimnis!«

»Aber Sie könnten mit diesem Kerl sprechen!«

»Das werde ich auch!«

»Und ihm die Leviten verlesen.«

»Das kommt darauf an, wer und was er ist. Objektiv betrachtet könnte sich Ihre Frau überhaupt nicht verschlechtern.«

Dahlmann verließ wütend das Büro Dr. Kutschers. Er warf sich in seinen Wagen und raste hinaus nach Schloß Herrenhausen.

Dr. Kutscher blieb ehrlich beunruhigt zurück. Er konnte sich aus diesem Vorfall keinen Vers machen. Es war nicht die Art Luise Dahlmanns, so zu handeln. Wer sie kannte, hielt solche pikanten Dinge für unmöglich. Es mußte auch anders sein, als es Dahlmann schilderte, das war für Dr. Kutscher fast sicher. Nur scheute er sich, Luise selbst anzurufen. Schließlich gab es die Möglichkeit, daß alles doch wahr sein könnte. Ein Mißtrauen, das aus Kutschers Stellung zur Weiblichkeit erklärbar war. Er war der Ansicht, daß siebzig Prozent des Bösen in der Welt durch direkten oder indirekten Einfluß der Frau veranlaßt wurde. Auch einer Luise Dahlmann konnte man nur vor das schöne Gesicht sehen ...

Dr. Kutscher versuchte es mit der alten und bewährten Methode, nach der die Kriminalpolizei aller Länder arbeitet. Er kümmerte sich um die Routinefragen, so absurd sie auch waren.

Er führte an diesem Vormittag genau sechsundfünfzig Telefonate.

Dann wußte er alles.

Er kannte den Namen des Mannes, der der Geliebte Luises sein sollte.

Er wußte, wo Luise die vergangene Nacht verbracht hatte. Und dann setzte er sich in seinen ledernen Sessel, nahm eine Brasil und blies kunstvolle Ringe ins Zimmer. Er hatte es sich verdient, eine halbe Stunde zu verspielen. Er war mit sich selbst sehr zufrieden.

*

Die beiden Serviererinnen vom Schloßcafé machten große Augen, als Ernst Dahlmann jeder von ihnen einen Zwanzigmarkschein in die Schürzentasche steckte.

»Ich bin von der Versicherung«, sagte er. »Ich habe den blödsinnigen Auftrag, Frau Dahlmann zu beobachten. Sie wissen: wenn ihr was passiert, dann müssen wir zahlen. Und wenn wir immer zahlen müssen, womit sollen wir dann die schönen Versicherungspaläste bauen? Es ist doch so, daß wir den Wiederaufbau der deutschen Städte den Versicherungen und Banken verdanken.«

Die Mädchen kicherten. Ein Witzbold, dachten sie. Aber was will er wirklich? Was ist mit der armen, blinden Frau Dahlmann?

»Sie kennen doch Frau Dahlmann?«

»Aber ja.« Das Mädchen, das sich Irma nannte, nickte heftig. »Ist ja unser Stammgast.«

»Sie hat gestern mit einem Mann hier gesessen.«

»Ja.«

»Und ist mit ihm weggegangen?«

»Ja.« Irma wurde verschlossener. »Warum?«

»Wieso warum?«

»Was geht Sie das an? Solche Fragen hat die Polizei auch gestellt.«

»Die Polizei? War die denn hier?«

»Ist denn was passiert?« fragte das Mädchen, das sich Blondie nannte. Dahlmann schüttelte den Kopf.

»Nein, nein! Uns interessiert nur der Mann. Wir vermuten, daß er von der Konkurrenz war und Frau Dahlmann beschwatzen will, die Versicherung zu wechseln. Sie glauben nicht, meine Damen, wie hart der Kampf in unserer Branche ist.«

Die Damen lächelten wissend. Blondie hatte es sogar erlebt. Jemand wollte sie dagegen versichern, daß sie Kaffee auf die Kleider der Gäste goß. Dabei war der Chef in der Haftpflicht. Aber der Werber hatte ihr einen langen Vortrag über Zusatzversicherungen und andere Dinge gehalten und sie am Ende in den Hintern gekniffen. »Dagegen gibt es keine Versicherung!« hatte er scherzhaft gerufen. »Und genau dagegen brauch ich eine!« hatte Blondie schlagfertig geantwortet. Blondie war eben ein kluges Kind.

»Sie kennen den Herrn?« fragte Dahlmann. Die Mädchen schüttelten die hübschen Puppenköpfchen.

»Nein«, sagte Irma. »Er kam zwar oft zu uns, aber wie sollen wir seinen Namen kennen?«

»Wie sah er denn aus?«

»Nett.« Es war Blondie, die diese Feststellung traf.

»So? Nett?! Und wie alt?«

»Jünger als Sie.«

Solche Sätze hörte Dahlmann nicht gern. Er schluckte seinen Ärger hinunter. »Wie alt ungefähr?« fragte er.

»Mitte Dreißig.«

»Ich bin zweiundvierzig! So viel jünger ist er also auch nicht.«

Blondie kicherte keck. »In diesem Alter machen ein paar Jahre bei einem Mann allerhand aus.«

»Sie müssen's ja wissen!« Dahlmann bemühte sich, Haltung zu bewahren. Das Kichern ging ihm auf die Nerven. Ein junger Mann, dachte er. Ein netter Mann. »Wie sieht er denn aus?« fragte er wieder. »Ist er groß, breit?«

»Mittelgroß, aber nicht so dürr, wie die Motorradjünglinge. Und immer elegant im Zeug. Übrigens ist der Frau Dahlmann da ein Pech passiert.«

Dahlmann horchte auf. »Pech? Was denn?«

»Sie hat ihre Tasse Kakao über den hellen Anzug des Herrn geschüttet. Der sah vielleicht aus! Aber der Herr hat sich gar nichts daraus gemacht; er ist mit ihr fortgegangen, als ob gar nichts passiert wäre! Jeder andere hätte geschimpft oder sich mit den großen Kakaoflecken geniert ... der nicht! Der ist ein Weltmann!«

»Und im übrigen muß ich den schon mal gesehen haben!« Irma schob die Unterlippe nachdenklich vor. Ihr Gesicht bekam dadurch den Ausdruck eines satten Schafes. »Irgendwo in der Zeitung, in einer Illustrierten, jedenfalls gedruckt. Das ist bestimmt kein Unbekannter.«

»Danke.« Dahlmann sah ein, daß er mehr nicht erfahren konnte. Er bezahlte sein Bier, ärgerte sich über die verlorenen vierzig Mark, denn die Auskunft, die er erhalten hatte, war diese Summe nicht wert, und verließ das Schloßcafé. Mißmutig fuhr er zurück nach Hannover. Ein bekannter Mann, dachte er immer wieder. Der in der Zeitung abgebildet wurde. Mit

Kakaoflecken auf einem hellen Anzug. Man konnte doch nicht alle Reinigungen Hannovers abfragen: Hat bei Ihnen ein Mann einen hellen Anzug abgegeben, auf dem Kakao verschüttet war? Und wenn er gar nicht in Hannover wohnte?

Dahlmann fuhr bei der Polizei vor, um das Protokoll über die Rückkehr seiner Frau aufnehmen zu lassen.

Die Beamten lächelten höflich, als Dahlmann sich setzte. Sie lächeln hämisch, dachte er. Sie lächeln wie dumme Jungen, die einen Streich gemacht haben. Sie grinsen vor Schadenfreude.

»Unsere Ermittlungen, die ja bereits angelaufen waren, haben ergeben, daß Ihre Frau lediglich woanders übernachtet hatte.«

Dahlmann registrierte, daß der Beamte das Wort woanders besonders genußvoll aussprach, und preßte die Lippen aufeinander.

»Ja, bei oder mit ihrem Geliebten!« zischte er. Der Beamte senkte diskret den Blick.

»Das ist eine Privatangelegenheit. Uns ist lediglich wichtig, daß keinerlei Entführung oder Erpressung vorliegt, sondern nur eine außerhäusige Übernachtung. Das gehört in den Zivilsektor. Wir sind nur für Strafsachen zuständig. Wenn Sie unterschreiben, können wir die Akte schließen. Auch Herr Sanden hat nachgewiesen, daß keinerlei verbrecherische Absicht vorlag.«

Ernst Dahlmann beherrschte sich in diesem Augenblick vollendet; Er zuckte weder zusammen, noch zeigte sein Gesicht eine Regung. Er nickte nur, unterschrieb den Protokollbogen, ohne den Text durchzulesen, und verließ schnell das Zimmer.

Robert Sanden! Der Schauspieler Robert Sanden!

Ein Komödiant.

Dahlmann blieb auf der Straße vor dem Polizeipräsidium stehen. Ihm war plötzlich leicht ums Herz. Er hätte lachen können, wenn es vor all den Passanten nicht zu blöd gewesen wäre.

Er hatte mit einem harten, erbarmungslosen Gegner gerechnet. Mit einem Kampf, der keine Gnade kannte. Und nun war es nur der Bonvivant des Stadttheaters. Ein Mann, der vom Anschwärmen lebte und von Applaus – und von einem Gehalt, das die Mohren-Apotheke als Wechselgeld in der Kasse hatte.

Das ist kein Gegner, dachte Dahlmann. Eine Riesenlast fiel von ihm ab wie ein kalbender Gletscher. Man kann alles auf der Welt kaufen, es ist nur eine Preisfrage. Der Preis des Herrn Robert Sanden würde zu bezahlen sein, dessen war sich Dahlmann in diesem Augenblick völlig sicher.

*

In den Stunden der Dahlmannschen Nachforschungen war Dr. Kutscher in der Mohren-Apotheke erschienen. Er traf Luise dabei an, wie sie dem noch immer vom Alkohol betäubten Julius Salzer kalte Kompressen auf die Stirn legte.

»Wer ist denn dieser alkoholgewässerte Knabe?« fragte Dr. Kutscher. Er wunderte sich dabei, wie sicher Luise die Kompressen auflegte, für eine Blinde eine wahrhaft beachtliche Tastleistung. Luise hob beide Hände.

»Keine Ahnung. Ich hörte ein Schnarchen und Röcheln, ging dem Geräusch nach und fand einen Mann hier liegen. Ich rieche, daß er total betrunken ist. Mein Mann muß ihn mitgebracht haben.« Sie setzte sich und sah Dr. Kutscher an. Der Anwalt hatte sich über Salzer gebeugt und suchte in dessen Rocktasche nach einem Ausweis. Er fand eine Kennkarte und las sie.

»Der junge Säufer heißt Julius Salzer, ist in Bremen geboren und hat als letzten Wohnsitz Lüneburg im Ausweis stehen. Hat Ihr Mann Bekannte in Lüneburg?«

»Ich weiß nicht. Ich kenne keinen.«

Dr. Kutscher steckte die Kennkarte wieder in Salzers Rocktasche. Er drehte den Kopf Salzers hin und her, klopfte gegen seine Backen, schob ein Augenlid herunter und schüttelte ihn an der Schulter.

»Der Kerl ist total besoffen. Er riecht nach Whisky. Trinkt Ihr Mann Whisky?«

»Ja. Ab und zu.«

»Sie ahnen, warum ich hier bin?«

»Nein.«

»Ihr Mann war vor einer Stunde bei mir.«

»Ach!«

»Er hat mir da eine Räuberpistole erzählt, was Sie alles angestellt haben sollen.«

Luise schwieg. Dr. Kutscher lächelte mokant und setzte sich vor sie in den Sessel.

»Ihr Mann befindet sich in einer Art Aufregung, die es physikalisch möglich machen würde, ihn als Treibsatz einer Rakete zu benutzen.«

Luise schwieg. Sie wußte nicht, was Dr. Kutscher wollte, sie wußte vor allem nicht, warum er lächelte. Da auch er annahm, daß sie blind war, brauchte er sein Mienenspiel nicht zu beherrschen.

»Er sagt, Sie hätten ihn betrogen. Sie hätten einen Geliebten.«

»Ja.«

Dr. Kutschers Lächeln wurde breiter. »Warum lügen Sie?«

»Ich lüge nicht!«

»Ihrem Mann können Sie dieses Märchen von der gestrauchelten Prinzessin vorspielen, aber nicht mir, Ihrem Anwalt.«

Luise spürte, daß sie rot wurde. Sie kämpfte dagegen an, aber noch keinem ist es gelungen, das Blut aus dem Kopf zurückzudrängen, wenn es einmal emporsteigt. Dr. Kutscher betrachtete sie mit einem Blick, der mehr Fragen enthielt als Feststellungen.

»Soll ich Ihnen sagen, was ich weiß?«

»Bitte.«

»Sie hatten eine Begegnung mit dem Schauspieler Robert Sanden. Übrigens ein netter Kerl. Dem haben Sie Kakao über den Anzug gegossen. Dann sind Sie mit ihm zurück nach Hannover gefahren und waren bis zum Abend bei ihm in der Wohnung. Aber in allen Ehren. Dort haben Sie mit ihm besprochen, daß Ihr Mann erschreckt werden sollte. Herr Sanden brachte sie um 22.17 Uhr in das Hotel ›Atlantic‹, dort bezogen Sie das Einzelzimmer Nr. 285 im zweiten Stock. Herr Sanden fuhr ab, und Sie wurden nicht mehr gesehen. Sie gingen brav, wie es sich gehört, schlafen. Und während Sie schliefen, saß Ihr Mann hier am Telefon und machte Polizei und alle Krankenhäuser verrückt. Stimmt's?«

Luise nickte stumm. Dr. Kutscher atmete hörbar auf.

»Und nun die unvermeidliche Frage: Warum?«

»Das kann ich Ihnen nicht sagen.«

»Eine andere, sehr indiskrete Frage: Sind Sie die Geliebte Sandens geworden?«

»Nein«, sagte Luise leise.

»Aber Sie lieben ihn, heimlich?«

»Ja.«

»Er weiß nichts davon?«

»Er darf es vorläufig nicht erfahren.«

»Was heißt vorläufig?«

»Darüber möchte ich nicht sprechen.«

»Sie haben etwas vor?«

»Nein.«

»Sie lügen wieder.«

Luise schwieg. Dr. Kutscher sprang auf. »Zu seinem Anwalt sollte man Vertrauen haben und ihm die Wahrheit sagen!« rief er. »Wie soll ich Ihnen helfen, wenn Sie einsame Entschlüsse fassen, die vielleicht völlig dumm sind? Ich würde wesentlich klarer sehen, wenn Sie mir erklärten, warum Sie Ihrem Mann diese Farce mit dem Geliebten vorspielen.«

»Dazu habe ich meine Gründe.«

Dr. Kutscher kratzte sich über den Nasenrücken. Wie kann man ihr sagen, daß Ernst Dahlmann ein Lump ist, grübelte er. Es gibt da viele Möglichkeiten, aber jede würde die Schweigepflicht verletzen, an die er als ehemaliger Anwalt Dahlmanns gebunden war. Es war, vom Standesrechtlichen aus gesehen, überhaupt eine Unerhörtheit, daß er die Mandantschaft Luises angenommen hatte. Er hätte sie strikt ablehnen müssen. Aber Luise hatte sein volles Mitleid. Aus ihm heraus allein hatte Dr. Kutscher sich über standesethische Bedenken hinweggesetzt. Es war ihm unmöglich, zusehen zu müssen, wie Luises Blindheit ausgenutzt wurde.

»Ich möchte Ihnen einen Rat geben, gnädige Frau.«

»Ich höre.«

»Reichen Sie die Scheidung ein.«

»Das habe ich Ernst bereits vorgeschlagen.«

Dr. Kutschers Kopf zuckte vor. Dahlmann hatte ihm das verschwiegen. »Und wie steht er dazu?«

»Er weicht aus. Er will nicht. Er ist bereit zu verzeihen.«

»Und genau das wollen Sie nicht?«

»Nein.«

»Ich stehe vor einem Rätsel.«

Dr. Kutscher ging im Zimmer auf und ab. Es scheint eine naturgegebene Unart der Männer zu sein, bei Erregung hin und her zu laufen. Es ist, als ob ihr Gehirn durch die Bewegung durchgeschüttelt werden müßte.

»Sie waren doch bereit, Ihrem Mann für seine Treue und Liebe allen Besitz der Hortens zu schenken?«

»Ja.«

»Verzeihung, aber hier versagt meine Logik.«

»Das glaube ich.« Luise lächelte nachsichtig. »Es hat sich in wenigen Stunden vieles geändert. Pläne macht man, um sie gegen bessere einzutauschen, das habe ich jetzt gesehen. Man muß flexibel sein.«

»Gnädige Frau sollten Politikerin werden!« sagte Dr. Kutscher giftig. »Sie würden eine rasante Karriere haben.«

»Warum so sarkastisch, Doktor?«

»Ich komme nicht mehr mit. Bisher glaubte ich immer, kein Dussel zu sein. Anscheinend bin ich einer.«

»Wenn Sie etwas wüßten, was bisher nur eine Handvoll Menschen weiß, und von ihnen ist einer sogar unsicher, ob es wahr ist, würden Sie alles verstehen.«

»Dann weihen Sie mich ein, gnädige Frau.«

»Vielleicht in Kürze.« Luise hob die Hand. »Nein, sprechen Sie nicht, Doktor. Das ist kein Mangel an Vertrauen – und das wollten Sie mir doch gerade vorwerfen, nicht wahr? –, aber als ehemaliger Anwalt meines Mannes würde Ihnen das Wissen wenig nützen, weil Sie trotzdem schweigen müßten! Sie stehen außerhalb, notgedrungen. Ich werde es mit Herrn Sanden allein schaffen ...

»Schaffen? Was schaffen?« Dr. Kutscher starrte Luise an. Was weiß sie?, dachte er plötzlich. Das klingt so, als wenn sie alles wüßte. Hatte Dr. Ronnefeld etwas verlauten lassen? Dr. Kutscher versuchte es mit einem Test. »Sie sollten sich das alles reiflich überlegen«, sagte er langsam und betont. »Schließlich haben Sie einen Mann, der Sie umhegt und der Sie wahrhaftig liebt ...«

Gespannt wartete er auf ihre Reaktion. Luise blieb ganz ruhig. Sie nickte sogar. »Ja, ich habe einen solchen Mann.«

Dr. Kutscher verließ seufzend die Wohnung. Ich gebe es auf, die weibliche Psyche zu verstehen, dachte er. In diesem Dahlmannschen Konflikt ist überhaupt keine Logik mehr.

Er ahnte nicht, daß gerade das Luises großer Trumpf war.

*

Am Nachmittag fuhr Dahlmann zunächst den noch immer schlafenden Julius Salzer aus dem Haus. Er schaffte ihn in eine billige Pension, bezahlte den doppelten Preis, falls Salzer –

was die Wirtin befürchtete – die Bettwäsche vollkotzen würde, wenn er aufwachte, steckte ihm einen Zettel in die Rocktasche mit der falschen Information: »Monika befindet sich in Köln. Warum, das weiß ich nicht. Sie hat vorhin aus Köln angerufen«, und bezahlte auch noch einen starken Kaffee.

»Gewaltätig ist er nicht«, sagte er auf die diesbezügliche Frage der erfahrenen Wirtin. »Ganz im Gegenteil, er wird sich wie ein Säugling benehmen.«

»Er ist doch nicht etwa ein Bettnässer?« rief die Wirtin entsetzt. »Ich habe erst vor einem Jahr die Matratzen erneuert!«

»Keine Sorge. Er ist nur ein geistiger Bettnässer.« Dahlmann überließ Salzer seinem weiteren Schicksal und fuhr zur Wohnung des Schauspielers Robert Sanden.

Mit einer Erklärung, wer Julius Salzer war, hatte Dahlmann gegenüber seiner Frau keinerlei Schwierigkeiten gehabt. »Er ist ein guter Bekannter, Luiserl!« hatte er gesagt. »Gestern abend stand er plötzlich vor der Tür, blau wie eine Feldhaubitze von 1870. Er ist Ingenieur, und irgendwie muß er auf der Messe etwas vorbereiten. So ganz klug bin ich aus seinem Gelalle nicht geworden. Dann hat er noch meinen Whisky zu dem anderen Alkohol gekippt und lag parterre. Ist sonst ein lieber Kerl, der Friedrich. War unser Primus auf der Schule.«

»Und wo kommt er her?« fragte Luise ruhig.

»Aus Wuppertal. Seine Fabrik stellt gummielastische Waren her. Hosenträger, Strumpfbänder, Ärmelhalter und neuerdings auch Sicherheitsgurte für Autos. Ich bringe ihn ins Hotel zurück, Luiserl. In einer Stunde bin ich wieder zurück.«

Luise schwieg. Wer ist dieser Julius Salzer, dachte sie. Warum lügt er wieder? Friedrich und Ingenieur aus Wuppertal! Wer verbirgt sich hinter dem jungen Mann? Wie kommt er in unsere Wohnung?

Sie wartete, bis sie Dahlmanns Wagen wegbrummen hörte. Dann suchte sie im Telefonbuch die Nummer der Auskunft.

»Ich möchte bitte die Rufnummer des Einwohnermeldeamtes von Bückeburg«, sagte sie. »Ja. Danke. Ich warte.«

In fünf Minuten würde man wissen, wer dieser Julius Salzer war.

Ernst Dahlmann klingelte vergebens an der Tür Robert Sandens. Er war nicht zu Hause. Um diese Zeit waren die Nachmittagsproben. So fuhr Dahlmann weiter zum Theater und verhandelte in der Portiersloge am ›Eingang für Bühnenangehörige‹ lange und zäh, bis der Pförtner sich bereit erklärte, Herrn Sanden von der Probe wegzurufen. Zu dieser Tat wurde er erst inspiriert, als Dahlmann neben einer Zigarre auch einen Geldschein hinschob. »Zum Anzünden!« sagte er mit sauer-fröhlicher Miene. Der Portier lachte und klingelte zum Inspizienten. Dort erfuhr man, daß Herr Sanden gerade seine große Szene im zweiten Akt probte. Es war die erste Kostümprobe mit Bühnenbild und Beleuchtung. König Lear. Robert Sanden spielte darin den Narren.

»Es wird bestimmt zwanzig Minuten dauern«, sagte der Portier. »Da kann man nicht einfach weggehen.« Er schnupperte an der Zigarre. »Setzen Sie sich doch in die Kantine, mein Herr. Ich schicke den Herrn Sanden dann dorthin. Wen soll ich denn melden?«

Dahlmann hatte eine plötzliche Eingebung. »Sagen Sie, ein Abgesandter des Württembergischen Staatstheaters sei hier, aus Stuttgart. Es sei dringend.«

Der Portier sah Dahlmann mit leicht offenem Mund nach. Ein Herr aus Stuttgart. Vom Staatstheater. Von der Konkurrenz. Und dann eine Zigarre und ein Geldschein ... das war ein ganz neues Erlebnis in vierzigjähriger Theaterlaufbahn als Bühneneingangsportier. Das war sicherlich eine moderne Einstellung zum Personal. Es war ja bekannt, daß die Leute im Süden ein moderneres Theater spielten als im Norden.

Geduldig wartete Dahlmann über eine halbe Stunde. Dann sah er Robert Sanden in die Kantine kommen, noch im Kostüm des Learschen Bettlers, zerlumpt, mit Stroh im Haar wie sein wahnsinniger Herr, der König. Er sah sich um; als er Dahlmann sitzen sah, straffte sich seine Gestalt. Mit festen Schritten kam er auf ihn zu. Dahlmann blieb sitzen, die Hände um das Glas Bier gelegt.

»Ich hätte mir denken können, daß kein Herr aus Stuttgart unangemeldet kommt«, sagte Sanden abweisend. »Andererseits paßt es zu Ihnen, sich hinter anderen zu verstecken.«

»Vergessen Sie, daß Sie auf der Bühne stehen«, sagte Dahlmann ironisch. »Reden Sie wie ein ganz normaler Mensch. Das hier ist keine Rolle, es ist tiefster Lebensernst.«

»Was wollen Sie von mir?« Sanden blieb stehen, auch als ihm Dahlmann einen Stuhl hinrückte.

»Ich will Sie zunächst fragen, wie Sie sich das mit meiner Frau denken!«

»Ich liebe sie.«

»Das ist nett gesagt!« Dahlmann umkrallte das Bierglas. »Jeder andere Mann würde Ihnen eine runterhauen wegen dieser Frechheit, das einem einfach ins Gesicht zu sagen.«

»Ich habe Ihnen auf Ihre klare Frage nur die nötige klare Antwort gegeben.«

»Und damit meinen Sie, sei alles klar?!«

»Ja.«

»Sie halten es für richtig, einfach eine Frau zu lieben, ohne zu fragen, ob sie verheiratet ist, ja, das stört Sie nicht im geringsten! Sie setzen sich über alle Moralgesetze hinweg, Sie zerbrechen eine Ehe, und wie ich sehe, sind Sie sogar auch noch stolz darauf.«

»Ich liebe Luise, und das allein ist wichtig. Moral war von jeher ein Mäntelchen für die Bigotten, den sie sich umhängten, um ihre eigene Fäulnis zu verdecken.«

»Das ist ja eine herrliche Ansicht!«

»Ich begreife eine moralische Entrüstung gerade von Ihrer Seite aus nicht ...«

»Daß ich Luise auch liebe, ist Ihnen nie in den Sinn gekommen?«

»Aber ja. Meines Erachtens liegt es an Luise, für wen sie sich entscheidet.«

»Nach dem Urteil des Paris nun das Urteil der Helena? Halten Sie mich für einen Bajazzo, Sanden? Es ist überhaupt von mir eine ungeheure Selbstbeherrschung, hier mit Ihnen über solche Dinge zu sprechen, als sei es ein Kuhhandel, statt Sie an die Wand zu werfen und einen Skandal zu entfesseln, der Ihnen Ansehen und Stellung kosten würde!«

»Was hätten Sie davon?« Robert Sanden war ganz ruhig. In seinem Bettlerkostüm sah er zerknittert und vergrämt aus. »Glauben Sie, dadurch gewännen Sie Luise zurück?«

»Luise ist ... ist Ihre Geliebte?«

»Für diese Frage müßte ich Ihnen als Ehrenmann eine herunterhauen.«

»Ich habe ein Recht auf Wahrheit!«

»Fragen Sie Luise.«

»Sie gestand es mir ja.«

»Wenn Luise es Ihnen sagte, sehe ich keinen Anlaß, es zu dementieren.«

Dahlmann legte seine Fäuste auf den Tisch. Sie bebten vor verhaltener Wut.

»Fünfundzwanzigtausend«, sagte er hart.

»Wie bitte?« Sanden beugte sich vor.

»Ich biete Ihnen wirtschaftliche Sicherheit.«

»Sie wollen mir Luise abkaufen?«

»Ich will Ihnen die Torheit ersparen, sich einer Frau wegen zu ruinieren. Außerdem will ich Luise schützen. Sie ist blind, und sie wird immer blind bleiben. Es gibt keine Heilungsmöglichkeiten mehr. Wir haben alles unternommen. Luise wird also immer Pflege brauchen, sie wir nie mehr ein vollgültiger Mensch sein ... und ich möchte sie davor bewahren, daß sie von Ihnen betrogen und weggeworfen wird, wenn Sie ihrer überdrüssig geworden sind. Bei Menschen Ihres Berufes geht das schnell. Ihre mangelnde Moral haben Sie ja bereits unter Beweis gestellt.«

»Man sollte vor Ihnen ausspucken!« sagte Sanden erregt.

»Dreißigtausend ...«

»Gehen Sie!«

»Ich warne Sie, Sanden.«

»Ich habe keine Angst vor Ihnen.«

»Ich schrecke vor nichts zurück.«

»Alles, was Sie gegen mich tun, richtet sich auch gegen Sie! Luise würde Ihnen nie verzeihen.«

Dahlmann biß die Zähne zusammen. Sanden sprach offen aus, was er sich selber auch schon gesagt hatte. Es lag allein an Luise, wie das Leben weiterging. Es hatte immer an Luise gelegen, vom ersten Tage an. Immer war er nur ein Anhängsel gewesen, ein Bierzipfel, den man von der Tasche in die andere schob, wenn man den Anzug wechselte.

Das muß ein Ende haben, dachte Dahlmann. Ein schnelles Ende, und wenn es voller Schrecken ist. Und man müßte bescheiden sein. Der große Wurf war nicht gelungen, das Kapital, das die plötzliche Blindheit Luises bedeutete, war in seinen Händen zerronnen, und er stand vor einem Rätsel, wieso so viele Dinge geschehen konnten, die zu einer Mauer zwischen ihm und Luise wurden, Dinge, an die man vorher nie gedacht hatte und die im Leben Dahlmanns utopisch schienen. Er war in ein Labyrinth geraten und irrte nach dem Ausgang. Er verstand es einfach nicht.

»Ich glaube, unser Gespräch ist beendet«, sagte Robert Sanden. Dahlmann schrak aus seinen Gedanken auf.

»Sie lassen nicht von Luise?«

»Nein. Nie mehr.« Sanden lächelte maliziös. »Warum lassen Sie sich nicht von ihr scheiden?«

»Das geht Sie nichts an!«

»Was haben Sie davon, sich an eine Frau zu klammern, die Ihnen nie mehr gehören wird?«

»Das ist abzuwarten.«

Robert Sanden zog die künstlichen buschigen Augenbrauen hoch. Jetzt war er der Bettler, der seinen kranken König mit aufklärenden Worten belehren wollte.

»Warten Sie bitte nicht«, sagte er langsam. »Luise wird in einer Woche von Ihnen weggehen. Sie zieht zu mir.«

Er drehte sich schroff um und verließ die Kantine. Dahlmann blieb wie auf den Stuhl genagelt sitzen. In seinen Schläfen hämmerte das Blut. Er hatte das Gefühl, sein Kopf müsse explodieren.

In einer Woche zieht Luise zu ihm, durchjagte es ihn. In einer Woche ist alles vorbei. In einer Woche ... So kann ein Leben zu sechs kurzen Tagen zusammenschrumpfen, ein Leben, das man bis zum Ende gesichert zu haben glaubte.

Eine Woche noch. Dahlmann stand auf, legte eine Mark neben das halb getrunkene Bier und verließ die Kantine des Theaters. Der Portier sprach ihn an, er hörte nicht auf die Worte und ging stumm vorbei. Er stieg wie ein Schlafwandler in seinen Wagen und fuhr durch die Straßen. Kreuz und quer durch Hannover, vom Hauptbahnhof zum Maschpark, vom Welfengarten bis zum Eilenrieder Wald, von der Rennbahn bis zum Güterbahnhof, hin und her, automatisch fast, mit leeren Augen und einem brennenden Gehirn.

Es muß etwas geschehen, das war das einzige, was er dachte.

In dieser Woche muß etwas geschehen.

Zum erstenmal dachte er an den eigenen Untergang. Das war für ihn so ungeheuerlich, daß er selbst seine Angst vergaß. Mit mir werden sie alle untergehen, dachte er in wahnsinniger Verbitterung. Es war ihm so elend, daß er sich zwang, nicht über sich selbst zu weinen. Sie alle ... alle ... ein Teufel stirbt nicht allein!

Noch eine Woche.

Die Rechnung und Logik Luises, daß sie nur lebend für Dahlmann etwas wert sei, zerfiel zu Staub.

Ihr Leben war nur noch sieben Tage wert.

Sie wußte es nicht. Sie ahnte es nicht einmal …

*

Der letzte, verzweifelte Versuch, etwas zu retten, galt Monika Horten. Dahlmann jagte nach seinen sinnlosen Runden durch Hannover wieder hinaus zu der kleinen Waldhütte. Er war sich klar darüber, daß Sanden sofort nach seinem Weggang Luise angerufen hatte. Vielleicht war sie jetzt schon aus dem Haus. Das kümmerte ihn in diesem Augenblick nicht, man konnte sie zurückholen, wenn es gelang, was ihm als letzter Ausweg in den Sinn gekommen war.

Ein Ausweg über die Straße der Seele.

Wenn es ihm gelang, Monika umzustimmen, wenn er bescheiden wurde und nur einen Bruchteil des Geldes mitnahm, so viel, daß er sich im Ausland eine andere Existenz gründen konnte, ja, selbst wenn es ihm gelang, sein Ziel unter Zwang zu erreichen … Monika mußte einen Brief schreiben! Nichts als einen Brief an ihre Schwester Luise, abgeschickt aus Köln. Sie sollte darin schreiben, daß sie gehört habe, Luise wolle sich von Ernst abwenden. Der Text flog Dahlmann durch den Kopf, als er auf der Landstraße nach Osten jagte.

»… ich habe dich im Leben noch nie um etwas gebeten, Luise, aber nun flehe ich dich an, beim Andenken an Vater und Mutter, bleibt bei Ernst, verlaß ihn nicht, er liebt dich doch …« Dahlmann war sich nicht klar, ob dieser Brief bei Luise wirken würde, aber er zögerte vieles hinaus, machte Luise nachdenklich. Vielleicht kam es zu einer klärenden Aussprache. Jede Stunde war Dahlmann wichtig, die er für sich gewann, denn er war von früheren Monaten her noch im Besitz von zwei Blankoschecks, die er einlösen wollte, wenn auf den Bankkonten die Mittel vorhanden waren. Es könnten fünfzigtausend Mark sein, dachte er. Ein kleiner Teil dessen, was ich haben könnte. Man wird bescheiden wie der Teufel, der in der Not Fliegen frißt …

Als er das Waldhaus sah, wurde er ganz ruhig. Aus dem Kamin stieg kein Rauch auf, er hörte keinen Lärm, kein Hämmern an die Läden, denn Monika mußte das Kommen des Wagens ja gehört haben.

Hunger wird sie haben, dachte Dahlmann. Fast vierundzwanzig Stunden nur mit Kakao! Er schleifte die beiden Kartons mit den Lebensmitteln zur Tür und schloß auf.

Wieder schlug ihm der schimmlig-süße Geruch entgegen, er ließ die Tür offenstehen und drückte die Kartons in den großen Raum.

In der Hütte brannte kein Licht, die Petroleumlampen standen noch so, wie er sie hingestellt hatte. Auch der Zettel mit seiner Nachricht stak noch am geblümten Schirm.

Ernst Dahlmann ließ den Karton mit Büchsen, den er trug, auf den Tisch fallen.

»Monika!« rief er. Und dann lauter, mit zitternder Stimme: »Monika!«

Mit ein paar Sätzen sprang er zum Alkoven und riß den Vorhang zurück.

Monika Horten lag noch genauso in dem breiten Bett, wie er sie gestern hingelegt hatte. Bis zum Hals zugedeckt, das blonde Haar um den Puppenkopf, weggestrichen von der Stirn. Nur das Gesicht war jetzt gelb, die Nase stach spitz und weiß hervor, die Augen waren unter den geschlossenen Lidern eingesunken. Aus den ein wenig geöffneten Lippen kam kein Atem mehr. Als Dahlmann die Hand auf ihren Kopf legte, zuckte er entsetzt zurück. Die Stirn war eiskalt.

»Monika ...«, stammelte er ... »Monika ... das ist doch nicht wahr ... Moni ... Mein Gott, mein Gott ... das ist nicht wahr ...«

Als er das Unabänderliche erkannte, als er ihren Tod bestätigt fand, nachdem er sie abgehorcht und den Puls gefühlt hatte, als er begriff, daß sie an seiner Morphininjektion gestorben war, an einer zu hohen Dosierung, die ihr Herz nicht verarbeiten konnte, als ihm bewußt wurde: Du bist ein Mörder! Nun ist es soweit ... Du hast einen Menschen getötet ... mit deinen Händen ... da brach er zusammen und fiel ohnmächtig neben dem Bett auf den Dielenboden.

Wie lange er gelegen hatte, wußte er nicht. Seine Gedanken richteten sich nicht auf die Uhrzeit, als er erwachte, und sich neben dem Bett mit der Toten fand. Die Ohnmacht hatte das Entsetzen nicht gemildert, aber sie hatte den Kopf frei gemacht für schnelle Entschlüsse.

Die Tatsache war nicht mehr zu ändern. Hier lag eine Tote, und sie war getötet worden durch Ernst Dahlmann. Wenn es auch ein Versehen war, wenn es auch keine Absicht gewesen war, also kein Mord, so war es doch ein Tod durch die Injektion, ein Totschlag, ein Unfall, den er herbeigeführt hatte.

Das erste Problem hieß: Wie kann man Monika Horten wegbringen? Und wohin? Es war Ernst Dahlmann unmöglich, sie irgendwo in dem dichten Wald, der sie umgab, zu verscharren, so wie man einen tollwütigen Hund unter die Erde bringt. Es war aber auch unmöglich, sich der Polizei zu stellen. Und da war dieser junge Schriftsteller Julius Salzer, der keine Ruhe geben würde und Monika suchte. Da war Luise, die nach ihr fragen würde. Da war vor allem der Rechtsanwalt Dr. Kutscher, der sich durch Ausreden nicht abschütteln lassen würde.

Es gibt keinen perfekten Mord, das hatte Dahlmann immer gelesen. Und es würde auch keinen perfekten Totschlag geben. Monika war zuletzt bei ihm gesehen worden, also würde man die Spur der Verschwundenen zuerst bei ihm suchen. Er wußte nicht, ob er die Nerven besaß, die Rolle des Unwissenden zu spielen. Er glaubte es nicht, vor allem nicht mehr in den Sekunden, in denen sein Blick zu der lang hingestreckten Gestalt zuckte, zu dem hübschen Gesicht mit den langen goldblonden Locken, das jetzt ein wenig spitz geworden war und sehr ernst.

Zunächst setzte er sich an den schweren Tisch und stützte den Kopf in beide Hände. Ihm war speiübel, er würgte und fühlte, wie sein Herz schmerzte. Die Angst überkam ihn wieder, jene schreckliche Lebensangst, die ihn von jeher gepeinigt und zu Taten getrieben hatte, die oft jenseits aller Vernunft waren.

Sie muß weg, dachte er immer wieder. Monika muß weg. Er hatte nie geglaubt, wie schwer es ist, einen Menschen völlig verschwinden zu lassen, so restlos aus der Welt zu bringen, daß er nie wieder entdeckt wurde. Wenn man ihm das früher erzählt hätte, würde er gelacht haben. Nichts einfacher als das; die Welt ist groß genug, um einen einzelnen Körper zu verstekken ... nun saß er hilflos vor einer Leiche und wußte nicht, was er mit ihr anfangen sollte.

Das einfachste wäre das Vergraben. Irgendwo in der Tiefe des Waldes, unter weichem Humusboden ... oder das Versenken im Moor ... es würde nur eine Fahrt von zwei Stunden sein, bis er die einsamen, von ewiger Melancholie überschatteten Sümpfe erreichte ... über die Autobahn bis Fallingbostel, dann über Walsrode, Visselhövede und Rotenburg nach Zeven ... von dort war der Weg frei in verschiedene Moore, in weite Landstriche, deren Einsamkeit nur von den schmalen Moorkanälen unterbrochen wurde. Hier könnte man einen Körper für immer versenken ... die breiige Tiefe gäbe ihn nicht mehr her ... vielleicht in fünfzig oder hundert Jahren, wenn man diesen Teil des Moores trockenlegte und begann, Torf zu stechen. Aber wer würde sich da noch an eine Monika Horten erinnern – und einen Ernst Dahlmann gab es dann auch nicht mehr.

Der Gedanke an das Moor ließ Dahlmann nicht mehr los. Nur durfte er Monika dabei nicht ansehen. Ihr schöner Körper in der fauligen Tiefe eines Sumpfes; ihr schönes Gesicht mit den goldenen Haaren, versinkend im grundlosen Brei aus Erde und Pflanzen und schlammigem Wasser – es war ihm unmöglich weiterzudenken, und doch war es die einzige Möglichkeit, Monika für immer aus dieser Welt zu schaffen.

Für Dahlmann war es klar, daß es jetzt für ihn nur noch um das nackte Leben ging. Um einen Abgang von der Bühne in einer von ihm geschriebenen Tragödie. Einen Abgang, der ihn, den Hauptakteur, nicht mit in den Strudel riß. Es mußte ein stilles Verschwinden sein: Einlösung der beiden Blankoschecks, von denen Luise nichts mehr wußte (sie waren ein Jahr alt, und damals hatte Dahlmann ihre Hand geführt, da sie die Schecks unterschrieb); es konnten immerhin fünfzigtausend Mark sein, die er herausziehen würde, nicht viel, aber für einen neuen Anfang irgendwo in der Welt mußte es reichen. Eine Flugkarte nach Zürich, von dort mit dem Zug nach Mailand, von Mailand mit dem Bus nach Genua, von Genua mit dem Schiff nach Südamerika ... Ein glatter Weg, zu dessen Vorbereitung er vier Tage brauchte. Nur noch vier Tage, und der Vorhang konnte fallen über das erste Leben des Apothekers Ernst Dahlmann, der für eine Sünde zuviel Ordnung, Moral und Gewissen eintauschte. Was das zweite Leben bringen würde, wer konnte es vorher wissen? Eine neue Sünde? Oder eine ewige Flucht vor der Erinnerung? Ein ständiges Verstekken vor der Vergangenheit? Niemals Ruhe, niemals Freude, niemals ohne Angst? War das ein zweites Leben ...?

Ernst Dahlmann wischte sich über das Gesicht. Kalter Schweiß überzog ihn.

Ins Moor, dachte er wieder. Es bleibt kein anderer Weg. Sie muß ins Moor. Er stand auf und tappte mit schweren Füßen zu dem Alkoven. Wie Blei lag es in seinen Gliedern, jeder Schritt war ein Schleppen von Zentnergewichten. Er zog den bunten Vorhang wieder vor das Bett, löschte die Petroleumlampe und verschloß hinter sich die dicke Bohlentür. Im Freien, nicht umgeben von dem süßlichen Geruch, atmete er ein paarmal tief durch und schwankte zu seinem Wagen.

Man muß das alles genau planen, dachte er. Man kann nicht einfach mit der Leiche im Kofferraum durch die Gegend irren und sich ein Moorstück aussuchen. Man muß wissen, wo der Sumpf tief ist, wo nie oder selten ein Mensch hinkommt, wo man auf Jahrzehnte hinaus nicht daran denkt, Torf zu stechen oder zu kultivieren.

Jetzt erst sah er auf die Uhr. Die Zeit raste ... früher war sie sein Verbündeter gewesen, nun wurde auch sie zu seinem Feind. Vier Tage sind nichts für alles das, was er zu tun gedachte. Ein Tag davon war schon zur Hälfte herum, und er hatte nichts getan als dagesessen, einen toten Körper angestarrt und sich bemitleidet.

Bevor er abfuhr, sah er noch einmal auf die einsame Waldhütte zurück. Wieder packte ihn ein kalter Schauer, eine würgende Angst. Er jagte aus dem Wald hinaus, über die halbzugewachsene Schneise, den Feldweg, die sandige Straße und hinauf auf die Chaussee. Erst am Stadtrand Hannovers wurde er ruhiger.

In der Wohnung erwarteten ihn Luise, Dr. Ronnefeld, Dr. Kutscher und Julius Salzer. Sie saßen da wie ein Femegericht, ernst und ihn anstarrend, als er eintrat. Ernst Dahlmann sah zuerst Dr. Ronnefeld und krauste die Stirn. Dann bemerkte er Salzer.

»Sie, Doktor?« sagte Dahlmann arrogant. »Habe ich vergessen, Ihnen eine Rechnung zu bezahlen? Das hätten Sie auch schriftlich anmahnen können, statt sich hierher zu bemühen.«

»Ich bin als Arzt Herrn Salzers hier.«

»Das kümmert mich wenig! Auch Herrn Salzer habe ich nicht eingeladen, ebensowenig Herrn Dr. Kutscher. Es sei denn, Sie alle sind von meiner Frau hierher gebeten worden. Dann verlange ich allerdings eine deutliche Erklärung für diese Versammlung mir unangenehmer Gesichter.«

Das klang sehr stolz und sehr verletzend. Dr. Ronnefeld wurde rot, aber die Hand Dr. Kutschers, die sich auf seinen Arm legte, beruhigte ihn etwas. Luise sah ihn durch ihre dunkle Brille groß an. Die Haltung der Blinden gab sie nicht auf.

Noch wußte keiner der Anwesenden, daß sie sehen konnte. Aber sie war gewillt, jetzt, in dieser Stunde, die Brille abzunehmen und Dahlmann den letzten Schlag zu versetzen, der ihn vernichten würde.

»Wo ist Monika?« fragte sie mit fester Stimme.

»Wie soll ich das wissen?« Dahlmann hob die Schultern. »Ich bitte dich, Luiserl ... deine Schwester läuft einfach weg, und ich soll mich noch um sie kümmern wie eine Amme? Sie ist alt genug. Überhaupt sollte dieser Herr dort wissen, wo sie ist.«

»Sie ist nicht in Soltau!« schrie Julius Salzer. »Aber bei Ihnen war sie zuletzt!«

»Anscheinend nicht. Sonst wäre sie ja noch hier. Es scheint überhaupt in der Familie Horten zu liegen, daß die Töchter auswärts übernachten.« Das war eine Anspielung auf Luise und Sanden. Dr. Kutscher fiel sofort ein:

»Lassen Sie den Quatsch, Dahlmann. Das gehört nicht hierher.«

»Und ob das hierher gehört!« rief Dahlmann. »Ich möchte Ihre Reaktion sehen, wenn Ihnen Ihre Frau eröffnet, daß sie einen Geliebten hat!«

»Ich würde mich scheiden lassen.« Dr. Kutscher lächelte breit. »Ich bin hier, um das einzuleiten. Oder wollen Sie nicht? Ihre Frau verzichtet auf jeden Sühnetermin; sie nimmt die volle Schuld auf sich! Was wollen Sie mehr?«

Dahlmann wurde es heiß. Noch dreieinhalb Tage, dachte er. Ich muß die Post durchsehen und feststellen, wie hoch die Kontenstände sind. Ich werde die Konten bis auf den letzten Pfennig leer machen ...

»Wir reden noch darüber, Doktor. Nächste Woche. Im allgemeinen bin ich einverstanden.«

Luises Kopf fuhr vor. Auch Dr. Kutscher richtete sich verblüfft auf.

»Sie willigen in die Scheidung ein?«

»Ja. Über Einzelheiten müssen wir noch sprechen.«

»Natürlich.«

Luise nagte an der Unterlippe. Die Bereitschaft Dahlmanns war ihr willkommen, aber andererseits unheimlich. Sie mußte einen tieferen Grund haben als die Beleidigung, die ihr Verhältnis – ihr angebliches Verhältnis – zu Sanden für ihn bedeutete. Vor allem war es undenkbar, daß er den Kampf um das Vermögen der Hortens aufgab; einen Kampf, den er bisher mit teuflischer Phantasie geführt hatte.

»Wo warst du?« fragte sie.

»Das interessiert dich noch?« fragte er zurück.

»Ja.«

»Ich bin durch Hannover gerast. Kreuz und quer. Ich habe irgendwie in der Raserei eine Erlösung gesucht. Du weißt gar nicht, was du mir angetan hast, Luiserl. Ich hatte für einen Augenblick sogar den Gedanken, den Wagen in voller Fahrt gegen eine Mauer prallen zu lassen.«

Luise schwieg. Sie sah sein zerknittertes, bleiches, wie aufgeweichtes Gesicht. Was hat ihn innerlich so zerstört, grübelte sie. Der Zusammenbruch unserer Ehe kann es nicht sein, denn sie ist vor über einem Jahr schon zerbrochen. Der Verlust des Geldes ... das höhlt ihn nicht innerlich aus. Monika? Kann er den Weggang Monikas nicht verschmerzen?

»Warum hast du Monika geschlagen?« fragte sie.

Julius Salzer hieb mit der Faust auf den Tisch. »Jawohl! Ich habe alles erzählt! Dr. Ronnefeld hat mich durch Spritzen wieder fit gemacht. Wo ist Moni?« brüllte er plötzlich und sprang auf.

»Ich habe Monika geohrfeigt, weil sie zu mir frech wurde. Sie hat mich beleidigt. Sie hat mich einen Schmarotzer genannt. Da gingen die Nerven mit mir einfach durch.«

»Das ist nicht wahr!« schrie Salzer. Dr. Kutscher hielt ihn am Rock fest, sonst wäre er vorgestürzt. »Monika war Ihre Geliebte!«

Ernst Dahlmann hatte es erwartet. Er nahm es hin und lächelte sogar, so, wie man über einen miesen Clown lächelt, dessen Späße abgestanden sind. Luise starrte ihn verwundert an. Die große Überraschung war mißlungen.

»Stimmt das?« fragte sie hart.

»Nein!«

»So ein Feigling!« schrie Salzer.

»Du leugnest es ab?«

»Ich leugne nicht. Ich halte diese Verdächtigung für so absurd, daß ich nur noch aus Höflichkeit darauf antworte. Es erschreckt mich fast, daß du so etwas glauben kannst. Monika und ich – das ist doch lächerlich!«

Du Lump, dachte Luise und legte die Hände in den Schoß. Du erbärmlicher Schuft. Auch Julius Salzer strich sich mit zitternder Hand die Haare von den Augen.

»Sie hat es mir selbst gesagt«, keuchte er. »Sie hat es mir unter Tränen gebeichtet.«

»Dann hat sie gelogen und Ihnen eine schöne Szene vorgespielt.«

»Lassen Sie mich los, Doktor!« schrie Salzer und zerrte an seinem Rock.

»Es wäre am einfachsten, Monika selbst zu fragen«, sagte Dahlmann völlig ruhig. »Hier, vor Ihnen allen, in meiner Gegenwart. Ich glaube kaum, daß sie dann ihre Behauptung wiederholt ...«

»Wo ist Monika?« fragte Luise wieder. Die Sicherheit Dahlmanns schien ihr beängstigend.

»Ich weiß es nicht.« Dahlmann hob bedauernd beide Arme. »Mir läge jetzt sehr viel daran, Monika hier zu haben, um diese Infamie aufzuklären!«

»Wenn Ihre Schwägerin nicht bis heute abend neunzehn Uhr aufgetaucht ist, werden wir die Polizei einschalten«, sagte Dr. Kutscher. Dahlmann schüttelte den Kopf.

»Nein! Ich bin dafür, daß dies sofort geschieht! Sofort! Man wird nur auf der Polizei darüber lachen, daß aus der Mohren-Apotheke die Frauen verschwinden und sich nachher in anderen Betten wiederfinden. Doch das ist Geschmackssache! Ich bitte Sie, Doktor, die Polizei umgehend zu benachrichtigen ...«

»Ich rufe erst in Soltau an.« Julius Salzer machte sich mit einem Ruck frei und ging zum Telefon. Luise starrte noch immer auf ihren Mann. Er leugnet Tatsachen, als seien es Utopien. Und er läßt es darauf ankommen, daß man ihm Monika gegenüberstellt. Welch ein Mensch ist das bloß?! Wie kann so viel Gemeinheit in einem Körper wohnen?! Ernst Dahlmann blickte von einem zum anderen. Sein Mund verzog sich.

»Ich nehme an, daß Sie vorhaben, sich noch länger in diesem Raum aufzuhalten. Da Sie Gäste meiner Frau sind, bin ich so unhöflich, mich von Ihrer Gegenwart zu befreien. Wenn irgend etwas ist – ich bin unten in der Apotheke. Sie können mich dort sprechen, wenn ich die nötige Zeit dazu frei habe.«

In stolzer Haltung verließ er die Wohnung. Die große Schau, die Luise geben wollte, war vertan. Sie sank zurück in den Sessel, noch einmal für kurze Zeit die Blinde, die nur hört und fühlt. Und noch etwas hielt sie ab, ihre Brille abzunehmen und zu sagen: »Dr. Ronnefeld ... Sie haben auf dem linken Revers Ihres Anzuges einen kleinen Fleck ...« Es war die unverständliche Sicherheit Dahlmanns, mit der er eine Situation, aus der es für ihn keinen Ausweg zu geben schien, souverän überging, als gäbe es diese Situation gar nicht. Er nahm den Schauspieler Sanden hin, die Scheidung, den Verlust der Apotheke, des Vermögens, des Erbes – er gab alles auf mit gleichgültiger Miene, ja fast befriedigt darüber, worum er noch vor einem Tag mit der Erbitterung eines Irren gerungen hatte.

Das hatte einen Grund, das mußte einen schrecklichen Grund haben. Ihn zu erfahren, war nur möglich, wenn sie weiter die Blinde spielte, denn vor ihren toten Augen fielen alle Hemmungen von Dahlmann ab. Sie mußte mit ihm allein sein, heute und morgen, ihn beobachten, aushorchen, ihm Fallen stellen.

Julius Salzer hatte in Soltau angerufen. Da der ›Grüne Krug‹ kein Telefon besaß, hatte er mit dem Metzger gesprochen, der täglich das Fleisch lieferte. Die Möbel waren angekommen und standen vor dem Haus. Niemand wußte, was man mit ihnen machen sollte; keiner wußte, wie man sie aufstellen sollte. Von Monika Horten hatte man seit ihrer Wegfahrt nach Hannover nichts mehr gesehen.

»Ihr ist etwas zugestoßen!« rief Salzer völlig gebrochen. »Und ich wette meinen Kopf, daß dieser Dahlmann weiß, was mit ihr geschehen ist.« Dr. Kutscher winkte ihm zu und zeigte kopfschüttelnd auf die Blinde. Mehr Rücksicht, hieß das. Auch wenn die Ehe auseinandergeht, noch ist er ihr Mann. Salzer winkte erregt ab. Rücksicht! Wie kann man von Rücksicht reden, wenn ein Mensch spurlos verschwunden ist? Luise konnte nichts sagen, sie starrte ins Leere und hatte den gleichen Gedanken wie Julius Salzer: Was verbirgt Dahlmann vor uns? Weiß er mehr über Monika?

Dr. Kutscher war der erste, der hinunter in die Apotheke ging. Er fand Dahlmann in den Hinterräumen beim Anrühren einer Schwefelsalbe.

»Ihre Schwägerin ist noch nicht in Soltau«, sagte Dr. Kutscher ernst.

»Haben Sie das erwartet? Sie hat den jungen Spund über und schwirrt als Bienchen durch die Lande.«

»Lassen Sie mal alle Gehässigkeiten weg, Dahlmann, und überlegen wir einmal zusammen.«

»Mit Ihnen nicht, Doktor. Sie sehen, ich habe Kundschaft im Laden und muß eine Salbe anrichten. Ich lasse meine Kunden nicht unnötig warten.«

»Wir werden jetzt die Polizei anrufen.«

»Das hätten Sie schon längst tun müssen.«

»Man wird Sie verhören.«

»Wenn die Polizei diese Zeitverschwendung auf sich nehmen will, bitte!«

»Sie haben Monika zuletzt gesehen.«

»Ja. Und? Bitte, Doktor, leiten Sie davon keine Wallace-Geschichte ab.« Dahlmann ließ den Rührer durch die gelbe, zähflüssige Salbe laufen und träufelte aus einer Pipette einige Tropfen in die Masse. Dabei zählte er und winkte ab, als Dr. Kutscher weiter sprach. »... neun ... zehn ... elf ... zwölf ... Seien Sie doch still, Doktor. Oder wollen Sie schuld sein, wenn die Salbe zu stark ist und auf der Haut brennt? Hier geht es um Tropfen ... dreizehn ... vierzehn ...« Er legte die Pipette weg. Dr. Kutscher schnaufte durch die Nase.

»Sie wissen etwas, Dahlmann.«

»Allerdings.«

»Dann sagen Sie es.«

»Ich weiß, daß ich Sie widerlich finde!«

Dr. Kutscher drehte sich schroff um und verließ das Apothekenlabor. Dahlmann füllte die Salbe in einen Porzellantiegel und schob ihn dem wartenden Lehrling zu. Dann setzte er sich hinter die hohen Glaskolben und die unter Glas stehende Feinwaage und dachte nach.

Vor der plötzlichen Entdeckung Monikas hatte er keine Angst – kritisch war nur die Routinearbeit der Polizei. Bei der Überprüfung des Bekanntenkreises mußte sie zwangsläufig auf Dr. Forster stoßen. Und über Dr. Forster kam man auf die Waldhütte, sie wurde besichtigt, nur Routine natürlich ... der Lauf der Dinge war so logisch und einfach, daß Dahlmann beschloß, am nächsten Morgen mit Monika Horten ins Moor zu fahren.

In der Wohnung hatten sich unterdessen die Herren verabschiedet. Sie fuhren zu Dr. Ronnefeld. Julius Salzer litt unter den Nachwirkungen des Alkohols ... sein Schädel stach an den Schläfen, er konnte kaum noch denken und spürte Gleichgewichtsstörungen, als er ein paar Schritte machte und gegen die Wand taumelte. Dr. Kutscher wollte bleiben, ihm schien es zu kritisch, Luise jetzt mit Dahlmann allein zu lassen. Erst als ihn Luise bat zu gehen, entschloß er sich schweren Herzens dazu.

Kaum war die Wohnung leer, rannte Luise ins Schlafzimmer. In der Kommode und dem Schrank suchte sie etwas, sie wußte, daß es noch vorhanden war und daß Dahlmann es kannte. Endlich fand sie den Gegenstand in dem kleinen Anbau neben dem Bad, wo die Koffer aufbewahrt wurden. Sie legte den Gegenstand deutlich sichtbar auf den Sessel in der Blumenecke, stellte dann das Radio an und setzte sich, wie sie es als Blinde immer getan hatte, vor das Gerät, den Kopf zur Seite geneigt, genau gegenüber dem großen Blumenfenster.

Jetzt wird er sich verraten, dachte sie. Hier kommt etwas auf ihn zu, was er mit keiner Selbstbeherrschung überwinden kann.

Sie drehte das Radio etwas leiser, als sie die Dielentür zuklappen hörte. Er kommt, dachte sie. Und gleich wird er es sehen ...

*

Ernst Dahlmann lauschte erst an der Tür des Zimmers. Die Musik war von Mozart, Hochzeit des Figaro. Aber sonst hörte er keine Stimmen ... nicht das polternde Organ Dr. Kutschers, nicht die etwas helle Stimme Salzers. Auch die Garderobe war leer, wo die Mäntel gehangen hatten. Luise schien allein zu sein. Endlich allein!

Er öffnete die Tür. In dem großen Zimmer saß Luise wie seit Monaten allein am Radio, die Hände auf der Sessellehne, mit geneigtem Kopf, und ließ sich von den Klängen einfangen.

Dahlmann räusperte sich. Luise fuhr etwas hoch und hob den Kopf. »Ernst?«

»Ja, Luiserl ...«

»Du hast mich erschreckt.«

»Bitte verzeih.« Er blieb an der Tür stehen, unschlüssig, was er nun tun sollte. Ob er es wollte oder nicht – zwischen ihm und Luise stand jetzt Robert Sanden. Es war, als sei plötzlich eine Wand aufgerichtet, über die hinweg man noch miteinander sprechen konnte, die aber keinen engeren Kontakt, keine Berührungen mehr zuließ. »Dein Besuch ist weg?«

»Ja. Schon seit einer halben Stunde.«

»Wie konntest du mir das bloß antun, Luiserl?!« sagte er heiser.

»Was?«

»Die Sache mit Sanden.«

»Du warst bei ihm?«

»Ja.«

»Ich weiß. Er hat mich angerufen. Du wolltest mich ihm abkaufen.«

»Ich habe mit allen Mitteln um dich gerungen, Luiserl. Selbst die schäbigste Art, Geld zu bieten, war mir nicht zu blöd. Ich habe mich bis zum Tiefsten erniedrigt. Aber du willst nicht mehr ...«

»Nein, Ernst.«

In diesem Augenblick fiel sein Blick auf den Sessel in der Blumenecke. Seine Augen wurden starr, sein Kinn klappte herunter, als spränge es aus den Sehnen.

Auf dem Sessel lag eine Handtasche. Monikas weiße Handtasche. Er erkannte sie sofort; sie war das erste Geschenk gewesen, das er ihr gemacht hatte, damals, im Frühsommer, als sie eine Welt vor sich sahen, die in einen rosa Schleier gehüllt schien. Nun lag sie hier – auf einem Sessel, in dem vorhin Dr. Ronnefeld gesessen hatte.

Dahlmann wischte sich mit beiden Händen übers Gesicht und starrte dann wieder auf den Sessel. Es war keine Täuschung: Monikas Handtasche lag dort, und vor einer halben Stunde hatte sie noch nicht dort gelegen. Luise schob den Kopf etwas vor, wie es Blinde immer tun, wenn sie angestrengt lauschen.

»Ist etwas, Ernst?« fragte sie. »Du bist so still.«

Dahlmann schluckte krampfhaft. »Nein, nichts, Luiserl.« Seine Stimme klang hohl und wie durch ein langes Rohr gerufen. »Du warst die ganze Zeit allein?«

»Nachdem die Herren weggingen? Ja. Warum?«

»Ich meine bloß.« Er ging zu dem Sessel, hob die Tasche auf und öffnete leise den Verschlußbügel. Sie war leer bis auf ein Taschentuch und ein Portemonnaie, in dem sieben Mark lagen.

Ein Lippenstift war in einer Seitentasche und eine Fahrkarte der Straßenbahn. Fast ein Jahr alt.

Dahlmann sah sich um. Er ging zur Tür, öffnete sie und lauschte in der Diele nach oben, die Treppe hinauf zum Atelier. Er hörte nichts ... nur die Musik Mozarts umgaukelte ihn. Dann hörte er Luise rufen und ging zurück in das Wohnzimmer.

»Wo bist du denn?« fragte sie erstaunt. »Warum läufst du denn hinaus?«

»War wirklich niemand hier? Hast du nichts gehört? Keine Schritte?« Seine Stimme war heiser vor Aufregung. Das ist doch nicht möglich, dachte er. Das ist einfach nicht wahr. Monika ist tot. Sie liegt kalt und steif in einem Alkovenbett mitten im Wald. Ich bin kein Arzt, aber ich kann feststellen, ob ein Mensch lebt oder nicht. Ich kann einen Puls fühlen, ich weiß, was eine Leichenstarre ist. Und ein Körper, der nicht mehr atmet, ist tot ... und Monika ist tot ... tot ... tot ...

Und nun liegt ihre Tasche hier!

»Schritte?« Luise hob lauernd den Kopf. »Ja ... doch ... ein leises Tapsen ... Ich dachte, es sei die Katze gewesen ... Ist etwas, Ernst? Du machst mir Angst.«

Sie spielte ihre Rolle vorzüglich, streckte beide Arme hilfesuchend aus, zitterte und bettelte stumm um Schutz. Dahlmann war weit davon entfernt, nun noch den liebevoll sorgenden Ehemann herauszustellen. Er warf die Tasche auf den Sessel zurück und ballte erregt die Fäuste.

Ein Tapsen ... wie von einer Katze ... Wer war hier durch das Zimmer geschlichen ... wer hatte die Tasche dorthin gelegt? Monika selbst – das war unmöglich. Das war zu unwahrscheinlich, um überhaupt mit diesem Gedanken zu spielen. Und doch kam Dahlmann immer wieder auf ihn zurück. Kein anderer konnte an diese Tasche kommen, ja, in der Rekapitulation der letzten Stunden glaubte er sogar zu wissen, daß Monika diese Tasche um den Arm hängen hatte, als sie zuletzt hier im Zimmer gewesen war. Und er hatte die Tasche mit in die Decke gerollt, das wußte er ebenfalls ganz genau.

Und nun lag sie hier!

Dahlmann setzte sich schwer und biß sich in die rechte Faust. Das ist unmöglich, dachte er immer wieder. Das ist völlig unmöglich ... Er glaubte so fest daran, gerade diese Tasche zuletzt bei Monika gesehen zu haben, daß aus seinem inneren

Zureden unmöglich ... unmöglich ... langsam die Frage wurde: Wie ist es möglich?!

Eine Frage, die nur eine Antwort zuließ: Er mußte sich überzeugen, ob die Waldhütte leer war.

Zunächst ging er hinauf in das ausgeräumte Atelier. Hier hatte sich nichts verändert. Ein kahler, verwohnter, häßlicher Raum, in dem nichts mehr an den Zauber erinnerte, den er einmal ausstrahlte. Anschließend durchsuchte er das Schlafzimmer, die Küche, sein Herrenzimmer, das Gastzimmer – nirgendwo sah er eine Spur davon, daß Monika hier gewesen sein könnte.

Als er zurückkam ins Wohnzimmer, fand er den Sessel, in dem Luise gesessen hatte, leer. Das Radio lief noch. Immer noch Mozart ... Ein Mädchen oder Weibchen wünscht Papageno sich ...

»Luiserl!« rief er. Und dann lauter, in die Küche rennend und in das Schlafzimmer, in dem er gerade gewesen war. »Luise! Luise!«

Die Wohnung war leer. Er riß alle Türen auf, jagte die Treppe hinunter in die Apotheke. Die Angestellten wunderten sich, daß ihr Chef wie ein Irrer durch die Räume lief, zum Hinterhof, auf die Straße ... zurück ... hinauf in die Wohnung ... ins Atelier, unter das Dach ... Das Rätsel blieb, und seine Panik wurde unerträglich: Luise war nicht mehr da! Während er oben im Atelier gestanden hatte, war sie von jemandem abgeholt worden. Anders war es nicht möglich; als Blinde konnte sie in dieser kurzen Zeit sich nicht allein so weit getastet haben.

Hatte Monika sie abgeholt?!

Dahlmann spürte, wie sein Gehirn brannte und er im Begriff war, wahnsinnig zu werden. Er riß seinen Mantel von der Garderobe und rannte hinaus. Wenig später schoß sein Wagen aus der Garage und schleuderte fast auf die Straße.

An der gegenüberliegenden Ecke drehte Dr. Kutscher den Zündschlüssel um. Luise, die neben ihm saß, umklammerte seinen Arm.

»Da ist er!« sagte Dr. Kutscher und löste die Handbremse. »Meinen Sie wirklich, daß er etwas weiß?«

»Ja ... Ich bin Ihnen ja so dankbar, daß Sie zurückgekommen sind, Doktor.«

»Ich hatte, ehrlich gesagt, Angst! Ich wollte sehen, ob alles in Ordnung ist. Himmel, hat der ein Tempo drauf. Daß Sie diese idiotische Fahrerei nicht sehen können, ist ein Glück.«

Luise sah es mit zusammengepreßten Lippen. Dahlmann fuhr rücksichtslos um die Straßenecken und über die Zebrastreifen. Sie fuhren ihm nach, so gut es ging unter Berücksichtigung der Verkehrsregeln, die es für Dahlmann nicht mehr zu geben schien. So kam es, daß der Zwischenraum sich immer mehr vergrößerte. Als Dahlmann bei Gelb über eine Kreuzung raste und Dr. Kutscher beim sofort aufleuchtenden Rot bremsen und warten mußte, verloren sie ihn aus den Augen. Auch als Dr. Kutscher bei Grün vorwärtsschoß und diesmal auch die Fußgänger zur Seite springen ließ, fanden sie Dahlmanns Wagen nicht wieder. Drei Ausfallstraßen standen zur Wahl – es war nicht einmal zu erraten, welche Dahlmann hinabgeschossen war.

Dr. Kutscher fuhr rechts heran und wischte sich den Schweiß von der Stirn.

»Er ist weg, gnädige Frau. Ich tauge nicht für amerikanische Verfolgungsfahrten. Im Kino sieht das alles so schön aus, da ist nie ein Hindernis, da können sie hundert Kilometer hintereinander herrasen ... aber hier, in Hannover? Was nun?«

»Fahren wir nach Hause«, sagte Luise und senkte den Kopf.

»Nicht zur Polizei?«

»Nein! Können wir etwas beweisen?«

»Das nicht. Aber man wird ihn durch die Mangel drehen.«

»Dahlmann nicht.«

»Er muß ein Alibi beibringen darüber, wo er jetzt hingefahren ist.«

»Auch das wird er haben. Sie kennen ihn doch, Doktor.«

»Allerdings.«

»Trinken wir eine Tasse Kaffee!«

»Woher nehmen Sie bloß diese Ruhe?« Dr. Kutscher vibrierte am ganzen Körper. Auch er spürte, daß Dahlmann in diesen Minuten dem Geheimnis entgegenfuhr und daß sie nahe daran gewesen waren, alle Fragen beantwortet zu bekommen.

»Es ist keine Ruhe, Doktor ... es ist die Starrheit des Hasses ...«

Dr. Kutscher sah sie von der Seite an. Sie saß da wie versteinert. Die dunklen Brillengläser, die ihr Gesicht beherrschten, warfen den Schein der Abendsonne zurück. Dr. Kutscher hob wie frierend die Schultern.

»Trinken wir Kaffee«, sagte er leise, ganz gegen seine sonstige Art. »Und wie wollen Sie – oder wir – beweisen, daß Ihr Mann etwas über den Verbleib Monikas weiß?«

»Ich werde es bald wissen. Morgen schon.«

»Morgen? Aber wie denn?«

»Viele Opfer, die gebracht wurden, waren sinnloser als dieses hier.«

»Opfer? Was wollen Sie tun?«

»Fahren Sie, Doktor. Bitte!«

»Nicht, bevor ich weiß, was Sie vorhaben! Ich flehe Sie an: Machen Sie keine Dummheiten! Sie haben Ihren Mann mit dieser erfundenen Sanden-Geschichte bis an die Grenze der Vernunft gebracht.«

»Das wollte ich! Morgen soll ihn die Vernunft ganz verlassen.«

»Das werde ich verhindern!« Dr. Kutscher ergriff beide Hände Luises. »Gnädige Frau, wenn Sie die Gefahr wüßten.«

»Und wenn ich sie weiß?«

»Dann ist es um so leichtsinniger, daß Sie sich ...«

»Doktor, bitte! Ich habe solchen Kaffeedurst.« Luise lächelte, als sie die Angst in den Augen Dr. Kutschers sah. »Glauben Sie mir: Mir wird nichts, gar nichts geschehen.«

Dr. Kutscher war davon in keiner Weise überzeugt. Er kannte Dahlmann, aber er überschätzte ihn. Er traute ihm mehr zu, als Dahlmann zu tun fähig war.

»Bitte, nehmen Sie meinen Rat an«, sagte er stockend. »Übernachten Sie wieder in dem Hotel!«

»Gerade die Nacht brauche ich, Doktor.«

»Wie kann man Sie bloß schützen?!« rief Dr. Kutscher. Er hieb mit der Faust auf das Lenkrad. Luise ergriff seine Faust und hielt sie fest.

»Keiner braucht mich zu schützen. Mein bester Schutz ist die Notwendigkeit zu leben ...«

Dr. Kutscher war es, als drücke ihm jemand die Kehle zu. Er umklammerte Luises Hand und atmete schwer. Verdammt, dachte er. Welche Nerven hat diese Frau.

»Sie wissen ...«, sagte er leise.

Luise nickte. »Ich weiß alles, Doktor.« Ihr Lächeln zu diesen Worten war wie ein Blütenregen auf die Stätte einer Hinrichtung. »Und nun fahren Sie. Ich sehne mich nach einer Tasse Kaffee.«

*

Die ganze Nacht blieb Luise auf und wartete. Dahlmann kam nicht zurück. Sie wußte dafür keine Erklärung, aber ihre Angst wuchs, daß sie sich diesmal verrechnet haben könnte. Es gab nur zwei Möglichkeiten: Entweder war er bei Monika, oder er hatte die Nerven verloren und war geflohen. Wohin, das würde sich bald feststellen lassen – nur entsprach es nicht der Wesensart Dahlmanns, alle Brücken abzubrechen, ohne wenigstens die letzte Möglichkeit auszunutzen, einen Vorteil herauszuschlagen. Daß er ohne Geld über die Grenze gegangen war, schien also unwahrscheinlich zu sein. Aber auch bei Monika konnte er nicht die Nacht verbringen, denn sie hatte ihn weggestoßen in ihrer Verzweiflung; sie wollte vergessen. Der Zauber, der sie einmal gefangenhielt, war zerbrochen. An die Stelle der Hörigkeit war Ernüchterung getreten.

Und doch war er bei Monika.

Dahlmann saß die ganze Nacht über bei ihr.

Er war zur Waldhütte gerast und hatte die Tür so verschlossen gefunden, wie er sie verlassen hatte. Im Alkovenbett lag Monika, tot und steif, mit halboffenem Mund. Die zarte, rosa Haut war gelb geworden ... er ließ den Vorhang schnell wieder vor das Bett fallen und taumelte zum Tisch.

Die Tasche! Wie kam die Tasche in die Wohnung?

Dahlmann tastete die Decke ab, in die er Monika eingerollt hatte. Da war keine Tasche. Er überwand sich, zog noch einmal den Vorhang vom Bett und schob die Steppdecke von dem starren Körper. Hinter Monika, zwischen ihrer rechten Hüfte und der Wand, lag die Handtasche. Eine rote Tasche, nicht eine weiße. Ernst Dahlmann schloß die Augen und lehnte sich an die Alkovenwand.

Die Nerven, dachte er. Ich habe die Nerven verloren. Wer aber hat die weiße Tasche in den Sessel gelegt? Wo kommt sie plötzlich her? Wem gehörten die tapsenden Schritte, die Luise gehört hatte?

Wer hatte ihm diese Falle gestellt?

Das war es nämlich, was ihm plötzlich völlig klar wurde: Die Tasche in dem Sessel war eine Falle gewesen! Jemand hatte sie dorthin gelegt, der seine Reaktion beobachten wollte. Wer aber? Wer? Luise war blind, und sonst war niemand im Haus gewesen. Davon hatte er sich selbst überzeugt. Aber unten auf der Straße? Hatte jemand auf sein Wegfahren gewartet und war ihm nachgefahren?

In Dahlmann stieg heiße Angst hoch. Er rannte aus der Waldhütte und blieb zwischen den Stämmen stehen. Er bemerkte keinen zweiten Wagen, hörte keinen Motor, keine Schritte, kein Knacken von Ästen oder das Rascheln von Laub. Und doch war er beobachtet worden, dessen war er sich sicher. Ebenso klar war er sich darüber, daß er nicht mehr nach Hause konnte, bevor die Leiche Monikas im Sumpf versenkt war. Dann war es gleichgültig, wenn sie die Hütte fanden und durchsuchten. Es gab keine Spuren mehr. Und der Grund, warum er die Hütte von Dr. Forster übernommen hatte? Auch die Polizei würde verstehen, wenn er mit einem Augenzwinkern antworten würde: »Ich liebe die Waldeinsamkeit; ich habe die Hütte für meine Freizeit und zur Erholung gemietet.«

Dahlmann rauchte hastig eine Zigarette und ging zur Hütte zurück.

Die ganze Nacht über saß er am Tisch und studierte beim Schein der Petroleumlampe die Karte von Norddeutschland, die er immer im Handschuhfach seines Wagen liegen hatte. Es gab viele Moore nördlich von Hannover, aber eines schien ihm besonders geeignet zu sein. Es war eine ziemlich unbewohnte Gegend zwischen Scheeßel, Hetzwege und Mulmshorn; ein vierzehn Kilometer langer Streifen Moor, durchzogen von einigen Kanälen, Wasserrinnen nur, ein Flecken Einsamkeit.

Er maß die Strecke aus, er suchte die besten Anfahrtswege. In drei Stunden kann man am Ziel sein, dachte er. Um ein Uhr nachts fahre ich hier weg. Morgens um vier wird das Moor die einsamste Gegend der Welt sein, und um sieben Uhr werden selbst die Spuren des Autos aufgequollen und verwischt sein.

Eine perfekte Möglichkeit, einen Menschen verschwinden zu lassen. Und so einfach, daß sich Dahlmann wunderte, warum noch niemand auf diesen Gedanken gekommen war.

Kurz vor ein Uhr nachts begann der letzte, für Dahlmann schwierigste Teil: Er mußte den starren Körper Monikas wieder in die Decke rollen und sie zum Wagen tragen.

Noch einmal sah er Monika an, und sein Herz stockte bei der Erinnerung, wie glühend diese blassen Lippen einmal hatten küssen können, wie warm der schöne Körper gewesen war, wie anschmiegsam und voller Lebensgenuß. Dann schlug er die Decke über das Gesicht, verschnürte das Bündel wieder und trug es ächzend hinaus. Sie schien ihm jetzt schwerer als vorher zu sein ... das Rätsel, warum Tote schwerer sind als Lebende, beschäftigte auch ihn. Mit Mühe – weil er die Beine nicht anwinkeln und das ›Paket‹ knicken konnte – brachte er sie auf den Rücksitzen unter und schlug die Tür zu.

Über eine halbe Stunde verwandte er darauf, alle Spuren zu verwischen. Als er die Hütte abschloß, war sie wieder so, wie er sie übernommen hatte.

Niemand würde beweisen können, daß in den letzten Tagen jemand hier gewesen war. Daß in dem Bett eine Tote gelegen hatte.

Das wußte nur Gott, und ihn konnte man nicht fragen.

*

Kein Mensch sah den Wagen, der gegen vier Uhr morgens über den schmalen festen Weg holperte, auf dem sonst die Moorkarren fahren. Keiner sah auch den Mann, der mit einer Deckenrolle über dem Rücken den festen Weg verließ und den Spuren der hochrädrigen, leichten Wägelchen nachging, die bis an die Grenze des begehbaren Bodens rollen.

Auch Dahlmann tastete sich mit seiner Last so weit in das Moor hinein, bis er spürte, wie der Boden unter ihm schwankte und schwebte und das Moorwasser ihm oben in die Schuhe lief. Da blieb er stehen und ließ die Deckenrolle von den Schultern rutschen.

Über dem Moor lag Nebel in dünnen, schwebenden, wie aus weißgrauer Seide gesponnenen Schleiern. Einzelne Schwaden zogen träge auf ihn zu, wehten über ihn hin und trugen den Geruch von Fäulnis und nasser Erde weiter ins Land.

Dahlmann schauderte und sah über das einsame, schwermütige und geheimnisvolle Land. Es sah so friedlich aus – und zwei Schritte weiter war es gnadenlos, grausam und feindlich. Ein lautloser Tod; vielleicht nur ein Schmatzen des Sumpfes, wenn er sich über dem Körper schloß; das Schmatzen eines satten Todes.

Dahlmann blickte sich um und suchte einen harten Gegenstand, den er vor sich in das Moor werfen wollte, um zu sehen, wie weich der Boden war und wie schnell er einen Körper in sich hineinsaugte. Da er nichts fand, nahm er seine goldene Armbanduhr ab und warf sie vier Schritte weit von sich. Sie klatschte auf, und dann war es, als öffneten sich wulstige Lippen, umfingen die Uhr und verschluckten sie. Nicht schnell, sondern langsam. Ganz allmählich, millimeterweise. Genußvoll fast ... ein Aufsaugen, ein Vergehen ...

Dahlmann starrte auf seine Uhr, bis sie im Moor versunken war. Er konnte sich keinen Begriff machen, wie tief der schwabbende Boden war. Zweifel kamen ihm auf, daß ein menschlicher Körper völlig in ihm verschwinden könnte. Er erinnerte sich, daß einmal eine Kuhherde im Moor versunken war; er dachte an die vielen Geschichten, die er über Sümpfe gelesen hatte. Ein ganzes Fahrzeug mit Pferden und Lenkern sollte einmal spurlos im Teufelsmoor verschwunden sein. Er hatte das immer als eine Sage angesehen, und auch jetzt, am Rande des lautlosen Todes, glaubte er nicht daran, daß es tief genug sein würde.

Um eine neue Probe zu machen, ging er zurück zum Wagen und holte seinen Wagenheber aus dem Kofferraum. Er warf auch ihn in den schwabbenden Boden, und dieses Mal war der Mund gieriger – er umschloß den schweren Wagenheber mit gurgelnden Lauten und verschluckte ihn in weniger als zehn Sekunden. Dahlmann, ohne seine Uhr, zählt sie nach militärischer Art ... einundzwanzig ... zweiundzwanzig ... dreiundzwanzig ... Bei der zehnten Sekunde lag die Moorfläche glatt und ruhig wie vorher da, ein lauernder Moloch von trauriger, nebelschleierumwehter Schönheit.

Im Osten zeigte sich am weiten Horizont ein schwacher hellgrauer Streifen, die Ahnung eines kommenden Tages, ein Hauch von Licht. Durch Ernst Dahlmann zog ein Frieren und Schütteln. Es gab kein Zurück mehr. Die Trennung für alle Ewigkeit war nicht aufzuhalten.

Dahlmann hob die Decke mit Monika wieder hoch. Er versuchte, ob es möglich sei, sie mit beiden Armen von sich wegzustoßen und ein paar Meter weit hinein ins Moor zu werfen. Aber der zarte Körper war zu schwer, oder ihn hatten die Kräfte verlassen – es war unmöglich, Monika zu halten. Die Deckenrolle rutschte ihm aus den Armen weg und stieß wieder auf den Weg.

Dahlmann drückte die Hand in den Rücken, reckte sich und griff wieder zu. Ächzend bückte er sich, schob die Rolle über seine Schulter und richtete sich auf. Er schob sie so zurecht, daß sich das Gleichgewicht nach vorn verlagerte. Dann schleuderte er von der Schulter aus, mit beiden Händen nachdrückend, die Tote in das Moor hinein. Der Schwung war so groß, daß er selbst mitgerissen wurde, nach vorn stürzte, auf die Knie fiel und mit ausgebreiteten Armen auf dem schwabbenden Boden lag.

Als er sich aufstützen wollte, fühlte er, wie der Boden unter seinen Händen nachgab, wie er in einen faulig riechenden Erdpudding griff, wie seine Finger sich im Breiigen verloren. Einen Augenblick lang war er versucht zu schreien. Entsetzen ergriff ihn. Todesangst, winselnde Feigheit. Er preßte die Knie zusammen und spürte, daß der Boden unter seinen Füßen hart war, daß seine Brust noch auf fester Erde ruhte, daß es nur die Arme und Hände waren, die ins Moor reichten, in die saugende, alles verschlingende weiche Tiefe.

Er kroch zurück wie ein Molch und wagte erst dann, sich aufzurichten, als er beim Rundumtasten überall harten Grund fühlte. Zitternd stand er da, mit Lehm und schwarzem Moorbrei beschmiert. In seinem Kopf summte und rauschte es, vor den Augen drehten sich die Nebel und wurden von blauen, gelben und roten Punkten durchtanzt. Wenn man sich irgendwo anlehnten könnte, dachte er. Ausruhen, tief atmen, die Augen einen Moment schließen und an nichts denken ... Doch um ihn herum war Moor; er stand auf einem schmalen festen Wegstreifen. Schilf und Gras wuchs neben ihm – aber kein Baum, an den er sich zu lehnen vermochte; nicht einmal ein Strauch mit einigen biegsamen Ästen, an die man sich anklammern konnte.

Vor ihm versank langsam die Deckenrolle. Er starrte auf den Sumpf, wie er Monika in sich hineinzog. Es war ein Anblick, der ihn erschaudern ließ, aber er wandte das Auge nicht davon ab, es war ein Abschied von Monika für immer.

Er wartete, bis sie völlig versunken und die Oberfläche des Moores wieder glatt war. Dann ging er langsam zurück zum Wagen und fuhr, mit einem Gefühl von Übelkeit im Magen, nach Hannover. Der Moorschmutz an seinem Anzug trocknete. Kurz vor der Abfahrt von der Autobahn in der Innenstadt hielt er an einer Raststelle, klopfte seinen Anzug ab, säuberte die Hosenaufschläge von Pflanzenresten und die Schuhe vom festgeklebten Schlamm. Als die Geschäfte um acht Uhr öffneten, kaufte er sich einen neuen Anzug, zog sich in der Probierkabine gleich um und brachte den fleckigen Anzug zur Reinigung. Expreß, bestellte er. In drei Tagen werde er ihn wieder brauchen.

In seiner Wohnung fand er Fräulein Erna Pleschke vor. Sie war beauftragt worden, wie an jedem Tag, zu kommen. Dahlmann begrüßte sie brummend und ging ins Zimmer. Fräulein Pleschke konnte er jetzt am wenigsten gebrauchen; außerdem wußte er nicht, was sie hier sollte. Es war nicht anzunehmen, daß Luise spazierenging, wenn man ihre Schwester suchte.

»Bist du es, Ernst?« fragte Luise. Sie saß blaß und übermüdet in der Blumenecke. Ihre Augen brannten unter den dunklen Gläsern und tränten etwas. Mit letzter Kraft kämpfte sie gegen eine ohnmachtähnliche Müdigkeit an. Daß sie, im Sessel sitzend, eine Stunde geschlafen hatte und durch die Geräusche, die Fräulein Pleschke verursachte, geweckt worden war, wußte sie nicht. Sie glaubte, sie sei nur ein wenig eingenickt.

Ernst Dahlmann setzte sich. Luise musterte ihn. Er hat einen neuen Anzug an, dachte sie. Was soll das bedeuten? Wo kommt er jetzt her? Aber sie fragte nicht danach. Sie hatte sich ein anderes Mittel ausgedacht, um Dahlmann zu veranlassen, sein eigener Verräter zu werden. Auf Fragen würde er immer eine Antwort wissen ... man mußte ihn überraschen, ihn plötzlich treffen, so wie es mit der Handtasche Monikas gelungen war. Nur war dieser Schuß ins Leere gegangen, weil Dahlmann schneller gewesen war als seine Verfolger.

»Ja. Ich bin's, Luiserl.« Er lehnte sich weit zurück und sah an die Decke. Die Morgensonne stach grell durch das breite Fenster. Ein schöner Herbsttag begann ... vielleicht war es der letzte in diesem Jahr. In Bayern lag schon Schnee, von Schweden wurde das gleiche gemeldet. Es würde nicht lange dauern, bis auch nach Hannover der Winter gekommen war. Dahlmann genoß die Stille, die Sonne, die Blumenranken, den Duft von

Rosen und Dahlien. Er genoß es, in einem weichen Sessel zu sitzen, die Beine weit von sich zu strecken und zufrieden zu sein.

Das war er: zufrieden! Wenn er eitel gewesen wäre, hätte er sagen können: Ich habe die Methode des perfekten Mordes entdeckt! Nicht aus Gemeinheit, nicht aus einem verbrecherischen Instinkt heraus, sondern aus der Angst, der Notwendigkeit, einen Menschen spurlos verschwinden zu lassen, dessen Tod man nie, nie gewollt hatte.

Er griff in die Tasche, zog eine Schachtel Zigaretten heraus und begann zu rauchen. Was nun?, dachte er dabei. Der zweite Tag der vier Tage ist gekommen. Ich werde mir die Fahrkarte nach Zürich bestellen, einige Koffer packen und sie als Reisegepäck vorschicken. Das fällt nicht auf. Und falls sie es später erfahren, wird die Spur verwischt sein.

»Wie hast du geschlafen, Luiserl?« fragte er, um etwas zu sagen und die Stille aufzulockern.

»Gar nicht.«

»Gar nicht? Aber warum denn?«

»Da kannst du noch fragen?«

»Verzeih.« Dahlmann sog an seiner Zigarette. »Du erkundigst dich gar nicht, wo ich diese Nacht gewesen bin?«

»Nein. Du wirst es mir ja auch so sagen.«

»Hast du keine Angst, daß ich dich belüge?«

»Nein. Du hast mich nie belogen.« Luise kam der Satz völlig frei von den Lippen. »Warum sollten wir uns jetzt noch etwas vormachen? Ich war auch ehrlich zu dir, Ernst. Wenn du mir sagst, du warst diese Nacht bei einer anderen Frau – es berührt mich nicht mehr.«

Luises Kopf flog hoch. Sie blickte Dahlmann an ... Sie sah ihn nur verschwommen, die Augen tränten im Licht der Sonne. Sie nahm ein Taschentuch, schob es zwischen die Brillengläser und drückte es gegen die Augen. Sie tupfte die Tränen ab ... Dahlmann kehrte aus der Verschwommenheit seiner Träume in die Klarheit zurück.

»Aber das war ich doch nicht! Ich habe Monika gesucht.«

»Du hast Monika gesucht? Wo denn? Keiner weiß doch, wo sie hingegangen ist! Hat sie dir etwas gesagt?«

»Nein. Aber ich bin ein Mensch, der das Systematische liebt. Ich habe sämtliche Hotels abgeklappert.«

»Du hast ...?«

»Ich wußte gar nicht, daß es in Hannover so viele Hotels, Fremdenpensionen, Privatpensionen und Einzelzimmervermietungen gibt. Ich bin die ganze Nacht herumgesaust, kreuz und quer durch die Stadt, und habe gefragt. Ein paarmal hätten sie mich bald verprügelt. Ich bin bis zu den Spelunken hinabgestiegen und hinauf bis auf Dachkammern, die man auch stundenweise vermietet. Von Monika keine Spur. Sie ist entweder nicht mehr in Hannover, oder sie lebt irgendwo privat. Dann kann es nur ein Mann sein.«

»Monika ist keine Hure«, sagte Luise kalt.

»Das will ich damit auch nicht angedeutet haben! Aber ich denke an diesen blonden Träumer Julius Salzer, der sich Rechte an Monika anmaßt – und wie lange kennt er sie? Ein paar Tage! Das zeugt nicht gerade für ein zimperliches Verhalten deiner Schwester.«

Luise schwieg. Es war ihr widerlich, darauf zu antworten. Auch glaubte sie ihm nicht, daß er die Hotels abgesucht hatte. Er war davongerast, hinaus aus Hannover, nach Osten, und dort irgendwo mußte Monika verborgen sein. Warum sie sich verborgen hielt, konnte Luise nicht erraten. Es gab für sie keinerlei Grund dafür, daß Monika ihre Möbel nach Soltau holen ließ und sich am gleichen Tag vor Julius Salzer versteckte. Auch daß Dahlmann sie wieder zu sich hinübergezogen haben könnte und ihre Hörigkeit wieder ausgebrochen wäre, hielt sie für unmöglich. Sie kannte ihre Schwester; sie war eine Horten: ein harter Kopf, wenn es sein mußte, vor allem aber unnachgiebig, wenn sie beleidigt wurde. Daß irgendeine Schwäche sie in die Arme Dahlmanns getrieben hatte, war Luise deshalb um so rätselhafter. Es gab nur eine Deutung: Dahlmann mußte sie gezwungen, überwältigt haben, er mußte eine Schwäche Monikas ausgenutzt haben. Und hinterher war es dann zu spät gewesen, sich von ihm zu lösen.

Dahlmann zerdrückte die Zigarette und erhob sich. Luise legte den Kopf zur Seite.

»Du gehst schon wieder?«

»Ja. Ich frage bei der Polizei an, ob die etwas weiß.«

»Sie weiß nichts.«

»Wer sagt das?«

»Dr. Kutscher. Er rief an, kurz bevor du hereinkamst.«

»Verstehst du das, Luiserl?«

»Nein.«

»Hättest du Monika das zugetraut? Schon ihr plötzlicher Auszug aus unserem Hause hat mich verwirrt.«

Du Schuft, dachte Luise.

»Ob sie krank ist?« fragte Dahlmann besorgt.

»Krank?«

»Ich meine ... nervlich. So wie Monika benimmt sich doch kein vernünftiger Mensch ...«

»Vielleicht sind wir Hortentöchter alle ein bißchen verdreht«, sagte Luise leise. Dahlmann ergriff ihre schlaffen, kalten Hände.

»Du doch nicht, Luiserl!« Sie entzog ihm ihre Finger mit einem Ruck.

»Ich auch. Denk an das Tacken, das ich immer höre, das furchtbare Tropfen ...«

»Aber das ist doch vorbei.«

»Nein! Nein! Heute nacht hat es wieder getackt ... Immer in Abständen von zwei Sekunden ... tack – tack ... Ich bin fast irrsinnig geworden ...«

Dahlmanns Kopf flog zum Büfett herum. Dort stand seine teuflisch-geniale Konstruktion. Sie war abgestellt, aber sie war da. Dahlmanns Hände wurden schweißig und verkrampften sich ineinander. Er wußte ganz genau, daß er den Apparat unten im Privatlabor in einen Schrank eingeschlossen hatte. Er wollte ihn in den nächsten Tagen vernichten, vor seiner Abreise. Er hatte noch einige Glaskolben auf den Tisch gestellt, um im Schrank Platz für den Apparat zu haben.

Nun stand er im Wohnzimmer! Er war plötzlich da ... wie die Handtasche von Monika ...

»Wer war hier, Luiserl?« fragte er mit belegter Stimme.

»Hier? Niemand!«

»Du hast nichts gehört?«

»Dieses Tacken, ja ...«

»Keine Schritte?«

»Nein.«

»Nicht wieder ein leises Tapsen?«

»Gar nichts, Ernst. Was hast du? Deine Stimme ist so unsicher. Ist eingebrochen worden? Fehlt etwas?« Sie hob den Arm und krallte sich in Dahlmanns Rock fest. »Ich habe solche Angst, Ernst ... Du darfst mich nicht mehr allein lassen, hörst du? Du darfst nicht mehr weggehen ... War wirklich jemand im Zimmer heute nacht?«

Es war ein vorzüglicher Monolog. Dahlmann streichelte ihr wie abwesend über das Haar. Dabei sah er auf die Klopfmaschine. Das Rätsel lastete auf seinem Herzen wie ein Bleiklumpen.

»Es war niemand hier, Liebes«, sagte er stockend. »Ich dachte nur ... Du mußt dir keine Sorgen machen wegen des Klopfens ... es ist nichts.«

»Ich habe Angst, Ernst. Ich habe Angst, irrsinnig zu werden.«

»Du darfst an so etwas nie denken, Liebes!«

»Auch Dr. Vierweg sagt, daß ...«

»Ich werde mit diesem grünen Jungen einmal deutsch reden. Er soll als Psychiater heilen, aber nicht Psychosen noch fördern!«

Dahlmann hörte in der Küche Fräulein Pleschke wirtschaften. »Was soll die Pleschke hier?« fragte er.

»Sie macht Kaffee. Ich habe die ganze Nacht wach gesessen, du weißt es doch. Trinkst du mit? Bitte, bitte, sag nicht nein. Trink mit mir Kaffee.«

»Solltest du dazu nicht lieber Herrn Sanden holen?« fragte er giftig.

»Ach, laß ihn doch, Ernst. Ich mache mir solche Sorgen um Monika ...« Sie beobachtete ihn dabei. Dahlmann zeigte keinerlei Bewegung, sein Gesicht war nachdenklich und noch immer von dem Rätsel gefangen: Wie kommt die Klopfmaschine auf das Büfett?

»Monika geht es vielleicht besser als uns«, sagte er beiläufig.

»Bleib heute bei mir, ja?« bettelte Luise.

»Aber die Apotheke! Ich muß noch in die Stadt, ich habe eine Verabredung mit einem Pharmazie-Fabrikanten.«

»Sag ab. Verschieb es. Ich habe ein dumpfes Gefühl, daß Monika etwas zugestoßen ist. Und da möchte ich, daß du bei mir bist ... noch bist du mein Mann, Ernst ...«

»Ja, noch«, sagte er bitter.

»Ich habe in dieser Nacht manches eingesehen.«

»Ach?«

»Ja.« Luise nickte und lehnte den Kopf an Dahlmanns Hüfte. »Zugegeben – ich war einmal nicht stark genug. Ich habe mich verirrt. Heute weiß ich gar nicht, wie das geschehen konnte. Wenn du mir diesen einen Fehltritt verzeihen könntest, Ernst?«

Dahlmann hielt den Atem an. O verdammt, dachte er nur. O verdammt ...

»Was dann?« fragte er kaum hörbar.

»Wenn du zu mir sagen kannst: Luiserl, ich vergesse es. Ich weiß es gar nicht mehr ... wenn du das sagen kannst, und wenn Monika zurückkommt, dann will ich nur noch für dich leben. Ich will dir und Monika alles schenken, was ich von Vater habe.«

Dahlmann kam sich vor, als habe man ihn in glühendes Öl getaucht und dann mit einem Eiswasserstrahl wieder abgespritzt.

»Und ... und Sanden ...«, stammelte er.

»Ich werde diesen Namen nie mehr nennen.«

»Luiserl ... verzeih, aber mir fehlen die Worte ...«

Sie fehlten ihm wirklich. Am Ziel, dachte er und konnte sich zerreißen. Am Ziel! Und doch so weit entfernt wie nie. Nicht nur entfernt – es war nun unerreichbar geworden.

»Weißt du, was ich mir ausgedacht habe?« Luise zog Dahlmann an der Hand zu sich. »Komm, setz dich zu mir. Hier, auf die Lehne. So ... so fühle ich dich ... Ich habe mir gedacht, daß wir hier in Hannover alles aufgeben.«

»Aufgeben?«

»Wir verpachten die Apotheke. Wir haben Geld genug. Die Pacht sichert uns den täglichen Unterhalt. Unsere Medikamente bringen Lizenzgebühren. Wir ziehen irgendwohin, wo es besonders schön ist. An die Ostsee, an einen Holsteinischen See, an den Rhein, an einen bayerischen See, in ein Bad – die Welt ist ja so groß, und wir haben das Glück, uns davon ein kleines Stück zu kaufen. Ein winziges Stück, aber es soll unser Paradies werden. Was hältst du davon?«

Es war eine grausame Angel, die Luise auswarf. Dahlmann starrte in die Blumenecke und in die Morgensonne, die sie mit hellstem Gold übergoß.

»Das ... das wäre wunderschön ...«, sagte er leise, weil er einfach keinen Atem mehr für lautes Sprechen hatte. Ihm war die Brust zugedrückt, als läge ein Felsen darüber. »Aber was soll Monika dabei?«

»Das ist die einzige Bedingung – nein, keine Bedingung; das ist meine große und letzte Bitte: daß Monika mitkommt.«

»Und dieser Jammerjüngling Salzer?«

»Sie wird ihn vergessen. Wenn sie es nicht kann oder will – gut, dann zahlen wir sie aus. Sie kann dann leben nach ihrer Fasson. Aber erst müssen wir sie ja finden.«

Sie sah zu ihm hoch. Sein Gesicht zuckte heftig. Er sprang auf und rannte im Zimmer hin und her. »Es ist zum Kotzen!« sagte er heiser. »Verzeih, Liebling, den Ausdruck, aber es ist so. Erst läuft sie uns weg, jetzt läuft sie diesem Salzer weg, und du nimmst noch Rücksicht auf sie und machst unser Glück von ihren Launen abhängig.«

Wie schön du das wieder gesagt hast, dachte Luise.

Wie glatt und gewandt. Jede Blinde müßte es glauben.

»Sie ist meine Schwester, Ernst.«

»Benimmt sie sich schwesterlich?«

»Wenn man einen Menschen immer für sein Benehmen bestrafen wollte, wäre Güte ein Wort aus dem Märchen.«

»Aber wenn sie nicht wiederkommt?«

»Sie kann nicht einfach verschwinden, Ernst.«

»Ins Ausland?«

»Ohne Geld?«

»Mit einem reichen Freund ...«

»Den sie innerhalb vier Stunden kennenlernt? Nein! Nicht Monika!«

»Legst du dafür die Hand ins Feuer?«

»Ja!«

»Und wenn sie wirklich nicht wieder auftaucht?«

»Dann hat man sie umgebracht!«

»Unsinn! Wer soll sie umbringen? Und warum?«

»Es gibt genug Sexualmörder ...«

»Mein Gott, du hast zuviel Kriminalgeschichten gehört. Monika war so selbständig, daß ein Mörder sich fluchtartig entfernt hätte.«

»Dann muß sie wiederkommen.«

»Hoffen wir es«, sagte Dahlmann heiser vor Erregung.

»Zumindest wird sie schreiben, wo sie ist. Monika würde nie für alle Zeiten aus unserem Leben gehen.«

»Und wenn sie erst in einem Jahr schreibt oder in zwei Jahren? Soll unser ganzes ferneres Leben davon überschattet sein?« Dahlmann sah eine große Möglichkeit. »Sollen wir immer nur warten, warten und älter werden und uns das Leben stehlen lassen von einem kapriziösen Mädchen? Luiserl, laß uns deinen Plan ausführen: Laß uns alles verpachten, verkaufen und laß uns dann wegziehen. Monikas Anteil hinterlegen wir bei einer Bank. Sie kann es dort abholen, wann sie will. Wir aber leben nur für uns in einem winzigen Paradies, in das wir niemanden hineinlassen und aus dem uns auch niemand vertreiben kann.« Er ergriff ihre Hände, er wurde von seiner Idee selbst mitgerissen. »Sag ja, Luiserl. Sag ja! Und wenn es jemals eine Krise zwischen uns gegeben hat – sie war nur ein böser Traum, weiter nichts!«

Der Satan mit der Engelsstimme, dachte Luise. Sie zog die Schultern hoch. Die heiße Berührung seiner Hände erzeugte in ihr versteinernde Kälte. Als er sie küssen wollte, bog sie den Kopf zurück – so unwillkürlich, als habe sie einen Laut gehört und lausche danach.

»Wir sollten das alles einmal in Ruhe überlegen, Ernst«, sagte sie leise. »Ich bin jetzt soweit, daß ich, käme Monika in diesem Augenblick zur Tür herein, gleich den Notar verständigen würde.«

Ernst Dahlmann schloß die Augen. Was er nie für möglich gehalten hätte, warf ihn jetzt fast nieder: Er hatte sich selbst vernichtet. Er hatte dem Strudel, der sich um ihn gebildet hatte, diesem unverständlichen Strudel menschlicher Leidenschaften und Inkonsequenzen, nicht standgehalten. Er hatte nicht die Ruhe gehabt, die nötig gewesen wäre, um abwarten zu können. Um genau das zu tun, was er sich immer vorgesagt hatte: Laß die Zeit für dich arbeiten. Weil dieser Robert Sanden kam, war er in Panik verfallen. Robert Sanden, der – wie sich jetzt herausstellte – nur eine Episode war, eine Verirrung, die Luise selbst nicht mehr verstand. Eine Erkenntnis, die zu spät kam. Monika war geopfert worden ...

Dahlmann atmete schwer. Seine Selbstanklagen, die gleichzeitig eine Selbstberuhigung sein sollten, stimmten nicht. Monika war durch ihn getötet worden, bevor er etwas von Sanden wußte ... seine verhängnisvolle Morphininjektion und das Fernbleiben Luises in der Nacht waren zusammengefallen, es war *ein* Tag gewesen ... Er hatte Monika nicht geopfert ... sie war seiner hündischen Angst erlegen.

»Woran denkst du?« fragte Luise. Dahlmann erschrak.

»An Monika!« sagte er ehrlich.

»Ich auch. Du wirst sehen, es wird alles gut.«

Dahlmann schwieg. Sein Gesicht war gelbweiß, blutleer und alt. Er war in einer Verfassung, die ihn wünschen ließ, er möge die Augen schließen, umfallen und Monika in die Ewigkeit folgen.

Es war eine seelische Schwäche, die nur Minuten dauerte. Als es klingelte und Fräulein Pleschke hereinkam, war der Anfall von Lebensmüdigkeit wieder vorbei.

»Die Polizei ist da, Herr Dahlmann«, sagte Fräulein Pleschke.

*

Kommissar Ludwig Faber war ein gemütlicher, dicker Mann, der gerne aß, noch lieber trank und am liebsten eine Zigarre rauchte. Mit seinem berühmten Berliner Kollegen der zwanziger Jahre, dem Kriminalrat Gennat, hatte er somit Statur, Gewicht und Lieblingsdinge gemeinsam ... nur Kuchen, wie ihn Gennat tellerweise gegessen hatte, mochte er nicht. In Hannover wußte jeder, daß der dicke Faber die Mordkommission leitete; seitdem er aus dem Aasee einmal einen Männerkopf gefischt hatte und wie Hamlet in stiller Betrachtung ihn vor sich hinhielt, war er sozusagen berühmt. Sein Humor war schwarz und derb – aber wenn er eine heiße Spur hatte, verlor er allen Witz und hetzte den Täter mit der Konsequenz eines hungrigen Löwen, der einer Gazelle nachjagt.

Auch Ernst Dahlmann und Luise kannten Ludwig Faber aus der Presse. Es kostete Luise ungeheure Anstrengung, die Blinde weiterzuspielen, während Dahlmanns Gesichtsfarbe noch fahler wurde.

»Faber«, sagte der Dicke und zeigte einen Ausweis vor. Dahlmann nickte und winkte zu einem Sessel.

»Bitte, setzen Sie sich. Sie sehen mich einigermaßen erschrocken darüber, daß die Mordkommission zu uns kommt.«

»Mordkommission!« schrie Luise auf und tastete nach Dahlmanns Hilfe. »Was ist mit Monika? Hat man Monika gefunden?« Sie sprang auf. Ihr Aufschrei war echt. Dahlmann drückte sie in den Sessel zurück.

»Entschuldigen Sie, Herr Kommissar. Ich muß Ihnen erklären. Meine Frau ist blind und ...«

»Ich weiß.« Faber verbeugte sich kurz vor Luise. »Ich habe von dem Unglück damals gehört. Zunächst eins: keine Sorgen!«

»Also Sie wissen auch nicht, wo sie ist?« Luise schloß die Augen. Faber und Dahlmann verschwammen wieder vor ihrem Blick, die Augen tränten und brannten.

»Nein.«

»Aber die Mordkommission.« Dahlmann schluckte. »Sie werden verstehen, niemand ist begeistert, von der Mordkommission besucht zu werden.«

»Solange mir die Leichen nicht an der Tür entgegenfallen, bin ich ein höflicher Mensch.« Der dicke Faber setzte sich und holte sich eine seiner Zigarren hervor. »Einmal erlebte ich, daß ich einen Lokus suchte, durch die Wohnung irrte, eine Tür aufriß und in eine Besenkammer blickte. Und in der Besenkammer stand eine mumifizierte Frauensperson.«

»Ihre Erzählungen in allen Ehren, Herr Kommissar, und sie mögen in Fachkreisen sicherlich auch geschätzt werden – aber sagen Sie uns bitte, warum Sie hier sind.« Dahlmanns Stimme bebte. »Verstehen Sie, daß wir in einer unerträglichen Erregung sind. Meine Frau ist an der Grenze des Erduldbaren ...«

Faber brannte sich erst seine Zigarre an, in aller Ruhe, fast zelebrierend. Dabei beobachtete er Dahlmann durch die kleine tanzende Flamme seines Streichholzes. Er ist nervös, dachte er. Er benimmt sich anders als die Verwandten, aus deren Mitte ein Mensch verschwindet. Er lauert auf irgend etwas, er schmort gewissermaßen im eigenen Saft. Lassen wir ihn weiterschmoren.

»Eine Routinesache«, sagte der dicke Faber gemütlich. »Das Vermißtendezernat hat mich um Amtshilfe gebeten.«

»Das tut man nur bei Mordverdacht!«

»Ein plötzliches Verschwinden schließt diese Möglichkeit nie aus. In den Hotels und Pensionen Hannovers ist Ihre Schwägerin jedenfalls nicht. Das wissen wir.«

»Ich auch. Ich habe ebenfalls nachgeforscht.«

»Kleiner Sherlock Holmes, was?« Faber lächelte breit. Aber hinter dieser Freundlichkeit stand eine erbarmungslose Gefährlichkeit. Dahlmann wußte es. Er bezwang sich mitzulächeln.

»Ich wollte meine Frau damit beruhigen. Vielleicht wäre es doch möglich gewesen, sie zu finden.«

»Natürlich.« Faber rauchte intensiv. »Ich möchte mich bei Ihnen ein wenig über die Lebensgewohnheiten Ihrer Schwägerin beziehungsweise Schwester erkundigen. Auch aus einer

Charakterisierung der Gesamtperson gewinnt man oft verblüffende Einblicke in Motive. War sie sehr schwierig?«

»Nein, nie«, sagte Luise schnell. Dahlmann wiegte den Kopf. Faber hob die Augenbrauen.

»Sie sind anderer Ansicht?«

»Sie war das, was man kapriziös nennt. Eine Künstlerin. Zu schnellen Entschlüssen neigend, unkompliziert in allen Dingen des täglichen Lebens, sorglos fast, möchte man sagen. Sie lebte, und das war für sie die Hauptsache. Was um sie herum vorging, kümmerte sie wenig. Sie war immer ein wenig wirklichkeitsfremd, wie man es eben bei Künstlern oft findet. Ein Musentyp.«

»Sie hätten Psychologie studieren sollen, das liegt Ihnen.« Faber lachte gemütlich. »Nach diesem Charakterbild wäre Monika Horten wohl nicht zu Dummheiten, aber doch zu Unbedachtheiten fähig gewesen.«

»Ja. Durchaus.«

»Du kennst Moni nicht.« Luise beugte sich vor. Faber betrachtete seine Zigarrenspitze. Sie hatte einen schönen weißen Brand. Für sechzig Pfennig kann man das verlangen, dachte Faber. Eine Sechzig-Pfennig-Zigarre ist für einen Beamten schon ein Luxusstengel.

»Wieso kennt Ihr Gatte Monika nicht?«

»Nicht so gut wie ich! Monika ist eine Horten. Sie hat einen durchaus realen Sinn für das Leben. Natürlich ist sie Künstlerin; aber sie hat keinerlei Anlagen zur Bohème. Im Gegenteil: Wenn man sagen kann, daß ein Künstler nüchtern ist, dann war es Monika.« Sie strich sich über die Haare. »Mein Gott ... wir alle sagen immer ›war‹ ... sie *ist* es ja noch! Wir tun ja so, als ob sie schon abgeschrieben ist.«

»Verzeihung.« Faber schob die Unterlippe vor. »Das sind so dumme grammatikale Verirrungen, in die wir oft eingesponnen werden. Wenn ein Mensch nicht da ist, ist er für uns weg ... sehr klug, was?« Er lachte wieder sein joviales, in Fett eingebettetes Lachen. »Sagen wir also ab jetzt ›ist‹. Also: Fräulein Horten ist real?«

»Sehr.«

»Luiserl ...« Dahlmann blinzelte Faber zu. »Du hast Moni über ein Jahr lang nicht mehr beobachten können. Sie hat sich gewandelt.«

»Nein.«

»Aber ja. Ich war selbst erstaunt über sie. Denk nur an den plötzlichen Auszug.«

»Was für'n Auszug?« hakte Faber schnell hinterher.

»Meine Schwägerin ist plötzlich, von einer Stunde zur anderen, weggezogen. Sie hatte hier im Hause, oben unter dem Dach, wie es sich gehört für einen Maler, ein Atelier. Das hat sie aufgegeben und ist weggezogen. Nach Soltau, wie Sie wissen.«

»Interessant. Und keine Gründe?«

»Nein!« sagte Dahlmann fest. Auch Luise schwieg. Ob sie jetzt sagte, warum Monika fluchtartig gegangen war, oder ob sie schwieg – es brachte Faber doch nicht weiter. Sie wußte: Die Lösung des Geheimnisses lag bei Dahlmann, allein bei ihm. Ein Ludwig Faber würde ihn nicht zum Sprechen bringen. Das konnte nur sie ... sie und das Vermögen der Hortens, um das Dahlmann so erbittert kämpfte.

»Merkwürdig.« Faber sah in den Rauch seiner Zigarre.

»Das haben wir auch gesagt. Und in Soltau lernte sie dann einen Mann kennen.«

»Ach!« Faber kratzte sich die dicke Nase. »Sie kennen ihn?«

»Natürlich. Er war gestern abend noch hier.«

»Hier?«

»Ja. Auch er suchte Monika. Schließlich war er ja ihr freundschaftlicher Begleiter.«

»Das haben Sie sehr charmant ausgedrückt.« Faber legte seine Zigarre auf den Rand des Aschenbechers. Er witterte etwas. »Wie lange kennt Ihre Schwägerin diesen Herrn?«

»Ein paar Tage.«

»O jejeje! Und dann gleich im siebten Himmel?«

»Es scheint so.«

»Wie heißt der Herr?«

»Julius Salzer. Er ist Schriftsteller.«

»Salzer. Der hat doch erst die Anzeige gemacht und uns alarmiert.«

»Ja.«

»Er rief zusammen mit Dr. Kutscher an.« Faber nahm ein Notizbuch aus der Tasche und beleckte nach alter Sitte die Spitze seines Bleistiftes. »Salzer wohnt auch in Soltau, nicht wahr?«

»Ja. Im ›Grünen Krug‹. Er ist dort Hausbursche und Kalfaktor für alles.«

»Ich denke Schriftsteller?«

»So nennt er sich. Was er schreibt, muß nach dem, was er erzählt, völlig versponnen sein! Keiner druckt es.«

»Also ein armes Schwein. Und Ihre Schwägerin hatte Geld?«

»Sie erwartete es.«

»Das ist ja alles Dummheit, Dummheit!« rief Luise dazwischen. »Salzer ist ein völlig harmloser Junge ...«

»Woher willst du das wissen? Du hörst ihn ja nur, Luiserl.« Dahlmann legte ihr beruhigend die Hand auf die Schulter. Sie schüttelte sie ab wie ein ekliges Insekt. »Natürlich ist dieser Julius Salzer, der sich Jules Salaire nennt, ein harmloser Bursche.« Aber es klang so, als wollte er sagen: Auch ein Wolf im Schafspelz bleibt immer noch ein Wolf.

Der dicke Faber erhob sich ächzend. Der Sessel war tief und weich, man versank darin. Faber war nur harte Beamtenstühle gewöhnt, auf denen man in strammer Haltung sitzen mußte, sichtbares Denkmal deutscher Obrigkeit. Aus tiefen Sesseln mußte er sich immer mit einem Klimmzug befreien.

»Das wär's also«, sagte er schnaufend, als er stand.

Dahlmann sah ihn verwundert an.

»Mehr wollten Sie nicht wissen?«

»Nein? Warum? Gibt's mehr?«

»Ich wüßte nicht.«

»Also!« Faber nahm seine Zigarre wieder zwischen die Finger. »Was sagte Ihre Schwägerin, als sie von Ihnen wegging?«

»Guten Tag. Und grüß mir Luise. Ich komme am Abend wieder.«

»Und dabei blieb es?«

»Wie Sie sehen!«

»Danke.«

Der dicke Faber verabschiedete sich und ging. Dahlmann kehrte ins Wohnzimmer zurück. Er fand Luise in der Blumenecke. Sie weinte still. Er sah es an den Zuckungen ihrer Schultern.

»Verstehst du das, Luiserl?« fragte er leise.

Sie schwieg. Fräulein Pleschke blickte herein und fragte:

»Kann ich den Kaffee bringen?«

»Ja doch.« Dahlmann wandte sich ungnädig herum. »Das nächste Mal klopfen Sie an!«

Erna Pleschke verzog den Mund. »Er hat mich übrigens auch gefragt ...«

»Der Kommissar?«

»Ja.«

»Was denn?«

»War Herr Dahlmann in letzter Zeit verreist ...«

Nach Dahlmanns Herz griff eine eiskalte Hand. »Und was haben Sie geantwortet?«

»Was wahr ist. Ich weiß es nicht.«

Dahlmann nickte mehrmals. »Es ist gut, Fräulein Pleschke. Bringen Sie den Kaffee. Und machen Sie ihn schön stark, wir haben es nötig.«

*

Es ist das Recht der Polizei, alle Spuren, selbst die scheinbar widersinnigsten, zu verfolgen, wenn es um die Aufklärung eines angenommenen Verbrechens geht. Nichts kann unscheinbar und absurd genug sein, als daß es im menschlichen Leben nicht eine wesentliche Rolle spielen könnte.

Ludwig Faber rief daher zunächst Dr. Kutscher an und erfuhr, daß Julius Salzer nach Soltau zurückgekehrt sei. Auf den Rat Dr. Kutschers hin. Er sollte in Soltau warten – vielleicht schickte Monika Horten eine Nachricht.

»Machen wir'n Ausflug, Leute«, sagte der dicke Faber zu seinem Sekretär und seinem Wachtmeister, der den Dienstwagen fuhr. »Kennt ihr die Heide? Nicht? Herrlich, sag' ich euch! Wacholderbüsche, Birken, Weiden, Heidekraut, Stille, Frieden, das Gefühl, am Rande der Welt zu sein, jenseits von Gut und Böse ...«

»Und dahin fährt nun die Mordkommission«, sagte der Sekretär sinnig. Faber lachte breit.

»Sie sehen daraus, daß es keine Paradiese mehr gibt. Die biblische Austreibung ist endgültig! Los, gondeln wir in die Heide!«

Julius Salzer hockte in dem kleinen Zimmer Monikas,. als die Beamten aus Hannover im ›Grünen Krug‹ erschienen. Die

Möbel Monikas standen noch herum und versperrten Flure und Dielen. Faber schüttelte den Kopf. Ein Mensch besinnt sich nicht plötzlich wieder ganz anders, wenn er seine Möbel an einen neuen Ort bringen läßt. Vor allem keine Frau! Eine Frau hängt viel zu sehr an Kleinigkeiten, als daß sie diese einfach stehenlassen könnte. Faber kannte das, er war seit dreißig Jahren verheiratet. Noch heute verwahrte seine Elfriede den Bronzekopf Dantes, den sie zur Hochzeit geschenkt bekommen hatten. Ein Kopf mit einem Lorbeerkranz, von dem Faber respektlos sagte: »Wenn's wenigstens echter Lorbeer wäre, dann nützte Dante noch was für die Suppe ...« Aber da es ein Hochzeitsgeschenk von Tante Sophie, der Seniorin der Familie, war, wurde auf Dantes Kopf auf dem Büfett seit dreißig Jahren Staub gewischt.

Die Wirtin vom ›Grünen Krug‹ setzte sich sofort auf die Milchkanne, die vor der Tür stand, als Faber seinen Ausweis zeigte.

»Das ist in der dreihundertjährigen Geschichte des ›Grünen Kruges‹ das erste Mal, daß die Polizei ...«

Faber winkte lässig ab. »Sie brauchen für dieses Ereignis keine Bronzetafel am Haus anzubringen. So wichtig ist das nicht. Herr Salzer ...?«

»Oben«, konnte die Wirtin nur stammeln. »Er ist ganz gebrochen.«

»Dann richten wir ihn wieder auf.«

Julius Salzer sah kaum auf, als Faber in die kleine Stube trat. Er saß vor Monikas Staffelei und starrte vor sich hin. Auf der Staffelei hing ein Entwurf zum Umschlag eines Buches von Jules Salaire.

›Die Macht der Liebe‹ hieß es.

Faber nickte gedankenschwer.

»Der Titel ist ein wenig abgeklappert. Ich würde vorschlagen: Liebe ist Macht! Das klingt revolutionär. Das knallt. Heute will man was Hartes lesen.«

Salzer drehte sich langsam herum. »Wer sind Sie denn?« fragte er müde.

»Ludwig Faber von der Mordkommission.«

Salzer schnellte hoch. »Mordkommission!?« schrie er.

»Himmel, wie so ein Name wirkt.« Faber hob beide Hände. »Nun drehen Sie keinen Salto, junger Hemingway ... Es ist noch gar nichts passiert! Außer, daß wir Ihre Monika noch nicht haben. Apropos, *Ihre* Monika: Wie lange kennen Sie sie?«

»Ein paar Tage.«

»Und schon untrennbar?«

»Ich nehme an, Sie halten nicht viel von der großen aufflammenden Liebe.«

»Warum?«

»Als Beamter ...«

»Auch Beamte sind Menschen. Auch der deutsche Beamte. Stimmt ... es fällt schwer, manchmal daran zu denken – aber es ist so.« Faber lächelte und setzte sich auf Monikas Bett. Es war der einzige Sitzplatz im Raum außer dem Hocker, der hinter Salzer stand. »Hier also wollte Monika Horten leben. Eine etwas ungewohnte Umgebung für eine an sich reiche junge Frau ist.«

»Sie war Künstlerin.«

»Das habe ich heute schon oft gehört. Anscheinend haben die doch einen Tick.«

»Was wollen Sie?« Julius Salzer hatte sich gefaßt. Er konnte wieder klar denken. »Wollen Sie mich verhören?«

»Ja«, sagte Faber schlicht. »Das will ich. Wo waren Sie in der Nacht, in der Monika Horten verschwand? Hier?«

»Nein.«

»Wo?«

»In Soltau.«

»Ach. Und warum?«

»Ich erfuhr von dem Transporteur, daß Monika in Hannover geblieben war, um noch ihre Schwester zu sprechen. Sie wollte mit dem Zug nachkommen. Da bin ich nach Soltau gefahren, um sie von der Bahn abzuholen. Ich wollte sie überraschen. Aber sie kam nicht. Ich habe bis zum letzten Zug gewartet.«

»Bis wann?«

»Bis gegen neun Uhr abends. Dann bin ich nach Hannover gefahren.«

»Was wollten Sie denn da?«

»Ich wollte zu Dahlmanns gehen und sehen, ob Monika noch dort war. Ich hatte unerklärliches Angstgefühl in mir. Ich habe manchmal diese Ahnungen ... einmal habe ich einen Brand geträumt, der vier Tage später wirklich stattfand.«

»Im Mittelalter hätte das genügt, um Sie zu verbrennen.« Ludwig Faber betrachtete Salzer kritisch. Ein netter junger Mann, dachte er. Offen und ehrlich. Nach der Physiognomielehre des alten Lombroso mußte Salzer ein wahrer Engel sein. Aber Faber hatte schon Mariengesichter erlebt, hinter denen ein Giftmord geplant wurde. »Was haben Sie in Hannover gemacht?«

»Was verliebte Jünglinge immer tun: Ich habe Wache vor dem Hause der Dahlmanns bezogen.«

»Warum haben Sie nicht geschellt?«

»Ich ... ich schämte mich ...«, sagte Salzer leise.

»Sie hatten keinen Mut dazu?«

»Auch ...«

»Und weiter?«

»Nichts weiter. Monika kam nicht heraus. Ich erfuhr ja erst später, daß sie schon längst weggegangen war. Herr Dahlmann fuhr noch einmal weg ...«

»Ach! Der fuhr weg? In der Nacht?«

»Nein. Am späten Abend. Aber er kam bald wieder. Frau Dahlmann war ja auch in dieser Nacht auswärts ... er war auf dem Polizeirevier.«

Faber nickte. Das stimmt, dachte er. Dahlmann hatte für jede Minute einen Beleg. Und ein Alibi, das die Polizei ausstellt, ist bestimmt sicher. Er sah Salzer wieder an und rümpfte die Nase. Es tat ihm leid, aber er mußte es sagen. In über dreißig Berufsjahren hatte er das Unmöglichste Wahrheit werden sehen.

»Sie können also nicht beweisen, wo Sie nachmittags und die Nacht über gewesen sind?«

Salzer starrte Faber verständnislos an. »Wie meinen Sie das?«

»Beispielsweise durch einen Zeugen!«

»Am Bahnhof von Soltau ... wie sollte ich das? Wenn mich keiner der Beamten gesehen hat, oder die Bauern ... *Ich* kann Ihnen keinen Zeugen nennen.«

»Und in Hannover?«

»Noch weniger. Da stand ich dem Hause Dahlmann gegenüber in einer Türnische.«

»Also völlig ohne Alibi.«

»Wozu brauche ich ein Alibi?« Salzer starrte den dicken Faber groß an. »Sie haben doch nicht etwa den Verdacht, daß ich ... ausgerechnet ich ...«

»Mein Lieber! Beim Militär sagte man: Ich habe schon Pferde kotzen sehen, und das vor der Apotheke ... Es tut mir leid, aber der deutsche Beamte ist nun mal stur! Nehmen Sie Ihre Zahnbürste, waschen Sie sich noch einmal die Ohren, und dann kommen Sie mit!«

»Verhaftet?« stotterte Julius Salzer. »Ich werde verhaftet!«

»Erschrecken Sie nicht. Sie können darüber ein neues Buch schreiben, wenn Sie wieder rauskommen. Aber im Augenblick steht es so, daß ich Sie mitnehmen muß.«

»Aber das ist doch völlig absurd! Ich liebe Monika, und gerade ich soll ...«

»Sie sollen gar nichts. Es hat sich bei uns so eingebürgert, daß wir Verdächtige erst einmal festnehmen und hinter Gitter bringen. Sicher ist sicher. Stellt sich ihre Unschuld hinterher raus, bekommen sie einen warmen Händedruck. Für Untersuchungshaft gibt es keine Entschädigung, falls Sie damit rechnen sollten. Jeder deutsche Staatsbürger hat sich so zu verhalten, daß er unverdächtig wirkt. Tut er es nicht, ist er selbst schuld. Sie sehen – wir Beamten haben Nerven! Auch der dicke Faber. Also, können wir?«

»Ja.«

Salzer ging in den Nebenraum. Er packte ein Ersatzhemd ein, die Zahnbürste und ein Buch über das Leben Lord Nelsons. Dann gingen sie hinunter zum Wagen, wo der Sekretär und der Wachtmeister warteten, belauert von der Wirtin des ›Grünen Kruges‹. Salzer blieb bei ihr stehen – sie wich vor ihm zurück, als sei er bereits als Mörder überführt. Salzer lächelte schmerzlich.

»Ich bin bald wieder zurück«, sagte er stockend. »Die Beamten tun nur ihre Pflicht.«

Er stieg in den Wagen und blickte sich nicht mehr um, als sie schnell abfuhren. Der Sekretär blieb zurück. Er hatte die Aufgabe, das Wirtshaus ›Grüner Krug‹ vom Keller bis zum Dachstuhl zu untersuchen, vor allem die Zimmer von Salzer und Monika Horten. Ludwig Faber ahnte, daß irgendwo ein Hinweis war, der ihn weiterbrachte. Vor allem ahnte er, daß es sich hier nicht mehr um eine Vermißte, sondern um eine Tote handelte.

Und Ludwig Faber war berühmt für seine kriminalistischen Ahnungen.

*

Am Morgen nach Dahlmanns Ausflug zum Moor meldete sich bei der Polizeistation in Hetzwege der Moorbauer Onno Lütje. Er roch stark nach Schnaps, schwankte und lehnte sich gegen den Tisch des Feldgendarms.

»Rut!« sagte der Polizist. »Du bist besupen, Kerl.«

»Jo, ick bün besupen!« Onno Lütje nickte schwer. »Aber so besupen, dat ick Geister sehe, bün ick nich, nech?!«

»Geister? Wieso?«.

»Im Moor.«

»Gah na Hus und leg dich nieder!« Der Polizist wedelte den Alkoholdunst von seinem Gesicht weg. Onno Lütje blies eine steife Brise gegen den Vertreter der Obrigkeit. Er wackelte mit dem Kopf und umklammerte die Tischkante wie eine Segelstange auf einem sturmgeschaukelten Schiff.

Was er erzählte, war ebenso aufregend wie rätselhaft.

In der Nacht hatte er bei Karle Budje gesoffen. Einen Köm, und noch einen, und dann Rum und zuletzt 'nen Klaren. Eine ganze Flasche. Rein aus Kornsaat! Das ging in die Beine und ins Gemüt. Und dann war er nach Hause gewankt, und da es schon spät war, so um die vier Uhr morgens rum, kürzte er den Weg ab und schlurfte durch das Moor.

Da hatte er erst zwei große, feurige Augen gesehen, dann einen Mann mit einem Baumstamm auf dem Rücken ... aber die waren plötzlich weg, wie verschluckt ... Er hatte noch dagestanden und sich gesagt: Onno, Düwel gibt es nicht! Und was die Moormuhme immer verteilte, das is ja man doch nur ollen spinnert Kram ... Also war er weitergeschwankt, hatte sich ins Bett gelegt und geschlafen. Am Morgen aber hatte er wieder einen Köm getrunken, um den Brand zu löschen, und nun war er da, um dem Herrn Gendarmen zu erzählen, daß er den Düwel im Moor gesehen habe.

»Zwei große, feurige Augen ...« Onno Lütje hob beschwörend beide Arme hoch empor. »Glaub es mir, Enno!«

Der Feldgendarm setzte sich und packte sein Frühstücksbrot aus. »Ich glaube es dir. Wo war's denn?«

»Im Moor von Hermes-Fiedje.«

»Da ist doch gar kein Weg. Nur ein Pfad, der mitten im Sumpf endet.«

»Eben drum! D' Düwel war es, Enno!«

Onno Lütje lamentierte noch eine Weile auf der Polizeiwache herum, bis er ging. Jedem, den er traf, erzählte er vom Moorteufel, den er gesehen hatte. Und alle, die es hörten, nickten beifällig und lachten. Wenn der Lütjen Onno einen sitzen hatte, hatte das Dorf einen fröhlichen Tag. Man kannte das.

Auch der Feldgendarm Enno Bollstedt vergaß den Düwel im Moor. Ab zehn Uhr stand er an der Abzweigung zur Autobahn Bremen – Hamburg und kontrollierte Radfahrer, ob sie eine Klingel hatten und der Rücktritt funktionierte. Er kassierte bis zwölf Uhr mittags dreimal fünf Mark Strafgebühren und war mit dem Vormittag sehr zufrieden.

Nur Onno Lütje saß wieder in der Wirtschaft und trank einen Klaren. Die Neumondzeit begann ... da kam der Onno so richtig in Tritt.

Seinen Erzählungen lauschte auch ein pensionierter Postinspektor, der in Hetzwege ein Haus geerbt hatte. Für ihn war es nicht das Geschwafel eines Betrunkenen, er merkte sich alles sehr genau.

Zwei große, glühende Augen können zwei Autoscheinwerfer sein, dachte er. Was aber macht ein Auto um vier Uhr morgens mitten im Moor?

*

Als Luise aufwachte, wußte sie im ersten Augenblick nicht, wie spät oder wie früh es war. Die Gardinen waren immer noch vor die Fenster gezogen, der Raum lag in einem fahlen Halbdunkel. Aber das Bett neben ihr war leer und die Steppdecke zurückgeschlagen. Ernst Dahlmann mußte schon lange aufgestanden sein, denn aus dem Badezimmer hörte sie keinen Laut mehr. Sie wandte sich um und sah auf die kleine Reiseuhr, die auf dem Nachttisch stand.

Acht Uhr morgens.

Verwundert richtete sie sich auf. Aus der Küche hörte sie Tellerklappern. Das Hausmädchen spülte das Geschirr vom Abend. Luise hatte nach dem aufregenden Tag tief geschlafen, so traumlos und fest, daß sie keinerlei Bewegungen oder Geräusche wahrgenommen hatte, als Dahlmann aufstand, sich wusch und wegging.

Sie sprang aus dem Bett und zog die Gardinen zur Seite. Draußen war ein trüber Tag, ein grauer Himmel, graue Häuser, graue Straßen, graue Menschen ... ein Herbsttag, den man am besten verschlafen sollte.

Eine halbe Stunde später saß sie am Tisch und trank Kaffee. Das Hausmädchen, das die Kanne hereinbrachte, trug ein leichtes, ausgeschnittenes Kleid und schien zu schwitzen. Luise betrachtete sie unter der dunklen Brille äußerst verwundert. Auch ihr war es aufgefallen, daß die Wärme im Zimmer in einem krassen Gegensatz zu der grauen Herbststimmung vor den Fenstern stand. Es war, als habe jemand die Heizung auf die höchste Stufe gedreht.

»Ist etwas mit der Heizung los, Else?« fragte Luise und tastete nach den fertig geschmierten Brötchen. Das Hausmädchen sah sie an, als verstehe es die Frage nicht.

»Mit der Heizung? Wieso?«

»Es ist so heiß im Zimmer, Else.«

»Ach so. Nein!« Das Mädchen lächelte. Aber in diesem Lächeln lag alles Mitleid, das sie fühlte. Sie fühlt es ja nur, natürlich, dachte es. Sie kann ja nicht sehen, wie es draußen ist. Sie sieht weder Sonne noch Regen, Wind oder Nacht. Sie kann es nur ahnen.

»Draußen ist ein verrückter Tag, gnädige Frau. Heißer als im Sommer, und das im Herbst! Im Radio haben sie heute morgen gesagt, daß man so was seit hundert Jahren noch nicht erlebt habe.«

»Es ... es ist draußen heiß ...«, sagte Luise leise. Sie setzte die Tasse wieder zurück auf den Unterteller, ihre Hand begann zu zittern. »Und ... und die Sonne scheint ...«

»Ja! Und wie! Grell sogar. Wenn das heute mittag kein Gewitter gibt ...«

»Und keine Wolken?«

»Nein. Keine!«

»Wo ist mein Mann?«

»Der gnädige Herr ist schon früh weggegangen. In die Stadt, wie er sagte. Er ist zu Mittag wieder da. Ich sollte Sie nicht wecken, gnädige Frau, und ...«

»Es ist gut, Else. Es ist gut. Ich läute, wenn Sie abräumen können.«

Luise wartete, bis das Mädchen das Zimmer verlassen hatte. Dann sprang sie auf und rannte an das große Blumenfenster. Es war ein Hinstürzen voll innerer Verzweiflung.

Was sie vorhin gesehen hatte, blieb auch jetzt: Sie sah einen grauen Tag, eine graue Straße, graue Häuser, einen grauen, bleiernen Himmel, graue Menschen ... Auch als sie die Brille abriß, blieb es grau; ein Tag zwischen den Zeiten, ein Übergang von Nacht zum Licht, aber noch mehr Dunkelheit als Helle ... Die Menschen aber, die grauen, frierenden Menschen auf der grauen Straße vor den grauen Häusern hatten luftige Kleider an, die Männer liefen in offenen Hemden umher ... sie sah, wie ein Mann stehenblieb, gegenüber der Apotheke, ein Taschentuch herauszog und sich seufzend über das Gesicht wischte, ein von der Hitze erschöpfter Mensch, grau in grau, ein schwitzendes Gespenst ...

Das Entsetzen in Luise war so groß, daß sie keinen Laut hervorbrachte. Sie lehnte an der Wand, starrte in den grauen Tag und spürte jetzt wieder das Brennen und Jucken in den Augen, das sie schon gestern gereizt hatte, ohne es zu beachten. Aber so versteinert sie in diesen Minuten war, so stark war der Gedanke, der – in Grauen und Angst eingepackt – ihr ganzes Wesen überrannte: »Die Augen ... sie werden wieder trüb ... sie verlieren das Licht ... Ich werde wieder blind ... blind ... blind ...«

Der Zustand völliger Erstarrung hielt nur kurz an, aber für Luise war es, als läge sie stundenlang in einer Eiswanne. Sie hob langsam die Hand und deckte sie über beide Augen. Dann ließ sie sie wieder fallen und sah erneut aus dem Fenster. Das Bild blieb.

Ein grauer Herbsttag.

Es war, als zögen Zentnergewichte ihre Beine auf den Boden, als sie versuchte, vom Fenster wegzukommen. Mühsam schleppte sie sich zurück ins Schlafzimmer, legte sich aufs Bett, träufelte Antibiotikatropfen in die Augen und drückte dann die Lider fest zusammen. So lag sie eine Weile mit geschlossenen

Augen, die Tropfen kühlten und brannten zugleich, und sie wagte nicht, die Lider wieder zu öffnen und vor den Fenstern den trüben Himmel zu sehen, der in Wahrheit fahlblau war und vor Hitze glühte.

Ob es eine ganze Stunde war, die sie so in stummer Angst auf dem Rücken lag, wußte sie nicht. Sie hörte das Hausmädchen weggehen, einkaufen für das Mittagessen. Heute war Markttag, Else würde also länger bleiben, denn auf dem Marktplatz trafen sich die Mädchen und benutzten den Einkauf zum Austausch von Informationen und Erlebnissen vom vergangenen freien Sonntag. Dahlmann kam auch vor Mittag nicht zurück, wie er gesagt hatte. Es war jetzt auch unwichtig geworden, wo er hingegangen war und was er wieder vorbereitete. Das Grauen überdeckte alles, was bisher noch für Luise ein Inhalt ihres Lebens gewesen war, vor allem die Rache an ihrem Mann ... das Grauen einer neuen Blindheit, vor der es keine Rettung mehr geben würde, die endgültig sein würde, bei der auch Professor Siri nicht mehr helfen konnte. Eine wirkliche ewige Nacht ...

Luise sprang vom Bett auf, noch immer mit geschlossenen Augen und tastete sich zu einem der Fenster. Sie schob die Gardine zurück, lehnte die Stirn an die warme Scheibe und preßte die Fäuste gegen das Herz.

Sieh hin! Sie gab sich selbst das Kommando. Mach die Augen auf! Sieh dir den sonnigen Tag an. Du siehst ihn ja ... du siehst ihn! Es war eben nur eine Schwäche der Augen. Du wirst nicht wieder blind, es ist alles vorbei. Du siehst das Leuchten der Sonne, das Flimmern der Luft über dem Straßenasphalt ... alles, alles siehst du!

Sie riß die Augen auf und starrte hinaus.

Ein Herbsttag. Grau in grau.

Schnell schloß sie die Augen wieder und zuckte mit dem Kopf vom Fenster. Es hat keinen Sinn, vor der Wahrheit zu flüchten, sagte sie sich, aber die Panik, die in ihr aufkam, war stärker und verscheuchte alle Vernunft. Die Augen bis auf einen Spalt geschlossen, lief sie im Schlafzimmer auf und ab, mit vor Angst trommelndem Herzschlag.

Was soll ich tun, dachte sie immer wieder. Mein Gott, hilf mir, hilf mir, was soll ich tun? Wenn ich jetzt wirklich blind werde, ist alles zu Ende. Ich könnte es nicht mehr überleben, ich hätte einfach nicht mehr die Kraft dazu.

Sie ging hinüber ins Wohnzimmer und setzte sich ans Fenster. Immer wieder begann sie, ihre Augen zu testen, und immer wieder brach sie ab, wenn sie merkte, wie wenig von der Umwelt noch in ihr Sehbewußtsein kam.

Die rote Blüte einer Kaktee war zwar dunkler als die Blätter, aber nicht mehr rot. Der schöne helle Isfahanteppich mit den blauen und rosa Blütenranken war ein großer graubrauner Fleck, auf dem die Blumen fahl und leblos lagen, als seien sie mumifiziert. Jetzt erst fiel Luise auf, daß sie schon vor drei Tagen verwundert durch ihre dunkle Brille geblickt hatte, als das Mädchen zum Abendessen Tatar angerichtet hatte und ihr das sonst frische, durchgedrehte hellrote Fleisch merkwürdig alt und grau vorkam, so, als habe es schon zwei Tage herumgelegen. Aber da sie ja nichts sehen durfte, aß sie davon und fand es trotzdem frisch und saftig, ganz anders, als es aussah. Damals hatte sie sich nichts dabei gedacht, es auf das Fleisch geschoben. Jetzt wußte sie, daß schon vor zwei Tagen ihre Augen begonnen hatten, ganz langsam wieder den Schleier vor die Welt zu ziehen. Eine Welt, die sich in den letzten Monaten als gemein und intrigant enthüllt hatte.

Luises Erschrecken und Ratlosigkeit dauerten über eine Stunde. Sie hörte das Mädchen vom Markt zurückkommen, früher als erwartet. Es stellte in der Küche das Radio an und sang die Schlager mit.

Es muß etwas geschehen, dachte Luise. Es muß sofort etwas geschehen. Aber wie? Ob Robert Sanden einen Weg weiß? Er war jetzt der einzige, der helfen konnte, weil er der einzige war, der wußte, daß sie sehen konnte.

Sie setzte die dunkle Brille wieder auf und schlich aus der Wohnung. Leise zog sie die Tür hinter sich zu, das Radio und Elses etwas quäkender Mitgesang überdeckten alle Geräusche. Dann rannte sie die Treppe hinunter, verließ das Haus durch den hinteren Privatlaboreingang und lief bis zum nächsten Taxenstand.

»Zum Stadttheater«, sagte sie, als sie sich auf den Rücksitz warf. »Bitte schnell!«

»Probe verpaßt, was?« Der Taxifahrer grinste. »Na, woll'n mal sehen, ob wir den zweiten Akt noch retten.«

Es war kurz vor zehn Uhr morgens. Luise sah es auf der Uhr, die über dem Geschäft eines Optikers hing.

Um zehn Uhr stand Ernst Dahlmann im Büro einer großen Fluggesellschaft an der Theke und verhandelte wegen einer Buchung nach Zürich. Alle Maschinen waren für eine Woche im voraus ausgebucht. Dahlmann bot die doppelte Passagesumme, wenn es gelingen sollte, doch noch einen freien oder zurückgegebenen Platz für übermorgen auf seinen Namen zu buchen.

Um zehn Uhr hatte der dicke Faber in seinem Zimmer in der Mordkommission einen Stapel Briefe durchgelesen und fand es an der Zeit, nach dieser schönen Arbeit zum zweitenmal zu frühstücken. Schinken mit Ei und eine Pulle Bier. Was er gelesen hatte, war ein kleiner Roman in Briefen, eine Liebesschnulze, wie sie nur der Alltag schreiben kann, mit Küßchen und Schätzchen, Sehnsucht und Treueschwüren, Ermahnungen zur Bravheit und Erinnerungen an Gemeinsamkeiten.

Ein Briefroman über eine verbotene Liebe, über eine Sünde zuviel. Kriminalsekretär Erich Papenrinck hatte den kleinen Briefstapel bei der Haussuchung im ›Grünen Krug‹ unter der Matratze Monika Hortens gefunden und damit des dicken Fabers Vermutung bestätigt, daß in dem Heidekrug der Schlüssel zum Verschwinden Monikas zu finden sein würde.

Nun lag dieser Schlüssel vor Faber, eindeutig und unleugbar. »Unsere Nächte waren heller als die Tage ...« konnte man da lesen.

Um zehn Uhr stand Robert Sanden auf einem Podest der Probebühne und wartete auf sein Stichwort. Er spielte den Puck im ›Sommernachtstraum‹ zum erstenmal. Vor ihm zankten sich in ihrer Rolle Oberen und Titania. Gleich mußte sein Auftritt kommen; zwar nur ein Satz, aber es kam ja darauf an, *wie* man diesen Satz sprach:

»Rund um die Erde zieh ich einen Gürtel
in viermal zehn Minuten ...«

Robert Sanden freute sich auf diese Puck-Rolle. Sie war fröhlich, quicklebendig, voller Lebenslust, so, wie er sich selbst im Inneren fühlte, seit er wußte, daß er Luise Dahlmann liebte, und seit der Befreiung von dem inneren Druck, seitdem er es ihr gesagt hatte.

Ein Sommernachtstraum ... für ihn konnte er Wahrheit werden.

Zehn Uhr vormittags. Ein Zeitpunkt, zu dem vier Schicksale sich unbemerkt ineinander verschlangen.

*

Es dauerte ziemlich lange, bis sich der Portier am Bühneneingang erweichen ließ, Robert Sanden in der Probe zu stören. Die Versicherung einer Dame, daß es wichtig sei, war noch kein Grund, den Sommernachtstraum zu unterbrechen.

»Warten Sie bis elf Uhr, da ist Probenpause«, sagte der Portier und starrte auf das Anschlagbrett mit den Probenzeiten. »Ich kann doch nicht zur Bühne durchläuten und sagen: Unten steht eine Frau, die will unbedingt Herrn Sanden sprechen. Der Intendant wirft mich raus ...«

»Verlassen Sie sich darauf, es ist wichtig.« Luise umklammerte den Rahmen des Schiebefensters, hinter dem der Portier wie der Wächter vor einem Paradies thronte. »Sie könnten Unannehmlichkeiten haben, wenn Sie Herrn Sanden *nicht* rufen!«

Der Portier schob die Unterlippe vor. Sie droht, dachte er. Auch das noch! Sie droht mir!

»Elf Uhr Probenpause!« sagte er stur und schob das Fenster zu.

Luise trommelte mit den Fingern gegen das Glas. Der Portier nahm die Tageszeitung hoch und las. Auf der Seite, die Luise entgegenleuchtete, las sie in großen Buchstaben: Wieder eine Steuererhöhung?

Als sie das Klopfen und Trommeln nicht aufgab, beugte sich der Portier vor und riß das Fenster wieder zur Seite.

»Wenn Sie keine Frau wären, Sie ...«, schrie er.

»Aber ich bin eine! Und ich *muß* Herrn Sanden sprechen.«

»Wer sind Sie denn überhaupt?!«

Und da sagte Luise Dahlmann etwas, was sie nie gesagt hätte, wenn die Panik ihr nicht das Herz bis zur Kehle getrieben hätte.

»Ich bin Herrn Sandens zukünftige Frau.«

»Was?!« Der Portier steckte den Kopf durch das Schiebefenster und starrte Luise an. »Davon weiß ich ja noch gar nichts.«

»Das ist wirklich tragisch! Aber ich bin's. Kann ich nun zu Herrn Sanden?«

»Ich ... ich lasse ihn herausrufen.« Der Portier fiel auf seinen Stuhl zurück. Der Sanden, dachte er. Sieh an. Man hat immer gedacht, der ist brav und nur auf der Bühne ein Lüstling. Und nun ...? Da sieht man wieder, wie man sich täuschen kann. Zieht sich eine verheiratete Frau an Land! »Was soll ich sagen?« fragte er.

»Luise ist da.«

»Luise?«

»Ja.«

»Das genügt?«

»Völlig!«

»Glauben Sie?«

»Ich weiß es.«

Der Portier hob die Schultern. Nennt ihren Namen nicht, dachte er. Schon verdächtig. Eine schlüpfrige Sache, das alles! Aber wenn man über dreißig Jahre beim Theater ist ... nein, da erschüttert einen nichts mehr.

Er rief zur Probenbühne hinauf und ließ es sich nicht entgehen, dies mit folgenden Worten zu tun: »Hier ist eine, die Luise heißt und den Sanden sprechen will. Jawohl, nur Luise. Das genüge, meint sie.« Dabei räusperte er sich, als habe er eine Kröte im Hals.

Luise achtete nicht darauf. Sie ging vor dem Glaskasten des Portiers hin und her, die Hände ineinander verkrampft, den Kopf gesenkt. Der Portier beobachtete sie mit hängenden Mundwinkeln.

Nervös ist sie, dachte er. Sehr nervös. Schlechtes Zeichen. Sieht aus, als wenn sie ein Kind von dem Sanden bekommt und gleich hier eine Szene abrollt, die nicht von Shakespeare ist. Er steckte den Kopf wieder durch das Fenster und hustete. Luise drehte sich um.

»Er kommt sofort.«

»Das habe ich doch gesagt.«

Es gab keine Szene, als Robert Sanden die Treppe heruntergerannt kam und mit ausgebreiteten Armen auf Luise zuging.

»Laß uns irgendwo hingehen«, sagte Luise leise, als er vor ihr stand. Der Portier, der mit langen Ohren an der Scheibe saß, hörte nichts als einen Hauch von Stimme. Gemeinheit, dachte er. Infamie! Einem kleinen Mann nicht einmal das zu gönnen!

»Ich habe Probe, Luise ...« Sanden hielt beide Hände Luises fest.

»Du mußt mitkommen. Ich brauche dich. Ich ... ich ... verliere wieder mein Augenlicht.«

Robert Sanden nahm diesen Schlag mit einer bewunderungswürdigen Haltung hin. Nur seine Lippen zuckten, und seine Backenknochen spannten die Haut.

»Komm!« sagte er leise und legte den Arm um Luises Schulter. »Gehen wir zu mir.«

»Die Probe ...«, rief der Portier aus dem Glaskasten, als er sah, daß Sanden das Theater verlassen wollte.

»Sagen Sie Herrn Mohreg, er soll meine Rolle markieren. Ich bin in einer Stunde wieder da. Es ist wichtig.«

Der Portier grunzte und schob das Fenster zu.

Wichtig. Was? Er hatte nichts von dem Flüstern verstanden. Also doch ein Kind, dachte er. Warum sonst so eine Geheimnistuerei? Es ist immer dasselbe mit den Künstlern; auf der Bühne Helden, und im Leben rutschen sie aus.

In der Wohnung Sandens konnte Luise endlich weinen. Hier fühlte sie sich geborgen, hier war ein Mensch, der mit ihr fühlte, der sie liebte und den sie auch zu lieben begann. Hier fiel alle Starrheit und Stärke von ihr ab. Sie warf sich auf die Couch, verbarg das Gesicht in den Kissen und weinte haltlos und laut.

Robert Sanden ließ sie weinen. Er saß vor ihr, umklammerte ein Glas mit Whisky und sah auf den zuckenden Kopf mit den dunklen Locken. Die Mitteilung, daß Luises Augen wieder schlechter wurden, hatte ihn getroffen wie ein tödlicher Schuß. Erst jetzt kamen ihm alle Konsequenzen zum Bewußtsein, die eine neue Blindheit, und diesmal sicher eine endgültige, auslösen würde.

»Wir müssen sofort nach Bologna zu Professor Siri«, sagte er, als Luises Weinkrampf sich etwas beruhigt hatte. »Er ist der einzige, der helfen kann.«

Luise nickte. Sie stützte den Kopf in beide Hände und starrte in die Kissen. Ein graudumpfes Kissen, und sie wußte, daß es roter, leuchtender Samt war.

»Und wenn nicht ...?« fragte sie kaum hörbar.

»Was nicht?«

»Wenn er nicht mehr helfen kann?«

»Es ändert nichts. Ich liebe dich. Ich habe dich schon geliebt, als ich noch glaubte, daß du blind seist, vergiß das nie! Daß du in Wirklichkeit sehen konntest, war ein Geschenk Gottes für mich.«

»Und nun werde ich doch blind.«

»Professor Siri wird helfen! Wir müssen sofort hin!«

Luise nickte. Und dann sagte sie das, was auch Sanden dachte. »Aber wie?«

»Es gibt jetzt keine Rücksichten mehr. Es geht nicht mehr um dein Geld, nicht mehr um Monika und deinen Mann, um die Rache an einem Betrug, um die Sühne einer Sünde, um Unterschlagungen und Geldgier – es geht jetzt nur noch allein um deine Augen!« Sanden setzte sich zu Luise und drückte ihren zuckenden Kopf an sich. »Ich werde Dahlmann die volle Wahrheit sagen, und dann fahren wir nach Bologna.«

»Er ... er wird dir etwas antun!«

»Dazu ist er zu feig. Aber es ist endlich Schluß mit diesem Spiel! Ich habe es nie für richtig gehalten.«

»Jetzt geht es auch um Monika, Robert.«

»Dazu ist die Polizei da.«

»Aber wenn ich andere Möglichkeiten als die Polizei habe, um die Wahrheit zu erfahren?«

»Es ist Schluß!« Sanden sprang auf. Seine sonst schöne, weiche Stimme war hart und metallisch. »Es geht allein um dich, um nichts anderes mehr. Wenn du willst, auch um mich! Nichts auf der Welt ist jetzt wichtiger als deine Augen. Wir müssen zu Professor Siri, und wenn es durch die Hölle zu ihm geht. Komm! Ich bringe dich nach Hause. In einer halben Stunde ist das ganze Dahlmann-Drama vorbei, und wir fahren nach Bologna.« Er riß Luise von der Couch zu sich hoch und drückte sie fest an sich. »Was kann uns jetzt noch aufhalten? Alles ist doch so nichtig gegen das Licht in deinen Augen.«

»Ich habe Angst«, sagte Luise tonlos.

»Angst? Vor deinem Mann? Das ist in einer Stunde Vergangenheit.«

»Angst vor allem! Vor Professor Siri, der Untersuchung, dem neuen Blindsein, dem Leben ... Ich habe Angst, daß ich nicht zum zweitenmal die Kraft aufbringe, blind zu sein, jetzt, wo ich weiß, was Licht wirklich ist.« Sie drückte das Gesicht an seine Brust und klammerte sich an ihm fest. »Ich weiß, daß ich die Kraft nicht mehr habe«, weinte sie.

Robert Sanden wußte es auch. Was auf Luise zukam, war mehr, als ein Mensch ertragen konnte. Hier half kein Zureden, keine Zärtlichkeit, kein Reichtum; keine Bemühung, die wieder versunkene Welt durch das Gehör weiterleben zu lassen. Wenn Luises Augen erneut erloschen, würde es auch ein Verlöschen des Menschen Luise sein. Professor Siri hatte jetzt nicht nur das Licht zweier Augen zu retten, sondern ein Leben.

»Ich rufe in Bologna an«, sagte Sanden heiser.

Das Blitzgespräch kam in zwanzig Sekunden durch. Das Sekretariat der Clinica St. Anna ließ Dr. Saviano rufen.

»Sofort kommen!« rief der Assistent Professor Siris. Man hörte, wie entsetzt er war. »Der Professore ist heute nicht hier. Ich werde es ihm sagen, heute nacht noch. Kommen Sie mit Flugzeug, sofort, und legen Sie auf alle Fälle eine Binde um die Augen ... sofort eine Binde. Sie darf nicht mehr sehen, sie darf kein Pünktchen Licht mehr haben ... Noch besser wäre es, Sie verkleben ihr die Augen mit Leukoplast ...«

Robert Sanden legte auf. Luise saß auf der Couch und sah ins Leere. Kein Licht mehr ... sofort verbinden ... Leukoplast auf die Augen ... er brachte es nicht fertig, es Luise zu sagen.

»Was meint Dr. Saviano?« fragte sie ohne aufzublicken.

»Sofort kommen. Mit dem Flugzeug.«

»Hat er noch Hoffnung?«

»Davon hat er gar nicht gesprochen. Er muß dich ja erst sehen.«

»Wovon hat er sonst gesprochen?« Luise sah auf, als Sanden nicht sofort antwortete. In seinen Augen las sie die Wahrheit. »Kein Licht mehr, nicht wahr?« sagte sie leise.

Sanden nickte stumm. Seine Kehle war ausgedörrt und wie rissig. Er brachte keinen Ton heraus.

»Freiwillig blind also?«

»Bis zur Untersuchung.« Seine Stimme hatte jeglichen Ton verloren.

»Womit?«

»Eine Binde ... oder Watte mit Leukoplast ... oder ... oder ...«

»Ich habe alles zu Hause.« Sie schloß die Augen und setzte die dunkle Brille auf. »Komm, bring mich nach Hause. Ich verspreche dir, die Augen zuzuhalten. Ich will nicht einmal mehr blinzeln ... Fahr mich nach Hause!«

Sie tastete nach seiner Hand und merkte, wie schwer es ihr wieder war, sich im Dunkeln erneut zurechtzufinden. Er faßte sie, und seine Finger waren eiskalt. Langsam, Schritt für Schritt gingen sie hinaus aus dem Haus und zu Sandens kleinem Wagen. Ein paarmal stolperte Luise, und immer wieder war sie versucht, die Lider zu heben und schnell dorthin zu sehen. Aber sie tat es nicht. Kein Licht mehr, hatte Saviano gesagt. Ab sofort! Ob es noch eine Chance gab? Für diese Hoffnung jetzt freiwillig blind zu sein, war kein Opfer mehr. Es waren nur noch Stunden ... wie winzig sind sie, wenn man mit ihnen das Licht des Tages und die Sterne der Nacht retten kann ...

*

Ernst Dahlmann hatte nach Rücksprachen bei dem Direktor der Fluggesellschaft endlich die Zusicherung bekommen, einen Platz in der Maschine nach Zürich zu erhalten. Er fuhr zu einem anderen Reisebüro und bestellte dort ein Bahnkarte nach Flensburg. In einem dritten Büro kaufte er eine Fahrkarte nach Paris, in einem vierten eine Karte nach Calais Dover London. Dann trank er zufrieden eine Tasse Kaffee und einen Kognak dazu.

Man soll sich totlaufen, dachte er vergnügt. Ob Zürich, Dänemark, Paris oder London – überall kann Ernst Dahlmann hingefahren sein. Es wird sich nie feststellen lassen, wohin er wirklich geflüchtet ist und welche Grenze er überschritten hat. Er hat sich in alle vier Winde aufgelöst ... das wird von allen Nachforschungen übrigbleiben.

Dahlmann hatte also allen Grund, zufrieden zu sein. Noch zwei Tage, und das große Spiel war zwar nicht gewonnen, aber doch mit einem Teilsieg abgebrochen worden. Übermorgen früh, bevor er zum Flughafen abfuhr, würde er bei zwei Banken seine ausgefüllten Blankoschecks abheben ... an diesen Tagen waren zusammen 63 865 Mark Bargeld auf den Konten. Die Mohren-Apotheke hatte die Lizenz für die Herstellung von Dahlomed, einem ungefährlichen Schmerzmittel ohne Barbitur, nach Südamerika verkauft. Die Außenhandelsbank hatte angerufen und zugesagt, daß die Anzahlung des Lizenzbetrages zur Auszahlung vorliege und bis morgen auf dem Konto Dahlmanns verbucht sei.

Das Glück kommt mir entgegen, hatte Dahlmann gedacht, als er diesen Bescheid erhielt. Das erhöhte seine Beute um 20 000 Mark.

Gegen elf Uhr, fast um die gleiche Zeit, als Robert Sanden mit Luise langsam durch das Verkehrsgewühl zur Mohren-Apotheke fuhr, bestieg Ernst Dahlmann sein Auto und stellte das Radio an. Er suchte nach flotter Tanzmusik und fuhr erst an, als er sie gefunden hatte. Der Hitze wegen legte er den Sicherheitsgurt nicht um, ohne den er sonst keine Strecke Auto fuhr, selbst nicht den kleinsten Weg zur Post oder zur Bank. Er schob das Schiebedach zurück, sah in den blauen Himmel und dachte, wie schön doch das Leben sei, wenn das Herz glücklich ist. An Monika wollte er in diesem Augenblick nicht denken. Jetzt, wo sie im Moor versunken war, kam ihm das alles wie ein tragischer Unglücksfall vor, den man überwinden mußte, weil er ein unabwendbares Schicksal war. Damit tröstete er sich auch, ja, es war schade, nicht nach Mitleid anderer suchen zu können, denn auch ihn hatte ja das Unglück schwer getroffen. Es war eine Moralakrobatik, die Dahlmann allem Bösen entzog und sein Gewissen blankscheuerte.

Kurz vor dem Hauptbahnhof Hannover mußte Dahlmann plötzlich bremsen, weil ein sichtlich betrunkener Radfahrer einfach über die Fahrbahn torkelte, ohne nach rechts oder links zu blicken. Der Tritt auf die Bremse, das Aufkreischen der Räder und das Stillstehen des Wagens kamen so plötzlich, daß zwei hinter Dahlmann fahrende Wagen seinen Stillstand erst merkten, als sie sich beide mit aller Wucht in den Kofferraum ihres jeweiligen Vordermannes bohrten und den Wagen Dahlmanns vor sich herschoben.

Blech verbog sich und zerbarst, Scheiben klirrten, Stoßstangen schepperten über den Asphalt, einige Passanten schrieen auf, der Schutzmann an der Kreuzung pfiff und rannte zu dem Autoknäuel, das mitten auf der Bahnhof zufahrt stand.

Ernst Dahlmann lag über dem Lenkrad und war besinnungslos. Aus seinem linken Mundwinkel lief ein dünner Blutfaden über den weißen Kragen und das Hemd.

»Schädelbasisbruch«, sagte einer der herumstehenden Fußgänger sachkundig. »Sehn Se das Blut aus'n Mund?!«

Zehn Minuten später lag Ernst Dahlmann auf dem Operationstisch im Unfallkrankenhaus. Er hatte das Bewußtsein noch nicht wiedererlangt. Eine Krankenschwester und ein Pfleger zogen ihm die Kleider aus. Im Sekretariat untersuchte ein Polizist vom Peterwagen die Papiere in der Brieftasche, die man Dahlmann abgenommen hatte.

»Wir fahren bei ihm vorbei«, sagte der Polizist und steckte die Brieftasche ein. »Ich kenne die Mohren-Apotheke und Herrn Dahlmann. Hab' schon oft bei ihm 'n Rezept eingelöst. Seine Frau ist blind, wissen Se ... Und nun auch das noch!«

Im OP begann die Untersuchung des Verletzten.

*

Die Vorführung des Untersuchungsgefangenen Julius Salzer geschah im Beisein seines Rechtsanwaltes Dr. Kutscher. Kommissar Faber hatte sich überzeugen lassen, daß eine Unterhaltung mit Salzer allein sinnlos sei, denn dieser hatte angekündigt, daß er stumm bleiben werde wie ein Fisch.

»Es wird einem ja alles im Mund herumgedreht ...«, sagte er. »Auf einmal ist man ein Mörder mit Geständnis und weiß nicht, wie.«

Der dicke Faber war solche Redensarten gewöhnt. »Rufen wir also den Kutscher«, sagte er leutselig. »Klar ist die Polizei immer schuld, wenn jemand im Loch sitzt. Die bösen Bullen! Warum auch haben die einen Verdacht, wenn ein Mädchen verschwindet, das von einem Geliebten zum anderen pendelt. Diese bösen, bösen Polizisten. Warten wir also.«

Dr. Kutscher kam sofort, als man ihn anrief. Seine wartenden Klienten überließ er seinem Anwaltsassessor. Kommissar Faber begrüßte ihn mit großer Geste und lauter, fettiger Stimme.

»Ah! Die Gerechtigkeit in Person! Willkommen, Nachfolger Ciceros! Wie geht's den Kanarienvögeln? Ich habe gehört, Emma die Grüngefleckte, kann jetzt schon auf einem Bein stehen ...«

Die Wachtmeister vom Gefängnis grinsten. Sie kannten den dicken Faber; wenn er Witze riß, war er besonders gefährlich. Je dümmer der Witz, um so härter die Schläge, die später kamen. Das war Fabers Lebensart. Auch Dr. Kutscher wußte es – er blieb ernst.

»Emma kann auch mit den Ohren wackeln«, sagte er.

Der dicke Faber staunte ehrlich. »Aber wieso? Kanarienvögel haben doch keine Ohrläppchen.«

»Eben drum! Emma schafft es auch so.«

Sie sahen sich an, und beide wußten, daß der Kampf um Julius Salzer bereits eröffnet war. Als man ihn dann vorführte, wurde es ganz ernst, denn Dr. Kutscher sagte: »Salzer, Sie brauchen auf Fragen, die Sie belasten, keine Antwort zu geben. Die Polizei vergißt diesen Hinweis oft.«

»Das war nicht nötig«, sagte der dicke Faber beleidigt. »Ich frage nie Dinge, die zur Selbstschlinge werden.«

»Wir werden sehen.« Dr. Kutscher lehnte sich auf dem harten Gefängnisbesucherstuhl zurück. »Zunächst eine Bemerkung, die bestimmt nicht ins Protokoll kommt: Die Inhaftierung meines Mandanten ist ein idiotischer Akt.«

»Danke.« Faber lächelte sauer. »Wenn Sie's nicht wären, Doktor, wäre die Unterhaltung jetzt schon am Ende. Aber lassen wir die Bomben losgehen. Nummer eins – bumm! – was ist das?«

Er legte den Stapel von Dahlmanns Briefen und Monikas Antworten auf den Tisch. Salzer sah sie uninteressiert an. Der dicke Faber beobachtete ihn wie eine Schlange das Kaninchen.

»Kennen Sie nicht, was?«

»Nein.«

»Dachte ich mir's doch. Das sind Liebesbriefe.«

»Seit wann sind Sie Fetischist?« fragte Dr. Kutscher lässig. Der dicke Faber zog den Kopf etwas ein.

»Doktor! Das hier ist ein Belastungsmaterial, wie es sich ein Kriminalbeamter im Traum wünscht. Es beweist, daß Monika Horten die Geliebte Ernst Dahlmanns war.«

»Was?« Dr. Kutscher zuckte hoch. Faber lächelte mokant. Der Schlag hatte gesessen. Dr. Kutscher sah reichlich verwirrt aus und strich sich nervös über die Haare.

»Das kann ein Irrtum sein«, sagte er unsicher.

»Vielleicht. Gibt es in der Familie Dahlmann zwei, die sich Ernsti nennen?«

Dr. Kutscher schwieg. Dahlmann und seine Schwägerin, dachte er, und es überlief ihn eiskalt. Faber hat die Beweise. Darum die Jagd nach dem Geld, die Entmündigung, die Apparate zum Wahnsinnigmachen. Der erwachte Jugendtrieb eines alternden Mannes macht ihn zum Satan. Monika Horten ... und jetzt weiß keiner, wo sie ist. Vielleicht nur Dahlmann. Nur er allein.

»Was hat das alles mit meinem Mandanten zu tun?« fragte Dr. Kutscher nach der ersten Schrecksekunde.

»Nichts.«

»Ich verstehe nicht.«

»Ich wollte nur wissen, ob Herr Salzer die Briefe kennt. Er sagt nein, und ich glaube es ihm.« Er wandte sich an Salzer, der weiß wie ein Leinentuch auf seinem Stuhl hockte. »Wußten Sie von dem Verhältnis Ihrer Braut zu Herrn Dahlmann?«

Salzer schüttelte den Kopf. Er konnte nicht mehr sprechen. Dr. Kutscher antwortete für ihn:

»Nein.«

»Sie hat nie mit Ihnen darüber gesprochen?«

»Nein.«

»Keinerlei Andeutungen?«

»Nein!«

»Und Dahlmann selbst?«

Dr. Kutscher blickte zu Salzer. Dieser schüttelte stumm den Kopf. Faber steckte die Briefe wieder in seine Aktenmappe.

»Das wäre alles«, sagte er. Dr. Kutscher beugte sich vor.

»Und wozu dieses ganze Theater?«

»Das werden Sie noch sehen.«

»Sie sollten Dahlmann fragen!«

»Für diesen bisher noch nicht in Betracht gezogenen, fast abwegigen Hinweis schulde ich ihnen höchsten Dank«, sagte Faber bissig. »Sie sind ein Genie, Doktor.«

»Das weiß ich«, antwortete Dr. Kutscher schlicht.

Julius Salzer wurde wieder hinausgeführt. Faber und Dr. Kutscher standen sich wie zwei Boxer gegenüber, die auch nach dem Schlußgong noch aufeinander eindreschen wollen.

»Ich verlange sofortige Haftentlassung meines Mandanten«, sagte Dr. Kutscher laut. »Es besteht kein Verdacht mehr.«

»Doch.« Der dicke Faber suchte in seiner Aktentasche. Er fand noch ein Ei, hart gekocht, klopfte es auf, entpellte es und steckte es in den Mund. Kauend nickte er dem verblüfften Rechtsanwalt zu. »Jetzt gerade.«

»Ich begreife nicht, wie ...«

»Doktor, machen wir uns keine Schwierigkeiten! Lassen wir den Salzer noch ein paar Tage im Knast als Verdächtigen. Es wäre schlimmer, wenn er jetzt freigelassen und am nächsten Tag als richtiger Mörder wieder eingeliefert würde, oder wenn wir ihn in Schutzhaft nehmen müßten. Sehen Sie sich doch den Jungen an. Wissen Sie, was er sofort macht, wenn wir ihn freilassen? Er geht auf geradestem Weg zu Dahlmann und dreht ihm den Hals um! Ob berechtigt oder nicht, das steht nicht zur

Debatte. Uns genügt ein Mord! Seien wir also Gentlemen, machen wir einen stillen Pakt, etwas außerhalb der Legalität, und lassen wir den Dichterknaben im Knast. Bis wir Dahlmann soweit haben. Ich ahne da Schreckliches.«

»Ich auch.« Dr. Kutschers Stimme war plötzlich sehr klein. Mein Gott, dachte er nur. Mein Gott. Wenn Dahlmann seine Schwägerin ...

»Kommen Sie!« Faber fegte die Eierschalen zu einem Häufchen auf die Mitte des Tisches. »Der Wachtmeister wird sich freuen. – Noch etwas, Doktor: Hat Frau Dahlmann nie etwas geäußert?«

»Nie. Sie wollte sogar ein Testament zum Nutzen ihres Mannes aufsetzen.«

»Sapperment! Dann heißt es handeln! Männer, die in Hormonen schwimmen, entwickeln die Phantasie von Superirren. Gehen wir!«

Der Justizwachtmeister, der die Eierschalen wegbringen mußte, freute sich nicht, er fluchte über das zerfressene dicke Luder von Kriminalkommissar. Er konnte es, denn er war allein im Zimmer.

*

Der Peterwagen kam fast zur gleichen Zeit an der Mohren-Apotheke an, wie Robert Sanden mit Luise Dahlmann. Beide Wagen bremsten, und der Polizist überlegte, ob er die Nachricht von dem Unfall auf der Straße berichten sollte oder erst in der Wohnung. Er entschloß sich, zu warten, bis Luise Dahlmann im Hause war und ging ihr dann nach.

Im Treppenhaus wartete er, bis er die Tür der Wohnung zuklappen hörte, stapfte dann hinauf und schellte. Robert Sanden öffnete. Er hatte den Polizisten schon auf der Straße gesehen, aber nicht daran gedacht, daß er zu Dahlmann kommen könnte.

»Ja, bitte?« fragte er deshalb und blieb in der Tür stehen. Im Wohnzimmer hatte sich Luise in ihren ›Blindensessel‹ fallen lassen, jenen Sessel, in dem sie ein Jahr lang gesessen und Radio gehört, Blindenschrift geübt und das Tonband bedient hatte. Er würde wieder ihr Sessel werden, wenn Professor Siri die Schultern heben und sagen würde: »Es ist nichts mehr zu machen ...« Sie wußte, daß Siri so ehrlich war, es ihr zu sagen.

Sie wußte auch, daß er damit ein Urteil aussprach, dem sie entgegenkommen wollte.

Der Polizist sah an Sanden vorbei in die Diele. »Ich möchte Frau Dahlmann sprechen.«

»In welcher Angelegenheit?«

»Was geht das Sie an?«

»Frau Dahlmann ist erkrankt. Ich habe sie hierhergebracht. Wenn es etwas Unangenehmes ist, bitte ich um Schonung. Sie können es mir sagen, ich werde es an sie weitergeben.«

Der Polizist zögerte. Dann berichtete er von Ernst Dahlmanns Unfall, kurz und knapp, ohne Umschweife. Robert Sanden nagte an der Unterlippe.

»Danke, Herr Wachtmeister«, sagte er dann. »Wir werden sofort ins Krankenhaus fahren.«

Zuerst brachte er Luise etwas zu trinken. Else, die sich mit dem Mittagessen Mühe gegeben hatte, saß schmollend in der Küche und aß allein den schönen Blumenkohl und ein Kalbsschnitzel. Herr Dahlmann war nicht gekommen, die gnädige Frau hatte keinen Hunger, die Schnitzel verbrutzelten in der Pfanne – es war schon ein Jammer.

»Wer hat da geklingelt?« fragte Luise, als sie zwei Schluck getrunken hatte.

»Die Polizei.«

»Die ...?« Luise sprang auf. Sanden drückte sie sanft in den Sessel zurück. Unwillkürlich hatte sie die Augen aufgerissen, das Licht blendete sie, die Augen begannen sofort zu tränen. Sie drückte ein Taschentuch dagegen und senkte den Kopf.

»Dein Mann ist vorhin mit dem Wagen verunglückt«, sagte Sanden leise. Luises Körper bebte etwas.

»Tot?« Ihre Stimme klang ganz klar.

»Nein. Der Polizist ist gleich nach der Einlieferung ins Krankenhaus zu uns gekommen. Wir sollen anrufen.«

»Dann tu das, bitte.«

Sie hob den Kopf, drückte aber das Taschentuch noch gegen die geschlossenen Augen.

»Wir können morgen schon nach Bologna fahren. Jetzt ist alles so einfach geworden.«

Sanden nickte. Woran sie denkt, wenn sie so eine Nachricht bekommt, dachte er. Wie groß muß ihr Haß sein, daß nicht einmal die menschliche Seite sie berührt.

Er ging zum Telefon und rief das Krankenhaus an. Dahlmann lag schon auf seinem Zimmer. Es war kein Schädelbasisbruch. Er hatte Quetschungen im Brustkorb, drei Rippenbrüche und einen Bruch des linken Unterarmes. Keine der Verletzungen war lebensgefährlich, aber sie fesselten Dahlmann mindestens zehn Tage an das Klinikbett, ehe er zur ambulanten Weiterbehandlung entlassen werden konnte. Sicherheitshalber sollte er geröntgt werden; wegen der Wirbelsäule, des Beckens und der inneren Organe.

»Zehn Tage, das reicht«, sagte Luise, als Sanden auflegte. »Wir nehmen den ersten Zug, noch diese Nacht.«

Am Nachmittag besuchten sie Ernst Dahlmann. Er schlief nach einer Morphiuminjektion, die man ihm wegen der großen Schmerzen im Brustkorb gegeben hatte. Luise öffnete für drei Sekunden die Augen, um ihn anzusehen. Er lag bleich in den Kissen, das schöne, auf Frauen wirkende Gesicht etwas verzerrt.

»Schwester!« sagte sie, als sie sich wieder umwandte, »informieren Sie bitte meinen Mann, wenn er wieder wach ist, daß ich hier war. Morgen und übermorgen kann ich nicht kommen, weil ich nach Münster zu Professor Böhne fahre. Meine Augen tränen, ich muß sie nachsehen lassen.«

»Ich werde es bestellen, gnädige Frau«, erwiderte die junge Stationsschwester. Und dann, um etwas Tröstendes zu sagen, fügte sie hinzu: »Sie brauchen gar keine Angst zu haben; die Verletzungen sind Gott sei Dank nicht schwer.«

Luise nickte. Sanden führte, sie hinaus. Er wußte, daß es der erste und letzte Besuch gewesen war. Wenn Dahlmann aus dem Krankenhaus entlassen wurde, fand er eine veränderte Situation vor – eine sehende Luise Dahlmann, die ihre Entscheidung gefällt hatte.

Fräulein Pleschke, die brav den ganzen Nachmittag über in der Wohnung gewartet hatte, wurde beurlaubt und weggeschickt. Sie war glücklich darüber, denn sie brauchte einige Tage Urlaub. Ihr Lehrerstudent hatte von seinem Bundeswehrkonkurrenten erfahren und befand sich in einem Zustand erregter Eifersucht. Da war es besser zu verreisen und aus der Nähe des Vulkans zu kommen.

Mit dem Nachtzug fuhren sie nach Süden. Luise hatte ihre Augen mit Watte abgedeckt und mit Leukoplast verklebt. Trotz der dunklen Brille, die sie darüber trug, sah jeder, was mit ihr los war. Wie gut, daß sie die mitleidigen Blicke nicht bemerkte, sie hätte es nicht mehr ertragen.

*

Dr. Saviano war der erste, der Luise untersuchte. Er sah nur in ihre Pupille und schwieg dann. Aber dieses plötzliche Schweigen war deutlich genug. Luise atmete ein paarmal tief und zwang sich, gerade und aufrecht und mit festen Schritten hinüber in die Räume Professor Siris zu gehen. Wieder saß sie in dem großen, mit Geräten und Maschinen vollgestopften Raum, hockte auf dem alten Sessel und blickte in das scharfkantige Greisengesicht Professor Siris.

»Was machen Sie bloß, Signora ...«, sagte er und schüttelte den Kopf. »Was nutzen die besten Operationen, wenn Sie unvernünftig sind? Was habe ich Ihnen damals eindringlich gesagt? Erinnern Sie sich noch?«

»Keine Aufregungen, keine Überanstrengungen, ich weiß es noch, Herr Professor!«

»Und was hatten Sie getan? Reden Sie nicht ... ich lese ja alles an Ihren Augen ab. Augen lügen nicht, nicht bei mir!«

Professor Siri schob eines seiner Geräte, das auf lautlosen Rollen lief, heran und richtete einen Lauf, wie den Lauf einer übergroßen Pistole, auf das linke Auge Luises. Dann schaltete Dr. Saviano das Licht aus. Aus der Dunkelheit heraus schoß ein gebündelter Lichtstrahl in das Innere des Auges. Professor Siri hockte vor einem langen Objektiv. Es war, als könne er jetzt bis tief in das Vorderhirn blickten.

Ebenso plötzlich erlosch der Lichtstrahl wieder. Die normale Deckenbeleuchtung flammte wieder auf. Luise schloß die Augen.

Das Urteil, dachte sie. Nun kommt mein Urteil.

Professor Siri gab seiner Apparatur einen Tritt; sie rollte weg und blieb einen Meter entfernt stehen. Er räusperte sich und steckte die Hände in die Taschen des Kittels.

Luise umklammerte die Lehne des alten Sessels, auf dem schon so viele das Urteil darüber gehört hatten, wie ihr ferneres Leben aussehen würde.

»Sagen Sie die Wahrheit, Herr Professor«, bat sie leise, aber tapfer. »Bitte, die Wahrheit!«

Professor Siri blickte kurz zu Dr. Saviano, als müsse er von dort die Bestätigung holen, daß er das sagen könne, was er sagen mußte. Es war eine Sekunde des Zögerns, die Luise Dahlmann ins Herz schnitt.

»Sie haben Ihre Augen überanstrengt«, sagte Siri endlich. Luise nickte.

»Ja.«

»Sie haben meinen Rat nicht befolgt, in der ersten Zeit nur in Abständen von Stunden die Brille abzunehmen, ja, überhaupt zu sehen.«

»Das stimmt.«

»Ehrlich sind Sie wenigstens.« Professor Siri sprang auf und wanderte zwischen seinen Geräten herum. »Nun haben wir die Quittung, Signora.«

»Ich ... ich werde wieder blind?« fragte Luise kaum hörbar. Es kostete sie all ihren Mut, diesen Satz auszusprechen. Dann sank sie in sich zusammen. Die letzte Kraft war verbraucht. Sie spürte, wie kalter Schweiß ihr Gesicht überzog, und sie stemmte sich dagegen, ohnmächtig zu werden. Professor Siri bemerkte es nicht, er umkreiste seine Instrumente, den Kopf nach vorn gestreckt, die Hände in den Taschen seines kurzen weißen Arztkittels.

»Quatsch ... Verzeihen Sie, Signora ... Sie werden nur wieder blind, wenn Sie weiter so unvernünftig sind! Was ich tun konnte, habe ich getan. Die transplantierten Hornhäute sind sehr gut eingewachsen, haben sich nicht getrübt, das sogenannte Fenster zur Seele bleibt offen. Aber –«, er unterbrach sich und blieb stehn, »Sie haben Ihre Sehnerven überreizt! Ich habe Ihnen damals gesagt: Alles, was vor dem Gehirn liegt, kann ich reparieren, einen Nerv aber nicht! Vor allem keinen Sehnerv. Wir sind noch nicht soweit, daß wir Gehirne oder Gehirnparzellen auswechseln können. Irgendwo ist eine Grenze der Medizin, hinter der das göttliche Wunder beginnt. Sie, Signora, stehen hart an der Grenze.«

»Und was ... was soll ich tun?« Luise hatte den Schwächeanfall überwunden. Aber sie war noch unfähig, von dem hölzernen alten Sessel herabzusteigen und an das Fenster zu gehen, um Luft zu schöpfen. Dr. Saviano wiederum wagte es nicht, irgend etwas zu tun, wozu ihn Professor Siri nicht aufgefordert hatte. Er wußte, daß der Chef jetzt in einer Stimmung war, in der eine nähere Berührung mit ihm gefährlich wurde.

»Blind werden!« sagte Siri laut.

»Ich denke ...« Luises Stimme versagte.

»Freiwillig blind werden! Für mindestens drei Monate. Sie werden beide Augen lichtdicht abdecken und eine schwarze Brille tragen, wenn Sie ab und zu die Binden abnehmen. Dann sehen Sie zwar etwas, aber ohne Lichteinfall. Die Sehnerven brauchen völlige Schonung. Und auch nach diesen drei Monaten geht es langsam voran: Brillen mit dunklen Gläsern, die nach und nach durch immer hellere ersetzt werden. Wie ein Kind gehen lernen muß, so müssen Sie schrittweise sehen lernen! Ist das klar?«

»Ganz klar, Herr Professor.«

»Dr. Saviano wird Ihnen zwei selbsthaftende Augenklappen anpassen, die Sie drei Monate lang tragen. Augenwaschen und das Einträpfeln der Antibiotika machen Sie nachts, bei völliger Dunkelheit.« Professor Siri blieb vor Luise stehen. Jetzt erst sah er, wie fahlblaß sie war, wie bis ins Innerste entsetzt und zerrissen. Er hatte sich in den dreißig Jahren seiner Chirurgentätigkeit abgewöhnt, Mitleid zu zeigen oder überhaupt in sich aufkommen zu lassen. Er hatte Menschen erlebt, die nach dem wiedergeschenkten Augenlicht auf den Knien den langen Flur der Klinik entlangrutschten bis zur Hinterwand, an der, umgeben von Blumen, eine Marienstatue stand. Dort hatten sie ihren Dank gebetet, schreiend vor Glück. Und er hatte Menschen erlebt, die zusammenfielen und in völlige Apathie versanken, wenn es sicher war, daß sie nie wieder die Sonne sehen durften, nie mehr die Berge und Felder, das Meer und die weißen Wolkenballen. In diesem Augenblick, als Siri das völlig verstörte Gesicht Luises sah, spürte er so etwas wie Mitgefühl. »Sie müssen Geduld haben, Signora«, sagte er leise ganz gegen seine Art.

»Ich werde sie haben, Herr Professor«, flüsterte Luise.

»Warum haben Sie sie nicht vorher gehabt?«

»Es war nicht möglich ...«

»Nicht möglich! Es gibt nichts auf der Welt, was Sie daran hindern könnte, Geduld zu haben!«

»Das habe ich auch gedacht.«

Professor Siri neigte den Kopf etwas. Sein Blick wurde fragend.

»Mich geht Ihr Privatleben nichts an, Signora«, sagte er langsam. »Mich interessieren Ihre Augen, weiter nichts. Aber für seinen Patienten sollte ein Arzt mehr sein als nur ein Heilkünstler. Er sollte Beichtvater und Freund zugleich sein. Viele Erkrankungen liegen im seelischen Bereich, und da helfen keine Pillen und Wässerchen und erst recht nicht ein chirurgisches Messer.« Siri schwieg und wartete. Da Luise Dahlmann nicht antwortete, sprach er mit einem Seufzer weiter. »Denken Sie daran, Signora, daß nichts so wichtig sei wie Ihr Augenlicht! Auch wenn man glaubt, das andere sei wichtiger – es ist eine Täuschung. Sehen können, das ist das wirkliche Geschenk Gottes! Man sollte es nicht wegwerfen für Dinge, die vergänglich sind.«

Luise nickte stumm. Ich werde wieder blind sein, dachte sie nur. Zwar freiwillig, aber welch ein Unterschied ist es schon? War es bisher schon unmenschlich schwer, sehen zu können und als Blinde zu gelten – um wieviel schwerer ist es nun, sehen zu können und blind sein zu müssen! Drei Monate lang wieder die ewige Nacht ... und dann Tage und Wochen in einer Dämmerung, die sich langsam auflöst, heller und heller wird, bis die Blumen ihre Farben wieder haben und die Gegenstände ihren Glanz. Und dann immer noch die Ungewißheit: Wird es bleiben, sind die Nerven nun erholt? Oder kommt wieder die entsetzliche Feststellung, daß ein Sonnentag plötzlich trüb wie im Herbst wird und die Blüten ihre Farben verlieren und im Grau versinken ...

Und dann Ernst Dahlmann! Drei Monate wieder an seiner Seite? Drei Monate, nun wieder blind und hilflos, ausgeliefert seiner schmeichelnden Gemeinheit, seinen Plänen, die er einhüllt in Zärtlichkeit, seiner Teufelei im Gewand eines Liebhabers? Es war nicht möglich! Es überstieg einfach die menschliche Kraft. So sicher, wie sie sich jetzt drei Monate lang wieder durch ihre Welt tasten mußte, so sicher war die Fälligkeit einer Entscheidung gleich nach ihrer Rückkehr.

Noch einmal wollte sie sehen. Einen Tag lang. Alle sollten es wissen. Zwischen Freude und Entsetzen würden vierundzwanzig Stunden des großen Aufräumens abrollen. Und dann war sie bereit, wieder zurück in die Nacht zu gehen, befreit von allem, was bisher ihr Leben gewesen war. Ein Irrtum, der zur Sünde geworden war.

Professor Siri hob die Hand. Es schien, als habe er ihre Gedanken erraten.

»Sie werden ab sofort die Augenklappe bekommen, Signora«, sagte er eindringlich. »Und ich beschwöre Sie: Nehmen Sie sie nicht ab. Nicht für eine Stunde! Sie wissen nicht, wie gefährlich Licht sein kann!«

»Ich ... ich werde gehorchen, Herr Professor«, sagte Luise mit fester Stimme. Professor Siri nickte, obgleich er wußte, daß sie log. Mehr als warnen konnte er nicht.

Er gab Luise Dahlmann beide Hände, wollte noch etwas sagen, etwas Ermahnendes, Eindringliches, aber dann verzichtete er darauf, weil er wußte, daß eine Frauenseele nur bis zu einem gewissen Grad ansprechbar war. Wo undefinierbare Gefühle das Handeln einer Frau bestimmten, waren Logik und Überzeugungsversuche ein verschenkter Luxus. So sagte er nur: »Alles Gute, Signora. Wir sehen uns wieder, wenn alles an Ihren Augen in Ordnung ist ...«, drehte sich um und verließ schnell sein Untersuchungszimmer. Dr. Saviano löste sich aus dem Hintergrund, in dem er still und fast unbeweglich gewartet hatte.

»Nun wissen wir es«, sagte er gepreßt.

»Ja.«

»Bitte setzen Sie sich, Signora.«

»Schon jetzt ...« Helle Angst schwang in ihrer Stimme. Sie sah sich um. Das Zimmer war abgedunkelt, aber hinter den Gardinen leuchtete der helle Tag, wiegten sich die schlanken Spitzen der Zypressen im Wind und erholten sich unter dem breiten Astdach der Pinien die Eselstreiber von der Mittagshitze.

Luise senkte den Kopf. Ihre Stimme klang kindlich, weinerlich. »Darf ... darf ich nicht noch einmal aus dem Fenster sehen ...?«

»Nein, Signora.«

»Nur einen Blick, ganz kurz«, bettelte sie.

»Ich darf es Ihnen nicht erlauben. Die Sonne blendet. Die Sehnerven würden sofort wieder einem großen Reiz unterliegen. Und jeder neue Reiz kann uns um Wochen zurückwerfen. Ist ein einziger Blick so viel wert?«

»Ja.« Luise deckte beide Hände über die brennenden, wieder tränenden Augen. »Wenn Sie die ewige Nacht erlebt hätten ...«

»Sie soll ja nie wiederkommen. Das muß Ihr einziger Gedanke sein, Signora.«

»Es wird auch das einzige sein, was mir die Kraft dazu geben kann.« Luise ließ die Hände sinken und legte den Kopf zurück auf eine Nackenstütze, die Dr. Saviano an dem alten Sessel hochschob. »Ich bin bereit.« Sie atmete tief auf und legte die Hände gefaltet in den Schoß. »Verzeihen Sie, Doktor, es war nur eine vorübergehende Schwäche, ein Aufbäumen ... Der Mensch macht oft viel Sinnloses, wenn er sich gegen Unabänderliches wehren will.«

Dr. Saviano bereitete an einem Nebentisch die Augenklappen vor. Es waren schwarze, mit einer besonders weichen Spezialwatte gepolsterte Haftschalen, die die Augen völlig abdunkelten. Wenn man darüber eine schwarze Brille trug, sah man nur an der Nasenwurzel einen Rand der Klappen. Das Gesicht wurde durch sie nicht entstellt. Diese Klappen waren eine Erfindung Professor Siris und eine deutliche Verbeugung vor der Eitelkeit seiner weiblichen Patienten. Er war viel zu sehr Südländer und Frauenfreund, um nicht zu wissen, wie bedeutsam die Kosmetik für die Medizin war.

Luise Dahlmann saß ganz still, als Dr. Saviano die Haftschalen anlegte. Der Rand der Augenklappen war mit einer hautfreundlichen Klebemasse bestrichen, in der Art von Leukoplast, die unverrückbar festhielt, sobald sie auf die Haut gedrückt war.

»Bitte, öffnen Sie die Augen, Signora«, sagte Dr. Saviano.

Luise hob die Lider. Es war Nacht.

»Sehen Sie etwas?«

»Nein.« Luise schüttelte leicht den Kopf.

»Ehrlich, Signora! Gar nichts?«

»Es ist völlig schwarz um mich.«

»Blicken Sie zur Seite.«

»Nichts.«

»Kein Schimmer? Kein Streifen?«

»Nichts!«

»Dann sitzen die Schalen gut.« Dr. Saviano schob ein paar Brillen auf Luises Nase, bis er eine passende gefunden hatte. »So, jetzt sind wir soweit«, sagte er dann.

»Kann ich aufstehen?«

»Ja.«

Luise erhob sich von dem Sessel. Sie tastete um sich und ging langsam an der Hand Dr. Savianos aus dem Untersuchungszimmer. Jetzt sind wir auf dem Flur, dachte sie. Er macht gleich einen leichten Bogen ... dann stehen wir in der Eingangshalle ... nein, eine Milchglastür ist noch dazwischen, mit einer rot eingeätzten Schrift in vier Sprachen. Eintritt verboten. Und dann die großen Glastüren des Eingangs, der Vorbau auf Säulen, die Stufen, die breite Anfahrt durch den Park.

Sie blieb stehen und preßte die Fäuste gegen das Herz.

»Signora!« sagte Dr. Saviano leise und tröstend.

»Ich habe Angst.« Luise lehnte den Kopf an die Schulter des Arztes. »Ich habe Angst, es nicht durchzuhalten ...«

»Sie müssen, Signora! Es geht um Ihre Augen.«

»Es ist unmenschlich.«

»Ich weiß es. Aber es muß sein.«

»Und wenn ich es nicht durchhalte ...?«

»Daran dürfen Sie nie denken! Wenn Sie den Drang haben, die Schalen von den Augen zu reißen, wenn es überhaupt nicht mehr geht – dann rufen Sie jemanden und lassen sich die Hände festbinden. Denken Sie immer daran, daß es nur vorübergehend ist, nur drei Monate.«

»Drei Monate können wie drei Jahrzehnte sein.«

»Aber es sind doch nur drei Monate, Signora. Freuen Sie sich auf das Licht!«

Luise tastete nach Dr. Savianos Hand. »Danke, Doktor«, sagte sie mit schwankender Stimme, »ich will stark sein ...«

Robert Sanden sagte nichts, als man Luise Dahlmann zu ihm ins Wartezimmer führte. Er faßte sie unter, küßte sie zart und führte sie hinaus aus dem Haus. Sie spürte die Wärme der Sonne und stellte sich vor, wie herrlich der Park aussah. Ein Zittern lief durch ihren Körper. Robert Sanden drückte ihren Arm an sich.

»Ich bin bei dir«, sagte er tröstend. »Du wirst bei mir bleiben!«

»Das geht nicht.« Luise blieb stehen. »Es ist unmöglich, daß ich bei dir wohne, bevor alles geregelt ist.«

»Dann ziehst du in ein Hotel.«

»Aber warum denn?«

»Ich lasse dich mit deinem Mann nicht mehr allein.«

»Dahlmann liegt noch in der Klinik, für mindestens zwei Wochen.«

Sie sagte nicht ›mein Mann‹, sondern Dahlmann.

»Und dann?« Sandens Stimme bebte vor Erregung.

»Dann ist alles geregelt. In der Zwischenzeit wird Fräulein Pleschke für mich sorgen.«

»Ich werde jeden Tag kommen und nachsehen. Ich werde dich nie mehr ohne Aufsicht lassen.«

Sie lächelte schmerzlich und nickte.

»Komm!« sagte sie leise. »Du mußt jetzt ganz vorsichtig mit mir sein. Jetzt bin ich zerbrechlich wie dünnes Glas, ich fühle es. Sag mir alles, was du siehst; ich will alles miterleben ...«

Mit dem Nachtzug fuhren sie zurück. Sie brauchten nicht mehr zu fliegen. Jetzt hatten sie Zeit, viel Zeit.

Luise schlief, in die Polster zurückgelehnt. Robert Sanden starrte hinaus in die Nacht. Die Räder unter ihnen hämmerten die Kilometer weg.

Er machte sich Sorgen um die nächsten Tage. Er hatte das dunkle, unbestimmbare Gefühl, einer Katastrophe entgegenzufahren.

*

Von Soltau kam eine merkwürdige Meldung auf den Tisch des dicken Faber. Er las sie zweimal und setzte sich nachdenklich hinter sein Paket mit Schinkenbroten.

Ein pensionierter Postinspektor berichtete aus dem Dorf Hetzwege, daß der Moorbauer Onno Lütje zwei Scheinwerfer gesehen habe, mitten in der Nacht und mitten im unwegsamen Moor. Der Polizeiposten von Hetzwege habe Onno Lütje, der als Quartalsäufer bekannt sei, zwar hinausgeworfen, aber er, der Postinspektor, messe dieser Beobachtung doch eine gewisse Bedeutung bei.

Der Leiter der Soltauer Polizei fügte diesem Bericht hinzu, daß er diese Beobachtung weitergebe, weil aufgrund der Fahndung nach einer gewissen Monika Horten vielleicht hier ein Anhaltspunkt vorhanden sei. Außerdem sei er aufgefordert, jede nicht alltägliche Beobachtung nach Hannover zu melden.

»Ein schöner Mist!« sagte der dicke Faber und biß in ein Schinkenbrot. »Das fehlt uns noch. Eine Leiche im Moor. Man sollte umsatteln und Gemüse verkaufen.«

Immerhin hielt er die Meldung für so wichtig, daß er mit seiner Kommission nach Soltau und von dort nach Hetzwege fuhr, um Onno Lütje zu befragen. Auf der Polizeistation hatte er erfahren, daß man auf die Spökenkiekereien Lütjes keinen Wert legen dürfe. »Der Mann ist immer im Tran, Herr Kommissar«, sagte der Feldgendarm in strammer Haltung. Es war das erste Mal, daß die Mordkommission in Hetzwege auftauchte. Ein solcher Besuch nötigte Achtung ab.

Das Verhör gestaltete sich auch schwierig, wie vorausgesagt. Onno Lütje hatte sich Mut angetrunken. Der dicke Faber saß in einer Wolke von Alkoholdunst, als er endlich den Zeugen soweit hatte, nicht immer zu sagen: »Es wor de Düwel, Herr Kommissar ... de Düwel ...« Erst nach langen Vorhaltungen, ob es auch zwei Scheinwerfer hätten sein können, räumte Onno Lütje ein, daß dies möglich sei. Aber dann schüttelte er wieder den Kopf. Im Moor des Hermes-Fiedje gab es keinen Weg, wenigstens keinen, der Unbekannten ohne weiteres zugänglich war. Nur Einheimische kannten die schmalen, festen Moorpfade. Nicht einmal auf Spezialkarten waren sie zu finden.

»Sehen wir uns den Mist mal an!« sagte der dicke Faber.

Im Moorstück des Fiedje Hermes gab es keine Spuren mehr. Selbst der Platz, auf dem Dahlmann sein Auto abgestellt hatte, war wie reingefegt. Es hatte zweimal geregnet, der weiche Boden war glatt wie eine Kinderhaut. Der dicke Faber, der Feldgendarm, der Leiter der Soltauer Polizei, Onno Lütje und der so unverhofft zum Mittelpunkt gewordene Fiedje Hermes, ein Kerl wie ein Bär, standen am Rand des geheimnisvollen Moores.

»Wo ist der Weg?« fragte Faber.

»Geradeaus. Er endet nach ungefähr fünfzig Metern.«

»Und dann?«

»Moor.«

»Da kann keiner weitergehen?«

Hermes-Fiedje lächelte breit. »Versuchen Sie's mal, Herr Kommissar.«

»Un her wor de Düwel!« sagte Onno Lütje wieder. »Genau hier ...«

Der dicke Faber wölbte die Lippen, als wolle er pfeifen. Ein Moor absuchen ist eine große Schweinerei, er kannte es von einem Fall her, wo ein Mörder tatsächlich sein Opfer darin hatte verschwinden lassen. Man mußte mit flachen Moorrutschern über die trügerische Fläche gleiten und mit langen Stangen im Erdbrei herumstochern. Die Erfolgsaussichten waren dabei gleich Null, denn man wußte nie, wie tief ein Körper versinken kann, bis das Moor ihn festhält und mumifiziert.

Zunächst fuhr die Mordkommission nach Hannover zurück. Ein enttäuschter Postinspektor blieb zurück, und an den Stammtischen zwischen Soltau und Hetzwege hatte man Gesprächsstoff genug. Es ist unerschöpflich, auf die Polizei zu schimpfen.

»Irgend etwas ist dran!« sagte der dicke Faber, je länger er über den Spuk im Moor nachdachte. »Es waren Autolichter, so wahr ich hier sitze! Wir werden nicht drum herumkommen und das Moor absuchen müssen! Ich sagte ja, ein schöner Mist!«

Noch einmal las Faber alle Aussagen durch, die er in den vergangenen Tagen gesammelt hatte. Dabei stieß er auf eine interessante Bemerkung. Das Hausmädchen von Ernst Dahlmann hatte ausgesagt, daß ihr Chef an dem Abend, als Monika Horten zum letztenmal gesehen wurde, noch einmal mit dem Auto wegfuhr. Er war erst spät wiedergekommen. Wann, das wußte sie nicht. Sie hatte schon geschlafen. Von Dahlmann wiederum lag über diese Nacht keinerlei Aussage vor.

Der dicke Faber klappte den Aktendeckel zu und griff zur Bierflasche. Ihm war plötzlich heiß geworden.

*

Im Krankenzimmer roch es nach Sagrotan und Apfelsinen. Dahlmann saß etwas aufgerichtet und mit drei Kissen im Kreuz im Bett und las in der Zeitung. Er blickte verwundert hoch, als es kurz und militärisch klopfte und der dicke Faber hereinkam. Dahlmann war allein. Die Stationsschwester hatte den Auftrag, nicht eher zu stören, als bis sie herbeigeschellt werde.

»Guten Tag«, sagte Faber und schob sich einen Stuhl ans Bett. »Was machen die Rippchen? Wußte gar nicht, daß Sie Selbstversorger sind ... wollte eigentlich Sauerkraut mitbringen. Rippchen mit Sauerkraut ... delikat ...«

Ernst Dahlmann verzog sein Gesicht zu einem müden Lächeln. Er war nicht dazu aufgelegt, dumme Spaße über sich ergehen zu lassen.

»Was führt Sie zu mir, Herr Kommissar?« fragte er geradezu. Der dicke Faber räusperte sich kräftig.

»Eine Routinesache, mein Lieber. Ich habe Ihre Aussage noch einmal durchgelesen und finde da eine Lücke.«

»Eine Lücke?« Dahlmanns Augen wurden lauernd. »Wieso?«

»Für eine Nachtfahrt fehlt uns eine Erklärung.«

»Nachtfahrt?«

»Ja. Sie waren in der Nacht vom Dreiundzwanzigsten zum Vierundzwanzigsten unterwegs. Sie kamen sehr spät – oder früh, wie man's nimmt – zurück. Wo waren Sie da?«

Ernst Dahlmann lächelte verzerrt. »Muß ich das sagen, Herr Kommissar?«

»Besser wär's, ehe wir anfangen, alles durch die Mangel zu drehen.«

»Wenn es sich um eine Kavaliersangelegenheit handelt?«

Der dicke Faber betrachtete Dahlmann äußerst verblüfft. Man ist doch dämlich, dachte er dabei. An so etwas hätte ich eher denken müssen! Mal sehen, was dabei herauskommt.

»Vor der Polizei gibt es keine Kavaliere«, sagte er weise. »Nur Verdächtige.«

»Also muß ich?«

»Nur, wenn Sie sich nicht dabei schaden.«

»Nein. Also ...« Dahlmann faltete umständlich die Zeitung zusammen. »Ich habe von einem Bekannten, von Dr. Forster, eine einsame Jagdhütte gemietet. Sie wissen, Herr Kommissar, eine solche Hütte, die flotte Ehemänner ...« Er schwieg und blinzelte Faber zu. Der Kommissar nickte verständig.

»Weiter.«

»In dieser Hütte hatte ich ein Rendezvous.«

»Sehr schön. Mit wem?«

»Das Mädchen hieß Eva.«

»Sehr sinnig. Und weiter ...«

»Weiter nichts.«

»Wieso?«

»Ich kenne den Nachnamen nicht.«

Der dicke Faber drückte das Kinn an den Kragen. »Sie waren mit einem Mädchen Eva in einer Waldhütte und wissen nicht den Nachnamen? Mein lieber Dahlmann, Sie müssen die Polizei nicht für eine Ansammlung von Hornochsen halten.«

»Ich versichere, daß ich den Namen nicht kenne. Ich traf dieses Mädchen Eva am Tage vorher am Bahnhof, ein süßes Püppchen übrigens. Wir tranken Kaffee zusammen, und ich lud sie ein zu einer Abendfahrt. Die machten wir dann auch, und ich habe mich nie darum gedrängt, den Namen zu erfahren, weil es eine einmalige Episode bleiben sollte.«

»Sie sind ein tief moralischer Mensch, ich merke es.« Der dicke Faber kratzte sich die Nase. »Und diese Eva kennt auch Ihren Namen nicht?«

»Nein.«

»Sie haben keine neue Verabredung getroffen?«

»Nein.«

»Schade. Diese Eva wäre etwas für das Sittendezernat. Schwamm drüber. Wo liegt die Jagdhütte?«

Dahlmann beschrieb Faber den Weg. Auf den Rand der Zeitung kritzelte er sogar eine kleine Lageskizze, die Faber abriß und in die Tasche steckte.

»Was werden Sie nun tun, Herr Kommissar?« fragte Dahlmann. Er atmete auf. Faber schien ihm die Geschichte mit der mysteriösen Eva abzukaufen.

»Wir sehen uns das Liebesnest mal an.«

»Aber zu meiner Frau kein Wort darüber ...«

»Herr Dahlmann!« Der dicke Faber erhob sich ächzend. Krankenhausstühle sind immer so unbequem. »Wenn wir Polizisten auch ungehobelte Knochen sein mögen – diskret sind wir! Auf Wiedersehen.«

»Guten Tag!« Dahlmann ließ sich in die Kissen zurücksinken. An der Tür drehte sich Faber noch einmal um.

»Ich habe ganz vergessen, zu fragen, wie es Ihnen überhaupt geht.«

»Gesundheitlich ganz gut.«

»Das ist eine Einschränkung.«

Dahlmann hob die Schultern. Faber trat einen Schritt zum Bett zurück.

»Ärger zu Hause?« fragte er. »Mit Ihrer Frau?«

»Sie war seit sechs Tagen nicht mehr im Krankenhaus.« Dahlmanns Gesicht wurde hart und kantig. »Sie hat einen Geliebten. Wissen Sie das, Herr Kommissar?«

»Nein. Wen denn?«

»Den Schauspieler Robert Sanden.«

»Sieh an, sieh an ... von der Pille zum Kothurn!«

»Lassen Sie bitte die faden Witze, Herr Kommissar. Mir ist das nicht zum Lachen. Ich leide unter diesem Fehltritt meiner Frau.«

»Aber sie hat keine Jagdhütte, mein Lieber!« Der dicke Faber lächelte gehässig. Dahlmann schwieg verbissen. »Lassen Sie sich scheiden«, riet Faber und ging wieder zur Tür. »Es gibt so viele Evas.«

»Danke für den Rat.«

»O bitte. Bei einem Anwalt kostet er dreißig Mark.«

Dann war Dahlmann wieder allein. Die Schwester kam, rückte den Stuhl wieder an die Wand Und legte drei rosa Pillen auf den Nachttisch.

»Haben Sie noch einen Wunsch, Herr Dahlmann?« fragte sie freundlich.

»Ja, Schwester. Ruhe! Völlige Ruhe!« Dahlmann sank ins Bett zurück. »Vor allem vor so greulichen Menschen, wie es dieser widerliche Faber ist.«

*

Wie versprochen, sah Robert Sanden an jedem Tag nach, wie es Luise Dahlmann ging. Fräulein Pleschke sorgte rührend für sie ... Es hatte sich nach außen hin ja nichts geändert, das Leben einer Blinden ging weiter wie bisher, mit Radio, mit Schallplatten, mit Tonbändern, mit Vorlesen, mit Blindenschriftüben und mit tastendem Gehen. Nur für Luise war es eine seelisch fast unerträgliche Belastung, blind zu sein und zu wissen, daß sie sehen konnte.

Daß sie ihren Mann im Krankenhaus nicht besuchte, fiel nicht auf. Sie schützte Augenschmerzen vor oder Übelkeit; nur wenn sie dann allein war, wurde sie unruhig und litt unter der Untätigkeit, zu der sie verurteilt worden war.

Nach drei Tagen des Herumsitzens durchbrach sie zum erstenmal das Verbot Professor Siris. Sie konnte einfach nicht anders, sie war kein Übermensch. Aber sie wählte die Nacht dazu, ließ alle Jalousien herunter und nahm die Augenklappen erst ab, nachdem sie sich überzeugt hatte, daß das Dunkel in der Wohnung fast der Nacht glich, in der sie leben mußte. Der kaum wahrnehmbare Schimmer Licht aber, der durch die Jalousien glitt, genügte, die Gegenstände zu erkennen und sich sicher zu bewegen.

Sie suchte etwas. Sie wußte nicht, was es sein sollte, aber sie hatte den unbändigen Drang, systematisch alles durchzuwühlen. Jede Schublade, jedes Fach, jeden Winkel der Wohnung.

Bei dieser Suche stieß sie am fünften Tag auf ein Anzugknäuel. Es war der blutverschmierte Anzug Dahlmanns, den er bei dem Unfall getragen hatte. Das Krankenhaus hatte ihn – nach der Freigabe durch die Polizei – in die Wohnung bringen lassen. In dem Anzug waren alle Wertsachen, die Dahlmann an diesem Tage bei sich getragen hatte: die Schlüssel, eine Zigarettendose, ein Feuerzeug, ein silberner Kugelschreiber, Taschentücher, die Führerscheintasche und seine Brieftasche.

Luise Dahlmann trug die Brieftasche aus der Besenkammer, in die das Hausmädchen den Anzug gelegt hatte, um ihn später zur Reinigung zu geben, hinüber ins Wohnzimmer.

Sie setzte sich ans Fenster und hielt die Krokoledertasche gegen den schwachen Lichtschimmer, der durch die Jalousien fiel. Aber er war so schwach, daß sie nur die Umrisse erkennen konnte. Die Briefe und Zettel, die darin lagen, waren unkenntlich, sie knisterten nur zwischen ihren Fingern.

Noch nie hatte Luise Dahlmann die Brieftasche ihres Mannes in der Hand gehabt. Es war ihr bisher nie der Gedanke gekommen, dort zu kontrollieren, wo ein Mann seine Geheimnisse aufzubewahren pflegt. In den Jahren ihrer glücklichen Ehe hätte sie das als einen unverzeihlichen Vertrauensbruch angesehen. So etwas tut man einfach nicht, hatte sie einmal im Freundinnenkreis gesagt, als die Rede darauf kam, daß man die Männer heimlich kontrollieren sollte. Vertrauen ist das Fundament einer Ehe – ja, Vertrauen ist fast noch wichtiger als Liebe.

Später dann hatte sie keine Gelegenheit mehr gehabt, an Dahlmanns Brieftasche heranzukommen. Zwar hatte sie es zweimal nachts versucht, doch waren die Rocktaschen jedesmal leer gewesen. Und die Brieftasche dann anderswo zu suchen, hatte sie für zu gefährlich gehalten aus Angst, Dahlmann könne plötzlich erwachen und erkennen, daß sie sehen konnte.

Nun hielt sie die Brieftasche in der Hand und war dennoch nicht imstande, den Inhalt zu kontrollieren.

Luise zögerte lange. Sie starrte gegen das Fenster und die das Licht abschließende Jalousie.

Nur ein paar Sekunden, dachte sie. Ein kleiner Ruck, ein Spalt Licht, ein schnelles Durchblättern der Papiere – und dann wieder Dunkelheit. Diese wenigen Sekunden konnten keine Komplikationen auslösen; sie würden die Sehnerven nicht belasten, durften es einfach nicht!

Aber dann hörte sie in der Erinnerung die Worte Professor Siris und Dr. Savianos wieder: »Jeder Lichtstrahl kann uns um Wochen zurückwerfen! Seien Sie stark ... stark ... stark ...«

Luise umklammerte die Brieftasche. Wie kann ich stark sein, dachte sie. Wie kann ich jetzt noch stark sein? Jeder muß begreifen, daß ich jetzt Licht brauche. Jeder wird es mir verzeihen. Jeder wird doch einsehen, daß es unmöglich ist, die Brieftasche ungelesen wieder zurückzulegen.

Sie saß über eine Stunde vor dem Fenster, die Brieftasche in der Hand, und rang mit sich. Sie rief ihre Vernunft an und wurde doch immer wieder überwältigt von drängenden Gedanken: Hier wirst du Beweise finden. Wenn es einen Ort gibt, wo du etwas entdecken kannst, dann ist es diese Brieftasche! Du mußt sie ansehen. Du mußt Licht machen. Du mußt trotz aller drohenden Gefahren sehen und lesen. Und wenn es die Opferung deiner Augen bedeutet: Jetzt, jetzt kannst du nicht anders handeln!

Sie legte die Brieftasche geöffnet auf die Fensterbank und ergriff die Jalousiegurte. Noch einmal zögerte sie, nahm die schwarze Brille, setzte sie auf und sah, daß es wieder tiefe Nacht war. Da riß sie die Brille herunter, krallte die Finger in den Gurt und zog ...

Die Jalousie rollte knirschend hoch. Ein Spalt verbreiterte sich, Licht fiel auf die Fensterbank ... Luise blinzelte – so gedämpft das Abendlicht auch war, es blendete unerträglich, sie spürte einen stechenden Schmerz bis in die Haarwurzeln, quer durch das Gehirn ... dann sah sie, las sie, erkannte sie die Papiere, als würden sie von einem grellen Scheinwerfer angestrahlt.

Ein paar Briefe von pharmazeutischen Fabriken. Eine Geldanweisung aus Südamerika. Drei Bankauszüge mit zusammen 61 796,43 Mark ... Dahlmann hatte die Summe ausgerechnet und auf einen Auszug geschrieben. Und dann Blankoschecks, ohne Datum – Barschecks mit der Unterschrift Luise Dahlmann.

Luise erkannte, daß es keine Fälschung war. Es waren alte Schecks, die sie unterschrieben hatte, als sie noch voller Vertrauen und mit der hingebenden Liebe der Blinden an ihrem Mann hing. Schecks, die Dahlmann bis jetzt mit sich herumgetragen hatte, ohne sie zu benutzen. Schecks, und das begriff

Luise sofort, die Dahlmann ein neues Leben öffnen würden, wenn er sie mit der nötigen Summe einlöste. Mit über 61 000 Mark.

Luise nahm die Schecks an sich, klappte die Brieftasche zu und ließ die Jalousie herunterfallen. Dann lehnte sie sich zurück, schloß die Augen und faltete die Hände.

Verzeih mir, mein Gott, dachte sie plötzlich. Ich habe dich herausgefordert. Aber es war keine Sünde, es mußte sein ...

Sie trug die Brieftasche zurück in die Kammer, steckte sie wieder in den Rock und faltete die Blankoschecks zu einem kleinen Häufchen zusammen. Dann suchte sie weiter im Schlafzimmer ... aber dieses Mal war es kein planloses Herumtasten, vielmehr galt die Suche einem bestimmten Gegenstand, von dem sie immer geglaubt hatte, daß sie ihn nie würde gebrauchen können.

Der alte Apotheker Horten hatte einmal seinen Töchtern ein altmodisches Ding geschenkt, als sie so groß waren, daß sie mit der Schule Ausflüge und kleine Reisen unternahmen. Damals hatten Luise und Monika dankend das Geschenk angenommen, sich heimlich angesehen und gedacht, daß der Vater doch schon in einer recht altmodischen Welt lebte. Dann hatten sie das Ding weggelegt, aber nie weggeworfen, weil es eine Erinnerung an den Vater war. Nun kam das Geschenk endlich zu Ehren – allerdings anders, als es sich der alte Horten gedacht hatte.

Es war ein kleiner lederner Brustbeutel mit einer gedrehten Kordel. Damals sollten die Hortentöchter darin ihr Taschengeld aufbewahren. »Ein Portemonnaie verliert man oft, aber was einem um den Hals hängt, kann man nicht vergessen«, hatte der alte Horten damals gesagt – nun sollte der nie gebrauchte Brustbeutel zum sichersten Versteck für Luise werden.

In einem Kasten mit Jugenderinnerungen fand sie endlich die lederne kleine Mappe. Sie steckte die zusammengefalteten Schecks hinein, legte die Kordel um den Hals und verbarg den Beutel auf ihrer Brust.

Ein Gefühl des Triumphes durchrann sie – aber gleichzeitig auch eine bedrückende Traurigkeit. Alle Illusionen von Liebe, Ehe, Treue, Glück, Zukunft und Erfüllung, die sie einmal gehabt hatte, waren verweht. Übrig blieb eine nackte Welt, grausam und gnadenlos, die auch durch die Gegenwart Robert Sandens noch nicht wieder mit Liebe und Geborgenheit ausgefüllt werden konnte. Der Fall aus dem Himmel der Ideale in die Hölle der Wirklichkeit war so tief, daß Luise Dahlmann sich wie ausgeleert vorkam; wie eine Hülle, die ein Nichts umschloß. Alles, was ihrem Leben einst Sinn gegeben hatte, gab es nicht mehr, und sie war in diesem Stadium ihrer Existenz noch zu schwach, um einen neuen Zweck des Daseins zu suchen oder zu erkennen. Nur die Enttäuschung war da, riesengroß, allmächtig, und der Haß war da, ebenso gewaltig – zwei Empfindungen, die ein Leben zwar zerstören, aber nicht wiederaufbauen können.

In dieser Nacht schlief sie nicht. Sie lag im Bett, tastete ab und zu nach dem Brustbeutel und hatte den Wunsch, jetzt sterben zu können. Einschlafen und nicht mehr aufwachen, wie herrlich mußte das sein. Ruhe zu haben, endlich Ruhe, köstliche Ruhe vor den Menschen.

Als um halb acht Uhr morgens Fräulein Pleschke kam, hatte Luise nicht eine einzige Stunde geschlafen. Aber sie hatte eine Erkenntnis gewonnen: daß sie die nervliche Belastung des grausamen Spiels nicht länger mehr aushielt.

*

Das Verhör durch den dicken Faber hatte Dahlmann mit neuer Energie aufgeladen. Er wußte, daß die Kriminalpolizei jetzt die Jagdhütte Meter um Meter untersuchen würde, aber er war sich sicher, daß er keinerlei Spuren hinterlassen hatte. Nicht einmal Fingerabdrücke. Er hatte alles am Bett, das mit Monika in Berührung gekommen sein konnte, mit einem nassen Tuch abgewischt. Sie würden nichts finden. Aber ebenso sicher war es, daß er in den Kreis der Verdächtigen einbezogen war. Die Zeit war also kostbar; er mußte ihr entgegenlaufen, um nicht von ihr überrollt zu werden.

In der Nacht nach dem Besuch des dicken Faber im Krankenhaus erlebte die Nachtschwester einen kleinen Schock.

Bei der Kontrolle der Zimmer fand sie das Bett des Herrn Dahlmann leer. Statt seines Kopfes, der um diese Zeit Schnarchlaute von sich geben mußte, lag ein Zettel auf dem Kissen, dessen Text durchaus nicht zur Beruhigung der Nachtschwester beitrug:

»Liebe Schwester Innozenzia,
keine Sorge, ich bin nicht weg, ich mache nur einen kleinen Ausflug und bin am Morgen wieder da. Bitte, schlagen Sie keinen Alarm, mir geschieht nichts. Ihr Dahlmann.«

Schwester Innozenzia nahm den Zettel und rannte mit fliegenden Kleidern und wehender Haube zum Zimmer des diensttuenden Arztes. In dieser Nacht hatte ein junger Stationsarzt Dienst, der – ungehalten über die Klopferei an der Tür – lange brauchte, bis er endlich durch den Türspalt hinaus auf den Flur spähte. Weiter konnte er die Tür nicht öffnen, denn er war nicht allein. Die Schwesternhelferin Marianne brachte ihn menschenfreundlich über die langen Nachtstunden.

Der junge Arzt nahm den Zettel, las ihn, lachte und gab ihn an die entsetzte Schwester Innozenzia zurück.

»Nicht aufregen, Schwester«, sagte er voll Verständnis. »Der Dahlmann ist einen saufen gegangen. Kein Grund, irgend etwas zu unternehmen!«

»Aber mit seinen Rippenbrüchen ...«

»Er hat Bandagen um, und wer weiß, wie Durst schmerzen kann.« Der junge Arzt grinste. »Schwester Innozenzia, je weniger Sie darüber sprechen, um so besser! Sie haben einfach nichts gesehen. Gute Nacht!«

Er schloß die Tür, reckte sich, gähnte und setzte die vergnügliche Nachtwache mit Marianne fort. Schwester Innozenzia aber gehorchte dem Rat der Vernunft, zerriß den Zettel Dahlmanns und spülte ihn im Klo weg.

Sauflöcher, diese Männer, dachte sie bloß. Selbst gebrochene Rippen halten sie nicht von der Theke ab.

Um diese Zeit befand sich Ernst Dahlmann bereits in seinem Haus. Nachdem er aus seinem Parterrefenster geklettert und durch den Krankenhausgarten geschlichen war, hatte er ein Taxi genommen und sich geradewegs zur Mohren-Apotheke fahren lassen. Der Taxifahrer, an vieles gewöhnt, übersah, daß sein Fahrgast im Schlafanzug und mit einem Bademantel darüber eingestiegen war. Es gab viele Situationen, die es erforderten, in ausgefallenen Bekleidungen ein Taxi zu nehmen. Auch daß er vor dem Haus warten sollte, verwunderte ihn nicht; ein alter Taxifahrer ist ein Experte in Sachen Lebenserfahrung.

Ernst Dahlmann stand vor der Wohnungstür und lauschte. Das Problem, ohne Schlüssel in die Wohnung zu kommen, gab es für ihn nicht. Im Labor hing – in einem Schlüsselkasten für alle Schlösser – der Reserveschlüssel, säuberlich beschriftet, wie es eine mustergültige Ordnung erfordert. Der Hofeingang war immer unverschlossen. Vom Hof ging man in einen Zwischenflur, der Apotheke und Wohnhaus voneinander trennte.

Dahlmann wartete im Hof und spähte durch die Fenster in den Waschraum der Apotheke. Der Provisor vom Nachtdienst war im Laden und bediente einen Kunden. Das war die beste Gelegenheit, um durch den Flur ins Labor zu huschen, den Schlüssel für die Dielentür wegzunehmen und über den Stichflur ins Wohnhaus zu kommen.

Nun stand Dahlmann vor der Wohnungstür und schloß ganz langsam und leise auf. Er zog hinter sich die Tür wieder zu, horchte am Zimmer des Hausmädchens, hörte sie tief im Schlaf atmen, schlich weiter zum Schlafzimmer und zog vorsichtig die Tür auf.

Auch Luise schlief fest, auf die Seite gedreht. Ihr Atem war regelmäßig und ruhig. Leise öffnete Dahlmann den Schrank, nahm einen Anzug heraus, Unterwäsche, ein Oberhemd, Krawatte, Strümpfe und Schuhe, ging ins Bad und packte sein Rasierzeug zusammen, trug das Bündel hinaus in die Diele und legte es auf einen Stuhl. Dann begann auch er zu suchen, aber planmäßig, nach kurzer Überlegungspause.

Wo hebt man einen Anzug auf, den man zur Reinigung bringen will, dachte er. Und wenn er schon weggebracht ist – wo legt man den Tascheninhalt hin?

Nach dreimaligem vergeblichem Nachsehen im Bad, im Schlafzimmer und in der Küche fand er in der Besenkammer seinen blutverschmierten Anzug. Er ließ alles in den Taschen, nur die Brieftasche steckte er in den Bademantel. Dann kehrte er zurück zu seinem Kleiderhaufen, packte ihn unter den Arm, verließ die Wohnung, schloß wieder ab und ging zum wartenden Taxi. Der Fahrer wunderte sich zwar, aber er fragte nicht. Verrückte gibt's überall, dachte er. Der da kommt aus dem Krankenhaus und holt in der Nacht seine Klamotten ... was geht's mich an?

Diese Ansicht festigte sich noch, als Dahlmann ihm vor dem Krankenhaus aus der Brieftasche einen Zwanzigmarkschein in die Hand drückte und dazu sagte: »Ist gut so ... aber Mund halten, Kumpel!«

Da dies alles schnell ging, bemerkte Dahlmann nicht das Fehlen der Schecks in der Brieftasche. Abgesehen davon, daß die Geldscheine in einem Nebenfach lagen.

Durch den Garten schlich er wieder zurück zu seinem Zimmerfenster, warf die Kleider in das Zimmer und kletterte ächzend, mit starken Schmerzen im Leib, hinterher. Dann saß er eine Zeitlang keuchend auf dem Bett und unterdrückte einen in der Brust bohrenden Husten.

Gewonnen, dachte er. Ich habe das Rennen gewonnen. Morgen spaziere ich aus dem Krankenhaus, gehe zur Bank, löse die Schecks ein und fahre mit dem nächsten Zug nach Basel. Ehe sie merken, was geschehen ist, bin ich über die Grenze. Mit sechzigtausend Mark! Ein freier Mann!

Er war so froh bei dem Gedanken, daß er leise vor sich hin pfiff, die Kleidung in den schmalen weißen Schrank räumte und sich zufrieden ins Bett legte.

Bei der zweiten Nachtrunde fand Schwester Innozenzia ihren verlorengegangenen Patienten Dahlmann wieder im Bett vor. Er schlief fest und selig lächelnd.

»Saufloch!« sagte Schwester Innozenzia und verließ wütend und doch erleichtert das Zimmer.

Dahlmann aber träumte vom Süden, von Palmen und blauem Meer, von weißen Segeln und hübschen, langbeinigen Mädchen. Zwar hatten sie alle das Gesicht von Monika, aber das störte seinen Traum nicht; er war viel zu glücklich ...

Am nächsten Morgen, gleich nach der Visite, zog er sich an.

Das neue Leben konnte beginnen.

Es fiel nicht auf, daß er das Krankenhaus verließ. Die Stationsschwester machte mit der Schwesternhelferin in einem anderen Zimmer die Betten. Die Pfortenschwester ließ ihn passieren, ohne ihn überhaupt anzusehen; er war für sie ein früher Besucher, kam wahrscheinlich von der Entbindungsstation. In der Nacht waren sechs Kinder geboren worden.

Vor dem Krankenhaus nahm Dahlmann wieder ein Taxi und ließ sich zur Bank fahren. Er war in fröhlicher Stimmung, lehnte sich weit in die Polster zurück und fühlte sich so losgelöst und glücklich wie selten in seinem Leben. Auch wenn er nur einen Teil dessen erreicht hatte, was sich ihm geboten hätte, wenn die widrigen Verwicklungen nicht dazwischengekommen wären, hatte er doch das Empfinden, endlich ein freier Mensch zu sein.

Was beginnt man mit sechzigtausend Mark, dachte er, als das Taxi aus der stillen Vorstadt, in der das Krankenhaus lag, hinein in den lärmenden Vormittagsverkehr Hannovers glitt. Zunächst wird man sich ausruhen von den Strapazen, liebender Ehemann einer Blinden zu sein und sich ständig verstellen zu müssen.

Ausspannen und nichts tun. Einen Monat lang. Vielleicht auf Ischia oder Mallorca, faul am Strand liegen, mit den Fingern im heißen Sand spielen, die Füße in den leise plätschernden Wellen, neben sich eine schicke Puppe, die die langen Abendstunden versüßt ... es war das Leben eines stillen Genießers, das Dolcefarniente des Südens.

Dann aber hieß es, klüger als klug zu sein. Sechzigtausend Mark klingen viel; in Wahrheit sind sie eine lächerliche Summe, wenn man mit ihr ein neues Leben starten will. Man muß sie so anlegen, daß sie ein Fundament bilden, auf dem das neue Haus ersteht.

Ernst Dahlmann hatte in den letzten Monaten viel darüber nachgedacht und Pläne entwickelt und wieder verworfen. Alle Überlegungen endeten schließlich wieder bei der gutbürgerlichen Feststellung, daß Dahlmann ein Apotheker war und es auch bleiben würde. Pharmazie hatte er studiert, doch im übrigen war er ein hilfloser und unpraktischer Mensch, der keinen inneren Elan besaß, mit einer Handvoll Geld berufsfremde Dinge anzufassen, zu spekulieren, sich hochzuboxen, sein brachliegendes Leben zu kolonisieren, ein Pionier in einem Neuland zu sein. Das lag ihm nicht, er suchte keinen Kampf, er sehnte sich nach Ruhe und Sicherheit. Er war im Grunde seines Herzens ein bequemer Mensch, auch wenn er nach außen hin eine vitale Fassade vorwies und den Eindruck eines Strebenden erweckte. Seine große Sehnsucht war Unabhängigkeit und gesicherte Ruhe, ein Leben ohne Sorgen und Mühen, ein Müßiggehen in bescheidenem Rahmen, ein Beobachten von Mensch und Umwelt aus dem gemütlichen Winkel eines Pensionärdaseins.

Was sind da sechzigtausend Mark?

Ernst Dahlmann sah keine andere Möglichkeit als die: irgendwo auf der Welt, wo man sicher war, vielleicht in Südamerika, sich an einer Apotheke oder Drogerie zu beteiligen, vielleicht auch an einer Art Drugstore, wie die Amerikaner ihn kennen, ein kleines Kaufhaus in einer kleinen Stadt, ein Allroundgeschäft mit drei hübschen Verkäuferinnen und einem Kassierer. Am Abend würde man dann die Tageskasse zählen, einen Whisky trinken, vor dem Fernsehgerät sitzen – und sich mit seiner Geliebten unterhalten.

Das war der einzige Luxus, den sich Dahlmann gönnen wollte. Ein Leben ohne Frauen schien ihm völlig unlebenswert. Frauen betrachtete er als eine unbedingte Notwendigkeit wie Essen und Trinken. Es war undenkbar, daß ein Mensch wie Ernst Dahlmann seine Tage ohne ein weibliches Wesen verbringen konnte. Das schien ihm die Krönung allen Lebens zu sein, der Gipfel des Erreichbaren. Eine Frau, die in seinen Armen willenlos wurde. Ein Rausch, der ihm das Herz fast zerriß.

»Wir sind da, mein Herr.«

Dahlmann schreckte hoch. Das Taxi hielt vor dem Portal der Bank, der Fahrer kurbelte am Fahrpreiszähler.

»Fünf Mark fünfundsiebzig« sagte er.

Dahlmann gab ihm sieben Mark und stieg aus.

Jeder Schritt ist jetzt Freiheit, dachte er beglückt.

Die fünf Stufen hinauf zur Schalterhalle, ein wenig warten, die fünf Stufen hinunter wieder auf die Straße – dann war es geschafft. Adieu, du mieses Leben als Schatten einer reichen Frau. Adieu, ihr zweiundvierzig Jahre, in denen ich nie richtig glücklich war, sondern immer ein Mensch voller Komplexe und Minderwertigkeitsgefühle. Adieu, ihr Erinnerungen ... ich will sie aus dem Gedächtnis streichen, um die neuen Eindrücke des Lebens speichern zu können.

In der Schalterhalle herrschte an diesem Morgen wenig Publikumsverkehr. Dahlmann setzte sich an einen der kleinen Tische mit den Formularkästen, nahm seinen silbernen Kugelschreiber aus der Innentasche des Jacketts, klappte die Brieftasche auf und empfand einen unbeschreiblichen Vorgenuß bei dem Gedanken, gleich schreiben zu können: 60 000 DM, in Worten: Sechzigtausend Deutsche Mark. Empfänger: Ernst Dahlmann, Hannover.

Dahlmann stutzte. Die wenigen Schreiben und Kontoauszüge waren noch in der Brieftasche, aber die Schecks fehlten.

Er schüttelte den Kopf, blätterte die Auszüge durch, sah in den Seitenfächern der Brieftasche nach ... nichts.

Über das Gesicht Dahlmanns rann plötzlich kalter Schweiß. Er fühlte ihn, aber er war zu gelähmt, um ihn abzuwischen. Noch einmal durchsuchte er mit zitternden Fingern die Brieftasche, obwohl er wußte, daß das Ergebnis nicht anders sein konnte.

Die Blankoschecks waren nicht mehr da. Sein neues Leben, das von einem einzigen kleinen Formular in der Größe von DIN A6 abhing, schrumpfte zu nichts zusammen. Mallorca gab es nicht mehr, kein Südamerika, keinen Drugstore, keine Geliebte.

Der Zusammenbruch war so plötzlich und elementar, daß Dahlmann steif und bleich vor seinem Tischchen sitzen blieb, unfähig, sich bewegen zu können, aufzustehen und zu gehen.

Wie ist das möglich? dachte er immer nur. Wie ist das überhaupt möglich?

Es gab nur eine Erklärung dafür: Die Polizei hatte, als sie die Identität des Verunglückten feststellen wollte, bei der Durchsicht seiner Brieftasche die Schecks verloren. Vielleicht schon auf der Straße, als man ihn bewußtlos hinter dem Lenkrad aus dem Wagen zog, auf den Asphalt legte und auf den Krankenwagen wartete.

Ich muß etwas tun, sagte er zu sich. Ich muß sofort etwas tun. Luise muß einen neuen Scheck ausschreiben; unter irgendeinem Vorwand muß ich sie dazu bewegen. Bezahlung von Lieferantenrechnungen, Wechseleinlösungen, Rechnungen der Baufirmen, die den großen Neubau so weit fertig hatten, daß die Innenarbeiten beginnen konnten. Irgendein Vorwand wird mir noch einfallen.

Zunächst ließ er sich bei dem Direktor der Bank melden. Wie Blei schleppte er die Füße über den Marmorboden, als man ihn ins Chefbüro bat. Dann aber riß er sich zusammen. Das Hervorstechendste seines Wesens, sein sichtbares Kapital, half ihm wieder – die Blendung, die geradezu artistische Gabe, Sicherheit und Unbekümmertheit um sich zu verbreiten.

»Guten Morgen, lieber Herr Direktor!« sagte er forsch. Obwohl er noch ein wenig blaß war, überspielte er den soeben erst erhaltenen Schock mit lauter Burschikosität. »Keine Angst, ich will Ihre Bank nicht plündern. Ich möchte nur einen Scheckverlust anmelden. Einen, nein, zwei Blankoschecks. Ich habe sie anscheinend verloren.« Der Direktor bot Dahlmann Platz an, schob eine Zigarrenkiste über den großen Schreibtisch. Dahlmann winkte ab.

»Betrachten Sie es nicht als Unhöflichkeit, Herr Direktor, aber ich bin in Eile. Leider kenne ich die Schecknummern nicht mehr, es waren ältere Schecks. Ich möchte Sie nur ersuchen, die Kasse anzuweisen, keinerlei Schecks einzulösen oder zu girieren, die ich nicht persönlich überbringe. Alle vorgelegten Schecks sind zurückzuhalten. Und bitte mich anrufen, damit ich in der Ausgangsliste dann nachsehen kann, ob die Zahlung in Ordnung geht.«

»Selbstverständlich, Herr Dahlmann. Ich gebe es der Kasse gleich durch.« Der Direktor griff zum Telefon, aber bevor er abhob, sah er Dahlmann ein wenig verwundert an. »Übrigens ist das ja gar nicht nötig.«

Dahlmann spürte ein warnendes Zucken in der Brust.

»Wieso?«

»Die Horten-Dahlmann-Konten sind seit gestern sowieso gesperrt.«

Dahlmann war es, als übergösse man ihn mit eiskaltem Wasser. Haltung, sagte er sich. Nun heißt es, Haltung zu bewahren.

Er lächelte süßlich und etwas verzerrt. »Dann hat meine Frau schon schneller gehandelt als ich. Ich habe die Schecks gestern abend vermißt ... wir haben dann nicht mehr darüber gesprochen. Meine Frau ist eben eine hundertprozentige Unternehmerin.«

Der Bankdirektor rückte an seiner Goldbrille. »Dr. Kutscher hat die Sperrung im Namen Ihrer Gattin durchgegeben.«

»Ja, natürlich.« Dahlmann atmete tief durch. Haltung, rief er sich zu. Haltung! »Dr. Kutscher hat einen Teil der Verwaltung übernommen. Ich bin durch die Forschungsaufgaben völlig überlastet.« Er fand einen Teil seiner äußeren Sicherheit wieder. Er lachte sogar. »Na, dann erübrigt sich ja meine Sorge wegen der verlorenen Schecks.« Er verbeugte sich leicht. »Eine Empfehlung an die Frau Gemahlin – und guten Morgen, Herr Direktor!«

Dann stand er wieder auf der Straße. Die fünf Stufen hinaus aus der Schalterhalle waren keine Stufen zu einem neuen Leben geworden. Ein wenig verwirrt starrte er auf den Straßenverkehr, zündete sich eine Zigarette an und versuchte, Klarheit in sein durcheinandergekommenes Inneres zu bringen.

Er wollte sich nicht eingestehen, daß er das Rennen verloren hatte. Es ist nur eine Verzögerung, dachte er. Aber sie darf nicht länger dauern als einen Tag. Der dicke Faber ist gefährlich. Auch wenn er in der Jagdhütte nichts gefunden hat, bin ich ihm jetzt verdächtig. Monika wird man zwar nie finden, denn wer kommt schon auf den Gedanken, daß das Moor der beste Ort ist, eine Leiche lautlos und für immer verschwinden zu lassen? Aber das Leben ist oft unlogisch, es wäre völlig falsch, sich zu sicher zu fühlen.

Einen Tag noch! Das ist die höchste Frist. Und so kurz ein Tag sonst ist, dieser Tag wird lang werden, muß lang werden.

Er winkte ein Taxi heran und stieg ein.

»Ewaldstraße siebzehn.«

Ist das nicht ein Witz, dachte er. Mein Leben hängt an einer kleinen Unterschrift.

*

Was machen Sie denn hier?« fragte Dr. Kutscher, als Dahlmann durch den Privateingang das Büro betrat. »Ich denke, Sie haben in der Brust feingehackte Knochenbeilage?«

Dahlmann setzte sich. Sein bleiches Gesicht war spitz und unbewegt. Dr. Kutscher schob die Unterlippe vor. Das Schweigen, das zwischen ihnen lag, war voller Unheil.

»Sie haben gestern alle Bankkonten sperren lassen?« fragte Dahlmann endlich.

Dr. Kutscher nickte. »Ja.«

»Warum?«

»Ihre Frau wollte es so. Ich habe nicht gefragt, welche Gründe sie dazu hat. Ich habe es einfach getan. Sie hat ja nach wie vor die Verfügungsgewalt.«

»Das weiß ich!« rief Dahlmann. Sein bleiches Gesicht rötete sich. »Sie brauchen mir nicht in Ihrer zartfühlenden Art immer wieder vorzuhalten, daß ich ein Trottel bin!«

»Ich würde es mir als höflicher Mensch niemals erlauben, das Wort Trottel auszusprechen.«

»Wann hat meine Frau Ihnen den Auftrag gegeben?«

»Gestern abend. Es war schon spät. Ich habe den Direktor privat angerufen.«

»Ohne mich zu benachrichtigen?«

Dr. Kutscher schwieg und sah an die Decke. Natürlich, dachte Dahlmann giftig. Einem Trottel braucht man nichts zu sagen. Unverständlich war nur, warum Luise plötzlich so anders war, so voller Widerstand, so abweisend und kalt. Er hatte sie immer höflich und liebevoll behandelt, und trotzdem hatte sie sich diesem Schauspieler Sanden zugewandt. Es war ein Rätsel um Luise, zu dessen Lösung er jetzt keine Zeit mehr aufwenden konnte.

»Wer bezahlt jetzt die Lieferantenrechnungen, die Wechsel, die anderen Verbindlichkeiten?« fragte Dahlmann.

»Ich.«

»Ach! Und von Ihnen bekomme ich jetzt auch mein Taschengeld.« Dahlmann sprang auf. Trotz der fest bandagierten Brust schmerzten die Rippen höllisch und hinderten ihn manchmal daran, tief zu atmen. »Lieber Onkel Rechtsanwalt, ich möchte mir ein Eis kaufen, gib mir ein Gröschchen ... Und eine Tasse Kaffee möchte ich auch trinken ... vielleicht auch ein Kännchen ... macht zwei Mark mit Trinkgeld ...« Dahlmann hieb auf die Schreibtischplatte. »Das geht doch wohl zu weit! Ist dies das Ergebnis jahrelanger Mitarbeit in der Apotheke, daß ich jetzt dastehe wie ein Bettler?«

»Klagen Sie nicht wie Hiob, mein Lieber – sprechen Sie sich mit Ihrer Frau aus. Aber auch das ist nur in meiner Gegenwart möglich. Ich habe Order, alle geschäftlichen Dinge zu regeln. Alle!«

»Danke!«

Dahlmann verzichtete auf weitere Vorhaltungen oder Fragen. Er kannte Dr. Kutscher zu gut. Am Ende würde man sich anschreien und beleidigen. Er brauchte seine Energie jetzt für andere Dinge.

»Was machen Sie eigentlich außerhalb Ihres Krankenbettes?« fragte Dr. Kutscher, als Dahlmann schon die Klinke in der Hand hatte.

»Sie werden lachen: Ich besuche eine Brieftaubenausstellung.«

»Sinnig. Und die fliegen vom Dach der Bank ab?«

Ohne weitere Worte verließ Ernst Dahlmann die Praxis des Anwalts. Dr. Kutscher wartete, bis er noch eine Tür klappen hörte und wußte, daß er allein war. Dann rief er Luise an.

»Er war hier«, sagte er. »Ich vermute, daß er jetzt zu Ihnen kommt. Bitte rufen Sie mich an, wenn etwas los sein sollte. Leider habe ich gleich einen Termin, aber in einer Stunde bin ich sowieso bei Ihnen. So lange werden Sie Ihren Mann wohl noch fesseln können.«

*

Es war ein kleiner zeitlicher Irrtum Dr. Kutschers. Dahlmann fuhr nicht gleich nach Hause, sondern machte einen Umweg über die Kriminalpolizei.

Der dicke Faber saß gemütlich und umweht von starkem Kaffeedunst an seinem Tisch und frühstückte drei gekochte Eier.

»Ja, wer kommt denn da?« rief er und schien ausgesprochen beglückt. »Unser Mann mit dem Rippenbruch! Sagen Sie mal – weiß der Arzt, daß Sie herumspazieren?«

»Nein.«

»Dachte ich mir's doch! Was treibt Sie hinaus ins feindliche Leben und vor allem zu mir?«

»Eine dumme Sache. Als man mich aus dem Wagen zog, sind aus meiner Brieftasche zwei Blankoschecks verschwunden.«

»Diebstahldezernat Zimmer 376–379, Kommissar Ernst Lachner. Übrigens hat der Mann den falschen Namen, denn er hat wirklich nichts zu lachen.«

»Ich habe die Schecks schon sperren lassen. Ich möchte nur feststellen lassen, wie sie verschwinden konnten. Vielleicht hat einer der Polizisten, die damals Straßendienst hatten, die Schecks, als sie aus der Tasche fielen, an sich genommen und dann vergessen.«

»Möglich. Auch Uniformträger sind nur Menschen.« Der dicke Faber lachte über diesen faden Aphorismus. »Ich werde mal den Kollegen vom Außendienst fragen und nachforschen lassen, wer die Knaben an diesem Tage waren.«

»Danke, Herr Kommissar.«

Dahlmann wandte sich ab und ging. Aber an der Tür wurde er wieder, genau wie bei Dr. Kutscher, von einem Zuruf festgehalten. Der dicke Faber klopfte dabei ein Ei auf und sah Dahlmann gar nicht an.

»Es wird Sie vielleicht interessieren: Wir organisieren morgen eine Neuauflage des Arbeitsdienstes – wir legen ein Moor trocken …«

Durch Dahlmann zog eine glühende Welle. Es war Angst, unerträgliche, das Hirn wegtrocknende Angst.

»Moor?« sagte er heiser.

»Ja.« Der dicke Faber roch an dem aufgeklopften Ei. Eier mit einem Fischgeschmack mochte er nicht, und ab und zu war eins dabei; dann hatte man die Hühner mit Fischmehl gefüttert. »Da ist ein versoffenes Loch in dem Nest Hetzwege. Ein gewisser Onno Lütje hat dort in der Nacht zwei riesige Teufelsaugen im Moor gesehen. Sagen Sie selbst: Gibt es Teufel? Ich ahne, daß es Scheinwerfer waren, von einem Auto. Was aber macht ein Auto nachts mitten im Moor?« Faber seufzte laut. »Wir müssen es auf uns nehmen, das Moorstück mit Stangen abzusuchen oder gar trockenzulegen. Eine schöne Sauarbeit.«

Dahlmann nickte. Die Kehle war ihm wie zugeschnürt, der Gaumen brannte. Angst packte ihn ... flammende Angst ...

Auf der Straße war es ihm, als starrten ihn alle Leute an. Er ging langsam, kerzengerade, mit einer unwahrscheinlichen inneren Kraft zum Taxi zurück, das er hatte warten lassen. Erst als die Tür hinter ihm zufiel, war es aus mit der Haltung, er lehnte sich erschlafft zurück und schloß die Augen.

Vorbei, dachte er. Nun ist es vorbei. Nun bleibt mir nicht einmal mehr ein Tag. Jetzt muß die Entscheidung fallen. Jetzt, in wenigen Minuten.

»Zur Mohren-Apotheke«, sagte er müde, nachdem sich der Fahrer dreimal fragend geräuspert hatte. »In der ...«

»Kenn' ich, die Apotheke!«

Dahlmann nickte. Der Wagen ruckte an, fädelte sich in den Verkehr ein. Dahlmann sah auf die Uhr.

Jetzt haben sie im Krankenhaus längst gemerkt, daß der Patient mit den Rippenbrüchen fehlt. Der Stationsarzt ist in heller Aufregung, der Chefarzt tobt. Sie werden zu Hause angerufen haben. Wäre alles wie nach Plan gegangen, säße er jetzt schon in dem Zug nach Zürich, und mit der vorbeifliegenden Landschaft wäre auch seine Vergangenheit verflogen. Mit jedem Meter hätte er sich aus der Gegenwart entfernt und wäre der Zukunft entgegengebraust.

Es bleibt mir jetzt keine Zeit mehr, dachte er immer wieder. Ich muß jetzt um die Minuten rennen.

Es fehlt nur eine kleine Unterschrift ...

*

Luise Dahlmann erwartete ihren Mann in der Blumenecke des Wohnzimmers. Sie hatte ein dickes Buch mit Blindenschrift vor sich liegen und tastete die Punkte ab. Als die Tür des Zimmers leise klappte, hob sie den Kopf und lauschte.

»Ist da jemand?« fragte sie.

Dahlmann lehnte sich an die Wand. Seine Rippen stachen; er mußte nach dem Lauf über die Treppen und infolge der inneren Erregung schneller atmen, und jeder Atemzug schien ihm wie das Eintreiben eines Nagels in seinem Brustkorb.

»Wer ist denn da?« fragte Luise noch einmal, obwohl sie wußte, wer im Zimmer stand.

»Ich, Luiserl ...«, sagte Dahlmann heiser.

»Ernst?« Luises Kopf hob sich wie in stolzer Abwehr. »Was willst du hier? Du mußt doch noch im Krankenhaus liegen, denke ich!«

»Freust du dich gar nicht, daß ich gekommen bin?« Dahlmann kam langsam näher. Er schwamm wieder auf der weichen Welle. Er beherrschte sie vorzüglich. Wenn er mit halber, zärtlicher und etwas sonorer Stimme sprach, gab es kein Mädchen- und Frauenherz, das nicht in diesem Wohlklang aufblühte.

»Ich habe es im Krankenhaus einfach nicht ausgehalten, Luiserl. Du weißt, ich vermag nicht im Bett zu liegen, solange ich noch herumkrabbeln kann.« Er stockte und gab seiner Stimme einen tieftraurigen Klang. »Und außerdem hast du mich nie besucht. Ich konnte es einfach nicht mehr ertragen ohne dich.«

Luise schwieg. Dahlmanns Heuchelei widerte sie an. Sie lauschte angestrengt ins Zimmer, ob er noch näher kommen würde. Sie spürte eine unbestimmbare Gefahr; ein Gefühl, das sie so stark noch nie gehabt hatte, wenn ihr Mann im Raum war.

Nebenan ist das Hausmädchen, dachte sie. In einer halben Stunde kommt Fräulein Pleschke, in einer Stunde Dr. Kutscher. Wenn ich schreie, hört es das Mädchen, und wenn ich aus dem Fenster schreie, hören sie es in der Apotheke und auf der Straße. Das beruhigte sie etwas, die durch den Puls jagende Angst ließ nach. Sie legte beide Hände auf das dicke Buch mit der Blindenschrift und wandte das Gesicht voll Dahlmann zu.

»Du warst bei Dr. Kutscher?«

»Ja. Er hat dich angerufen?«

»Natürlich.«

»Du hast die Konten sperren lassen?«

»Ja.«

»Warum?«

»Was wolltest du auf der Bank?«

»Einen Scheck einlösen.« Luise neigte den Kopf erstaunt zur Seite. Er lügt nicht, dachte sie verblüfft. Er sagt es frei heraus.

»Du hattest einen Scheck?«

»Ja. Von dir vor längerer Zeit unterschrieben. Ich brauchte ihn damals nicht, ich nahm das Geld aus der Tageskasse. Und nun, aus dem Krankenhaus entlaufen, wollte ich dir ein Geschenk mitbringen. Ich gehe zur Bank und erlebe die große Erniedrigung, daß man mir, dem Ehemann, den Scheck nicht abnimmt. Ich stand da wie ein begossener Pudel.«

Schwein! dachte Luise. Die Schecks liegen in einem kleinen Lederbeutel auf meiner Brust. Du lügst so elegant wie immer. Mein Gott, wie wäre mein Leben geworden, wenn ich blind geblieben wäre!

»Das tut mir leid«, sagte sie abweisend.

»Warum hast du die Konten sperren lassen?«

»Dr. Kutscher hat es mir geraten.«

»Dr. Kutscher sagt, daß du ihn gestern noch spät am Abend angerufen hast, um den Auftrag zu geben. Wer lügt nun? Mein Gott, warum belügt ihr mich denn?!«

»Laß bitte Gott aus dem Spiel!«

»Dann also in drei Teufels Namen: Warum?!« rief Dahlmann. »Ich habe dir immer nur Liebe entgegengebracht, ich habe dich umsorgt, dir jeden Wunsch erfüllt ...« Er lehnte sich schwer atmend an das Büfett und preßte beide Hände gegen die bandagierte Brust. Er bekam keine Luft mehr; es war, als steckten die Rippenstücke in seiner Lunge.

Luise lauschte angestrengt. Er kommt nicht näher, dachte sie. Er steht am Büfett. Was gäbe ich jetzt darum, die Brille und die Haftschalen abnehmen zu können und ihn anzusehen, diesen Menschen, dessen Namen ich trage und den ich so wie nichts auf der Welt hassen lernte.

»Du brauchst einen Scheck?« fragte sie.

Dahlmann wurde von dieser Frage völlig überrascht.

»Ja«, stammelte er.

»Wofür?«

»Wechsel sind fällig, Lieferantenrechnungen, sechstausend Mark für die Handwerker im neuen Haus ...«

»In einer Stunde ist Dr. Kutscher hier. Er wird die Schecks ausstellen.«

Dahlmann spürte ein Kribbeln in seinen Händen. Zum erstenmal spürte er wirklich den übermächtigen Drang, Luise zu töten, zu erwürgen. Alle Hemmungen, die er bisher noch gekannt hatte, fielen von ihm ab.

»Du behandelst mich wie einen unmündigen Jungen«, sagte er dumpf. Seine Stimme war dunkel geworden, ein Klang, den Luise noch nicht an ihr kannte und der sie erschreckte. Sie stand auf und trat an das Fenster, um hinausschreien zu können, falls er näher kam oder sie seinen Griff fühlte. »Luiserl! Soll eine glückliche Ehe so enden? Willst du mich wirklich für einen Schauspieler eintauschen? Waren wir nicht immer glücklich? Erinnere dich doch an die Jahre, die hinter uns liegen.«

Luise wandte sich ab. Wie ekelhaft das alles ist, dachte sie. Wie schleimig und kriecherisch.

Sie hörte, wie Dahlmann leise die Schubladen des Büfetts aufzog und suchte, wie er zu Luises Schreibsekretär schlich und auch dort in den Fächern wühlte. Ein triumphierendes Lächeln überzog ihr Gesicht.

»Du suchst vergeblich. Alle Scheckbücher sind bereits bei Dr. Kutscher.«

Dahlmann blieb mit gesenktem Kopf am Schreibsekretär stehen. Die letzte Hoffnung war dahin. Würde er noch ein Scheckbuch gefunden haben, hätte er versuchen können, die Unterschrift Luises zu fälschen. Eine gefälschte Vollmacht, diesen Scheck ausgezahlt zu bekommen, war schnell geschrieben.

»Dr. Kutscher kommt gleich«, sagte Luise ruhig. »Er wird alle fälligen Rechnungen, die du ihm vorlegst, bezahlen.«

Es ist vorbei, dachte Dahlmann. Es ist endgültig vorbei. Jetzt bleibt mir nur ein letzter Weg, um an ein Vermögen zu kommen, dessen einziger Berechtigter ich bin. Monika ist nicht mehr da, keine anderen Verwandten ... und Luise ...

Er schluckte und ging zu der kleinen Hausbar. Er spürte, wie weich er in den Knien war, wie grauenhaft ihn der Schauder vor den nächsten Minuten packte.

Sie hat ein Testament gemacht, dachte er, als er die Kognakflasche herausholte. Und auch wenn sie es heimlich widerrufen hat: Falls niemand mehr übrig ist, erbt der Ehemann. Und wenn der Verbleib von Monika nicht zu klären ist, habe ich die lebenslängliche Nutznießung der Apotheke!

Monika!

Morgen sucht man das Moor ab ...

Ein Teufelskreis ist es, in dem ich stehe, dachte er mit würgendem Grauen. Ich kann nicht darauf hoffen, daß sie vergeblich suchen. Ich habe keine Zeit mehr.

Er trank. Ein Glas, zwei, drei, vier Gläser, schnell hintereinander. Mut, dachte er. Ich brauche Mut. Ich darf jetzt kein Feigling sein.

Er trank das fünfte Glas, das sechste. Er spürte, wie sich der Alkohol im Gehirn verbreitete, wie alles um ihn herum leichter wurde, wie seine Angst ertrank; wie seine bösen Gedanken überhandnahmen und die Hemmungen zur Seite drückten.

»Was tust du?« fragte Luise, ratlos vor der plötzlichen Stille. »Bist du noch im Zimmer?«

»Ich saufe«, sagte Dahlmann grob. »Ich rette mich dahin, wo die Heimat aller betrogenen Ehemänner ist: Ich betrinke mich!«

Nach dem siebten Glas stellte er die Flasche zurück in den Barschrank. Er war ganz ruhig geworden, von einer seltsamen Kälte. Er spürte keine Schmerzen mehr in der Brust, er empfand keine Angst mehr, er wurde geleitet von einem so klaren, nüchternen Verstand, als sei sein Hirn eine Elektronenanlage, die ohne Rücksicht auf Gefühle oder Skrupel die Schaltungen ausführte, wie sie von ihr gewünscht wurden.

»Wir fahren zu Dr. Kutscher«, hörte er sich mit völlig klarer Stimme sagen. Luise drehte sich zu ihm um.

»Wohin willst du mit mir?«

»Zu Dr. Kutscher.«

»Er kommt gleich hierher.«

»Das ist zu spät. Ich habe dir nicht gesagt, daß ein Wechsel bis heute mittag eingelöst werden muß. Willst du die Blamage auf dich nehmen, daß ein Dahlmann-Wechsel zu Protest geht?«

»Nein.«

Dahlmann rannte aus dem Zimmer. Er holte den Mantel Luises, zog ihn ihr über und ergriff ihre Hand. Ihre Finger waren so eisig wie die seinen.

Luise zögerte. Ich müßte sehen können, dachte sie. Jetzt müßte ich sehen können. Ich kann nicht mehr unterscheiden, ob er mich wieder belügt oder ob es die Wahrheit ist. Aber das wird sich herausstellen, wenn wir bei Dr. Kutscher sind. Dort helfen ihm keine Lügen, dort muß er beweisen können.

Sie gingen die Treppen hinunter, nahmen ein Taxi und fuhren. Aber Dahlmann ließ sie nicht zum Büro Dr. Kutschers fahren, vielmehr umkreisten sie auf seine Anweisung hin, die er gab, als Luise schon eingestiegen war und die leise gesprochenen Worte nicht hörte, einige Häuserblocks, kehrten dann fast zur Mohren-Apotheke zurück und hielten schließlich vor dem halbfertigen Neubau.

Vorsichtig, gespielt liebevoll wie immer, half Dahlmann Luise aus dem Taxi, bezahlte und faßte dann seine Frau unter. Dabei blickte er an der Fassade empor. Sieben Stockwerke. Fenster an Fenster, noch nicht verglast. Türen, die auf Balkons führten, die gegenwärtig nur aus der Plattform bestanden, ohne Geländer oder irgendeinen Schutz. Ein stolzer Bau aus Beton und Glas würde es sein.

Dahlmanns Hand war ganz ruhig, als er Luise eine Locke von der Stirn strich, die der Wind heruntergeweht hatte. Es war fast zärtlich, und ein paar Passanten, die an ihnen vorbeigingen, lächelten verständig.

»Komm!« sagte Dahlmann ganz ruhig.

Er führte Luise in das Treppenhaus, blieb stehen und klopfte gegen eine angelehnte Tür. Luise neigte verwundert den Kopf.

»Was ist denn?«

»So ein Mist!« sagte Dahlmann. »Der Aufzug ist kaputt! Jetzt müssen wir die Treppen hinaufsteigen. Ich kann es dir nicht ersparen, Luiserl ... fünf Stockwerke, du weißt.«

Er faßte sie wieder unter und stieg mit ihr die Betontreppen hinauf. Ihre Schritte hallten in dem leeren Bau, durch die offenen Fenster und Türen zog der Wind. Luise hob fröstelnd die Schultern.

»Woher zieht es so?«

»Jemand lüftet das Treppenhaus. Ist dir kalt, Liebes?« Er nahm seinen Schal aus dem Mantel und legte ihn Luise um den Hals. Was soll das alles, dachte sie ratlos. Warum ist er so fürsorglich? Warum ist er plötzlich so anders als vorhin?

Sie stiegen langsam die Treppen hinauf bis zum sechsten Stockwerk. Luise zählte die Stufen nicht. Ab und zu blieben sie stehen, verschnauften und stiegen dann weiter hinauf. Ihr Atem wurde kurz, Schweiß trat auf ihre Stirn.

»Das ist ja endlos«, sagte sie keuchend.

»Wir sind gleich da. Nur noch ein paar Stufen. So ... da wären wir!«

Dahlmann führte Luise in die leere Wohnung des sechsten Stockwerkes. Die Wände waren noch unverputzt, die Elektrokabel lagen schon in der Wand, Gipssäcke standen neben zusammengefegten Schmutzhaufen.

Ohne Zögern, als gingen sie über den Flur zu Dr. Kutschers Büro, führte Dahlmann seine Frau durch die Wohnung zu der offenen Balkontür. Dahinter lag die Plattform, und unter ihr die Tiefe, ungeschützt, zweiundzwanzig Meter Luft. Die Baumaschinen und Baubaracken sahen aus wie Spielzeugmodelle.

»Es zieht«, sagte Luise und blieb abrupt stehen.

Dahlmann atmete tief auf. »Im Haus sind die Maler, Luiserl. Die haben die Fenster zum Teil ausgehängt. Noch fünf Schritte, dann sind wir am Ziel.«

Luise ging weiter, den Kopf lauschend erhoben ... geradeaus ... auf das Türloch zu, auf die Plattform ohne Geländer, auf zweiundzwanzig Meter Tiefe ...

Zwei Schritte vor dem Abgrund blieb sie stehen. Dahlmann hatte sich von ihr gelöst, den Arm weggezogen, aber er war noch neben ihr, sie hörte seinen Atem und das Knirschen seiner Schritte. Da wehte sie eine Windbö an, als sie auf den Balkon trat. Ein pfeifender Luftstoß, der gegen ihr Gesicht prallte.

»Wo bin ich denn?« schrie sie plötzlich. Urmächtig überfiel sie die Erkenntnis, daß etwas Furchtbares mit ihr geschah. Es war wie eine Explosion in ihr, ein plötzliches Bewußtwerden des Grauens.

Es gab kein Zurück mehr, kein Fragen, kein Zögern. Mit beiden Händen riß sie die schwarze Brille vom Gesicht und die Haftschalen von den Augen. Das grelle Licht war wie eine neue Explosion, wie damals, als der Kolben im Labor zerplatzte ... sie taumelte zurück, warf den Arm vor das Gesicht und versuchte, durch einen Spalt der Lider ihre Umgebung zu erkennen.

Sie sah, überhell, vor sich die Weite des Nichts, eine Plattform aus rohem Beton und Dahlmanns Hand, die nach ihr griff und sie nach vorwärts drückte.

»Mörder!« schrie sie grell. »Mörder! Hilfe!«

Sie warf sich herum, schlug auf Dahlmann ein und umkrallte seine Hände, die erneut nach ihr griffen, mit einer stummen, schrecklichen Gewalt.

Dahlmanns Gesicht war leer und bewegungslos. Er handelte wie eine Maschine, die die Aufgabe hat, zu stoßen und hinabzuwerfen. Ihr Aufschrei störte ihn nicht, es schien, als habe er ihn gar nicht gehört. Er faßte wieder zu, ergriff Luise an den Schultern und drängte sie hinaus auf die Plattform.

»Mörder! Mörder!« schrie Luise und trat gegen seinen Leib. »Ich kann sehen ... ja, ich kann sehen! Ich kann seit Monaten sehen! Ich habe gesehen, was zwischen Monika und dir war, ich habe alle deine Gemeinheiten gesehen, ich habe dir die Blinde vorgespielt ... Sieh mich an! Sieh mich an! Ich habe Augen wie du ... ich kann sehen!«

Dahlmann lockerte den Griff. Er starrte in Luises klare Augen. Monika, dachte er, aber es war ein kaltes Denken. Monika hatte recht. Luise konnte immer schon sehen. Und alles, was ich Zufall nannte, war von ihr geplant. Und Monika starb sinnlos, völlig sinnlos ... Luise wußte ja schon alles ...

Dahlmann griff wieder zu. Seine stumme, dumpfe Mordlust war nicht mehr menschlich. Mit ungeheurer Kraft umschlang er den Körper Luises und hob ihn vom Boden weg. Zwei Schritte bis zum Abgrund ... ich werde sie tragen, zum letztenmal ... Auf den Händen werde ich dich tragen, habe ich gesagt, als wir heirateten ... Sieh, nun tue ich es wirklich ...

»Du wirst das Gefühl eines Engels haben«, sagte er plötzlich mit völlig ruhiger Stimme. Er biß sich auf die Lippen und hielt den Atem an.

Ich bin wahnsinnig, dachte er. Wirklich, ich bin wahnsinnig. Ich bin verrückt geworden in diesen Minuten. Wie merkwürdig das ist ... ich weiß, daß ich wahnsinnig bin ...

Er ließ Luise fallen, weil sie mit beiden Fäusten auf sein Gesicht einschlug. Einen Augenblick war es dunkel um ihn, er fühlte, wie es feucht über seine Augen und über den Mund rann. Er leckte daran ... süßlich-warmes Blut ... Kraft hat sie,

Kraft ... sie hat mich auf die Augen geschlagen, nun schwellen sie zu ... aber erst wird sie fliegen ... engelhaft ...

Er lachte und machte einen Schritt vorwärts.

Es war ein Schritt ins Leere.

Als er es merkte und sich zurückwerfen wollte, war es zu spät, sein Körper kippte nach vorn, lag einen Augenblick waagerecht in der Luft, drehte sich dann im Fallen um sich selbst und bettete sich ein in einen tierischen, grellen Schrei.

Luise schwankte zurück in die Wohnung. Sie hörte den Aufschlag nicht mehr, sie sah nicht, wie sich unten vor dem Neubau die Bauarbeiter um den zerschmetterten Körper drängten; wie eine Frau, vor der Dahlmann auf das Pflaster geprallt war, in Ohnmacht fiel ... sie wankte die Treppen hinunter, verließ das Haus durch die hinteren Gänge und angebauten Garagen und ging nach Hause.

Sie saß unbeweglich, wie versteinert, in der Blumenecke, bis Dr. Kutscher kam. Sein Gesicht war noch blaß von den entsetzlichen Erlebnissen.

»Ihr Mann ...«, sagte er heiser. Luise hob die Hand.

»Ich weiß ... Ich ... ich kann ja sehen ... Doktor ...«

Erst da wurde sie bewußtlos und sank zur Erde, bevor Dr. Kutscher sie auffangen konnte.

*

Der dicke Faber tat sehr erstaunt, als Dr. Kutscher ihn in seinem Amtszimmer besuchte, obwohl er längst auf den Besuch gewartet hatte. Er seufzte, als Dr. Kutscher mit der Höflichkeitsfloskel »Na, wie geht's denn?« eintrat.

»Wir Kriminalisten sind arme Schweine, Doktor«, sagte er und trank einen Schluck Kaffee. Wie immer standen auf Fabers Schreibtisch eine große Thermosflasche und ein wahrer Topf von Tasse. »Gehetzt, geplagt, beschimpft ... warum muß es so viele schlechte Menschen geben?«

Dr. Kutscher setzte sich und lächelte schwach. Er weiß genau, warum ich hier bin, dachte er. Und er klagt die Menschheit an. Er ist schon ein raffinierter Bursche, der dicke Faber.

»Was sagen Sie zu dem Unfall?« fragte er. »Gräßlich, nicht wahr?«

Kommissar Faber nickte und schraubte die Thermosflasche auf. »Fast zwei Promille Alkohol im Blut.«

»Wer?« Dr. Kutscher hatte Mühe, nicht aufzuspringen.

»Ernst Dahlmann. Den meinen Sie doch? Die Obduktion hat ergeben, daß er volltrunken war. Soll man das nun als einen ungeheuren Glücksfall betrachten?«

Dr. Kutscher legte die Hände gegeneinander. Er erkannte sofort die Möglichkeiten, die sich aus diesem Obduktionsbefund ergaben. Luise würde nie eine Schuld treffen. Selbst die Tatsache, daß es Notwehr gewesen war, wurde uninteressant. Das offizielle Ergebnis war weit harmloser geworden. Kommissar Faber schüttete sich die Riesentasse erneut voll Kaffee.

»Ihre Luise hat da einen dollen Dusel gehabt«, sagte er dabei. »Nicht wegen des Absturzes ... auch so ...«

»Was soll das heißen: Auch so?«

»Mit so etwas haben wir nie gerechnet.«

Der dicke Faber lächelte gemein. Auch Dr. Kutscher lächelte zurück. Man kannte sich, man brauchte sich nichts vorzumachen.

»Wenn es Sie interessiert ...« Faber kramte in den Papieren auf dem Schreibtisch. »Im Konzept habe ich den Abschlußbericht schon fertig: Unfall durch Volltrunkenheit. Dahlmann wollte seinen Neubau besichtigen, trat auf den ungeschützten Balkon hinaus, verlor das Gleichgewicht oder wurde schwindelig und stürzte ab. Ein klarer Tatsachenbestand, untermauert vom Gutachten des gerichtsmedizinischen Instituts.« Der dicke Faber legte das Papier zur Seite. »Damit können wir auch die andere Sache einstellen.«

»Was einstellen?«

»Das Ermittlungsverfahren gegen Ernst Dahlmann wegen Mordes.«

»Mord?«

Dr. Kutscher sprang nun doch auf. Es riß ihn einfach vom Stuhl. Faber sah ihn plötzlich ernst an. Dann nickte er mehrmals und legte seine großen Hände um die heiße Tasse.

»So sehr es mich freut, auch Sie einmal sprachlos zu sehen, Doktor, so bitter ist die Erkenntnis, daß Dahlmann ein Mörder war. Seit gestern wissen wir es. Wir haben die Leiche von Monika Horten gefunden.«

»Wo?« Die Stimme Dr. Kutschers war kaum hörbar.

»Im Moor. Wir haben aufgrund einer Beobachtung eines besoffenen Moorbauern den Platz abgesucht, mit langen Stangen und Sonden. War eine Sauarbeit. Aber dann stießen wir auf den Körper. Er war in eine Decke eingewickelt.«

»Und ... und wie ... hat Dahlmann sie ...« Dr. Kutscher verschluckte das Wort getötet. Er war zu sehr erschüttert.

»Durch eine Morphininjektion. Auch das ist ganz klar.« Der dicke Faber trank einen tiefen Schluck. »Durch den ›Unfalltod‹ Dahlmanns können wir nun die Akten schließen. Es bleibt alles unter uns. Das meinte ich, als ich sagte, Luise Dahlmann werde in keinen Skandal verwickelt. Zu überdenken ist nur noch, wer sie über den Tod Monikas informiert.«

»Das werde ich übernehmen«, sagte Dr. Kutscher leise.

»Sie nehmen mir damit eine große Last ab, Doktor. Ich danke Ihnen.« Der dicke Faber lächelte wieder. Der Fall war für ihn damit abgeschlossen. Man konnte sich wieder dem angenehmeren Teil des Lebens zuwenden. »Sagen Sie mal, Doktor, wo kaufen Sie Ihre herrlich duftenden Zigarren ein?«

Dr. Kutscher hatte in diesen Minuten keinen Sinn für Fabers Liebhabereien. Er war innerlich zu sehr mit dem Hause Dahlmann verbunden, als daß die Tragödie Luises für ihn nicht mehr bedeutete, als nur ein ›Fall‹ unter anderen Fällen.

»Hatten Sie Dahlmann schon immer unter Verdacht?« fragte er heiser.

»Ja.«

»Und warum unternahmen Sie nichts?«

»Ich wollte ihn in Freiheit beobachten. Sie sehen, daß es besser so war. Nun hat sich alles aufgelöst ohne großen Wirbel. Ich nehme an, daß Monika Horten in aller Stille beerdigt wird, sobald die Leiche freigegeben ist.«

»Natürlich.« Dr. Kutscher schluckte. Ein Kloß saß ihm in der Kehle. »Ich begreife nur nicht, wie Dahlmann so etwas ... Ich kenne ihn ja seit Jahren. Er war in Wirklichkeit ein Feigling.«

»Vielleicht war das ein wirklicher Unfall.« Der dicke Faber sah wieder an die Decke. »Hat ein zu großes Quantum gespritzt, oder Monika reagierte auf das Morphin übersensibel. Für uns ist das nun gleichgültig, der Mörder selbst ist tot, die Akten werden geschlossen. Überhaupt, wie ist das nun: Ist Luise Dahlmann blind oder nicht?«

»Sie kann sehen, muß aber blind sein.«

Kommissar Faber starrte Dr. Kutscher mit gesenktem Kopf an.

»Doktor, machen Sie mit mir keine faulen Witze.«

»Luise Dahlmann war blind, wurde geheilt, spielte die Blinde, überanstrengte damit ihre Augen und muß nun für eine bestimmte Zeit freiwillig wieder blind sein, damit sich die Sehnerven beruhigen.«

»Und das soll ich Ihnen glauben?«

»Es ist die Wahrheit.«

»Wenn das in einem Roman stünde, würde man sagen: Der Autor hat seine Phantasie nicht im Zügel. Sie wollen mir also einreden, daß Luise Dahlmann die ganze Zeit über gesehen hat, während wir alle, einschließlich ihres Mannes, glaubten, sie sei blind?«

»Genauso ist es.«

»Diese Frau muß Nerven wie Stahlseile haben!« rief der dicke Faber.

»Leider nicht. Jetzt, wo alles überstanden ist, ist auch sie am Ende. Und wenn Sie fragen, wie sie das überhaupt durchgehalten hat ... es gibt darauf nur eine einzige Antwort: Die Kräfte einer Frau, aus deren Liebe Haß wurde, sind unbegreifbar. Gerade Sie im Morddezernat müssen es doch immer wieder erleben.«

»Das stimmt.« Der dicke Faber seufzte. »Was aus so einer Rippe, die man uns klaute, alles werden kann!« Er stand auf und reckte sich. »So, und nun muß ich noch einen entlassen.«

»Entlassen?«

»Den jungen Dichterling, Julius Salzer.«

Dr. Kutscher wischte sich über die Augen. »Verzeihen Sie«, sagte er schwach. »Natürlich, der sitzt ja noch immer. Ich habe gestern einen Haftprüfungstermin beantragt ... ich habe ihn ganz vergessen, diesen Salzer.«

Der dicke Faber winkte ab.

»Das nimmt er Ihnen gar nicht übel. Er fühlt sich wohl im Knast. Zum erstenmal seit zwei Jahren bekommt er drei Mahlzeiten am Tag, hat ein eigenes Zimmer, kann ungehindert dichten, niemand stört ihn, alle sind freundlich zu ihm ... er wird enttäuscht sein, wieder hinaus ins feindliche Leben zu müssen. Der Junge ist tatsächlich zweihundert Jahre zu spät geboren worden. Er ist der letzte Frühromantiker.« Faber stellte seine Thermosflasche und die Riesentasse in das linke Schreibtischfach und schloß es ab, als verwahre er dort einen Schatz. »Kommen Sie mit, Doktor? Es wird nötig sein, den Jungen zu trösten ... auch wegen Monika ...«

Dr. Kutscher nickte.

Wie kann ich Luise das alles sagen, dachte er, als er hinter der wuchtigen Gestalt Fabers über den langen Flur des Präsidiums ging. Sie hat nicht mehr die Nerven und die Kraft, auch diesen letzten Schlag noch hinzunehmen.

*

Das Begräbnis Dahlmanns fand einen Tag vor der Beerdigung Monikas statt. Nur Dr. Kutscher und Kommissar Faber begleiteten den Sarg. Unbemerkt von den anderen Friedhofsbesuchern wurde er in die Grube hinabgelassen und zugeschüttet. Der Pfarrer, der am Grab stand, sprach ein paar Worte von Schuld und Sühne und von der Gnade Gottes, die auch dem Sünder zuteil werde, weil wir allesamt Sünder seien, der eine mehr, der andere weniger. Dann betete er um die Gnade des Herrn. Es war eine düstere Szene. Drei schwarzgekleidete Männer umstanden die Grube, in die zwei stämmige Friedhofswärter den Sarg an breiten Gurten hinunterließen. Es regnete leicht, Dunst zog über die Gräber, die verwelkenden Blumen rochen stark und süßlich.

Noch einsamer war das Begräbnis Monikas. Hier stand nur Julius Salzer am Grab, gestützt auf den Arm des Pastors. Luise Dahlmann lag zu Hause in einem Nervenfieber. Dr. Kutscher, Dr. Ronnefeld und Robert Sanden saßen an ihrem Bett und bewachten sie, lösten sich alle zwei Stunden ab und verhinderten, daß Luises Fieberphantasien eine neue Tragödie auslösten.

Sie hatte die Nachricht vom Tode Monikas mit der gleichen seltsamen Starrheit aufgenommen, die über sie gekommen war, als Ernst Dahlmann abstürzte. Es war, als lähmte sie der erneute Schlag des Schicksals. Dann, ganz plötzlich, ohne Übergang, ohne äußere Anzeichen, aus der Starrheit heraus, schrie sie auf, begann wie im Schüttelfrost zu zittern und ließ sich willenlos ins Bett tragen. Dort lag sie in einem Zustand der Apathie, der ab und zu von neuen Schüttelfrösten unterbrochen wurde – aber jeder, der an ihrem Bett wachte, wußte, daß es eine trügerische Stille war und daß die Nervenkrise alle normalen Gedanken verdrängt hatte. Ein paarmal starrte sie an die Decke, mit hohlen Augen, und sagte schwach: »Warum lebe ich ... warum lebe ich ...« Immer nur diesen einen Satz, als laufe in ihr eine Walze ab, die nur diesen einen monotonen Satz enthielt. Die Binde hatte Dr. Ronnefeld von ihren Augen genommen. »Sie wird vollends irrsinnig, wenn sie jetzt auch noch blind sein müßte«, sagte er leise. »Sobald die Krise vorbei ist, verbinden wir die Augen wieder.«

»Aber werden die Augennerven nicht noch mehr darunter leiden?« fragte Robert Sanden leise. Dr. Ronnefeld sah den Schauspieler an.

»Als ob es jetzt noch darauf ankäme.« Seine Stimme klang merkwürdig hoffnungslos. »Wir wollen glücklich sein, wenn Luise uns überhaupt erhalten bleibt.«

*

Nach einer Woche hatte sich Luise Dahlmann so weit erholt, daß nur noch Dr. Ronnefeld und Robert Sanden bei ihr saßen und nachts Fräulein Pleschke neben ihr im zweiten Bett wachte. Dr. Kutscher war damit beschäftigt, die Nachlaßangelegenheiten zu regeln und sich um Julius Salzer zu kümmern.

Der junge Dichter hockte in der Heidekate herum, aß kaum noch etwas, starrte nur vor sich hin oder ging stundenlang in der Einsamkeit spazieren.

»Er tut sich was an!« sagte die Bäuerin am Telefon zu Dr. Kutscher. »Er ist so komisch geworden. Neulich überraschte ich ihn, wie er vor einem Bild dieser Monika saß und mit ihr sprach. Ich habe Angst, daß er verrückt wird ...«

Dr. Kutscher fuhr in die Heide und holte ihn nach Hannover. Er beschäftigte ihn in seiner Anwaltskanzlei, ließ ihn Schriftsätze abschreiben, Akten zu den Klienten bringen, abgelegte Prozesse ins Archiv eingliedern. Julius Salzer erfüllte alle Aufgaben gewissenhaft und still, wie ein Hypnotisierter, dem man sagt, daß er dieses oder jenes tun müsse und er es willenlos ausführt.

»Auch er wird einmal alles überwunden haben«, sagte Dr. Kutscher zu Dr. Ronnefeld. »Für ihn ist es der erste große

Schock seines Lebens. Er wird daran reifen – so frivol es ist, ein solches Unglück auch noch positiv zu sehen.«

Nach vierzehn Tagen durfte Luise Dahlmann aufstehen. Sie trug wieder die Haftschalen Professor Siris vor den Augen und ließ sich von Robert Sanden führen. Es war, als müsse sie erst gehen lernen; sie schwankte am ersten Tag unsicher auf den Beinen, knickte ein paarmal ein, als sei ihr zarter Körper zu schwer für die Knie. Am zweiten Tag war es schon besser. Am dritten Tag ließ sie sich trotz des Verbotes Dr. Ronnefelds hinaus zum Friedhof fahren.

Lange stand sie am Grab Monikas, beugte sich hinunter und tastete mit den Fingern die Blumen und Kränze ab, die auf dem Hügel lagen. Sie sprach kein Wort, und sie sagte auch nichts, als Robert Sanden sie wieder wegführte und mit ihr die breite Allee, den Mittelgang des Friedhofs, entlangging. Plötzlich blieb sie stehen und ergriff die Hand Sandens.

»Wo ... wo liegt Ernst ...«, fragte sie kaum hörbar. Robert Sanden atmete tief auf.

»Etwa hundert Meter links von uns, hinter einer Taxushecke.«

»Komm!«

»Du willst zu seinem Grab?«

»Ich will mit ihm sprechen ... zum letztenmal ...«

Robert Sanden schwieg. Es war sinnlos zu sagen, sie möge sich nicht aufregen. Er kannte Luise nun gut genug, um zu wissen, daß dieser Gang an das Grab Dahlmanns der endgültige Abschluß sein sollte. Es war ein Drang des Gewissens.

»Gehen wir«, sagte er rauh.

Er führte Luise durch ein paar Seitenwege und blieb dann vor einem anderen frischen Grabhügel stehen. Auf ihm lagen keine Blumen. Die Friedhofswärter hatten die Erde bloß mit Tannengrün abgedeckt, damit der Erdhaufen nicht so kahl aussah.

»Sind wir da?« fragte Luise stockend.

»Ja.«

»Laß ... mich bitte allein, Robert.«

»Luise ...«

»Bitte!«

Da ging er und stellte sich jenseits der Taxushecke auf den Weg. Fast eine halbe Stunde blieb Luise am Grabe Dahlmanns.

Was sie in diesen Minuten sprach oder dachte, erfuhr niemand. Robert Sanden zuckte zusammen, als er ihre Stimme hörte.

»Robert! Bitte!«

Er lief zu ihr, faßte sie unter und sah sie an. Ihr Gesicht war weder verzerrt noch bleich. Sie sah aus wie immer. Ja, es schien fast, als sei es befreiter, gelockerter, entkrampfter als bisher.

»Komm, laß uns gehen«, sagte sie mit ruhiger Stimme. »Jetzt können wir beide auf die Sonne hoffen.«

Als sie den Friedhof verließen, war ihr Gang aufrecht und stark. Die letzte Schwäche war von ihr abgefallen. Sie blieb stehen, hob den Kopf lauschend und streckte den Arm aus.

»Hör, den Vogel ...«, sagte sie mit dem Glücksgefühl der Blinden, sich über jedes schöne Geräusch freuen zu können. »Wie sieht er aus?«

Robert Sanden schluckte. Er war noch zu sehr ergriffen von der Stunde, um sich aus ihr so befreien zu können wie Luise. Er spielte den Fröhlichen; er hatte es ja gelernt und auf der Bühne Hunderte Male dargestellt.

»Er ist rot und hat eine gelbe Brust.«

»Lügner! So einen Vogel gibt es gar nicht!«

»Dann ist es ein Zaubervogel.«

»So wunderschön singt er auch.« Sie ergriff Sandens Hand. »Ist es nicht herrlich, so zu leben ...«

»Ja«, sagte Sanden dumpf, »herrlich ...«

Er starrte gegen die Bäume. Auf einem Friedhof muß sie es sagen, dachte er. Ausgerechnet auf einem Friedhof. Luise erriet seine Gedanken, legte den Arm um seinen Hals und drückte ihren Kopf an seine Schulter.

»Das Leben geht weiter«, sagte sie leise. »Es muß ja weitergehen, denn was sollten wir sonst mit unserem Leben anfangen.«

Sanden nickte stumm. Welch eine Frau, dachte er dabei. Woher nimmt sie bloß die Kraft?

Und er schämte sich wirklich, daß er kein Wort sagen konnte aus Angst, seine Stimme könne schwanken ...

Dr. Kutscher hielt nach dieser ›Wiederkehr‹ Luises – wie er es nannte – den Zeitpunkt für gekommen, um die nötigen Nachlaßformalitäten und den weiteren Geschäftsgang zu regeln.

»Ihr Mann hat hunderttausend Mark hinterlassen«, sagte er zu Luise Dahlmann. »Er war im Todesfalle mit fünfzigtausend

Mark und bei Tod durch Unfall mit der doppelten Summe versichert. Aufgrund der Polizeiprotokolle zahlt die Versicherung die Summe aus. Ich habe alles vorbereitet.«

»Ich will sie nicht haben.« Luise saß wieder vor ihrem Tonbandgerät, die Augen mit den Haftschalen bedeckt und verbunden. »Noch einen Monat Blindheit«, hatte Dr. Saviano aus Bologna auf Anfrage Robert Sandens geschrieben. »Hoffentlich hat der Nervenschock keine Nachwirkungen an den Augen hinterlassen ... das wäre dann nicht mehr gutzumachen ...«

»Hunderttausend Mark!« sagte Dr. Kutscher eindringlich.

»Gründen Sie in meinem Namen eine Stiftung für blinde Kinder.« Luise wandte den Kopf zur Seite. »Ich will dieses Geld nicht sehen. Können Sie das nicht verstehen?«

Dr. Kutscher pflichtete bei, obgleich er auf dem Standpunkt stand, daß man hunderttausend Mark nicht ansieht, woher sie gekommen sind. Aber hier war eine Grenze zwischen Gefühlswelt einer Frau und dem nüchternen Verstand eines Mannes. Darüber gab es keine Brücke.

»Wie soll die Stiftung heißen?« fragte er. Es schlüpfte ihm so heraus. Kaum, daß er es gesagt hatte, schalt er sich einen Narren.

Luise wandte ihm den Kopf zu. Ihre Stimme war ganz klar.

»Dahlmann-Stiftung. Wie sonst?«

»Natürlich ... wie sonst ...«

Dr. Kutscher verabschiedete sich schnell und ging.

Das soll man begreifen, dachte er auf der Treppe und schüttelte den Kopf. Es ist leichter, die vierte Dimension zu erklären, als die Seele einer Frau. Wir Männer kommen nie dahinter.

*

Es lag schon Schnee, als Professor Böhne in Münster die Binde von Luises Augen nahm und sie an das Fenster führte. Ein langes Telefongespräch mit Professor Siri in Bologna war dieser entscheidenden Stunde vorausgegangen.

Die Sonne lag golden über den Bäumen des Parks, unter dem Dach eines Futterhauses drängten sich die Vögel. Ein wolkenloser Himmel wölbte sich über der Kälte.

»Wie ist der Schnee?« fragte Professor Böhne.

»In der Sonne bläulich weiß«, antwortete Luise laut.

»Spüren Sie einen Druck, wenn Sie in den grellen Himmel sehen? Einen Druck innen im Kopf?«

»Nein.« Luise schüttelte langsam den Kopf.

»Keine Dumpfheit hinter den Augen, so, als drücke jemand auf die Augäpfel?«

»Nein ... nichts ... Es ist alles so schön ... so bunt, selbst der Schnee ... und ... und ... es ist alles so selbstverständlich.«

Am Arm Robert Sandens verließ Luise wenig später die Klinik. Ich werde weiter sehen, dachte sie unendlich glücklich. Ich werde immer, immer sehen können ... die Knospen im Frühling, die Blüten im Sommer, die Früchte im Herbst und die Eisblumen im Winter.

Ich kann sehen!

Professor Böhne stand am Fenster seines Zimmers und wartete darauf, daß Luise Dahlmann und Robert Sanden zum Wagen gingen und abfuhren. Er wartete ungewöhnlich lange, sah dann verwundert auf die Uhr und wandte sich zu Dr. Neuhaus, seinem Assistenten, um.

»Sie sind noch nicht aus dem Bau, Neuhaus«, sagte er etwas unruhig. »Ich freue mich immer, wenn ich glücklichen Menschen nachsehen kann, wie sie meine Klinik verlassen. Sie geben einem den Genuß innerer Ruhe und Zufriedenheit. Wo bleiben denn unsere beiden bloß?«

»Die?« Dr. Neuhaus lächelte fröhlich. »Die toben hinten durch den Garten. Sie machen eine Schneeballschlacht. Wie Kinder sind sie.«

»Wundert Sie das?« Professor Böhne trat vom Fenster zurück. Auch er lächelte mit der Weisheit des Alters. »Sie laufen ja jetzt in ein neues, unbekanntes Leben.«